中國新聞史研究輯刊

五 編

主編 方 漢 奇

副主編 王潤澤、程曼麗

第 **1** 冊

被篡改的家國意識：政治文化視角下的
《滿洲報》副刊研究（1931～1937）

陳 曦 著

花木蘭文化事業有限公司

國家圖書館出版品預行編目資料

被篡改的家國意識：政治文化視角下的《滿洲報》副刊研究（1931
～1937）／陳曦 著 -- 初版 -- 新北市：花木蘭文化事業有限
公司，2020〔民109〕
序 4+ 目 4+272 面；19×26 公分
（中國新聞史研究輯刊 五編；第 1 冊）
ISBN 978-986-518-166-6（精裝）
1. 中國新聞史 2. 中國報業史 3. 讀物研究
890.9208   109010529

中國新聞史研究輯刊
五 編 第 一 冊   ISBN：978-986-518-166-6

被篡改的家國意識：政治文化視角下的 《滿洲報》副刊研究（1931～1937）

作　　者　陳曦
主　　編　方漢奇
副 主 編　王潤澤、程曼麗
總 編 輯　杜潔祥
副總編輯　楊嘉樂
編　　輯　許郁翎、張雅淋　美術編輯　陳逸婷
出　　版　花木蘭文化事業有限公司
發 行 人　高小娟
聯絡地址　235 新北市中和區中安街七二號十三樓
　　　　　電話：02-2923-1455／傳真：02-2923-1452
網　　址　http://www.huamulan.tw 信箱 hml 810518@gmail.com
印　　刷　普羅文化出版廣告事業
初　　版　2020 年 9 月
全書字數　203491 字
定　　價　五編 4 冊（精裝）台幣 10,000 元

被篡改的家國意識：政治文化視角下的
《滿洲報》副刊研究（1931～1937）

陳曦　著

作者簡介

陳曦，女，吉林省松原人，博士畢業於吉林大學文學院暨新聞與傳播學院，現為吉林師範大學新聞與傳播學院教師，主要研究領域為新聞傳播史、淪陷區媒介與文化。

提　　要

至今，有關《滿洲報》的研究寥寥。

日本人在大連創辦的中文報紙《滿洲報》，1922 年 7 月 24 日創刊，1933 年號稱「滿洲第一」大報，1937 年 7 月 31 日停刊，歷時 15 年。

1931 年九一八事變，日本蓄意製造侵華戰爭開端，侵佔東北；1932 年偽滿洲國成立，扶持起傀儡政府；1937 年七七事變，發動全面侵華戰爭。

中日戰爭全面爆發前夕，在飽受殖民的東北，一份殖民色彩的報紙，一段日本殖民的歷史，記錄與被記錄。這讓我們今天能夠深入窺探，日本殖民者在戰爭前期篡改東北人民的家國意識，妄圖佔領東北的卑劣行徑。

《滿洲報》以「民辦」報紙身份存在，卻和日本殖民機構「滿鐵」聯繫緊密，致力於落實「以文化的力量圖兩國民眾親和」的「官方」要求。

於是，《滿洲報》把副刊辦得最成功，頗有影響，共創辦約 25 個副刊，版面多、內容豐富，成功吸引讀者並潛移默化輸出殖民意識。

本書以政治文化視角對《滿洲報》副刊進行全景式梳理分析，總結其文化殖民的內在邏輯。圍繞殖民政治的現實需求，《滿洲報》副刊形成了兩條辦刊主線：一是「去中國化」割裂既有的國家認同，二是借用中國傳統「王道思想」塑造「合格」的「滿洲國民」。

1937 年，槍炮開始成為日本加速殖民的主要力量，《滿洲報》完成了文化殖民任務，走向終結。

序

蔣蕾

    感謝花木蘭文化事業有限公司，讓我一而再、再而三地有機會為學生的書寫《序》。提筆之際，百感交集，欣慰、祝福、總結……陳曦成長的一幕幕在我眼前閃過。回望的，不僅僅是學生的奮鬥，也是我們共同走過的一步步。時光流轉，歷歷在目，往事不成空。

    陳曦是我當博士生導師第三年時招收的學生。我將研究鎖定在東北舊報刊，招收的博士也都是東北人，「偽滿媒介研究」成為我們共同的東北情結。陳曦是吉林省松原人，本科就讀於吉林大學新聞學專業，去中央民族大學讀研後與同學大偉在北京結婚。但命運讓她又回到吉林，還和我一起研究偽滿報刊。她與東北的關係，和我一樣，也是「剪不斷」的。

    陳曦大三時上過我的課，但我對她的瞭解還是 2015 年以後圍繞查資料、做論文等事情逐步加深的。我和她真正意義上的初次見面，是 2014 年國慶節後，在一次給本科生的《新聞採訪與寫作》課上。我很吃驚，她丈夫大偉也一起來了。她說做碩士論文時常去國家圖書館，喜歡查資料等工作。有這樣的基礎，我很滿意，但她是位年輕母親，兒子不到 2 歲，能有多少時間精力讀博呢？大偉說：「我支持她讀書，她為我付出的太多了。」原來大偉在報社工作，被派駐到吉林。那一年我給博士生入學考試出的題是關於「報刊的政治功能」，陳曦答得很好。我想這和她的經歷有關，她曾和大偉一起住在報社大院裡。後來，她的博士論文也是涉及「政治文化」的。

    陳曦選擇以日本人西片朝三所辦的中文報紙《滿洲報》為研究對象，是充分瞭解東北舊報刊全貌後做出的決定。關於博士生的論文選題，我在 2012 年參加遴選博士導師時就明確了計劃：每人研究一份東北舊報刊，既相互獨

立，又互為補充，最終形成研究東北媒介文化史的合力。陳曦入學後，一時間成為我們五人研究小組中唯一沒有研究對象的。另三位博士生都已明確方向：2013 級梁德學以《泰東日報》為研究對象；2014 級楊悅以《盛京時報》為研究對象；與陳曦一同入學的 2015 級王詩戈以影像研究見長，在《東北畫報》研究上有較豐富積累。陳曦當時很著急，我勸她先和大家一起做「東北舊報刊名錄」的整理工作，慢慢思考。

　　我們當時計劃做一份「東北舊報刊名錄」。由於工作量大，超出我們能力所及，這項工作 1 年後就停止了。但做「東北舊報刊名錄」這個想法，源於我們在研究中遇到的實際問題：原有由東北三省圖書館聯合製作的《東北地方文獻聯合目錄》時間久遠，距離現在已經快 40 年，是 1983 年至 1986 年間出版的。隨著國內外學術研究的快速發展，特別是各種數據庫不斷開放，越來越多的史料被挖掘出來，關於東北舊報刊的信息已發生巨大變化。一方面，有許多報刊的新發現；另一方面，也有大量報刊名「存」實「亡」（名錄上有但查不到實物）。面對這種狀況，我很想帶領學生一起對目錄進行「更新」。於是我們分頭工作：梁德學負責 1945 年以前遼寧部分，楊悅負責 1945 年以前黑龍江部分，陳曦負責 1945 年以前吉林部分，王詩戈負責 1945～1949 年東北舊報刊，我負責彙總。從 2015 年秋到 2016 年夏，我們投入不少精力做這項工作。雖然後來深感很難覆蓋全部信息，大家又都忙於手中論文，就中止了，但這次整理工作讓大家收穫頗豐。陳曦根據此次搜集整理的資料撰寫了論文《偽滿洲國時期吉林省報刊述略（1931 年至 1945 年）》，在 2016 年 9 月於吉林大學舉辦的「第五屆新聞史論青年論壇暨北京大學新聞學研究會年會」上發表。她比較全面地暸解 1945 年以前東北報刊業的整體情況，她說：「『東北舊報刊』像一棵大樹，樹幹粗大，又分出很多枝叉，每根枝條都值得深入研究。」陳曦最終選擇《滿洲報》作為研究對象，它的發行量和影響力與《盛京時報》比肩而研究者卻不多，有很多值得研究的空白地帶。

　　當陳曦提出研究《滿洲報》副刊時，我是有所擔心的。因為我自己的博士論文是關於偽滿《大同報》副刊的，我希望陳曦能走出一條新路來。我對她提出了較高要求：不局限於對文學副刊的考察，要將所有專副刊都納入研究視野；不能僅限於資料梳理、現象羅列，要對內容表達、編輯意圖等進行深入解讀，探究辦報人的思想意識。還記得陳曦聽完以後，眼神裡充滿困惑。她向許多老師請教，也常常出現教室門口等我下課。在體育場旁的林蔭道上，

我們邊走邊聊，討論要跳出文學研究，剖析媒介現象，探究副刊所承載的政治傳播意義。能不能在殖民與反殖民、奴化與反抗的框架以外，探索從政治傳播視角、從媒介文化視角觀看這份報紙的副刊表達呢？對一份報紙來說，新聞是「攻」的，副刊是「守」的，副刊更多地起著凝聚讀者的作用，副刊體現的編輯意識更有深意。在思考過程中，北京大學程曼麗教授的《從文化政治的角度看清末西方傳教士及其報刊出版活動》給予陳曦很大啟發。閱讀相關理論後，陳曦決定以「政治文化」為刃，解析《滿洲報》副刊的精神內核。

為了集中精力做博士論文，陳曦果斷放棄了很多。她在入學的第二個學期辭職了。這樣她就沒有收入了，一家生活僅靠丈夫還是有些緊張。但大偉兌現諾言，支持她的決定。陳曦說：邊工作邊查資料，進度太慢。單位裡事情瑣碎、佔用時間很多，即便有空閒也不能看書，同事、領導發現她讀書就變得臉色難看。陳曦「全職」讀博以後，我就把與吉林省圖書館聯繫的任務交給她。那時候數據庫沒有現在這麼多、這麼開放，第一手資料必須去圖書館查閱。我和吉林省圖書館領導達成一些合作研究設想，但具體事情還是陳曦一趟趟去跑。後來學生們得以輪流值班拷貝《泰東日報》，就是那時爭取來的。《泰東日報》首先提供給 2013 級博士梁德學，他的博士論文完成速度大大加快。陳曦為團隊奔波，並無一句怨言。

陳曦雖然選取 1931 年至 1937 年間的《滿洲報》副刊作為研究對象，但她對《滿洲報》的考察是從 1922 年創刊開始的，也是覆蓋新聞、副刊等全部版面的。她完整查閱《滿洲報》15 年報紙，「把《滿洲報》副刊從頭翻到尾，仿佛見證了一個生命的始終。」她梳理出該報總共 25 份副刊，探究這份報紙撲朔迷離的「民辦」身份，與其「滿鐵」關係的特殊意味。論文從「大處著眼」，宏觀地、全景式地呈現這份報紙的身份、使命、殖民文化意圖；又從「小處著手」，微觀地、細緻地表現其政治副刊、兒童副刊、婦女副刊、體育副刊、文藝副刊等的殖民話語表達。論文以「政治文化」為切入口，總結出其殖民化政治表達的內在邏輯。其實，偽滿研究、東亞殖民主義研究不缺少宏大敘事和定性判斷，而像陳曦這樣一字一句地從原始報刊中爬梳整理，用事實和細節呈現還原歷史，是難能可貴的。

為獲得盡可能豐富的《滿洲報》資料，陳曦花了大半年時間在省圖坐「冷板凳」，還通過各種途徑收集資料。談起《滿洲報》來龍去脈、西片朝三等人

的經歷故事，她都瞭如指掌。一次我問及《滿洲報》創刊細節的來源，她胸有成竹地告訴我：來自於《滿洲報》前身——《滿洲日日新聞》漢文版。她在一份不起眼的資料中發現了《滿洲日日新聞》漢文版，而這對於研究來說極為重要。得知她這樣細緻縝密，我就放心了。

　　陳曦有一個研究優勢：熟悉報紙。她不僅懂報紙版面，也瞭解編輯部運作。新聞實踐經驗對於報刊史研究來說，極為重要，非常難得。這使她對於歷史的探究不停留於想像。陳曦讀本科時就是我們新聞系所辦《學聲報》的優秀記者，研究生畢業後做過記者、編輯，又與愛人一起住在報社宿舍。她對於報刊語言、讀者交流、市場運作等都不陌生。在研究《滿洲報》時，她能夠把這些經驗體會用於還原歷史現場，設身處地做出更切合歷史實際的思考。她非常投入地閱讀報紙，「看到它停刊的那個日期，不禁默然。四年時光，有足夠的力量讓人沉浸在那些文字中不能自拔。」她還看到了「《滿洲報》浩繁文章裡斑斕的社會景象」。她曾感慨於《滿洲報》新聞編排的精彩之處，又發現這份報紙「既完成殖民政治賦予的使命，又帶動報紙發行量迅速增加」，試圖揭開其新聞侵略的秘密。

　　很難忘記陳曦在論文提交前與我的最後一次見面。那是 2019 年 8 月底，我們約在吉大日新樓門前，下課後我匆匆趕去。遠遠地，我看到她的肚子已經像皮球一樣圓，她快要生了。2019 年初陳曦打來電話，很不好意思地說：要送給愛人一頭「小金豬」（豬年寶寶）。我明白她懷了第二個孩子。她和愛人感情深厚，這是我從第一次見面就感覺到的，這次她為了孩子而延遲半年答辯。那天見面，看到沉甸甸的第三稿，內容已經很充實了，我高興地說：「這下我心裡有底了！」但我還是給她提了一大堆修改意見，她半靠在咖啡館的沙發上，記下我說的一條條。想到陳曦回去以後還要辛苦工作，我不禁有些歉疚。好在陳曦非常堅強，搶在女兒出生前，將修改全部完成。

　　現在，陳曦歷經奮鬥，苦盡甘來：喜得千金，一雙兒女湊成「好」字；博士畢業又順利工作，入職吉林師範大學新聞與傳播學院；博士論文即將付梓。祝福她在研究道路上越走越堅實！憑著她的執著與堅韌，在學術研究的「學者圈」裡一定可以：莫愁前路無知己，天下誰人不識君！

目

次

緒　論

　　偽滿時期是一段特殊的歷史時期，偽滿洲國是一個特殊的殖民統治地域。特殊的時期和地域，孕育了獨特的歷史故事。

　　報紙作為當時主要的大眾媒介，自然成為歷史的最好見證者。偽滿時期，東北地區被殖民的歷史痕跡，在報紙的文字中被永久保存。這為相關研究提供了難得的史料和廣闊的空間。因此，近年來越來越多研究者關注偽滿洲國統治時期的報紙研究。

第一節　研究緣起

　　作為土生土長的東北人，關於「偽滿洲國」的故事，兒時就已在老人的隻言片語中聽聞。在新聞專業的學習中，對報紙情有獨鍾，著迷於觀察新聞的力量在文字中釋放。不曾想，學術生涯的第一本著作能將研究對象選定為偽滿時期的報紙，慶幸有機會把對新聞的感情和久遠的「偽滿洲國」故事串聯在一起。

一、選題意義

　　近年來，偽滿時期報紙研究越來越受到關注，但研究主要集中在《盛京時報》，《滿洲報》的研究較少，長期處於忽略狀態。《滿洲報》在當時是一份價值獨特的報紙。它發行量較大，創辦時間較長，是東北地區較早創刊的中文報紙之一。在當時民辦報紙中，《滿洲報》可謂「首屈一指」，是日本殖民東北前期非常具有代表性的一份報紙。

　　《滿洲報》副刊在當時更是獨樹一幟，廣受歡迎，頗具影響力。它是吸引讀者進行文化殖民的主要載體。《滿洲報》共創辦 25 個副刊，最多時有 10餘種副刊同時存在，種類極其豐富。這些副刊從政治、文化、體育等各方面記錄了當時的社會狀態，是研究偽滿歷史的重要史料。

　　目前，關於《滿洲報》副刊的研究，主要是純文學方面的研究。本文從媒介文化角度對其進行全方面深入的研究，尚屬首次。《滿洲報》存在於偽滿洲國建國前後，是日本加速推進殖民政治的歷史時期。《滿洲報》副刊呈現了鮮明的時代特色。本文從媒介文化角度對其進行考察，將更有理論和現實意義。

（一）極具影響力的「民辦」報刊

　　《滿洲報》於 1922 年 7 月 24 日在大連創刊，1937 年 7 月 31 日停刊〔註 1〕，是一份由日本人西片朝三創辦經營的中文報紙。

　　大連作為「進出滿洲」的要塞，較早地成為日本對東北文化滲透、經濟掠奪、武力入侵的切入點。當日本的新聞事業迅速在東北地區擴張時，大連報業順勢在東北地區迅速崛起。《滿洲報》在大連創刊，成為東北地區較早創辦的中文報紙之一。

　　歷時 15 年的《滿洲報》，經歷了民國軍閥混戰、九一八事變、偽滿洲國建國等時期，日本在東北地區殖民步步深入。《滿洲報》秉承「為東三省人民謀幸福及中日親善、共存共榮的宗旨」，為殖民政策深入人心「鋪路架橋」。

　　《滿洲報》創刊後，發行量迅速增加，一度成為東北地區極具影響力的中文報紙，號稱「滿洲第一」〔註 2〕。《滿洲報》發行量曾經趕超日本殖民機構的中文「官報」《盛京時報》。

　　《滿洲報》的成功源於以民辦報紙特有的「親和力」來吸引讀者贏得市

〔註 1〕關於《滿洲報》具體停刊時間有 1937 年 7 月 31 日和 1937 年 8 月 3 日兩種說法。經查閱史料發現，1937 年 8 月 2 日，作為大連地區重要中文報紙的《泰東日報》在一版重要位置發布緊急啟事《本報實行擴大強化》，文中寫到，「為使大連之友報滿洲報、關東報，限期至七月三十一日實行停刊，今後則以弘報協會加盟社之敝泰東日報社當其重任，期副全國官民之所望」。且吉林省圖書館館藏的《滿洲報》縮微膠片中，報紙的日期也止於 1937 年 7 月 31 日。故本文傾向認定《滿洲報》為 1937 年 7 月 31 日停刊。

〔註 2〕（偽滿洲國）國務院統計處編，第一次滿洲國年報（普及版）〔M〕，大連：滿洲文化協會發行，1933，12。

場，同時又滿足日本當局的殖民政策要求，獲得了官方的支持。當歷史的腳步走過，《滿洲報》上依然清晰的字跡，將日本殖民的痕跡清晰記錄在早已發黃的新聞紙上。

可以說，在偽滿時期報紙中，《滿洲報》具有不可忽視的獨特性，頗具代表性和研究價值。

（二）「文化親和」的主要載體

《滿洲報》的特色和價值更多體現在副刊當中。《滿洲報》副刊在同期報紙副刊中頗具影響力，是吸引讀者，提高發行量的保證，又是文化殖民的載體。

「滿鐵」社長早川千吉郎在《滿洲報》前身《滿洲日日新聞》漢文版創刊的祝詞中寫到，「欲謀中日親善者，應著眼於道德方面，以文化的力量圖兩國民眾的親和。然後親善乃能徹底矣……國家間之親和與親善，其要素之大部分，在精神上之理解……在於高尚的道義之精神的融和。」〔註3〕

從大的時代背景來看，五四運動以後，我國報紙副刊逐步形成了比較完善的體系，功能也日趨完備。《滿洲報》副刊創辦經營的時期，副刊已是能夠獨立於正報進行宣傳的「報中報」。

《滿洲報》從《滿洲日日新聞》獨立出來，依然堅守「初衷」，把文化道德、精神上之理解等政治要求，融入豐富多樣的副刊中。這個時期，副刊不是單純的信息傳播，包括知識、思想、觀點等，內容幾乎涉及意識形態的全方位。同時，豐富的內容也讓副刊能夠滿足不同人群的閱讀需求，覆蓋廣泛群體。

在15年的經營歷史中，《滿洲報》共創辦25種副刊，從最初的綜合、政治、兒童、婦女、體育、逐步發展到非常專業的電影、藝術、醫識等，《滿洲報》形成了種類齊全覆蓋面廣泛的副刊體系。

跟同時代的報紙副刊相比而言，《滿洲報》副刊特色鮮明，如政治副刊和官方合辦可謂「獨一無二」，文學副刊在當時東北文壇頗具地位和影響力等。《滿洲報》可觀的發行量，也可以說明副刊創辦的成功。作為「民辦」報紙，在消息同質化，難於產生「獨家」新聞的情況下，副刊成為拉動報紙銷量的

〔註3〕早川千吉郎，中日親善之道在於研究中國文學〔N〕，滿洲日日新聞，1922-1-28（3）。

「硬內容」。

　　《滿洲報》的副刊既承載了「中日親善」的政治使命，又無意中存留了最為豐富的殖民歷史狀態，無疑是窺探日本殖民者「中日親善」之「謀」的重要窗口。

　　在對《滿洲報》副刊進行全景式的梳理介紹的基礎上，本文將對《滿洲報》的 18 個副刊進行重點的、深入的分析。

　　總之，《滿洲報》的發展與日本在東北殖民的步伐同頻共振，發揮了重要的作用。1931 年九一八事變後，日本加速殖民步伐，1932 年偽滿洲國成立，日本正式扶持起傀儡政府。《滿洲報》的副刊也恰恰在 1931 年以後逐漸豐富，特別是在偽滿洲國建國後，副刊數量劇增。此時，《滿洲報》也迎來了事業的高峰。

　　本文從媒介文化角度考察《滿洲報》副刊中呈現的殖民政治形態，故將研究起點定於 1931 年，這以後《滿洲報》配合日本殖民要求，開始深入推進文化殖民的使命，直至《滿洲報》停刊。

二、史料搜集

　　2015 年讀博開始，便著手偽滿時期報刊研究。在博士論文寫作之前，利用半年時間整理了吉林省偽滿時期出版的所有報刊信息，通過查閱吉林省圖書館文獻資料，共整理出 600 餘種報紙期刊的詳細數據。隨後，完成了《偽滿洲國時期吉林省報刊述略（1931～1945）》，並提交給「第五屆新聞史論青年論壇暨北京大學新聞學研究會年會」的學術會議。通過這項工作，對偽滿時期吉林省報刊狀況有了清晰的認識。

　　此後，正式進入本書選題的準備和研究。因為史料留存較少，只能盡最大努力利用好身邊的文獻資料，深入鑽研。

（一）拷貝報紙膠片

　　2016 年底，在博士論文開題時，對《滿洲報》才開始深入瞭解。當時，吉林省內僅有省圖書館存有《滿洲報》35 毫米的縮微膠片，共 115 卷，完整地保存了《滿洲報》（從 1922 年 7 月 22 日至 1937 年 7 月 31 日）。為了準備開題報告，在吉林省圖書館，用縮微膠片的閱讀機器，反覆調焦、一片片翻閱，瀏覽辛苦且效率低。用半年時間，僅將《滿洲報》文藝副刊瀏覽完。

　　2017 年，著手本書選題的寫作。恰逢吉林省圖書館報紙膠片閱覽室閉館「搬家」，近 3 個月時間無法閱讀縮微膠片。焦急之中，到省圖請求幫助，最終在不影響館內工作的前提下，能夠到館進行閱讀。

　　深入研究《滿洲報》副刊，需要掌握第一手素材。為此，爭取到吉林省圖書館的支持，拷貝《滿洲報》的縮微膠片。於是，整個人全天忙碌在拷貝膠片的機械工作中。每卷膠片大概有上千張報紙版面，最多時，一天拷貝六卷。足足用了近 3 個月，才把《滿洲報》所有副刊拷貝完，最終獲得了近 2.7 萬張版面圖片。

　　拷貝後的《滿洲報》版面圖片，在電腦上顯示的字跡依然不清晰，逐字逐句閱讀依舊吃力，但比在閱讀機器上看縮微膠片已經便捷許多。

　　研究《滿洲報》離不開對同時期相關報紙的瞭解。《滿洲報》脫胎於《滿洲日日新聞》漢文版，隨後又拷貝了《滿洲日日新聞》漢文版從創刊到終刊的縮微膠片。在大連地區，除了《滿洲報》還有《泰東日報》，為了考證《滿洲報》的停刊時間，又查閱了《泰東日報》，將 1937 年 8 月至 1939 年 12 月的縮微膠片進行拷貝瀏覽。

　　為進一步瞭解偽滿時期報紙的整體情況，在吉林大學圖書館報刊室查閱了《盛京時報》影印版，將其 1922 年 7 月至 1933 年 7 月的副刊和新聞版面一一翻閱，對其中關於《滿洲報》的內容做了記錄和翻拍。

（二）收集文獻資料

　　為了最低成本、最高效率地收集文獻資料，輾轉於吉林大學圖書館、吉林省圖書館、長春市圖書館三家圖書館，同時利用好網絡上的相關數據庫。

　　在圖書館，查閱關於殖民文化，政治文化方面書籍，並查找有關《滿洲報》的史料。有幸在這些圖書館看到《近代日本在華報刊通信社調查史料集成》《現代文學大系》《東方雜誌》《偽滿洲國史料》等一批有價值的書籍資料。

　　研究《滿洲報》利用的網絡數據平臺，主要有讀秀、CADAL 進行文獻檢索，全國報紙期刊文獻搜索，中國社會科學院近代史研究所「抗戰文獻數據平臺」等。

　　在網絡數據平臺上，文獻檢索方便，但很多無效檢索，增加了篩選閱讀的工作量。通過網絡，有幸查閱到偽滿洲國時期出版的書籍，如《滿洲國年鑒》《滿洲國文藝年鑒》《滿洲國現勢》和一些民國時期出版的書籍如《滿洲

官紳錄》等。

因為數據平臺珍貴資料都收費，只能部分閱讀，讀不到完整版電子書，且大多圖書市場上難於購買。經多方聯繫，找到了穩定的購書渠道，購買了《政治文化》等電子圖書近 20 本。同時，在身邊各位老師的支持下，獲贈了30 餘本傳播學領域的電子圖書。

通過網絡數據平臺，對相關知識點和背景資料有了深入認識。主要包括《滿洲報》的主要報人和編輯，副刊小說的主要作者等史料；世界局勢、日俄戰爭、新文化運動、偽滿洲國的王道思想、日本傳統文化、偽滿時期的政策法規（不限於新聞政策，包括殖民政策等）等知識點；殖民文化、政治文化、媒介文化、話語分析等相關理論。

期刊論文資料，也都來源於網絡數據平臺。在不同數據庫進行檢索查閱，期刊論文和學位論文共計下載參考近 120 篇。

日文文獻的查閱主要依靠日本國立圖書館查閱日文相關圖書，臺灣方面的書籍論文在吉林大學圖書館內部數據庫中檢索獲取。

通過以上工作，基本掌握了研究《滿洲報》的相關資料，支撐了論文研究。但條件和能力有限，終不能更為深入廣泛的掌握相關資料。同時，在論文研究過程中，又受限於時間和精力，很難將研究盡善盡美。

《滿洲報》保存完整，是難得的完整史料。但是，在報紙原文資料閱讀和整理上很耗費時間。為了完成本書的選題，幾乎三年時間花在看報紙上，邊看邊寫。即便如此，面對浩繁的文字，也難於逐一審讀分析，故而文章難免存在淺薄之處。

《滿洲報》副刊研究，離不開相關史料的支撐。但是，這些資料查找起來並不容易，而且多半沒有蹤跡。有些文獻資料為日語，這又增加了語言障礙。因為史料的缺失，本書對《滿洲報》副刊的重要報人、編者的呈現很難做到翔實，成為缺憾。

第二節　基本概念

本書涉及的主要概念為報紙副刊和政治文化。報紙副刊概念的界定，是明確研究對象的基礎；而政治文化的概念，關乎本書研究的視角，是這個選題研究的理論基礎。

一、報紙副刊

報紙副刊的概念，歷來說法不一，各有側重。當代關於副刊的界定如：

甘惜分主編的《新聞學大辭典》這樣定義副刊：「報紙上刊登非新聞類體裁為主的專版。通常定期出版並有固定刊名。」〔註4〕

《新聞傳播百科全書》這樣定義副刊，「報紙集中刊登學術性、知識性、文學性、文化性的材料，編輯形態相對獨立的固定版面。定期或不定期出版，一般有專名。副刊內容和形式均不同與新聞版，有自己的讀者群和作者群，有自己的編輯特色。」

姚福申、管志華所著的《中國報紙副刊學》一書認為副刊一般指報紙上刊登文藝作品或理論文章的固定版面，每天或定期出版，多數有專名。〔註5〕

馮並所著的《中國文藝副刊史》認為「副刊是報紙的具有相對獨立編輯形態，並富於整體文化和文藝色彩的固定版面、欄目和隨報發行的附刊」。〔註6〕此概念將副刊延及了「欄目」和「附刊」。

這些概念基本上都是從報紙副刊內容和形式特點進行的概括。

從報紙副刊承載的內容看，除了《中國報紙副刊學》中「刊登文藝作品或理論文章」這樣範圍明確且涵蓋內容具體的界定外，其他對副刊內容的描述都比較寬泛；《新聞學大辭典》對副刊內容的概括「非新聞類體裁為主」，特別是「為主」二字精準的表明副刊中可能有少量新聞體裁的內容出現；《中國文藝副刊史》中對副刊的界定更強調期「獨立」和「文化」。

從報紙副刊的特點來看，不同的概念表述，都表達了幾乎相同的內容：固定刊名、固定版面、定期出版。只是《新聞傳播百科全書》，將「不定期出版」的特點爲入副刊的概念當中。

那麼報紙副刊的外延又該如何界定呢？《新聞學大辭典》認為，「副刊有綜合性副刊、專題副刊和專業性副刊 3 類。綜合性副刊反映社會面較廣，內容多樣，以刊登雜文、散文、詩歌、小說、繪畫等文藝作品為主，是報紙副刊的傳統樣式。專題性副刊，主要反映社會生活的某一領域，一般也具有文藝色彩，如國際副刊、家庭副刊、科普副刊等。專業性副刊，主要傳播某一領域的科學知識，面向專業人員或這一方面的愛好者，具有專業性，不太強

〔註4〕甘惜分，新聞學大辭典〔M〕，鄭州：河南人民出版社，1993：196。
〔註5〕姚福申、管志華，中國報紙副刊學〔M〕，上海：上海人民出版社，2007：17。
〔註6〕馮並，中國文藝副刊史〔M〕，北京：華文出版社，2001：4。

調文藝性，如史學副刊、經濟管理副刊、教育副刊等。後兩種副刊，又統稱為專刊。」〔註7〕

陳昌鳳將副刊分為兩類，認為「綜合性副刊大都有文藝色彩，反映社會各態，為讀者平淡的生活添油加醬，有趣味性、娛樂性，也介紹科學知識。其綜合性主要表現在兩個方面：一是文體多樣，小說詩詞、雜文散文、文藝評論、小品繪畫，可以樣樣俱備；二是內容包羅萬象，掌故笑話、文學藝術、生活常識、科學知識，都能登堂入室，雅俗共賞。」「專門性副刊常常是專題性的，有的為滿足特定讀者而設的，如兒童副刊、老年副刊、婦女專刊；有的為某項專門性內容而設，如電影副刊、小說副刊、科技副刊；也有的專事讀者服務，等等。它們以特點見長、以個性取勝，敢與綜合性副刊分庭抗禮。」〔註8〕

報紙發展的不同歷史階段，副刊也被賦予了不同的傳播功能。

最初，副刊是從一張張報紙的補白開始的，「一開始，副刊的文字就是很隨意的，沒有什麼計劃，有時是逢場作戲；也沒有預留版面，它們與新聞混合編排，常常帶有補白性質。」〔註9〕這從 1897 年 11 月 24 日創辦的中國第一張副刊《消閒報》的名中就可看出。此時，報紙副刊多由一些文人雅士的文章所佔據，內容也多是一些舊體詩、小說、小品文等內容，辦刊主要是為了消閒娛樂、潤澤生活。副刊最早出現就是為了供人們消遣娛樂的。

隨著副刊地位不斷提升，其功能也在不斷的豐富。辛亥革命的爆發，為報紙副刊增添一股政治氣息。此時，副刊「不但政治色彩顯明，並自覺地以副刊為鬥爭武器，對社會黑暗面進行無情的揭露和嘲諷。副刊也講究趣味性和娛樂性，然而這僅僅是一種寓教於樂的手段。」〔註10〕此時，副刊也多了一重政治宣傳的功能，成為政治鬥爭的工具。

五四運動以後，副刊迎來了新的發展時期，這場文化運動「造成了人們對副刊的性質和社會作用的新認識」，認為副刊應該介紹「關於政治的社會的文化的論著或批評；介紹各國民眾的思潮到中國來；要以藝術的力量去滋潤

〔註7〕甘惜分，新聞學大辭典〔M〕，鄭州：河南人民出版社，1993：196。

〔註8〕陳昌鳳，蜂飛蝶舞：舊中國著名報紙副刊〔M〕，福州：福建人民出版社，1999：25。

〔註9〕陳昌鳳，蜂飛蝶舞：舊中國著名報紙副刊〔M〕，福州：福建人民出版社，1999：2。

〔註10〕姚福申、管志華，中國報紙副刊學〔M〕，上海：上海人民出版社，2007：74。

讀者」。〔註11〕這時期的副刊開始肩負開啟民智、啟蒙思想的重任，思想性也成為了副刊的一種屬性。隨著各種思潮、流派的紛至沓來，新聞史上著名的「新文化運動中的四大副刊」也應運而生，「以宣傳新思潮、新文化相標榜，形成五四時期副刊綜合性的新特點」〔註12〕

　　當時有觀點認為，副刊經歷了原始補白文字的作用時代，詩詞餘興的清末時代，形式完成的民初時代，內容完成的五四時代。〔註13〕這也恰恰說明，五四運動以後報紙副刊逐步形成了比較完備的副刊功能。

　　民國時期著名的副刊編輯嚴獨鶴這樣說，「其實副刊在一張報紙上，決非等於附庸，而自有其獨立的地位，極應從獨立的地位，發揮其獨立的精神與功能……獨特地對讀者有所貢獻」。〔註14〕

　　報紙副刊的概念及其承載的功能隨著時代的發展不斷演變。本文的研究對象《滿洲報》是在新文化運動時期創辦的，所以關於副刊功能的演變也就敘述到此。

　　通過以上三個方面對副刊概念內涵、外延和副刊功能的梳理比較，本文認為，副刊是報紙中的一塊專版或專欄，它們有相對獨立的編輯風格和內容，有專名，並且刊名、版面位置、出版時間相對固定，以非新聞類的體裁為主，大致可分為內容、文體多樣的綜合性副刊和傳播某一特定領域內容的專門性副刊。

　　依照這樣的副刊定義，本文研究對象《滿洲報》副刊，按照獨立的刊頭來統計，共有25種：「文藝欄」〔註15〕《文藝》《消閒世界》《星期副刊》《小友樂園》《內外論潮》《萬有錦笈》《北國文藝》《曉野》《婦女與家庭》《政海津梁》《王道週刊》《體育匯要》《文藝專刊》（第一次辦刊）《體育》《北風》《曉潮》《遊藝》《醫識特刊》《文教特刊》《文教》《醫識》《電影與戲劇》《新小友》《文藝專刊》（第二次辦刊）。後文將展開詳述，此處不再贅言。

　　考慮到本文研究的時間劃定在 1931 年至 1937 年《滿洲報》停刊，有價

〔註11〕馮並，中國文藝副刊史〔M〕，北京：華文出版社，2001：175。
〔註12〕馮並，中國文藝副刊史〔M〕，北京：華文出版社，2001：176。
〔註13〕金幕農，天津新聞紙副刊巡禮〔J〕，汗血月刊，1935，7：5 卷 4 期。
〔註14〕嚴獨鶴，副刊的「四個要點」//副刊面面觀〔M〕，鄭州：大象出版社，2017：168。
〔註15〕為作者對《滿洲報》專欄性質副刊的概稱，此欄目涵蓋小說、劇評、花評、諧藪等小欄目。

值的研究對象是需要和殖民政治相關度較高的，且是《滿洲報》創辦的比較重要的副刊，因書篇幅和研究精力所限，一些特別專業且小眾的副刊便不再納入研究討論範圍。故本書將《萬有錦笈》《遊藝》《醫識特刊》《文教特刊》《文教》《醫識》《電影與戲劇》幾份特別專業的副刊剔除，只做簡述，不作為具體的考察對象。

二、政治文化

1960 年代，提倡心理文化的研究途徑的政治文化研究產生，它企圖從個人的認知、情感、態度和價值觀念等角度，來解釋政治系統穩定與變遷的基礎。

（一）核心要素

當代政治文化研究的奠基人阿爾蒙德把政治文化理解為政治系統的心理取向，包括所有與政治相關的信念、價值和態度等。一個民族或一個社會的政治文化，就是「對政治對象的取向模式在該民族成員中間的一種特殊分布」，是「內化於民眾的認知、情感和評價中的政治系統」。〔註16〕

當代政治文化研究領域最有影響的學者英格爾哈特把政治文化定義為「與一個群體或社會流行的政治信念、規範和價值相關的所有政治活動」。〔註17〕

政治文化概念自提出，不同界定也逐漸增多。美國學者羅森邦在《政治文化》一書中系統梳理了政治文化概念。該書沒有對政治文化概念進行簡單的定義，而是從諸多定義中抽取出多數學者同意的屬文化的共同的項目，稱這些共同的基本要素為政治文化的「核心成分」：那些與一個社會的基本政治秩序的創立和維持有關聯的個人的思想、感覺或行為等面向，可以總稱為「政治文化」，具體包括對政府結構的取向，對政治系統內他人的取向，對本人政治行動的取向。〔註18〕

〔註16〕邁爾克·布林特，政治文化的譜系〔M〕，北京：社會科學文獻出版社，2013：總序1。

〔註17〕邁爾克·布林特，政治文化的譜系〔M〕，北京：社會科學文獻出版社，2013：總序1。

〔註18〕羅森邦，政治文化〔M〕，陳鴻瑜譯，臺灣：桂冠圖書股份有限公司，1983：5。

關於政治文化的定義爭議不斷，其研究方法也有所不同。相關學者將其研究方法梳理為兩種截然不同的哲學範式：實證主義和解釋主義。

實證主義範式認為，政治文化儘管是通過人們的主觀意向和歷史實踐形成的，但它們是客觀存在的，是外在於人的社會現象。換言之，政治文化作為一個研究客體，是一個外在於研究主體的實事，是可以與研究主體分離並被研究主體進行客觀、系統地觀察、測量和研究的。〔註 19〕

解釋主義範式認為，文化不同於自然界，文化是人們在歷史發展過程中主動「構建」出來的，也就是說，文化並不是一種「自在的事物」，恰恰相反，文化在很大程度上是一種「人為的事物」。政治文化研究的目的和功能是通過對可觀察到的符號（symbol）的主觀意義和歷史意義的理解來真實地說明和闡釋獨特性的意義體系。〔註 20〕解釋主義範式恰為本文的分析提供了可資借鑒的理論依據。

總體來看，政治文化的研究是傳統政治學研究領域的一個重要的拓展，屬意識形態，觀念及觀念系統。政治文化是一種「宏觀」的政治，是圍繞著重大社會規則、社會秩序而呈現出來的權力及權力關係；圍繞著重大、重要的社會權力及其關係，呈現出政治認知、政治感情、政治價值、政治信仰幾個方面。〔註 21〕

（二）與文化政治的區別

鄒文貴在《文化學十四講》一書中，對文化政治和政治文化做了比較論述。簡而言之，一個研究政治的意識形態屬性，一個強調文化的政治屬性。

鄒文貴論述道，文化和政治有交互的地帶，「一方面，政治可以呈現為一種文化形態，另一方面，文化又內蘊某些政治意涵。」因此也就有了政治文化和文化政治這樣相似而又迥異的兩個概念。

文化政治的概念也是西方學術界首先提出的。20 世紀 60 年代以後，文化政治研究盛極一時。當時，傳統宏觀政治轉向為現實的微觀政治。政治被泛化，被日常生活化。〔註 22〕

〔註 19〕邁爾克・布林特，政治文化的譜系〔M〕，北京：社會科學文獻出版社，2013：
　　　　代譯序 4。
〔註 20〕邁爾克・布林特，政治文化的譜系〔M〕，北京：社會科學文獻出版社，2013：
　　　　代譯序 7～8。
〔註 21〕鄒文貴，文化學十四講〔M〕，哈爾濱：黑龍江大學出版社，2015：167。
〔註 22〕鄒文貴，文化學十四講〔M〕，哈爾濱：黑龍江大學出版社，2015：168。

鄒文貴引用後現代主義者福柯的觀點「權力是微觀的、網狀的，存在於話語、制度、身份的創造之中，滲透到社會生活的每一個角落」，以此來解釋，政治泛化，滲透到文化之中的現象。隨後，學術界提出了文化政治的概念，發展了文化政治相關理論。

鄒文貴在分析中指出，文化政治包含了文化強權與文化領導權、文化政策與文化秩序這樣的範疇。

文化強權與文化領導權，是文化控制力和文化凝聚力的問題。其中，文化強權，是文化霸權，是一個國家統制階層強力推行的文化觀念，具有無可置疑的權威性和排他性。文化領導權，不同與文化強權，沒有絕對的支配與被支配，統制與被統制的性情，是在社會的協商、平衡中，乃至妥協中實現的一種廣為認可的領導權。〔註 23〕

文化政策，是國家、政黨、統制階級或統制集團為了達成自己的文化意志和文化目標進而對文化路線與文化行為作出種種強制性的規定。文化秩序，相對一個國家和一個社會而言，文化秩序是指各種文化成分之間穩定有序的關係狀態和互動格局。〔註 24〕

從殖民政治強大的主動的控制力來看，是要主動強化政治文化的塑造力，來重構人的意識觀念。大眾傳媒成為有力的平臺和傳播工具。因本文研究重點不是殖民地文化中的政治特點，而是大眾媒介的政治文化承載和塑造功能。所以，從政治文化視角來審視《滿洲報》副刊，顯得更有現實意義。

（三）與媒介文化的關係

1995 年，道格拉斯·凱爾納在《媒介文化》一書中率先將媒介文化納入文化研究的框架，影響了一批後來者的媒介文化研究。〔註 25〕至今，學術界依然很難給媒介文化一個明確的定義。

有觀點認為，媒介文化概念常用於兩種情況：一是非理論化的描繪性的短語，藉以捕捉媒介的使用在「感覺上」的國別差異；一是用來把握對具體時間及地點的媒介產品的流動和風格所做的解釋性概括。〔註 26〕

〔註 23〕鄒文貴，文化學十四講〔M〕，哈爾濱：黑龍江大學出版社，2015：169～172。
〔註 24〕鄒文貴，文化學十四講〔M〕，哈爾濱：黑龍江大學出版社，2015：173～176。
〔註 25〕隋岩，媒介文化與傳播〔M〕，北京：中國廣播影視出版社，2015：3。
〔註 26〕（英）尼克·庫爾德利（Nick Couldry）媒介、社會與世界——社會理論與數字媒介實踐〔M〕，何道寬譯，上海：復旦大學出版社，2014：165。

　　美國人類學家愛德華・霍爾在《沉默的語言》一書中談到了這樣的觀點：文化即傳播，傳播即文化。〔註 27〕這與媒介文化概念的兩種解釋方向不謀而合。順著這樣的思路來理解，文化借助媒介來形成大眾文化，媒介傳播的過程也是一種文化形態。

　　由此看見，一種解釋媒介文化的方向便是將其看做人們用媒介所做的事情。國內學者確實也將媒介文化定義為人們運用傳播技術在特定社會環境下進行的文化產品的生產、流通和消費的活動和過程。〔註 28〕

　　另外一種解釋認為在大眾媒介到來的時代，現代文化正是通過大眾媒介來傳達。格拉斯・凱爾納認為，媒介文化已經成為主流的文化形式，是大眾文化的一部分，它不僅影響人們的社會化，而且深入到了人的認同性內部。〔註 29〕

　　媒介已經把整個世界都壓縮成了符號訊息。媒介文化是把所有社會物質都抽掉，壓縮成一些形象、符號和數字。〔註 30〕它們背後的意義，推動文化的形成，進而影響和改變社會形態。

　　可以說，媒介文化的兩種解釋，一個是強調社會文化對媒介塑造和支配的形態，一個是強調媒介形塑大眾文化的功能。這和以大眾傳播為中心論題的「文化研究」相一致。

　　「文化研究」關注媒體和文化等社會機構的行為之間的聯繫，認為媒體被視為傳播統治階級意識形態的有力工具。此外，媒體的另一潛在功能是提高大眾對有關階級、權力和宰制的事務的意識。〔註 31〕

　　文化理論指出，社會中現存的意識形態並不處於同等地位，占統治地位的意識形態是一種不利於弱勢群體的霸權。媒體受到主流意識形態的宰制，展現的是多樣性和客觀性的幻象，實際上充當的確是統治秩序的再明白不過的工具。〔註 32〕

〔註 27〕愛德華・霍爾，沉默的語言〔M〕，劉建榮譯，上海：上海人民出版社，1991：206。

〔註 28〕隋岩，媒介文化與傳播〔M〕，北京：中國廣播影視出版社，2015：4。

〔註 29〕格拉斯・凱爾納，媒體文化——結餘現代與後現代之間的文化研究、認同性與政治〔M〕，丁寧譯，北京商務印書館，2013：123。

〔註 30〕陳默，媒介文化傳播〔M〕，北京：中國傳媒大學出版社，2016：75。

〔註 31〕斯蒂芬・李特約翰，人類傳播理論（第七版）〔M〕，北京：清華大學出版社，2004：255。

〔註 32〕斯蒂芬・李特約翰，人類傳播理論（第七版）〔M〕，北京：清華大學出版社，2004：255～256。

文化研究的主要目的是揭示強勢群體是如何以難以察覺的方式來維持其意識形態的，而那些被剝奪了權力的群體又是如何抵抗主流意識形態，從而顛覆權力體系的。〔註33〕

在政治文化的研究中，政治文化與輿論的關係是一個不能迴避的話題。政治文化與大眾輿論二者交疊在一起。〔註34〕政治文化對政治系統的影響，常透過各種輿論而散佈出去。〔註35〕這離不開大眾媒介的重要傳播作用，大眾媒介也成為政治社會化的重要機構和工具之一。大眾輿論如果長期地保持不變，慢慢也會成為政治文化。〔註36〕在大眾媒介社會，媒介成為輿論形成的主要載體。因此，政治文化與媒介文化便產生了巨大的交叉空間。

在殖民政治強力破壞原有政治生態的時代境況下，以強調政治方面的意識形態的灌輸為出發點來分析研究《滿洲報》，從政治文化的視角，能夠將媒介文化研究的重點更加聚焦凸顯。

第三節　文獻綜述

目前，對偽滿報紙副刊的研究，主要是以《大同報》《國際協報》《盛京時報》等報紙的副刊為研究對象，從不同角度進行研究，研究成果也比較多。從現有的文獻資料看，這些研究從文學角度展開的比較多。

一、政治文化視角下的報刊研究

立足大眾媒介與政治文化交叉點的研究近年來比較多，但是單純從報紙與政治文化的結合來研究的還比較少。

大眾媒介與政治文化方面的專著有：2017 年中國傳媒大學出版社出版的《宋代新聞傳播與政治文化史稿》，主要內容圍繞宋代邸報的新聞活動中政治信息傳遞相關問題展開論述。2015 年，哈爾濱工業大學出版社的《老報刊裏

〔註33〕斯蒂芬・李特約翰，人類傳播理論（第七版）〔M〕，北京：清華大學出版社，2004：257。

〔註34〕邁克爾・羅斯金等，政治科學〔M〕，林震等譯，北京：華夏出版社，2001：131。

〔註35〕羅森邦，政治文化〔M〕，陳鴻瑜譯，臺灣：桂冠圖書股份有限公司，1983：172。

〔註36〕邁克爾・羅斯金等，政治科學〔M〕，林震等譯，北京：華夏出版社，2001：132。

的日本侵華實錄（第 3 卷）侵華政治文化篇》，全方位、多角度、系統的挖掘整理出 1931 至 1945 年間日本侵華的圖文記載史料。2014 年，九州出版社出版的《臺灣輿論議題與政治文化變遷》，該書研究了光復以來臺灣輿論議題的演變，從政治文化的角度，考察揭示臺灣政治文化的變遷，探討了輿論議題與政治文化的互動模式。2011 年，人民出版社出版的《政治文化語境下的文體矯正——論中國二十世紀三十年代文學的審美演進》，考察了 30 年代文學發展中政治和文學的關係，從文體審美追求對政治修辭進行審美化的角度展開論述。2011 年，中國廣播電視出版社出版的《選舉傳播與契約精神——中國鄉村政治文化的變遷與村民選舉中的信息傳播之關係》聚焦選舉傳播這樣一個領域，從村民選舉中的傳播活動、信息接受行為、鄉村政治文化變遷等方面，分析了選舉傳播和鄉村政治文化的相互影響的問題。2007 年，清華大學出版社出版的《清末政論報刊與民眾動員——一種政治文化的視角》，從政治文化的視角，深入分析了清末政治文化與政論報刊之間的關係，揭示了清末政論報刊社會動員功能的發生機制和基本性質。2005 年，湖南人民出版社出版的《政治文化與新聞傳播》採用理論研究和案例分析相結合的研究方法，論述了政治文化與新聞傳播的互動關係及相互影響。

有關的期刊論文數量也不太多，質量也比較一般。研究聚焦報紙、電視、網絡政治文化和政治文化傳播與社會發展幾個方面。

網絡政治文化方面的主要有：張筱榮發表在《甘肅社會科學》上的《當代中國網絡政治文化發展態勢與構建策略》、靳明福發表在《讀書文摘》上的《網絡時代下的微博政治文化話語權》以及許靖鉤發表在《新教育時代電子雜誌（教師版）》的《淺談我國網絡政治文化的發展》。其中當屬《當代中國網絡政治文化發展態勢與構建策略》更具有現實意義和理論深度。

電視影像與政治文化方面的主要有，鄒振東發表在《國際新聞界》的《政治文化視域下的臺灣電視政論節目》、宇丹發表在《思想戰線》上的《電視的政治文化功能——電視文化論稿之二》以及《藝苑》上發表的《自由而獨特的紀錄——論 DV／個人影像的政治文化意義》、《當代藝術》上發表的《大眾圖像對社會經濟政治文化形態的寓意性》。

政治文化傳播與社會發展方面的有，《當代傳播》上刊發的《美國政治文化傳播的新趨勢——奧巴馬競選總統的媒介傳播策略》、《政治文化傳播：從個體意識到群體意識的演進》，《社會建設研究》上刊發的《政治文化‧新新

媒介‧全球傳播：「佔領華爾街」社會抗爭運動的發展與演變》，《商丘師範學院學報》上刊發的《革命政治文化傳播與清末民初政局》。

相比而言，報紙方面的政治文化傳播研究相對成熟，如《國際新聞界》刊發的《政治與倫理之間——清末政論報人媒介倫理觀念的政治文化反思》、《新聞界》刊發的《報紙新聞話語的政治文化審視——以〈泰晤士報〉、〈紐約時報〉等為例》和刊發在《中國出版》上的《西方報紙新聞話語的政治文化審視》、《江西師範大學學報（哲學社會科學版）》刊發的《論〈民報〉的美國政治文化傳播——基於媒介文本生成的視角》、《新聞知識》刊發的《論政治文化視角下新文化運動報刊的興起》等。其中，《國際新聞界》和《新聞界》上刊發的兩篇文章，從政治文化的角度審視了報紙新聞話語，意識形態組織結構的建立，報紙新聞的議程設置與輿論引導以及受眾認同等。

在學位論文方面，相關研究更少，主要有以下幾篇碩士學位論文：中央黨校楊仲航的《新時期中國大眾傳媒的政治文化功能》，文章從中國大眾傳播媒體在政治態度、政治價值觀、政治思想的形成、維護、發展中扮演極其重要的角色入手，對新時期中國大眾傳媒的政治文化功能進行了深入的分析，認為新時期中國大眾傳媒具有形成與影響政治態度，建構並革新政治價值觀，引領政治思潮，維繫與發展政治思想等諸方面的政治文化功能。

華中師範大學閔建平的《道格拉斯‧凱爾納媒介文化政治學研究》，文章以美國當代著名西方馬克思主義理論家和媒介理論家道格拉斯‧凱爾納的媒介文化思想作為考察對象，從當代資本主義社會媒介文化殖民的現實語境出發，以發展媒介文化政治，反抗媒介文化殖民，促進人的全面解放為主線，對凱爾納的媒介文化思想進行了重新梳理，並建構出凱爾納的媒介文化政治學理論。

河北師範大學曹彩霞的《當前我國網絡政治文化建設的問題及對策研究》，文章分析了在網絡社會裏，我國網民對政治體系的認知、情感和評價的網絡政治文化。文章從網絡政治文化及其建設的必要性和緊迫性、當前我國網絡政治文化存在的問題及原因分析、網絡政治文化建設的原則和途徑三方面進行了分析。

二、偽滿時期的報紙副刊研究

　　在眾多研究文獻中，關於偽滿時期報紙副刊研究，比較有代表性的文章是吉林大學蔣蕾的博士論文《精神抵抗：東北淪陷區報紙文學副刊的政治身份與文化身份——以〈大同報〉為樣本的歷史考察》。文章對東北淪陷區《大同報》副刊進行大量的文本分析，同時對在世的偽滿時期作家進行了頗有成效的訪談，尋找到東北淪陷區文壇的精神內核和一些重大文學事件的發生內因，並以實例證明：精神抵抗，是東北淪陷區報紙文學副刊的主線。蔣蕾的《東北淪陷區中文報紙：文化身份與政治身份的分裂——對偽滿〈大同報〉副刊叛離現象的考察》《被遺忘的抵抗文學副刊〈大同俱樂部〉》均是以《大同報》為研究對象，對其文化身份與政治身份分裂，副刊叛離了正刊這一特殊現象進行分析研究。

　　華東師範大學吳璿的《「東北女作家中的拓荒者」：白朗在偽滿洲國——以〈大同報〉〈國際協報〉的文藝副刊為中心》集中關注白朗在偽滿洲國時期的文學活動，依次分析白朗在《大同報》以及《國際協報》副刊上的文學創作和編輯活動，透過白朗進而窺探到偽滿洲國初期集結於報紙副刊上的抵抗文學的狀貌。

　　黑龍江大學蘇丹的《1934 年～1937 年〈國際協報〉副刊思想內容研究》，東北師範大學許文暢的《偽滿時期文學與政治的游移——以 1931～1937 年〈盛京時報〉副刊〈神皋雜俎〉為中心》，中國人民大學王巨川的《再疆域時空的文化形態與舊體詩創作特徵——以東北淪陷時期〈盛京時報〉文藝副刊為中心》均是以《國際協報》和《盛京時報》的文藝副刊為研究對象，從抵抗文學的角度加以闡釋。

　　部分研究者從日本殖民者的角度出發進行研究。中國社會科學院高雲球的《1932～1945：東北淪陷區翻譯文學研究——以〈盛京時報〉、〈大同報〉文學副刊為中心》以發表在日本資助的報刊上的翻譯文學作品作為考察對象，論證日本殖民者試圖改寫文化系統編碼流的特殊的語境下，滿洲當局的文化政策與策略選擇在外化的報紙上以何種方式顯現出來，以及通過這一實證對象論證翻譯者在特殊的地域中的心理嬗變與侵略者所要實現文化再疆域化的訴求之間的關係。

　　由於偽滿時期報紙副刊文學研究的空白點較多，不少研究者從基礎的概述出發，對當時的文學狀況進行梳理描述。如：

　　東北師範大學佟雪的博士論文《淪陷初期（1931～1937）的東北文學研究——以〈盛京時報〉〈大同報〉〈國際協報〉文學副刊為中心》選取三種報紙副刊為研究對象，重點解決淪陷初期東北文學究竟是一種什麼樣的狀態，體現出了哪些有意義的特點，如何來重新評價它在文學史上的地位的問題。

　　吉林大學王秀豔的《〈盛京時報〉「神皋雜俎」副刊十年與穆儒丐小說創作》認為，作為作家的穆儒丐與作為欄目主筆的穆儒丐不盡相同。文章從穆儒丐來看「神皋雜俎」，也從「神皋雜俎」反觀其主筆，以求尋找到一個真實的穆儒丐。

　　哈爾濱師範大學卞策的《東北淪陷時期報紙文藝副刊研究綜述》以整個偽滿洲國報紙文藝副刊為研究對象，指出東北淪陷時期的報紙文藝副刊，使淪陷時期在東北文學上占較重要地位的副刊文學真實地浮出歷史的地表。這種文學史料的有效發掘，為東北淪陷區文學乃至整個中國淪陷區文學的研究補充了別樣的文學圖景，在一定程度上填補了中國現代文學研究的一個空白。他的《黑龍江淪陷時期報紙文藝副刊研究綜述》以東北淪陷時期黑龍江的報紙文藝副刊為研究對象，收集整理了哈爾濱的《大北新報》、《國際協報》、《濱江時報》、《濱江日報》、《午報》以及齊齊哈爾的《黑龍江民報》各報紙文藝副刊上的文學作品，從這些作品瞭解那個特殊時期的文學創作生態及其話語特徵。

　　其他文章如楊悅博士論文《偽滿時期《盛京時報》「主辦事業」研究（1931～1944）》，張瑞博士論文《〈大北新報〉與偽滿洲國殖民統治》，趙建明博士論文《近代遼寧報業研究（1899～1949）》等，均對偽滿時期報紙副刊有所涉獵，但並未作為主要對象進行研究。

　　總體來看，偽滿時期報紙研究多集中在「官辦」的報紙，對於「民辦」報紙關注較少。以上是關於偽滿時期報紙副刊研究的總體情況，可見這個領域研究還有非常廣闊的空間。

　　至今，研究《滿洲報》的專著還很少。1989 年出版的《東北現代文學史》對《滿洲報》的《星期副刊》做了介紹。1991 年馮維群、李春燕合著的《東北淪陷時期文學新論》、1996 年張毓茂主編的《東北現代文學史論》以及 2001 年蘇光文主編的《1937～1945 年中國文學愛國主義母題研究》都對《滿洲報》的文藝副刊有所提及。1995 年出版的由徐迺翔、黃萬華合著的《中國抗戰時期淪陷區文學史》對《滿洲報》的文藝副刊及曾在該副刊上發表文章的作者

都做了說明。以上著作提及《滿洲報》的文藝副刊，多作為偽滿洲國文學的一部分內容。

在期刊論文方面，最早對《滿洲報》開展個案研究的文章發表在 2012 年《中國報業》上，題目為《從日偽〈滿洲報〉探究民生報發展之道》。文章剖析了《滿洲報》的辦報特點，著重從新聞學的角度對《滿洲報》的標題、版面變化、文藝性專欄、專業版塊等幾方面，進行了簡單介紹，進而得出民生報紙的歷史沿革和發展之道的結論。趙寰宇、林海燕在《文藝爭鳴》中發表了《〈滿洲報〉的文藝專刊及通俗小說研究》。文章對《滿洲報》的文藝專刊進行介紹，重點著墨之處在通俗小說研究上，將刊發在《滿洲報》上的通俗小說分為社會言情小說、滑稽幽默小說、偵探小說及古典白話小說四種，分別予以闡釋，指出了小說刊載的價值所在。此外，趙寰宇、林海燕還在《中國現代文學研究叢刊》上發表了《論李遜梅在〈滿洲報〉上的社會言情小說》一文，對清末民初東北重要的通俗小說家李遜梅的作品做重點闡釋。還有一些對偽滿作家進行個案研究的文章，如對楊絮、山丁、小松個人及作品的研究中對《滿洲報》有所提及，因和本文主題關係不大，就不再贅述。

目前，研究《滿洲報》的學位論文也非常有限。趙寰宇的博士論文《〈滿洲報〉小說研究》，以《滿洲報》小說作品為研究對象，梳理了其文藝版面的發展與主要小說家的創作情況。碩士論文有劉少博的《20 年代〈滿洲報〉言論傾向及性質考察》。知網上可檢索到的以《滿洲報》為研究對象的學位論文僅有兩篇。其餘論文，只是提及《滿洲報》，並未作為主要研究對象。

綜上，可以說關於《滿洲報》的研究寥寥，對其副刊全面系統的研究幾乎還是空白。

第四節　研究思路

一、主要方法

本文以《滿洲報》的副刊為研究對象，通過對其發展歷史進行梳理，對其內容深入分析，進而解析殖民背景下，副刊將殖民文化自然植入人們意識的過程表現。研究將採用如下方法：

史料分析法。採用文獻整理、歷史考證的方式，收集《滿洲報》副刊的報紙原件、與該報紙有關係的歷史資料，挖掘相關的重要官方文件，並對相

關史料進行收集、整理和分析。通過對這些資料的分析、考證，來還原《滿洲報》副刊發展歷史的原貌。

文本分析法。報紙文章經過有技術含量的「編碼」後，承載意識形態輸出功能。故而對副刊研究，需要文字「解碼」，這離不開文本分析方法。這種方法無疑特別適合用於媒介內容研究。《滿洲報》副刊本身就是非常有價值的史料，文本細讀分析是一項必不可少的工作。可以說本書就是對《滿洲報》副刊的「解碼」，文本分析將貫穿全文，也是本書的主要研究方法。

定量分析法。本書在研究過程中建立了《滿洲報》副刊文章的數據庫，通過對文章刊發時間、主題、版面等內容進行統計分析，從宏觀上來呈現《滿洲報》副刊內容全貌。在大數據的定量分析基礎上，更精確地呈現其對當時殖民政治構建的作用。這些數據也是未來對《滿洲報》進行進一步深入研究的寶貴資源。

定性分析法。在定量分析處理的基礎上，結合內容分析對《滿洲報》副刊進行非數字化的評估和解釋，探討《滿洲報》副刊在政治文化構建中的作用和政治文化對其形態的影響。

個案分析法。對《滿洲報》副刊上呈現出來的、有代表性的歷史事件進行個案分析。文章在宏觀分析的基礎上，進行個案研究，來豐富《滿洲報》副刊的呈現形態。

比較分析法。對《滿洲報》同類副刊進行比較分析。同時，將《滿洲報》副刊發展的不同階段情況進行比較分析，呈現《滿洲報》副刊的演變特點。

二、框架安排

《滿洲報》副刊留下了偽滿殖民時期特殊的歷史烙印，但還未曾受到太多關注，其副刊的研究有待深入挖掘。本文選取《滿洲報》副刊為研究對象，力求從政治文化的視角揭開其塵封已久的副刊發展歷史，填補《滿洲報》副刊研究的空白。

本文以《滿洲報》副刊為研究對象，力求全面描述其歷史狀況，分析呈現的內容，從政治文化角度，深入地分析其作為文化殖民工具發揮的作用。

本書將《滿洲報》創辦的所有 25 個副刊進行系統整理和介紹，重點分析 18 個重要的副刊，具體章節以副刊類型和單獨副刊為脈絡，全文共分為八個部分：

開篇為緒論，講述選題意義和史料搜集的情況，介紹和本書研究相關的
基本概念，分析《滿洲報》副刊研究現狀，並簡要介紹整體的研究思路。

第一章進行簡要概述，從整體上來分析《滿洲報》的政治屬性。第一節
介紹《滿洲報》的創辦和發展歷史。在此基礎上，第二節分析《滿洲報》與
殖民政治的關係，透過其發展歷史，總結出《滿洲報》這份民辦報紙沾染了
「官辦」色彩的特點。第三節介紹《滿洲報》副刊發展狀況及其殖民特性，
主要從創辦概況和發展脈絡橫縱兩條主線來梳理，並簡要總結政治文化視角
下副刊的辦刊特色。

第二章介紹並分析《滿洲報》政治副刊。政治副刊並不是《滿洲報》創
刊最早的副刊，卻是同類報紙政治副刊中創辦較早，特點鮮明的副刊，且與
政治文化主題相關度最高。因此，本書首先進行政治副刊的分析。前三節按
照《內外論潮》《政海津梁》《王道週刊》分別展開，三個副刊存在的「份量」
相當。第四節為全章小節，從政治文化理論角度，對政治副刊殖民認同塑造
功能進行總結。

第三章至第五章分別介紹分析面向兒童的副刊《小友樂園》《新小友》、
面向女性讀者的副刊《婦女與家庭》，以及面向男性讀者的《體育》副刊。這
三個章節也是按照副刊創辦順序展開，其創辦時間的先後也體現了重要程度
由重到輕的變化。這三類副刊恰恰將一個家庭覆蓋，受眾針對性強，功能單
一併且宣傳目的更為清晰，值得成為單獨章節，醮足筆墨，將內在的原委細
細道來。

第六章論述《滿洲報》文藝副刊。文學內容貫穿《滿洲報》創辦始終，
文學副刊自然也是辦刊數量最多和時間較長的副刊。本文按照政治色彩遞減
的順序排列分析不同類型的副刊。文藝副刊與殖民政治最為疏離，故放到最
後，但這並不意味著文藝副刊不重要。文藝副刊中，《星期副刊》創辦 6 年，
隨後文藝副刊進入了不斷變化的動盪期，持續了 4 年左右便同《滿洲報》一
同停辦。文藝副刊在發展過程中，背離殖民文化的腳步漸行漸遠。本章按照
文藝副刊發展脈絡展開。最後，《滿洲報》副刊當中辦刊時間最長的綜合性副
刊《消閒世界》，以通俗文學為主要內容，也非常具有代表性，故在本章專門
對其分析。

全書最後一部分為結論，從整體來總結《滿洲報》副刊中呈現的政治文
化形態，按照政治語言的界限、政治話語的議題、傳導出的價值觀念以及文

藝副刊疏離殖民政治的話語表達現象，逐一展開總結分析。

　　以上，為本書的整體研究思路和全部章節內容。

第一章　殖民統治下的《滿洲報》

1922 年 7 月 24 日，《滿洲報》正式創刊，至 1937 年 7 月 31 日停刊，總計 5244 期，歷時 15 年。《滿洲報》共計創辦文藝、政治、兒童、婦女、體育等不同類別副刊 25 個。

第一節　《滿洲報》十五載興衰

《滿洲報》創辦過程，經歷了民國時期的軍閥混戰、九一八事變的炮火、偽滿洲國統治的歷史時期。可以說，《滿洲報》的興衰與東北殖民歷史的發展同頻共振。

一、殖民統治下孕育而生

《滿洲報》創刊前期，正是日本報業在遼東半島擴張時期。

早在 1898 年，沙俄強租旅順和大連，成立所謂的「關東州」，並創辦報社、出版社。在沙俄殖民統治的 7 年間，「關東州」成為東北最早擁有現代新聞事業的地區。[註1] 1905 年，日本取得日俄戰爭的勝利，從俄國手裏取得了遼東半島及中東鐵路南線以及附屬地的各項權利，使其成為「租借地」。

大連為「遼東之咽喉、南滿洲之門戶」。日本看到了大連的戰略意義，最終選擇大連作為「進出滿洲」的據點。作為日本對東北文化滲透、經濟掠奪、武力入侵的切入點，大連迅速成為日本報業發展的重要地區。

〔註1〕虞文俊，沙俄統治下「關東州」新聞事業及其管制——兼談日俄戰爭中的新聞戰〔J〕，新聞與傳播研究，2016（11）：70。

1905 年 10 月 25 日，遼東地區第一份日文報紙──《遼東新報》在大連問世。隨著日本移民的迅速增多，在大連等地集聚，同時一些日本的報界人士、文人也來到東北，日文報刊數量開始快速增長。

1906 年 11 月，南滿洲鐵道株式會社（以下簡稱「滿鐵」）在大連成立，是依據日本政府敕令成立的股份公司。「滿鐵」初創資本金為 2 億日元，半數來自日本政府，名義上是鐵路公司，所經營的業務卻覆蓋殖民地的一切事業。「它在滿蒙地方，負有日本的國家的使命」「完全為一經濟的政治的侵略之總機關」。〔註2〕

1907 年，「滿鐵」正式運營後，日本清楚地認識到統籌、規劃、治理、統合東北的報紙（也包括中國人辦的報紙）和雜誌的重要性，繼而將各家新聞機構在運營機制和論調、主張和觀點上必須劃入「滿鐵」框定的輿論框架之內是日本實施對東北經營統治的先行步驟。〔註3〕

日本在東北制定了嚴苛的報紙審查制度。1907 年 9 月，關東都督府、大連民政署相繼成立，第一次將言論機關劃入可營業的範圍之內，對報紙的發行進行嚴格的審查，實行嚴苛的許可證制度。同時，日本不允許中國人在大連辦報。

建立報紙審查制度和日本官方的背後支持，為「滿鐵」在報業上的擴張提供了有利條件。「官辦」報紙開始走上舞臺。

由於最早創刊的《遼東新報》一度名聲大噪，這讓當時的「滿鐵」首任總裁後藤新平一度想要將該報收購過來，但該報始終強調「民間報紙的立場」予以拒絕。後藤新平認為，雖然大連的日本報刊在數量和規模上迅速壯大，但是「不成體系、沒有秩序、發行混亂」，「這些報紙在輿論宣傳上都無益於『滿鐵』及日本對東北的基本方針和政策。」〔註4〕同時，後藤新平也認識到對這些報紙進行歸納、整合、治理、整編，以至於統合在「滿鐵」麾下的困難。後藤新平決定創辦一張「除日文外有必要發行英文、中文兩欄兼備具有巨大勢力的理想報紙」〔註5〕。在他的倡議下，「滿鐵」機關報創立籌備委員會成立，1907 年 11 月 3 日，《滿洲日日新聞》在大連正式創刊。

〔註2〕蘇崇民，滿鐵檔案資料彙編（第 1 卷）──日本的大陸政策與滿鐵〔M〕，北京：社會科學文獻出版社，2011：177。

〔註3〕谷勝軍，滿洲日日新聞研究〔D〕，長春：東北師範大學，2014：9。

〔註4〕谷勝軍，滿洲日日新聞研究〔D〕，長春：東北師範大學，2014：34。

〔註5〕解學詩，滿鐵檔案資料彙編（第 13 卷）──滿鐵附屬地與「九一八」事變〔M〕，北京：社會科學文獻出版社，2011：425。

　　隨著《滿洲日日新聞》的創刊，大連報業開始形成了「民辦」和「官辦」報紙激烈競爭的局面。由「滿鐵」作為「經營滿洲」的國策會社，自然也要成為把控輿論的「急先鋒」。在日本官方的支持下，「滿鐵」開啟了報紙統合的「大車」。

　　整合的策略之一就是通過直接出資創辦《滿洲日日新聞》，收購、兼併和改組其他日本人報刊。1927 年 11 月 1 日《滿洲日日新聞》社收購《遼東新報》，1935 年 8 月 7 日，購買晚報《大連新聞》，1944 年 4 月並購新京的《滿洲新聞》。

　　經過不斷融資和兼併，《滿洲日日新聞》的發展在日本殖民機構「滿鐵」的直接領導下日益壯大，一度成為東北最大的日文報紙。1918 年，《滿洲日日新聞》的發行量為 1.3 萬部，1923 年，發行量為 2.7 萬部，到 1925 年 12 月發行量接近 4.2 萬部。」〔註6〕《滿洲日日新聞》「從創刊伊始直到 1945 年戰爭結束，實際上就是支配滿洲新聞業的最後霸主。」〔註7〕

　　整合策略之二就是通過「撥款」「津貼」等手段收買日本報人及中國報人。到 1931 年，「滿洲發行的由日本人經營的報紙，僅日刊的日本語報紙就有約 35 種，這些報紙幾乎都在滿鐵的控制之下。」〔註8〕

　　日文報紙迅速發展的同時，中文報紙也孕育萌芽。其呈現方式或作為日文報紙的「中文版」，或獨立辦報，再或者就是由「中文版」獨立為「中文報紙」。《遼東新報》1906 年由週報改為日報，每日四版日文、兩版中文。1908 年 11 月 3 日，大連民族實業家籌資創辦的《泰東日報》在大連創刊，成為大連最早創刊，存在時間最長的中文報紙。隨後，《關東報》創辦。曾任該報編輯長的王子衡〔註9〕在《王子衡筆供》〔註10〕中表示「因當時大連只有　家漢

〔註6〕谷勝軍，《滿洲日日新聞》研究〔D〕，長春：東北師範大學，2014，｜解學詩，滿鐵檔案資料彙編（第 13 卷）——滿鐵附屬地與九一八事變〔M〕，北京：社會科學文獻出版社，2011：427。

〔註7〕「滿洲事變」和報紙，多元共存與邊緣的選擇——延邊大學朝鮮韓國研究論集（第 6 輯）〔C〕，北京：社會科學文獻出版社，2014：94。

〔註8〕「滿洲事變」和報紙，多元共存與邊緣的選擇——延邊大學朝鮮韓國研究論集（第 6 輯）〔C〕，北京：社會科學文獻出版社，2014：92。

〔註9〕王子衡，1893 年生於旅順三澗堡韓家屯，日本東京早稻田大學政治經濟科畢業。早年任大連《關東報》編輯長，奉天省政府秘書。九一八事變後，任偽黑河省長，偽產業部畜產司長、偽濱江省長等//萬仁元，方慶秋，中國抗日戰爭大辭典〔M〕，武漢：湖北教育出版社，1995：52。

〔註10〕中央檔案館，偽滿洲國的統治與內幕：偽滿官員供述〔M〕，北京：中華書局，2000：355。

文《泰東報》……我和邱子厚各出資五千元，創辦《關東報》。但以關東廳不許可中國人有報紙的發行權，不得已由邱子厚的日本人朋友都甲文雄出名，領得《關東報》的發行權。邱子厚為社長，都甲文雄（曾任北京順天時報編輯）為顧問，我為編輯長。」〔註 11〕這些「民辦」中文報紙「資本雖然是由中國人所湊集，但中國人不能在大連辦報，所以請由日本人出名主持」〔註 12〕。

　　1922 年 1 月 28 日，《滿洲日日新聞》發行 15 週年之際，增設漢文版，隨原日文報紙一同發行。經過半年「試運行」，1922 年 7 月 1 日，《滿洲日日新聞》「朝刊」頭版發布社告，宣布漢文版擴版事宜，由最初一塊版擴展為四塊版。《滿洲日日新聞》在社告中說，漢文版自發刊以來，深得讀者之喜愛，發行也超出了預期，遂決定擴版。1922 年 7 月 22 日，《滿洲日日新聞》漢文版停刊。

圖 1.1：《滿洲日日新聞（漢文版）》創刊版面

〔註 11〕中央檔案館，偽滿洲國的統治與內幕：偽滿官員供述〔M〕，北京：中華書局，2000：356。

〔註 12〕趙惜夢，我看東北的新聞事業//東北研究論集（二）〔C〕，臺北：中華文化出版事業委員會，1957：243。

7月24日，《滿洲日日新聞》漢文版獨立發刊，名為《滿洲報》。1922年7月25日的《滿洲日日新聞》一版，《滿洲日日新聞》社和《滿洲報》社分別發布社告，宣布漢文版廢刊以及《滿洲報》創刊一事。至此，《泰東日報》《關東報》《滿洲報》成為大連最主要的三家中文報紙。在日本報業殖民擴張的背景下，《滿洲報》誕生。

二、成長為「滿洲第一」

《滿洲報》在短短15年創辦歷程中，可以說迅速進入了發展壯大的階段，在最為輝煌的時刻，經營狀況急轉直下，突然停刊。

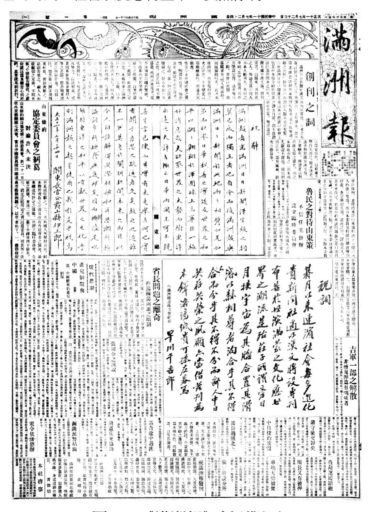

圖1.2：《滿洲報》創刊版面

（一）初創迅速發展

創刊初期，《滿洲報》日刊行 1 大張 4 個版。一版內容主要包括論說、現代思潮、國內新聞、詩壇等，二版新聞涵蓋國內新聞、大連本地新聞、東三省新聞、商情、人事消息等，三版主要為社會新聞和文藝欄等內容，四版為廣告版。

初創時，《滿洲報》便遭遇低谷，銷路非常不景氣。「本報發行初期，或有以為因名稱關係，恐不免為當時大多數之中國讀者所不歡迎。」〔註 13〕為了快速增加新聞量和擴大銷路，《滿洲報》採取了多種辦法：

首先，在內容上下工夫，增加可讀性。《滿洲報》加強了各地分社新聞採寫的管理，規定「今後決定改用白話，語句務求普通，敘事總宜清晰，以期容易了解，雅俗共賞，如文理欠通，或字跡潦草，不能辨識者，碍難登錄。」〔註 14〕

二是高效率創建分社。《滿洲報》創刊僅 7 天的時間就已在旅順、金州、普蘭店、撫順、鞍山、營口、長春、哈爾濱、奉天等 25 個地區設立分社，接洽廣告刊登、訂閱報紙等事宜。創刊 1 個月後，《滿洲報》將觸角伸向山東，率先在青島、威海等地建立分社。早期的分社設立地址多種多樣，有的在華商公議會，有的在煤油公司，也有的在藥房，甚至還有在澡堂設立的分社。《滿洲報》所設分社名稱按照規模大小，有支局、分社、派報處等。大一點的分社下面還設有子分社和派報處，如奉天分社下設兩個子分社，同時還設有多個派報處。

三是發起賑災捐款、舉辦「假選」及大型演出等活動，增加報紙的知名度和影響力。

由於措施得當，報社的經營狀況也日漸好轉，銷量開始快速增長。在創刊不過一年半的時候，《滿洲報》就曾發文表示「社會上每交口讚譽之，銷路逐日見增廣。發刊之數，同人敢以占大連各報之第一位自負矣，此皆讀者諸君謬相愛賞，有以玉成之，眷懷高誼實不勝感謝之至。」〔註 15〕

《滿洲報》迅速進入發展的正軌，報社經濟實力快速增加，迎來了第一次遷址和擴版。起初，《滿洲報》還借助《滿洲日日新聞》的扶持，借用辦公

〔註13〕本報十四週年紀念感言〔N〕，滿洲報，1936-7-24（1）。
〔註14〕本社緊要啟事〔N〕，滿洲報，1922-9-27（3）。
〔註15〕新年對讀者之感謝與希望〔N〕，滿洲報，1924-1-1（1）。

地點，其報社地址也屬同地，即大連市東公園町十七番地。1923 年 5 月 1 日，《滿洲報》社第一次遷址，脫離《滿洲日日新聞》社獨立辦公，「擴充設備，內容外觀，均煥然一新。」〔註16〕。

遷址同時，《滿洲報》第一次擴版，擴充至 2 大張 8 塊版。1923 年 5 月 6 日，《滿洲報》在版面設計上又有改動，「材料豐富，內容一新，除政治經濟科學文苑戲劇社會新聞柳城消息等外，特闢讀者言論一欄，以便閱報諸君發表意見並有法律衛生出品紹介等欄，以應閱者之質疑。」〔註17〕本次擴版具體改動為：一版主要為論說、專電、國內時事新聞，並開設類似國內時事新聞短評的新欄目「時事陽秋」；二版大連新聞；三版東三省新聞；四版經濟版；五版廣告版；六版副刊版；七版綜合版，內容多為小說、近代逸聞、衛生、法律等文章；八版廣告版。

擴版後，《滿洲報》在內容上更加重視社會新聞和經濟新聞。「今後關於政治問題，務期盡傳達消息之責住，以副國民關心國事之忱衷，若夫專在政治問題做工夫，則非本報之職務也，至於社會問題、經濟問題，在現在新舊社會紛擾，國民經濟枯竭時代，為亟宜喚起人人之注意者，本報則願大聲疾呼，鼓吹指導，以期研究改善，圖謀發達焉。」〔註18〕

「至十二年五月一日，於山縣通一百四十二番地另營之新館，設備完成，遂於是日遷至該處，增篇幅為兩大張，繼續出版，大連漢字日報，至是乃成三家鼎立之局。」〔註19〕第一次遷址，意味著創刊較晚的《滿洲報》，已經迎頭趕上大連的《泰東日報》《關東報》兩大中文報紙。1926 年時，《滿洲報》「深荷讀者之歡迎，社會之贊許，銷報之份數，已十倍於從前，誠不可不謂極為發達矣。」〔註20〕

（二）事業全面擴張

1927 年，《滿洲報》又迎來一次擴版，從 8 個版面增至 10 個版面。當年 11 月 15 日，《滿洲報》先是取消了報紙夾縫內容，使得「新聞及廣告等等材料較前約增一成」〔註21〕，後又於 1927 年底發布啟示：「本報因新聞及廣告

〔註16〕遷社增刊之詞〔N〕，滿洲報，1923-5-1（1）。
〔註17〕廣告〔N〕，滿洲報，1923-4-25（3）。
〔註18〕遷社增刊之詞〔N〕，滿洲報，1923-5-1（1）。
〔註19〕念曾，十載操觚回憶錄（三）〔N〕，滿洲報，1932-11-3（1）。
〔註20〕本報第四紀念日所感〔N〕，滿洲報，1926-5-1（1）。
〔註21〕本報改良篇幅多容材料啟事〔N〕，滿洲報，1927-11-15（1）。

日益增多，每感篇幅狹隘苦於容納茲爲迎合進展的趨勢起見，定於民國十七年新年以後增刊半張，逐日發行十頁，共計兩大張半，特此預布，即希公察。」〔註22〕

　　九一八事變後，《滿洲報》的版面曾一度恢復至兩大張 8 個版，至 1933 年 4 月 1 日起，才恢復刊行兩大張半 10 個版。自 1933 年 7 月 11 日起，《滿洲報》由 10 個版增加到日出三大張 12 個版，新增的兩個版面全部用於副刊。

　　報紙擴版期間，《滿洲報》再一次遷址。1932 年，《滿洲報》創刊十週年之際，報社遷址到大連市中央電氣公園附近的常盤町二十九番地「新社樓爲五層，高衝雲漢，左口右阜，益呈雄壯，內部之佈設，清都閎麗，外觀之建築，崔峨壯巍，而環周之風景尤稱絕佳，面公園，背遠山，臨街市……便交通……則大連全景，收入一目，鱗次櫛比之房屋，渾如棋布星羅，而北觀大海，尤能一揮浩然之氣焉。」〔註 23〕《滿洲報》有了自己的辦公樓，也標誌著其發展進入了鼎盛時期。

圖 1.3：1932 年《滿洲報》社新址

　　與此同時，《滿洲報》的分社不斷增設並擴大規模。1932 年僞滿洲國成立後，《滿洲報》社在哈爾濱、奉天、新京都成立了規模較大的分社。《滿洲報》哈爾濱分社規模擴大後又與黑龍江分社合併，成爲「北滿辦事處」，新京分社

〔註22〕本報明年逐日增刊半張共爲二大張半〔N〕，滿洲報，1927-12-30（1）。
〔註23〕紀本報新館〔N〕，滿洲報，1932-11-1（1）。

一度擴大，在分社設立了營業部。至 1933 年，《滿洲報》社已在日本、朝鮮建立支社，僅在國內設立的分社就有 93 家之多。為了實現發行全覆蓋，《滿洲報》社針對分社覆蓋不到的省城各區、鄉鎮等地，還大量招募代派處。規模大的分社，如《滿洲報》奉天分社、北滿辦事處等都自行招募代派處，擴大報紙的銷售範圍。

事業擴張時期，《滿洲報》推出「奉吉黑省府委員假選」活動，主動設置議題，賺足眼球，成為其「特立獨行」的營銷手段。1928 年 6 月 4 日，日本人製造了皇姑屯事件，炸死了張作霖。1928 年 7 月，張學良出任東三省保安總司令，由於根基未穩，導致內部出現如楊宇霆、常蔭槐等人的對抗。在這樣的背景下，《滿洲報》社於當年 11 月推出「奉吉黑省府委員假選」活動：

> 現在假設東三省與國民政府合作後屆時奉吉黑三省省政府委員人選，東北三千萬之民意，究以何人為合格，此實為最有意義之問題。本報有鑒於此，用特舉行東三省省政府委員假選，藉覘民意之所在，並引起閱者之興趣焉。〔註24〕

1928 年 11 月 2 日，《滿洲報》在報紙頭版上用醒目的大字標識「假選即將開始發表」的字樣，並在文中寫到「本報東三省省政府委員假選現在投票者已大為踴躍，可見東北人民對於此舉極為注意。」〔註 25〕《滿洲報》為服務假選臨時選調人員設置了「假選部」，同時開闢「假選瑣記」欄目，報導假選中的趣事等。

《滿洲報》導演的這次假選，涉及國內知名人士範圍廣，參與投票者眾多。11 月 5 日，假選開始，《滿洲報》將張學良、張作相、萬福麟等人的名字及選票赫然掛在了選舉人一欄。最終，這場歷時 45 天的投票，有效票數達到了 310 餘萬票，平均每日投票數達到了 7 萬餘票。這在當時的東三省也數空前絕後的事件。這次假選的舉辦，再一次壯大了《滿洲報》的聲勢，極大地擴大了銷量，也讓報社從中賺取了大筆的錢。

與「奉吉黑省府委員假選」僅隔了八個月，《滿洲報》社策劃、出版並發行的《東北人物志》，成為其報紙營銷的又一經典案例。1929 年 7 月 27 日，《滿洲報》在一版發布了籌劃出版《東北人物志》緣起的文章，寫道：

> 今日之東北，富廣兼備……傑出人物日多，乃為勢有必然。重

〔註24〕奉吉黑省府委員假選〔N〕，滿洲報，1928-10-31（1）。
〔註25〕假選即將開始發表〔N〕，滿洲報，1928-11-2（1）。

以環境之相促，風氣日開，民智日啟，人材之產生，較諸往昔遂有
日趨普遍之勢，若欲表彰往績，矜式方來，則凡可為社會楷模者，
誠有及時記其言行志其事功之必要。〔註26〕

《東北人物志》推薦人選的公告一經發出，立刻在東三省引起熱烈反響。
隨後，《滿洲報》在報紙版面安排上也做出了調整，用於登載人選名錄。

對於人物的選擇，《滿洲報》社採取了推薦的方式，「被推薦者不分男女
但須有正業素孚眾望為社會有力分子」，推薦日期從 1929 年 8 月 1 日至 9 月
30 日，推薦人數為 1 萬名，被推薦人須繳納一定的刊資。推選工作結束後，《東
北人物志》的後期編纂工作整整經歷了 2 年的時間，期間「函牘紛來，日以
尺計，調查接洽，絡繹無休，緣遵循公意，隨加修改，增刪既多，費時逐久」
〔註27〕。

在《東北人物志》轟轟烈烈開展的時候，也有不少有識之士發出了質疑
的聲音，直指其變相斂財的本質。1929 年，第五期《東方公論》上刊登了《痛
斥滿洲報並告東北人士》一文，揭露《滿洲報》社出版發行《東北人物志》
的本質：

用一種極卑鄙極無聊的手段，來騙取東北人士的金錢，並推廣他的銷
路……利用「民眾推薦」的名義，以挾持東北在社會上很有地位的人……恐
一旦落選於面子上不好看……於是隨便給你們一千八百，像應付妓女一樣，
明知其為竹槓而勉強乘之……許多想瞎出風頭的愚人，以把姓名登在報紙上
為莫大的榮幸……於是天天買幾份滿洲報來剪「推薦狀」……該報銷數因之
大增，每份的收入雖有限，但積少成多，也不無小補。〔註28〕

《東北人物志》索取刊資分現大洋 50 元、30 元、17 圓三個檔位，作者
在文中算了一筆賬，以平均每人 30 元計算，1 萬人就是 30 萬元，「該社又訂
『東北人物志』每部的價目為十五元，只要志上有名者各買一部，就能賣出
一萬部，合洋十五萬元。總計該部因此敲竹槓、收報費、索刊資，賣志書所
得，至少有五十萬元。用費至多除去十萬元，尚淨餘四十萬元。」〔註29〕

這兩次事件，讓《滿洲報》一時間「風頭無量」。至 1930 年，《滿洲報》發

〔註26〕本報發行東北人物志預告—緣起〔N〕，滿洲報，1929-7-27（1）。
〔註27〕西片朝三，東北人物志序//東北人物志〔M〕，大連：滿洲報社出版，1931。
〔註28〕戇公，痛斥滿洲報並告東北人士〔J〕，東方公論，1929（5）：1。
〔註29〕戇公，痛斥滿洲報並告東北人士〔J〕，東方公論，1929（5）：4。

行量達到 25760 份〔註 30〕。創刊十週年時,《滿洲報》「以一紙風行於中外」「社會上所需於報紙者愈為增加」「不但普遍於滿洲,就是中國和日本,也都知道滿洲有個滿洲生」。〔註 31〕至 1933 年,在其創刊的第 11 年,該報已號稱「滿洲第一」〔註 32〕。《滿洲報》迅速發展成為東北地區極具影響力的中文報紙。

圖 1.4:《滿洲國年報》上的《滿洲報》介紹

(三)命運戛然而止

1936 年,《滿洲報》社發生了因遼西水災震災款引發內訌的事件。當年 10 月 16 日的《泰東日報》報導了《滿洲報》社內部內訌一事。文章透露,多名報社幹部辭職,西片朝三被警察署人員帶走審訊,並列舉了他的多項罪名。文章寫到「西片社長於事件發覺後,痛其紳士之顏面,難再現身社會,故已急行辭卻社長職務,易以其令郎西片興衛繼任之云。」〔註 33〕西片朝三的離開也預示了《滿洲報》即將停刊的結局。

〔註 30〕東北日人報紙之調查(一)〔J〕,東方雜誌,1930(27 卷第 17 號):13。
〔註 31〕華亭,滿洲生—十歲過生日的談話〔N〕,滿洲報,1932-11-4(1)。
〔註 32〕(偽滿洲國)國務院統計處編,第一次滿洲國年報(普及版)〔M〕,大連:滿洲文化協會發行,1933,12。
〔註 33〕言論界之不祥事件〔N〕,泰東日報,1936-10-16(11)。

此時，東北地區報業生存狀況堪憂。1931 年九一八事變前，東北地區中文報紙約 40 餘家。偽滿洲國成立後，出臺《出版法》對報紙進行「清洗」，也是日本官方的第二次「新聞整理」。據 1933 年的相關統計，東北地區中文報刊剩下 27 種〔註34〕。1936 年，偽滿洲國成立了「滿洲弘報協會」，對報業進行壟斷經營，推動了更多中文報刊被合併或廢刊。1939 年，偽滿洲國的中文報紙僅為 18 種。

1937 年 1 月 2 日，《滿洲報》報導了該社舉辦新年團拜典禮的新聞，文中寫了新繼任社長西片興衛在發言中講到「凡世間經營一種事業，當其邁向成功之過程中，自不免有時遭逢狂風暴雨，而於此種環境中獲得成功，尤足顯示艱苦奮鬥精神之勝利。」〔註35〕「狂風暴雨」隱藏著怎樣的內情不得而知，相關史料並不多，《滿洲報》的命運卻沒有繼續下去。1937 年 7 月 31 日，《滿洲報》在剛剛邁向第 15 個年頭後就戛然而止。〔註36〕

《滿洲報》發展的勢頭迅猛，源於其有效的經營，更是契合了日本殖民擴張的需要，在日本人辦的中文報刊當中頗具有代表性。作為日本布局「滿洲經營」的一枚棋子，時局的變化，《滿洲報》最終也沒有逃脫被捨棄的命運。《滿洲報》歷經興衰，其命運就這樣匆匆畫上句號。

第二節　《滿洲報》的殖民「底色」

雖然是一份「民辦」報紙，《滿洲報》在每個歷史節點上，無論興衰與否，卻從未失掉文化殖民的「底色」。《滿洲報》的孕育和誕生，是日本殖民宣傳的需要，它從「母胎」中就承接了鮮明的殖民色彩。在後續的發展中，《滿洲報》依然沒有脫離與日本殖民當局千絲萬縷的聯繫。這與《滿洲報》社社長西片朝三的特殊身份也有密切的關係。

一、西片朝三：為政治利益辦報

《滿洲報》經營期間經歷了兩任社長，任職時間最長的是日本人西片朝三，從創刊伊始至 1936 年 10 月，長達 14 年；隨後，西片朝三的長男西片興

〔註34〕（偽滿洲國）國務院統計出編纂，第一次滿洲國年報〔M〕，〔出版者不詳〕，1933，204-206。
〔註35〕於本社禮堂舉行新年團拜典禮並表彰十年以上精勤者〔N〕，滿洲報，1937-1-2（2）。
〔註36〕本報實行擴大強化〔N〕，泰東日報，1937-8-2（1）。

衛繼任僅一年，《滿洲報》就走向終結。

　　西片朝三於 1877（明治十年）年出生於日本新潟縣，先後就讀於日本濟生學舍專門學校，1900 年（明治三十三年）任大阪府檢疫官，後遊學美國，就讀於美國南加州大學醫學部大學院。回國後因其善於經營，1909 年（明治四十二年）任東京萬世橋病院長，並獲得時任日本政友會總裁原敬的賞識，成為日本政友會會員〔註37〕，開始步入政壇。

圖 1.5：西片朝三近照

　　1920 年（大正九年）2 月，由於西片朝三在美國時曾任美國羅府〔註38〕《每日新聞》社的社長，有一定的報紙經營管理的經驗，在時任外務大臣松岡洋右的邀請下，西片朝三來到大連，出任《滿洲日日新聞》社的副社長。在西片朝三大力改革下，《滿洲日日新聞》社資本金增加到五十萬日元，當年 4 月增加了晚刊，早刊和晚刊合起來一共八版。

〔註37〕政友會全稱立憲政友會，成立於 1900 年 9 月 15 日，是日本近代重要政黨之一，發起人兼第一任總裁為伊藤博文。

〔註38〕羅府即美國城市洛杉磯，19 世紀中文音譯「羅省枝利」，老一輩華僑簡稱「羅省」，在日本人社區提倡簡稱「羅府」。洛杉磯的日文報紙也稱《羅府新報》。本文對於西片朝三早年經歷的敘述均來源於日文資料，故依照採用「羅府」的說法。

在《滿洲日日新聞》獲得漢語版的發行權之後，「由於經費的關係，在 1922（大正十一）年 7 月 24 日委託給西片朝三以個人的形式經營。」〔註39〕1922 年 12 月，《滿洲報》創刊後，西片朝三退出《滿洲日日新聞》社，獨立經營《滿洲報》。

在 1924 年政友會選舉中，處於新潟縣選舉區的西片朝三僅獲 1780 票。選舉失利，由此進入政界夢碎，這之後的西片朝三開始將注意力投放到新聞經營上，意圖通過報紙經營獲得政治利益。〔註40〕

《滿洲報》雖然在經營上得到了「滿鐵」的支持，作為「民辦」報紙要想快速發展，不僅需要在日本內部打通各個環節，還要融入東北政商圈子。西片朝三懂中文並能用中文寫一手好文章，加之早年與日本上流社會打交道的經歷，為他與東北政商界人士交往奠定了基礎。

《滿洲報》初創時，西片朝三就與掌管東北政治經濟命脈的奉系軍閥高層保持了良好關係。1923 年 12 月，張學良訪問旅順和大連。西片朝三不遺餘力地利用報紙對張學良此行進行了宣傳。在張學良赴旅順之前，西片朝三親赴瓦房店坐車至金州站，面對面採訪張學良。「於二十二日午前五時許，本報記者特赴瓦房店驛迎接車至金州驛，記者即至臺車，適張學良氏在起休之時，稍緩乃與之會見……未幾車已至周水子驛，張氏乃換乘旅順線車，直赴旅順矣。」〔註41〕22 日，張學良到達旅順後，西片朝三就在《滿洲報》頭版論說欄目刊發《歡迎張少帥》的文章，並寫到「悉得其當吾人爲中日前途計，此次張學良氏一行來遊旅大之際，所以不惜詞費，略表區々，藉示歡迎之意焉。」〔註42〕可見，其拉攏張氏之迫切之心。此外，西片朝三對張學良之妻於鳳至也十分推崇。在編撰《東北人物志》之時，西片朝三專門給於鳳至去信，邀請其爲該書立序。1931 年，於鳳至主辦遼西水災協賑會發行獎券賑災，《滿洲報》也極力爲此事大力宣傳，並主辦代收遼西水災賑災款。在於鳳至看來，「大連滿洲報議論正大，夙爲輿界白眉，其社長西片先生尤能洞明大義。」〔註43〕

〔註39〕新聞雜志二關スル調查雜件新聞並通信二關スル定期調查，支那ノ部 5，外務省外交史料館所藏//谷勝軍，滿洲日日新聞研究〔D〕，東北師範大學，2014：42。

〔註40〕樞尾市總務課編輯，弘報とちお〔J〕，1980，5：9。

〔註41〕張總司令之報聘代表張漢卿氏抵旅順同行者有其夫人及隨員多人在車中對記者之談話〔N〕，滿洲報，1923-12-23（2）。

〔註42〕歡迎張少帥〔N〕，滿洲報，1923-12-22（1）。

〔註43〕武南陽，東北人物志〔M〕，大連：滿洲報社出版部，1931，6。

除與東北政商建立關係，西片朝三還與國民政府建立聯繫。1928 年 11 月 29 日，《滿洲報》刊登了一篇名為《滿刊標語之國府信箋》的新聞，展示了一封來自國民政府衛生部部長薛篤弼寄給西片朝三的信箋：

貴報展誦之餘備聆宏論睹，珠玉之連篇謹望風而馳，謝嗣後尚祈隨時惠教焉，禱專此奉復祗頌。〔註44〕

偽滿洲國建立後，西片朝三以報紙為媒結交政商人士的重點發生了轉變。自 1933 年開始，每逢新年，日本首相、關東軍司令、偽滿洲國國務總理大臣等「滿日」軍政要人都曾在《滿洲報》上發表文章。1934 年 4 月 2 日，《滿洲報》開闢《王道週刊》，用於宣傳偽滿洲國國務總理大臣鄭孝胥倡導的「王道」思想。此外，《滿洲報》還借機出版《崇德彰善錄》籠絡掌握權力之人，登載的第一人就是鄭孝胥。

正是有了西片朝三廣泛的「人脈」，恰逢其時的政治「投機」，靈活多樣的營銷手法，《滿洲報》才能在短短 15 年的發展歷程中迅速壯大。1936 年，《滿洲報》社發生了因遼西水災震災款引發內訌的事件。西片朝三因貪污被迫離開報社，回到東京。1942 年 3 月 7 日，西片朝三在東京去世。

二、於殖民政治「功績尤屬匪淺」

《滿洲報》的出身較為特殊，分析其政治色彩，還要從《滿洲日日新聞》的辦刊初衷說起。

（一）與生俱來的殖民色彩

「滿鐵」首任總裁後藤新平是日本殖民政策的關鍵性人物之一。針對「滿鐵」該如何維護並擴展日本在東北的侵略利益，後藤新平提出了「文裝的武備論」。依託「滿鐵」在中國東北通過賺取經濟利益達到增強軍事力量的目的，同時「以王道之旗，行霸道之術」。後藤新平認為「帝國的殖民政策就是霸道」，同時也應推行「王道」，要「抓住殖民地人民的弱點，使他們有依賴於宗主國的心理是至關重要的」〔註45〕。

「具有巨大勢力的理想報紙」無疑是承載和灌輸「王道」的重要載體。依照後藤新平的想法，發行一份「能夠扮演、宣傳開發滿蒙方針角色的有力

〔註44〕滿刊標語之國府信箋〔N〕，滿洲報，1928-11-29（1）。
〔註45〕李娜，滿鐵對中國東北的文化侵略〔M〕，北京：社會科學文獻出版社，2015：4。

報紙」才能夠為「大陸政策」的實施提供助力。〔註46〕後藤新平在認識到「民辦」報紙在輿論宣傳上無益於滿鐵及日本對東北的基本方針和政策之後，主導了《滿洲日日新聞》的創刊。《滿洲日日新聞》也理所當然成為「滿鐵」的機關報，在殖民宣傳、輿論引導上，扮演了「急先鋒」的角色。

《滿洲日日新聞》創刊之際，《遼東新報》賀詞中寫道「大陸發展的急先鋒，滿洲開發的唯一機關報。」〔註47〕明確點出了該報的性質和地位。《滿洲日日新聞》發刊詞中寫道，「故而，挺身滿洲經營之急先鋒之列。對此等爭鬥，我等視自身為一劑強鹼以調和此樣強酸。」〔註48〕《滿洲日日新聞》自比作「一劑強鹼」用以調和地區的各種矛盾。後藤新平在給《滿洲日日新聞》的賀詞中寫道：「正是如此是也、聖旨是也、國之是也，而且還是都督府施政之大綱也。故而，滿洲日日新聞必會依據其發刊之詞，向天下發出絕世之宣言。具有應該代表帝國殖民政策唯一的機關報的抱負，具有所謂殖民經營急先鋒的自信。其論點之處必與帝國官憲及帝國臣民所期待的啟蒙滿洲有關，一拍即合，應該做出很大的貢獻是也。」〔註49〕

1922年1月28日，《滿洲日日新聞（第5038號）》在其第三版開設了漢文版。漢文版採用中華民國記年和陰曆記年，發刊詞指出了其辦刊使命：「蓋幸福基於和平。若中日兩國之間常有隔膜誤會。則影響於東三省人民之幸福者甚大。今回為疏通意志互敦睦誼起見。特增刊漢文版。」「吾輩居於東三省之人，皆有為東三省造福之責任」，「輪智識於居民。進社會之道德，則尤非報章莫屬」，「謀東三省居民之共同幸福，而以中日共存共榮為識志者也」。〔註50〕

1922年，《滿洲報》創刊，在《創刊之詞》中講到，「本報前身之滿洲日々新聞漢文版，以半張發刊者五月，同人深懋材料簡陋，每覺於社會上未能盡至微之力誠無以對閱者，用是再謀擴充，以一大張發行者又一月，現在改稱本報，依舊發行一大張更當格外努力，以達初衷。」〔註51〕同時，報紙對

〔註46〕谷勝軍，滿洲日日新聞研究〔D〕，長春：東北師範大學，2014。
〔註47〕北京大學日本研究中心，日本學（第17輯）〔M〕，北京：世界知識出版社，2012，7：339。
〔註48〕北京大學日本研究中心，日本學（第17輯）〔M〕，北京：世界知識出版社，2012，7：341。
〔註49〕創刊號〔N〕，滿洲日日新聞，1907-11-3（9）//谷勝軍，滿洲日日新聞研究〔D〕，長春：東北師範大學，2014。
〔註50〕發刊之詞〔N〕，滿洲日日新聞（漢文版），1922-1-28（3）。
〔註51〕創刊之詞〔N〕，滿洲報，1922-7-24（1）。

於今後的發展也重申為東三省人民謀幸福及中日親善、共存共榮的宗旨，聲明「此次本報創刊，仍當履行前二次之宣言，不事變更以期繼續進行，而盡其天職焉。」

從《滿洲日日新聞》漢文版，到《滿洲報》創刊，其表面倡導「中日親善」、實則推行「王道」的「天職」沒有改變。正如「滿鐵」秘書上田恭輔在給漢文版增刊的祝詞中寫道：「蓋在我有妥當之意見。而中國亦不吝於聽之之際。而無報章以為之媒介。則或恐失如此絕好之機會於永遠也。願以多士濟濟之滿洲日日新聞社。而創刊漢文版。以為醒釀中日親善之理想之媒介。其用意之深。可以佩服也。倘史奮力一番。以與漢文報界稱霸於日後。是余所厚望於貴報也。」〔註52〕

從漢文版「脫胎」而來的《滿洲報》繼承了《滿洲日日新聞》「天職」。背後主導《滿洲報》的報人也多來源於《滿洲日日新聞》，這也讓《滿洲報》更加堅定的繼承了《滿洲日日新聞》的使命。

（二）積極參與殖民政治建設

西片朝三從「滿鐵」機關報《滿洲日日新聞》經營開始，正式成為一名報人。隨著《滿洲報》的獨立經營，西片朝三也將相應政治立場和辦報人員帶入《滿洲報》。

《滿洲報》的初創主幹多來自於《滿洲日日新聞》。「通華語，在新聞界從事已久」的森井國雄曾負責《滿洲日日新聞》漢文版具體的編輯事務；「善華語可作漢文，於新聞編輯亦有經驗」的太原要入社任主幹，後來出任《滿洲日日新聞》社本溪分社社長〔註53〕；在《滿洲報》任職時間最長的主幹久留宗一曾任《滿洲日日新聞》大連支社社長，是一名得力幹將。

《滿洲報》從「滿鐵」機關報《滿洲日日新聞》的「母體」孕育而出，轉為「民辦」，沾染了濃厚的「殖民」色彩，夾帶著所謂「殖民經營急先鋒的自信」。

西片朝三曾經在《本報十四週年紀念感言》中闡明了《滿洲報》報刊名的由來：

〔註52〕上田恭輔，祝詞〔N〕，滿洲日日新聞，1922-1-29（3）。
〔註53〕許金生，近代日本在華報刊通信社調查史料集成（1909～1941）〔M〕，北京：線裝書局，1927。

中國名滿洲爲東三省蓋以滿洲二字爲獨特地域之表示，故滿洲
之名雖爲世界所公認，而中國於文學中則不見其引用，本報則決名
滿洲而不疑，復於創刊詞中特言明本報之宗旨，在於以滿洲全體之
利害爲利害，凡在住之人民，無論其爲何國人何種民族，皆當使之
發展向上樂業安居同享平等福利，吾人在當時固不能預知十四年後
之滿洲有今日之滿洲帝國，卓立於世界，其所以主張若此者，亦因
滿洲政治上經濟上四周情形，以及當時之現狀，本已形成一獨特之
區域。由中國治理而富庶昇平之希望，蓋屬絕少故不禁以其所見，
溢於言表耳。〔註54〕

《滿洲報》從選擇報名之初，就體現了高度的政治意識，日後更是成爲
殖民文化的散播者，積極參與到殖民政治建設中。初期，《滿洲報》圍繞「滿
鐵」的政治利益展開意識形態的「攻勢」，推動殖民文化深入人心。

僞滿洲國建立，《滿洲報》立刻轉向了對僞滿洲國的大肆宣傳。對於僞滿
洲國的成立，《滿洲報》首當其衝的擔當起了宣傳的任務，對僞滿洲國的宣傳
達到了一種新的高度。無論是僞滿洲國建國、溥儀登基、溥儀稱帝等歷史時
刻，還是日本承認僞滿洲國等事件，《滿洲報》都不惜在一版的位置，利用一
整版的篇幅進行報導。1934年3月1日，溥儀稱帝後，任命鄭孝胥爲國務總
理大臣。4月2日，《滿洲報》便開闢了《王道週刊》的副刊版面，用於宣傳
鄭孝胥倡導的「王道」思想。此外，《滿洲報》還順應形勢打著「王道」的旗
幟出版《崇德彰善錄》，登載第一人就是鄭孝胥，介紹其人「德行深厚、識見
超越，克當宣勞燮理領導百僚之大任，具有開國之豐功偉績。」〔註55〕

《滿洲報》緊跟殖民政治的步伐，享受到了發展的便利，迅速崛起，成
爲當時東北地區屈指可數的大報。但是《滿洲報》在發展中，沒有能夠避免
政治事件。1932年3月2日，《滿洲報》在一版重要位置刊登了《滿洲國建國
宣言》。該宣言中出現了這樣一句話「新國家建設之旨，一主遵天安民，施政
必循信正之民意，不容稍存私見，凡居住於僞新國家領土內者，皆不分別種
族尊卑……」〔註56〕一個「僞」字，將「滿洲國」存在的合法性徹底推翻。
這個政治事件一時傳播甚廣，日本人極爲不滿，連遠在天津的報紙都刊登了

〔註54〕本報十四週年紀念感言〔N〕，滿洲報，1936-7-24（1）。
〔註55〕崇德彰善錄〔N〕，滿洲報，1934-2-4（2）。
〔註56〕滿洲國建國宣言於一日在奉天張景惠宅發表〔N〕，滿洲報，1932-3-2（1）。

這一消息,「大連漢文滿洲報,於三月二日,刊載關於滿蒙新國家之新聞,其中新國家三字上,無意中忽刊出一偽字,日人閱報,大為不滿,嚴加詰責,越日該報立即聲明更正。」〔註57〕

　　隨後,《滿洲報》發展看似「風光無限」,成為「滿洲第一」,但它還是要接受日本人的嚴格審查和管理。

　　《滿洲報》的創辦最終獲得了這樣的評價「獨立經營滿洲報於東三省舊政權壓迫之下,努力啟迪滿人之文化,謀在住民族之協和籍以增進人類之福祉。出刊以來,一紙風行,貢獻極多,而於滿洲建國,功績尤屬匪淺。」〔註58〕

　　「於滿洲建國,功績尤屬匪淺」,這樣的評價著實與《滿洲報》最初的命名「名副其實」。

第三節　《滿洲報》副刊的政治屬性

　　《滿洲報》脫胎於《滿洲日日新聞》漢文版,其副刊也是如此。《滿洲日日新聞》漢文版只有一版,但在欄目設置上有副刊的內容。早期的文藝欄目名稱為「文苑」,內容以詩歌為主,作者多為嚶鳴詩社的人員,有中國人也有日本人,很多人都在當時的詩壇比較活躍,如黃偉伯、田岡淮海、尹介甫、黃越川等。

　　《滿洲日日新聞》漢文版創刊後一個月內,文藝欄目內容迅速擴充,詩歌欄目從「文苑」改為「詩壇」,增加了藝林、小說、花評、劇評、諧文等欄目,還增加了衛生類的欄目,原「文苑」欄目不再設置。此時,欄目種類增加不少,但仍舊以詩歌為主。由於正值「旅連之風雅士」「提倡風雅興致甚豪之際,亦時以作品見惠,一時琳琅滿目」。漢文版的編輯長森井國雄認為,「與中國名人好吟好飲者間有交誼,故常獲得名流詩文,付於刊載。」〔註59〕

　　《滿洲日日新聞》漢文版由一塊版擴到四塊版,文藝欄目被安排在漢文版的三版,占整個版面的一版,內容涵蓋了詩歌、戲評、花評、醫學、小說等。至此,《滿洲日日新聞》漢文版的副刊已具雛形。這也是《滿洲報》副刊的前身。

　　《滿洲報》獨立經營後,文藝欄目仍然延續漢文版的版面設置和內容設

〔註57〕小消息〔N〕,天津商報畫刊,1932(4卷37期):2。
〔註58〕西片朝三氏逝世〔N〕,泰東日報,1942-3-10(5)。
〔註59〕念曾,十載操觚回憶錄(一)〔N〕,滿洲報,1932-11-1(1)。

置，延續了一段時間，直到具有固定刊頭、固定版面的副刊版出現。《滿洲報》15 年的刊發歷史，報紙每每擴版，除去刊登廣告之外，都是為了開闢新的副刊版。副刊成為《滿洲報》最為重頭的內容之一。從最初的「文藝欄」，到有獨立刊頭的副刊，伴隨一些副刊在蛻變，新的副刊又在不斷誕生。

一、25 個副刊的更迭發展

不考慮副刊更名、停刊後又辦刊等因素，從《滿洲報》辦報這 15 年來看，按照每個副刊存在的時間來統計，其先後創辦副刊 25 個。

（一）辦刊概況

為了能夠清晰呈現《滿洲報》副刊的概況，辦刊情況簡要整理，詳見表 1.1。

表 1.1：《滿洲報》副刊總覽

序號	刊名	起止時間	刊出狀況	主要內容及欄目
1	「文藝欄」〔註60〕	1922.07.24 1923.05.01	每日刊發	長篇連載小說；後期增加劇評、花評、諧藪等
2	文藝	1923.05.01 1924.04.15	日刊	小說、詩歌、諧藪、花評、劇評、雜錄、文苑；1923 年新增家庭教育；1924 年新增稗乘新篇、特載、風土志、風俗、譯述名著、現代思潮、考據等
3	消閒世界	1924.04.16 1937.07.31	日刊	同《文藝》
4	星期副刊	1927.07.04 1933.07.03	週刊	純文藝副刊，傳播最近的學說，以及種種必需的最新之知識
5	小友樂園	1930.04.14 1936.04.01	週刊	徵文、謎語組畫等、主題勤勞、勸學，衛生、體育
6	內外論潮	1933.07.11 1934.01.23	152 期	立足於國際政治，多報導歐洲、蘇聯、美國、日本的政治外交
7	萬有錦笈	1933.07.11 1937.07.30	每週三期	介紹世界各地趣人、趣事，常刊載一些科學上的新發明、新創造，時常也討論國外學術上的新發展
8	北國文藝	1933.07.18 1934.08.21	每週二	「專載純文藝」包括小說、劇本、詩詞、散文、翻譯等

〔註60〕金念曾曾在《十載操觚回憶錄》中稱文藝性的欄目為「雜俎欄」，本文為了突出其主要內容和理解方便，故簡稱為「文藝欄」。

9	曉野	1933.07.28 1934.08.24	每週五	「兼載評論、考據真實文學的」，包括考證、文藝理論、文藝批評等
10	婦女與家庭	1933.12.21 1937.07.31	每週四	婦女解放、倡導新女性、賢妻良母、兒童養育常識、生育問題、夫妻關係
11	政海津梁	1934.01.24 1936.04.05	週刊	國際政治、演講稿、法令、「國都」建設
12	王道週刊	1934.04.02 1937.07.31	139 期	歷代王道感應錄、王道小說、王道論文、孝子節婦傳、歷代尊孔記、王道時評
13	體育匯要	1934.05.28 1934.10.23	週刊	國際賽事、體育人物、競技常識、圖片新聞、體育譯著
14	文藝專刊	1934.08.28 1934.11.02	20 期	著力對國內外文學家介紹，各國的文壇近況
15	體育	1934.10.29 1937.07.29	每週六	同《體育匯要》
16	北風	1934.11.06 1936.12.18 〔註61〕	每週二 96 期	主打文學作品的創作，以小說為主，同時也有詩歌、戲劇、散文等
17	曉潮	1934.11.09 1937.01.08	每週五	文藝理論、文藝批評等為主
18	遊藝	1934.11.10 1935.03.30	21 期	銀星外傳、戲劇理論、舞臺藝術、影評、推介新劇、電影漫畫
19	醫識特刊	1935.03.29 1935.09.01	週刊	防疫、保健、公共衛生類的醫學常識推介
20	文教特刊	1935.06.21 1935.09.05	不定	教育小說、教育理論、日語講座、小學教育、公民教育、勞作教育、家庭教育
21	文教	1935.09.12 1936.11.28	不定	日本教育、王道樂土、婦女對教育的義務、滿洲國教育的重要性、道德論
22	醫識	1935.09.18 1937.07.28	週刊	同《醫識特刊》
23	電影與戲劇	1935.04.06 1937.07.31	週刊	影評、戲評、影視理論、電影戲劇人物評論、電影歌曲、舞臺布景、影訊
24	新小友	1936.04.02 1937.07.31	日刊	徵文、科學遊戲欄目、童話，長篇連載漫畫
25	文藝專刊	1937.01.15 1937.07.30	27 期	對翻譯文學推崇、文藝批評、關注詩歌、現實主義小說

〔註61〕在 1937 年《文藝專刊》的《開場詞》裏，編輯孟原寫到《北風》共出 96 期，但筆者只查到 95 期，故停刊日期可能有所出入。

　　為後文梳理副刊發展脈絡方便，這裡先將《滿洲報》副刊按照綜合性副刊和專業性副刊分類。其中，專業性副刊包括文藝、政治、婦女、兒童、體育、影視藝術、醫學、文教等副刊，這些副刊很多都是以週刊的形式出版。

　　《滿洲報》的綜合性副刊有「文藝欄」和《文藝》《消閒世界》3個；文藝類副刊7個：《星期副刊》《北國文藝》《曉野》《文藝專刊（1934）》《北風》《曉潮》《文藝專刊（1937）》；政治副刊有《滿洲報》自行創辦的《內外論潮》《政海津梁》，和偽滿洲國協和會共同主辦、《滿洲報》來發行的《王道週刊》；體育副刊為《體育匯要》《體育》；以藝術內容為主的副刊，有《遊藝》《電影與戲劇》；其他專業副刊有《萬有錦笈》《醫識特刊》《醫識》。

　　《滿洲報》最早「家庭教育欄」的欄目，內容涵蓋了兒童教育、青年教育、婦女教育等等。副刊更加專業化後，讀者群更為明確，有了面向兒童的副刊《小友樂園》《新小友》，有了更加專業談論教育的《文教特刊》《文教》，還有了面向婦女的《婦女與家庭》。

（二）辦刊時長

　　「30年代中期，副刊『雜誌化』風行一時，各報副刊幾乎都辦有多種專刊，它們大多是週刊，有實力的報紙常常每週輪流出7個專刊。」〔註62〕《滿洲報》就屬這種「有實力的報紙」。

　　至1934年11月6日，借助文藝副刊《北國文藝》創刊的機會，《滿洲報》在該副刊版上發表了《本報七種週刊之更新》一文，敲定了七種週刊的名稱和出版日期及所在版面：

　　　　今後本報決計出版七種週刊，每週輪流逐日與讀者們會晤。這七種週刊，除本報向有之「王道週刊」「體育」「婦女與家庭」「小友樂園」四種，在將加以刷新內容而不動外，又添了「北風」「曉潮」和「遊藝」三種。〔註63〕

　　文中所說7種週刊分別是《王道週刊》《北風》《體育》《婦女與家庭》《曉潮》《遊藝》《小友樂園》。而原有的《消閒世界》《政海津梁》《萬有錦笈》除當日被週刊佔用版面之外，其他時間都正常出版。

　　為了更為清晰呈現《滿洲報》副刊概況，本文按照各個副刊創刊先後順

〔註62〕陳昌鳳，蜂飛蝶舞：舊中國著名報紙副刊〔M〕，福州：福建人民出版社，1999：25。
〔註63〕本報七種週刊之更新〔N〕，滿洲報，1934-11-6（8）。

序，以時間為軸，將副刊辦刊先後和時長圖表化。如下圖：

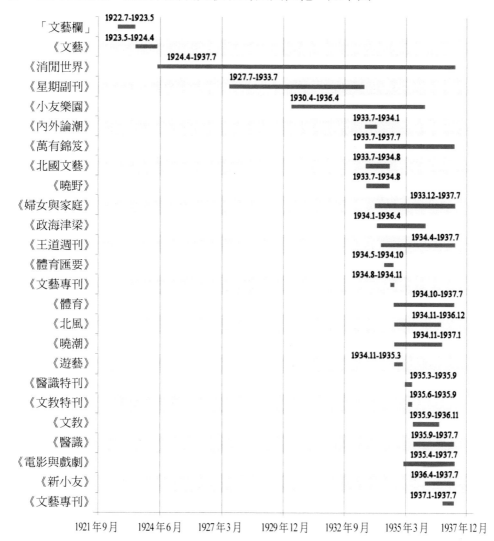

圖 1.6：《滿洲報》副刊創辦時間概況

從各種副刊的創辦時間來看，《滿洲報》於 1933 年創刊 5 個副刊版，1934年創刊 8 個副刊版，1935 年創刊 6 個副刊版。縱覽整個辦刊過程，《滿洲報》在 1934 年新創刊的副刊最多，這也是其發展最為迅速的時期。

（三）同類副刊的更替

縱觀《滿洲報》的副刊創辦經歷，最初從以消閒娛樂為目的的綜合性副

刊為主，逐漸細化，發展出了更加專業的專刊，幾乎每個專業副刊都能在早期綜合性副刊中找到相應的「欄目」。《滿洲報》最終形成了綜合性副刊和專刊並存的副刊格局。

從專業副刊創刊過程來看，文學類副刊迅速從綜合性副刊脫離出來，隨後是針對兒童的副刊創刊，緊接著政治副刊，針對婦女的副刊創刊。《滿洲報》發展的中後期，體育、醫學副刊陸續創刊。

1. 綜合性副刊

初期，《滿洲報》發行四個版時，在三版開設了「文藝欄」，僅作為一個欄目存在，刊登長篇連載小說等，內容多為哀情小說和偵探小說；後擴充一些劇評、花評、諧藪等。

至擴版兩大張後，《滿洲報》開設刊頭為「文藝」的副刊專版。《文藝》副刊是《滿洲報》第一份有獨立版面，有獨立刊頭的副刊，以小說、詩歌、諧藪、花評、劇評、雜錄、文苑等欄目為主。《文藝》副刊也關注社會思潮，刊發陰曆與陽曆、女性問題等的思考和討論。此外，刊登一些知識性極強的法律、衛生欄目，以讀者來信的形式，一問一答間回答讀者關注的問題，內容非常的貼近群眾需求，如《操心傳染之阻礙健康》《新鮮蔬菜可增補血液》《婚書應貼用印花》《主婚權之限制》等。1923 年 11 月 9 日，新增《家庭教育欄》，內容涵蓋政治、經濟、手工、新知等。

為了吸引讀者，《文藝》副刊創辦初期也曾出現內容低俗、一味迎合讀者口味的內容。如在雜錄、諧藪、近代逸聞等欄目多刊登神話鬼怪等內容，甚至在副刊編輯補白內容上，也曾發表過一些黃色的段子、笑話，供大眾消遣。〔註64〕這種低俗內容並沒有持續多長時間。此後，《文藝》副刊開始注重提升質量，出現了諷刺社會現實的戲劇《貧民血》、討論女性話題的《成年失學婦女之補救方法》等，對於當時北洋軍閥的諷刺也頻繁出現在報端，如《狗頭軍師傅》《請看當今總統，也是一位奇男》等。

1924 年，《文藝》副刊版繼續推出多個新欄目，如稗乘新篇、特載、風土志、風俗、譯述名著、現代思潮、考據等，版面內容豐富多樣，知識性的文章更多，對於時事的討論也偶見報端。

〔註64〕《滿洲報》編輯秦承祖，筆名惆惆，曾在副刊版發表《滑稽聊話》《以聊調戲》
　　　　等文章，內容低俗。

1924 年 4 月 16 日，在副刊主編金桐心的主持下，《文藝》改名為《消閒世界》，延續原有的欄目內容。《消閒世界》作為報紙唯一一張綜合性副刊發刊時間最長，達 13 年。《消閒世界》以其「消閒性」的宗旨，包羅各種文藝內容，它是《滿洲報》最基本的副刊形式。

在欄目設置上，其內容和形式延續了《文藝》副刊的式樣，繼承了《文藝》副刊中「小說」「文苑」「新詩」「諧藪」「雜錄」「花訊」「法律」「衛生」「稗乘新篇」「現代思潮」等欄目，後又增加了「善亭雜俎」「電影」「石角山房」「東鄰詩人吟稿」「野乘彙編」「舊劇」等欄目。《消閒世界》就如同大雜燴一樣，將各種內容巧妙地整合在一起，給讀者以知識性、趣味性的享受，「消閒世界所有一切的建設都是純潔的、神聖的、你要到這裡來不但能舒暢你的精神，且能增長你的學識，更是你的安慰者你精神的……在這裡也有歌舞、也有演說、也有說大鼓書、也有唱大戲，這些種種娛樂的事情，皆非塵世所敢相較的，請問這裡的玩意，那一個不比那市場商場上的娛樂強呢？」〔註65〕

縱觀《消閒世界》辦刊歷程，小說和詩歌成為其版面上的主要體裁。在詩歌方面，無論是舊體詩還是新詩，《消閒世界》都無不刊登。這可能與主編多喜愛作詩，與大連當地的詩社如嚶鳴社、浩然社等成員關係密切有關，編輯長金念曾也曾是嚶鳴社的成員。《消閒世界》也刊載了大量長篇新舊體小說。「前後刊載各類小說多達六百餘篇，幾乎占《滿洲報》小說刊載總量的三分之一。」〔註66〕

2. 文藝副刊

1927 年 7 月 4 日，《滿洲報》發行了第一份純文藝副刊《星期副刊》，以「傳播最近的學說，以及種種必需的最新之知識為主要方針」〔註67〕。《星期副刊》為單獨出版，隨報附送，不另收資費的「報外刊」，版面也比正報要小，共四個版。

《星期副刊》的創刊，基本上是報紙發展所需，為了滿足讀者更高的要求。「對於本報的內容，自己卻是時常以為沒有達到完全無缺的地步，總要想改良改良擴充擴充，但是就原有篇幅，再加上些材料，又苦於沒有多的地位可以登載得下，如若不另開一塊園地，恐怕有許多美麗的花，好吃的果子，

〔註65〕余臺工，消閒世界〔N〕，滿洲報，1934-6-27（8）。
〔註66〕趙寰宇，《滿洲報》小說研究〔D〕，長春：吉林大學，2016：49。
〔註67〕我們為什麼發行這副刊〔N〕，滿洲報，1927-7-4（1）。

－47－

就沒有地方種植，供大家品評賞鑒了。」〔註68〕

1932年，編輯篁洲擔任副刊編輯後，《星期副刊》發展成為了純文學性質的副刊。《星期副刊》在東北的文壇點亮了一盞明燈，客觀上培養了一批文學愛好者，促進了東北文壇的發展。王秋螢曾在《1940年前的東北文藝情況》一文中寫道，「那時一些文學青年，幾乎都以大連出版的《滿洲報》星期副刊與《泰東日報》的《文藝週刊》當作了活躍的園地……」

1933年7月，《星期副刊》的編者發布了《最後之詞》宣布停刊。這在讀者中引起不小震動，一位署名倚非的讀者在《消閒世界》上發表了《給〈副刊〉送葬》的文章，「尤其相伴作者，悠悠八載未嘗忍釋一期，回憶這八年的光陰裏，間接直接涵養了許多的同志，啟迪了多少同志的茅塞，造成了偉大的北國文壇，滿開一朵香艷的薔薇，正是前途有待，忽而『中道輪摧』輕輕的夭逝，真令我嘆惜不止，他那弱小青春的魂魄，不知縹緲那去？」〔註69〕

《星期副刊》退出後，《北國文藝》和《曉野》兩個純文藝副刊版相繼創刊，分別在星期二和星期五借《消閒世界》版面出刊，其中《北國文藝》是「專載純文藝」包括小說、劇本、詩詞、散文、翻譯等，而《曉野》是「兼載評論、考據真實文學的」，包括考證、文藝理論、文藝批評等。隨著副刊編輯篁洲「因事他去」，這兩種副刊合併為《文藝專刊》。

1934年8月28日，《文藝專刊》整合了《北國文藝》和《曉野》，每週二和週五出刊。「在讀者們的約求和編輯法的需要改善的『雙管齊下』中就產生了這『文藝專刊』，統上述二刊所需之兩類文字一併接受披露。」〔註70〕《文藝專刊》僅維持了兩個多月，在11月2日草草結束，在版面的右下角以「編輯室放送」的方式宣布停刊「本刊本期後停刊，本期未完之稿，下周當於另版接續披露。」〔註71〕

1934年11月，《北風》和《曉潮》相繼發刊，也許是先前的文藝版面更迭的過於頻繁，就連編者自己都對未來不確定，發出了「《曉潮》底生命能否永久，當然縱使我叫破了嗓子也是不能決定的！」〔註72〕《北風》和《曉潮》的生命延續到了1937年年初，之後還是沒有逃離被整合的命運，在編輯孟原

〔註68〕我們為什麼發行這副刊〔N〕，滿洲報，1927-7-4（1）。

〔註69〕倚非，給《副刊》送葬〔N〕，滿洲報，1933-7-11（8）。

〔註70〕篁勗，寫在《文藝專刊》創刊號的前面〔N〕，滿洲報，1934-8-28（8）。

〔註71〕編輯室放送〔N〕，滿洲報，1934-11-2（8）。

〔註72〕篁勗，曉潮創刊小言〔N〕，滿洲報，1934-11-10（8）。

的主持下，《文藝專刊》再次合併了兩個刊物，直到報紙停刊。

3. 政治副刊

縱觀偽滿洲國的中文報紙，不論是北滿的《大北新報》，瀋陽的《盛京時報》，亦或是新京的官方報紙《大同報》都沒有自己創辦的政治副刊。大連的老牌中文報紙《泰東日報》曾刊發過關於政治類的副刊，也是在《滿洲報》停刊之後。

《滿洲報》曾在《政海津梁》上刊發過一篇名為《新聞講話》的文章，「新聞紙之於報告新聞而外，尤有指導社會、監督政治、及發揚文化的責任……監督政治——新聞紙之主要任務在：糾彈政潮、援助外交，根據正義之觀念與道德的義務，為民眾謀福利。」〔註73〕

1933 年 7 月，在偽滿洲國成立一週年後，《滿洲報》即創辦政治副刊《內外論潮》。《內外論潮》開始了一系列的政治宣傳，這當中就包括諸如《王道入門》《滿洲新聞記者與大亞細亞協會》《王道救世要義》《滿洲國建國之精神》《滿洲國王道樂土之意義》等等，半年後，改版為《政海津梁》直到 1936 年停刊。

1934 年 4 月 2 日，《王道週刊》創刊，它來源於偽滿洲國實行的「王道政治」的宣傳需要。「王道政治是傳統儒家政治思想的最高要求，是仁政的最大體現。這就不難解釋為什麼自建立『滿洲國』開始，實行王道政治，建設王道樂土，就成為日本及其支持者所主張的政治意識形態。」〔註74〕作為日本極力主張的政治意識形態，它需要宣傳平臺進行擴散，於是，在當時很多報刊上面——《王道週刊》誕生了。《滿洲報》也不例外，《王道週刊》的發刊詞中寫到，「率天下之人，而禍仁義，天下之人，皆溺於異學……其鼓謀澎湃之勢大矣，今也□禍亂之無已，將欲正人心而明王道，其於蓄勢制敵之謀，詎可忽乎哉。……夫率義於辭，以善太平天下至廣，非可以家至而戶說，則發為文章，付諸□梨藉郵報以廣喉舌，固今日明王道蓄勢制敵者之所當務也，王道週刊之創，意即於此。」〔註75〕

如果說《王道週刊》是受指派的「政治宣傳需要」，那麼《內外論潮》和

〔註73〕趙荊山，新聞講話〔N〕，滿洲報，1934-9-7（5）。
〔註74〕黃東，塑造順民——華北日偽的國家認同建構〔M〕，社會科學文獻出版社，2013：87~88。
〔註75〕彭壽，發刊詞〔N〕，滿洲報，1934-4-2（9）。

《政海津梁》則是宣傳偽滿洲國政權的「自選動作」。

4. 兒童副刊

1930年4月14日，《滿洲報》開闢了以兒童為讀者對象的副刊《小友樂園》。「兒童教育，在現時實是一項最關重要的事，我們中國要想富強，今日倘不把兒童受好教育，試問還能達到目的嗎？說起兒童教育來，除了學校之外，必須另有種種輔助的方法，我們不揣固陋，所以在去年四月裏開始在本報辦一個小友樂園」。〔註76〕《小友樂園》創辦迅速引起關注，「小朋友投稿踊躍，竟如雪片飛來。」〔註77〕

《小友樂園》於1936年4月改名為《新小友》。兒童副刊成為《滿洲報》辦刊時間最長的週刊之一。

5. 婦女週刊

隨著社會思潮的不斷開放，女性的權益意識不斷提升，《滿洲報》在版面上不斷呼籲對於女性開展教育話題，「我國婦女生活的現狀，是極其複雜，貧與富殊，村與市異，受教育者與未受教育者不同，且竟至因省籍地理之關係，而有兩樣的分歧來，固然因社會上經濟的狀況，而生出婦女生活之互異，然而婦女的生活，最大的分野就記者武斷的一句說，可從受教育者及未受教育者，劃分出分水界來。」〔註78〕1933年12月21日，《滿洲報》又適時開闢了《婦女與家庭》副刊，拿出專門的版面，倡導「新女性」，宣揚「賢妻良母」，鼓勵生育等角度對婦女進行思想教育。

6. 體育副刊

1934年，《滿洲報》報紙設置體育專刊，版面上的內容基本上都是競技體育，使得體育的外延進一步擴大。

在《滿洲報》的體育副刊中，體育通常包含了兩層意思，一是體育鍛鍊，強健身體。二是競技體育，多指體育賽事。早期，《滿洲報》關於體育方面的內容多見於綜合性副刊和其他副刊中。「家庭教育欄」欄目，多次提到了擁有健康的體魄的重要性。「兒童教育青春期是我們第二的誕生……青春期的教育，須注意的不一而足，但其主要的如下述數項：第一獎勵體育，在青春期

〔註76〕草，小友樂園的結算〔N〕，滿洲報，1931-1-1（9）。
〔註77〕草，小友樂園的結算〔N〕，滿洲報，1931-1-1（9）。
〔註78〕劉愚樵，中國婦女之生活〔N〕，滿洲報，1931-1-1（9）。

的時候身體的變化非常劇烈，對於疾病的抵抗力也很薄弱，所以不可不使他十分鍛鍊。」〔註79〕《婦女與家庭》中，《怎樣才能做「現代婦女」》號召「現代婦女」首先應重視體育，「真正的現代婦女，當具活潑強健的身體」。〔註80〕

至體育專刊創刊後，專刊中的內容多以賽事報導為主，同時輔以科學的競技體育訓練技巧的內容。然而，在看似平常的體育報導之後，我們還是能夠察覺出其隱含的殖民政治的目的。

7. 影視藝術專刊

1934 年 11 月 10 日，《遊藝》副刊創刊。在《遊藝創刊小言》上，編者兀兀寫道：「我們這塊新的園地，不但培植着電影、戲劇……我們還要在這塊小小的園地裏，預備製造下將來的藝壇的成熟的種子……移植起來，生枝、發葉、開花、結果……使他們燦爛地漫布到北國的到處藝術的園野，醇美的、芳香的，發揮他的藝術的香氣。」〔註81〕《遊藝》在創刊時就是以藝術為主要內容。

1935 年 4 月 6 日，《遊藝》副刊改名為《電影與戲劇》，以介紹音樂、戲劇、電影等內容為主，副刊主題更為鮮明。「這誕生剛滿二十一周的嬰孩，幼稚是難免的，然而竟得許多人們的扶持和愛護，實在是我們認為極滿意的事……本來一切藝術，是人們精神上的伴侶，同時它也是為人所發現，我們的社會是永遠地前進着，是向上的，那麼這所謂的藝術當然也是日進而無已。當然，《電影和戲劇》也只是藝術集團中之一種，也無論藝術家如何的探討，平面也好，立體也好，時間也好、空間也好……當然它總逃掉不出這藝術二字的範圍。」〔註82〕

8. 其他專業副刊

《滿洲報》的其他專刊還包括《醫識》和《萬有錦笈》。

1933 年 7 月 11 日，《萬有錦笈》創辦，重在向讀者介紹世界各地有趣的人和事，用新奇特的視角加以介紹，以吸引讀者的閱讀興趣。該副刊常刊載一些科學上的新發明、新創造，時常也討論國外學術上的新發展，包羅萬象，如同其刊名一樣，是一個「萬花筒」似的存在。《萬有錦笈》是一份非常有趣

〔註79〕兒童教育〔N〕，滿洲報，1923-12-21（6）。
〔註80〕怎樣才能做「現代婦女」〔N〕，滿洲報，1933-12-21（5）。
〔註81〕兀兀，遊藝創刊小言〔N〕，滿洲報，1934-11-10（7）。
〔註82〕編者，發刊詞〔N〕，滿洲報，1935-4-6（5）。

的專刊，能夠挑起讀者的獵奇心理，閱讀過程中也是十分愉快。《萬有錦笈》基本上是從《滿洲報》早期「發明界」欄目演變過來的。

日本人對於衛生一向重視，在其所辦的報紙中也經常傳遞重視衛生、講衛生觀念。《滿洲報》初期的綜合性副刊中，如《家庭醫術——兒童普通急救法》《家庭固有藥物》《衛生——兒童吸紙煙之阻礙發育》《衛生——小兒之哭泣與睡眠》《衛生——嬰兒不宜由乳婦哺養》等等。後來，《滿洲報》還專門設置衛生欄目，通過讀者來信解答或者發表衛生類文章的形式，宣傳講衛生的內容。

1935年，《滿洲報》出版了《醫識特刊》，後改為《醫識》，醫學專刊的內容從防疫、衛生、保健、健康教育等幾個方面進行宣傳，整個專刊主打西醫，立足偽滿洲國的實際情況，通過對醫學知識的普及力求達到「矯正視聽，澄清思想，使人民對醫藥之認識與所抱之觀念，確信科學之有據」的目的。

二、殖民政治的呈現形態

政治文化理論，給我們從大眾媒介中勾勒出一種基本的政治文化形體提供了依據，通過分析解讀符號（symbol）的主觀意義和歷史意義的理解，來闡釋和還原政治文化形態。

（一）「中日親善」背後的政治意圖

大眾傳播是輿論的載體之一，也是政治社會化的一個重要途徑。從大眾媒介的內容來看，其中承載政治傾向性、政治價值判斷的標準，對人民的政治觀念和態度都有影響。另外，大眾傳播媒介也是政治知識的傳播者，並通過經常的傳播，誘發和提高人們的政治興趣；還有，由於大眾媒介傳播政治信息，致使社會成員之間經常進行政治問題的討論，從而產生政治社會化的直接後果。〔註83〕

從大眾媒介的角度來看，按照通常意義的理解，將政治傳播過程理解為政治社會化的過程，大眾媒介並不是為政治傳播而產生、發展，但是，政治傳播越來越離不開大眾媒介。政治傳播的「中介」由原來的組織中介，人際中介向大眾媒介傾斜。換句話說，大眾媒介的政治傳播功能隨著人類社會傳播的發展越來越強，可以說大眾媒介越來越政治化了。〔註84〕

〔註83〕高洪濤，政治文化論〔M〕，北京：中國廣播電視出版社，1990：54。
〔註84〕荊學民，政治傳播活動論〔M〕，北京：中國社會科學出版社，2017：138。

　　基於這樣的理論，從政治文化視角來審視《滿洲報》副刊，通過隱藏在其文本語義背後的「殖民」文化分析，還原一段封存已久的報刊歷史上的殖民政治形態，可以說，在理論研究和關照現實方面都是有意義的。

　　在日本殖民東北的大背景下，構建殖民政治的社會認同，維持政治系統的穩固統治，離不開輿論的支持，因此殖民當局借助強有力的行政力量操縱大眾媒介。在政治系統內，大眾媒介無論是出於情願還是不情願，自然都會成為殖民政治認同的積極構建者。

　　作為這個時期重要的大眾媒介，此時，報紙的副刊已經形成了完備的功能體系，在單向度的傳播模式下，對掌控話語權的當局者的政治意圖進行廣泛而深入的傳播，成為其基本功能之一。

　　作為由日本殖民者創辦的報紙，《滿洲報》從創辦伊始就有鮮明的殖民標籤。它以「中日親善」「文化提攜」為幌子，意圖在精神層面為殖民統治作鋪墊。「報紙者，實文化事業之急先鋒，而文化事業，則為國際事業，超越於國家以上，不容有所謂此疆彼界，即國際間因國交決裂，而出於戰爭，文化事業則依舊不可磨滅……可以斷言，故一民族之間政治問題或不幸而消滅，文化則不然也……中日親善之方法……其根本方策，則無過於文化提攜……是以敝報宗旨，於扶植文化事業之外，又主張中日兩國，亦從文化上提攜，敢抱此旨，以謀東三省文化之開發，並喚醒國民，共謀全國文化之進展。吾人自覺此為今日特大之使命，故願繼續努力，以至於無窮盡之期間焉。」〔註85〕

　　「文化提攜」，副刊無疑成為有效載體。到《滿洲報》後期，報紙每每擴版，除去刊登廣告之外，都是為了開闢新的副刊版，這使得《滿洲報》一度具有了副刊化的傾向。這也足以說明，《滿洲報》副刊的重要地位。「在我們這和平的國土，現在當然不是文化發展的最高峰，他要如黃河之源地那麼永遠振發下去，是沒有異議的。本報既為負責振興文化機關之一，所以對於這樣生氣的時代，備設應付的計劃是不敢稍落人後的，於是本報要擴張副刊，豐搜內容，改善編輯，期對北國的文化有所貢獻，對讀者們的精神上的食欲有所增進。」〔註86〕

　　《滿洲報》副刊，以其覆蓋政治、文化、教育等領域的豐富內容，面向社會大眾，傳播觀點和事實，提供知識和文化娛樂，讓受眾在喜聞樂見的副

〔註85〕新年對讀者之感謝與希望〔N〕，滿洲報，1924-1-1（1）。
〔註86〕本報七種週刊之更新〔N〕，滿洲報，1934-11-6（8）。

刊閱讀中，涵養「殖民政治」的基本認同。政治文化視角的分析，正是在於解析其中的意識形態「殖民」的狀況。

（二）殖民政治話語的影響表現

羅森邦在《政治文化》一書中，認為，政治文化的影響表現在：

一確定輿論的發展和言論表達的來龍去脈，政治文化也許能劃定疆界，使得一個公民在此疆界內表達他的政治觀點。

二「篩除」政治諮詢。政治文化可能有助於確定我們瞭解的是何種政治諮詢——即哪一部分政治世界變成對我們是真實和有意義的——因此，政治文化決定了行政政治意見之基礎的信息來源。

三形成對政府的「輸入」和「輸出」的期望。這實際上，是決定什麼問題是「政治的」，或應該被「政治化」的。〔註87〕

可以這樣理解，政治文化圈定輿論的「疆界」，促使輿論「誘導形成政治文化」，實現政治的「社會化」。政治社會化，一般而言指的是個人學習政治價值、態度、信仰和行為的過程，它是影響政治文化的形成因素之一。〔註88〕有觀點認為，政治文化是通過政治社會化形鑄而釀成的。〔註89〕

《滿洲報》副刊，在殖民當局劃定的政治話語範圍內，通過專業內容的專業表達，圍繞「國家觀念」、「王道思想」兩條主線，組織議題，來形成內容多樣和客觀可感的政治幻象，輸出殖民政治需要的認知、感情和價值。

《滿洲報》專業性副刊特色鮮明，受眾針對性強。從《滿洲報》副刊的發展脈絡來看，越到後期，副刊種類越多，副刊內容越專業。僅文藝副刊，《滿洲報》發展中後期，就分化出了以文學作品為主的《北國文藝》和以刊載文藝理論為主的《曉野》。專業副刊從最初的政治類、兒童、婦女、體育、逐步發展到非常專業的《遊藝》《電影與戲劇》《醫識特刊》《醫識》等。當《滿洲報》發展成型後，基本上形成了綜合性副刊《消閒世界》和專業性副刊並存的局面。

專業的副刊，也發揮了專業的功能。無論是《小友樂園》還是《婦女與

〔註87〕羅森邦，政治文化〔M〕，陳鴻瑜譯，臺灣：桂冠圖書股份有限公司，1983：
149～154。
〔註88〕羅森邦，政治文化〔M〕，陳鴻瑜譯，臺灣：桂冠圖書股份有限公司，1983：
14。
〔註89〕高洪濤，政治文化論〔M〕，北京：中國廣播電視出版社，1990：46。

家庭》，無論是《體育》還是《醫識》，利用副刊的傳播知識功能，刊登了不少有利於殖民的文章。而這些殖民文化往往隱藏在一篇篇「正常」的文章中，但仔細閱讀，就會發現其「不簡單」，在字裏行間中，每一副刊版面，甚至每一篇文章，都在發揮著它的作用。

另一方面，利用不同種類的副刊，傳遞不同的殖民文化，細化受教化群體。文化的傳播是無處不在的，報紙借助副刊版的內容，分門別類的對閱讀受眾進行宣教。政治專刊發揮的是為殖民政治作「輿論先鋒」的作用，宣傳的是殖民政治文化。兒童專刊是為殖民教育做宣講，宣傳的是「王道教育」「皇道教育」的內容。體育專刊看似專業，事實上，還是打著「競技體育」的旗幟，作培養「軍國主義」後備力量的努力。醫學專刊傳遞的是醫藥文化，它立足偽滿洲國，按照日本殖民者的意志宣傳西醫，完全看不到，在當時的偽滿洲國存在著的龐大的中醫群體。同樣的，它以科學的名義，進行醫學知識的傳播，藉以影響受眾的衛生觀念，歸根結底，這只是一種維護統治的手段。如此種種，日本殖民者也是借助了副刊所具有的教育功能，來實現著輿論控制，操縱殖民地人民意識形態的目的。

（三）副刊殖民政治色彩的變化

本文重點考察《滿洲報》的政治副刊、兒童副刊、婦女週刊、體育副刊和文藝副刊。儘管這些副刊都是在同一個時代下創辦，但是與殖民政治的關係卻呈現遠近不同，殖民色彩也不盡相同的狀態。

政治副刊可謂殖民政治色彩最為鮮明和濃重。《內外論潮》和《政海津梁》都緊緊圍繞殖民政治的需求和要求，來組織議題，形成主題。《內外論潮》涵蓋國際政治、民國政局、偽滿洲國建設進展以及王道宣傳。《政海津梁》內容上基本延續了《內外論潮》的框架，屬《內外論潮》的「升級版」，深入關注了中日關係、中國和「滿洲國」關係、「滿日」關係等議題。特別是《王道週刊》，在偽滿協和會的資助和支持下發刊的，具有半官方性質。該副刊以長篇的王道論說的文章搭配王道小說、劇本、理論等內容的連載文章，對日本殖民者倡導的「王道」大力鼓吹，成為維護日本「王道」統治的先鋒。

兒童副刊、婦女週刊和體育副刊的政治色彩基本相同，差別不大，同屬「王道思想」與專業內容的深入結合。

兒童副刊從創刊之初較為純粹的兒童內容，迅速轉變為「王道」全方位滲透的狀況，後期甚至開始強化「皇道」思想，通過不斷強化孩子的建國觀

念，倡導「道德仁義」培養溫順的未來「國民」。

婦女週刊，宣講「王道」婦女觀，沒有更多理論內容，而是直接提出「王道政治」對婦女具體的要求，以此來改造和束縛女性，服務「王道」政治的需求。

體育副刊，將體育精神和「王道思想」融為一體，借體育事件，謀求政治利益，樹立「滿洲國」獨立的國際地位，塑造「國家認同感」；凝聚對日本的褒獎和親善的感情，並灌輸「軍國主義思想」。

可以說，兒童副刊、婦女週刊和體育副刊由於專業的話語內容，淡化了政治色彩。但是，副刊內容和議題的設置，都將兒童、婦女和社會主體男人政治化和服務殖民政治工具化，政治教化的意圖和功能非常明顯。這些副刊中，只有文學副刊因其特殊的性質，而成為殖民政治色彩侵染最為薄弱的一塊土地。

（四）對殖民文化「霸權」的反抗

在《滿洲日日新聞》漢文版創刊之際，「滿鐵」社長早川千吉郎發祝詞說，「欲謀中日親善者，應著眼於道德方面，以文化的力量圖兩國民眾的親和。然後親善乃能徹底矣。」「國家間之親和與親善，其要素之大部分，在精神上之理解……在於高尚的道義之精神的融和。」「此乃余以中日人精神的融和，為兩國民族親善之要訣，又以研究中國文學為最善之方法之所以也。」〔註90〕

《滿洲日日新聞》漢文版在評論中提到早川的祝詞說，「承南滿洲鐵道株式會社社長早川千吉郎君既以祝詞，其詞旨一以研究孔學為中日親善之道。竊歎早川先生之言，洵為中日提倡親善者之寶筏矣。」〔註91〕

借助中國傳統文化中的「王道思想」，意圖實現對殖民地人民的教化功能。這樣的文化意圖在政治副刊、兒童副刊、婦女週刊和體育副刊中體現的是明顯確切的。但是以文學為主的文藝副刊，卻因為文學與現實關照的特殊屬性，而逐漸疏離於殖民政治借文化滲透的意圖。

《滿洲報》文藝副刊具有種類多內容豐富、出刊時間最長、最受讀者歡迎等特色。曾有位常給副刊投稿的作者在文章中寫道「……此時我坐將起來，披了上衣，抓過新聞紙一看，見是大連的滿洲報，究竟，我雖喜歡閱報，不

〔註90〕早川千吉郎，中日親善之道在於研究中國文學〔N〕，滿洲日日新聞，1922-1-28（3）。

〔註91〕齊，研究孔學為中日親善之道〔N〕，滿洲日日新聞，1922-1-31（3）。

過是重在文藝欄一部分……當時我把滿洲報輕輕的鋪張開，便慢慢的，一欄一欄清閱……」〔註92〕《滿洲報》的文藝副刊在讀者中間還是比較受歡迎的，編輯部也曾在 1924 年 3 月 9 日第 5 版發布啟事，從側面印證了這一點「本面各種稿件見寄毋任歡迎，但除特別長篇來稿可以預先聲明不登寄還外，其他稿件無論登載與否原稿概不寄還，因投稿太多，寄還太為繁瑣辦理，殊為困難，特此奉達即希」。

此外，《滿洲報》文藝副刊在吸引大量讀者閱讀的同時，也在客觀上促進了東北文壇的發展，培育了很多青年文學愛好者，這些人中間有許多走上文學之路，甚至成為知名作家。專刊中特有的熱烈討論的氛圍，尤其是關於文壇建設的討論，為當時的文壇建設指明了方向，加速了知識群體對社會生活和殖民統治的反思。

不管是以世俗文學為主的《消閒世界》還是純文學副刊《星期副刊》《北國文藝》《曉潮》《北風》和《曉潮》等，報紙利用一個個文學副刊，將現實中的社會生活映像呈現在了文字裏，字裏行間表現出對現實的迷茫和苦悶，在日赴日一日的反思中，文學作品更加深入地關照現實，表達出對殖民政治的抵抗。

這種反思甚至抵抗的聲音，是對殖民政治「文化霸權」的反抗，相對於殖民政治意識形態的主流，是被邊緣化的，但是在偽滿洲國嚴苛的殖民統治之下，這樣的聲音又是極為難能可貴的。

〔註92〕孫家臺，魔說季榮兼致雲郎〔N〕，滿洲報，1924-4-12（5）。

第二章 政治副刊：建構殖民的政治認同

在偽滿洲國成立一週年後，1933 年 7 月，《滿洲報》創辦了第一份政治副刊《內外論潮》，半年後，更名為《政海津梁》，直到 1936 年停刊。

《滿洲報》創辦政治副刊時，《大北新報》《盛京時報》《大同報》《泰東日報》等當時重要的中文報紙，都沒出現政治副刊。《滿洲報》是偽滿洲國較早創辦政治副刊的報紙。

刊發在《滿洲報》上的文章這樣說，「新聞紙之於報告新聞而外，尤有指導社會、監督政治、及發揚文化的責任……監督政治——新聞紙之主要任務在：糾彈政潮、援助外交，根據正義之觀念與道德的義務，爲民眾謀福利。」〔註1〕

可以說，《滿洲報》政治副刊以「糾彈政潮、援助外交」爲主要任務，並將「正義之觀念與道德」作爲其根本，成爲辦報思想的一條主線。

第一節 《內外論潮》：中國與「滿洲」的割裂

《內外論潮》於 1933 年 7 月 11 日創辦，至 1934 年 1 月 23 日停刊，時長半年有餘，在這 180 多天裏共計發刊 152 期，發刊的頻率密集。

刊名《內外論潮》用字十分考究。論，即政論和時評，是該副刊「論」文的兩種形式；潮，即時事，也即對時事的判斷。內外二字，意思是立足偽滿洲國，論內外時事抑或內外如何論「滿洲國」。

〔註 1〕趙荊山，新聞講話〔N〕，滿洲報，1934-9-7（5）。

　　本文將其刊發的文章整理，進行統計觀察。統計將連載文章按 1 篇計，其中《指謫中國當局及民眾所採手段誤謬——搜集名流論說以相佐證中國某氏敬告全國同胞》連載 11 期，為連載期數之最。

　　經過篩選確定主題清晰明確的文章樣本 430 篇〔註2〕，其中「時評」欄目文章達 146 篇，後文將單獨分析。最終，考察樣本確定為 284 篇。

圖 2.1：《內外論潮》創刊版面

一、四種重要的文章來源

　　《內外論潮》副刊內容涵蓋國際政治、民國政局、偽滿洲國建設進展以及王道宣傳。欄目主要包括「時評」「世界動向」「放送講演」「文學討論」及後期出現的「時事漫畫」。

　　總的來看，《內外論潮》版面上的常見欄目為「時評」和「世界動向」。「世界動向」欄目出現頻率較低，內容多為世界局勢的短消息。「時評」也較為簡

――――――――――――――――――――――――――

〔註 2〕「世界動向」欄目文章過於簡短瑣碎，在版面上處於「補白」的地位。故沒有
　　　納入統計分析。

短，但刊發頻次高，幾乎每期必有，多在頭條下面，刊期和版位相對固定。

　　這裡先簡要考察《內外論潮》副刊文章來源的問題。作為《滿洲報》政治副刊的發端，《內外論潮》很好的利用轉載和譯文（主要為偽滿洲國官方翻譯稿和編者翻譯稿）解決稿源問題並巧妙表達立場，增加副刊話語的說服力和煽動性。這是值得關注的特點，也是日後政治副刊辦刊的一個特色。此類稿件共 70 篇，占總樣本的比例為四分之一。

（一）轉載文章

　　《內外論潮》轉載的文章主要來自國內的報紙。這些稿件都在 1933 年出現，梳理如下：

表 2.1：《內外論潮》轉載文章概況

時間		文章標題	來源
7月	11 日	中國層出不窮的外債	天津《大公報》
	12 日	國民黨之名存實亡——戰亂頻仍匪氣遍地 黨多紛擾 政失清明 民在倒戈 怨氣騰溢	天津《大公報》社評
	19 日	察局果不能諒解耶？——中國人之反對內戰聲	天津《益世報》
	21 日	中國最近實業設施	《時事新報》
8月	4 日	論中國治本之道	天津《大公報》
	9 日	歐美帝國主義者侵略亞洲由來	「大亞細亞」協會檄文
	10 日	解決中國「內部問題」的方法	天津《大公報》
	19 日	中國匪禍為嚴重問題	天津《大公報》
	30 日	政府社會與特種人才	《晨報》社論
9月	8 日	對宋子文的希望	天津《益世報》
	17 日	論五省主席請華政府實行洋米加稅	天津《大公報》
	26 日	整理海河問題	天津《大公報》
	28 日	復興農村與民生疾苦	天津《大公報》
10月	7 日	祀孔意義	偽滿洲國政府公報
	12 日	由妥洽到團結	《申報》
11月	3 日	美俄復交與中國	天津《大公報》
	15 日	對中國政局之忠告	天津《大公報》
	17 日	中美俄三國擴張軍備與日本之國防	《東周》
	23 日	忠告中國政局	天津《大公報》

　　《內外論潮》中大多數的轉載文章都來自天津《大公報》。當時，天津《大公報》由吳鼎昌、胡政之、張季鸞以新記公司的名義續刊出版，故稱為「新記時期」。它「既非政治階梯，亦非營利企業，是為文人論政的場所。」〔註3〕「它始終是以文人辦報為特色、見地獨到的言論以及對於社會輿論的引導而著稱……是一份泛政治化的民營報紙」〔註4〕當時，《大公報》重視言論，敢於對國民黨的統治、政局的腐敗進行猛烈的抨擊，而且「能言、善言，使其言論有新意、有深度、有創見。」但這種抨擊「是一種『恨鐵不成鋼』的罵，是一種『補臺』的罵。」〔註5〕這樣的文章《滿洲報》充分利用，露出了一種「別有用心」的意味。此外，《內外論潮》也轉載了《時事新報》《晨報》《申報》《東周》等文章。

　　《內外論潮》轉載的文章具有濃厚的親日指向。這其中有一個組織很特殊，即廣東「大亞細亞」協會。1933年初，日本駐廣東總領事館的陸軍武官和知鷹二策動了「華南大亞細亞主義運動」，但該運動以失敗告終。1933年3月，以此次運動為背景，日本成立「大亞細亞協會」，松井石根與近衛文麿、廣田弘毅等人均為創立會員，協會同時也包含了包括日本陸海軍、外務省、學界、言論界等實力派人物。1933年7月，日本人夥同漢奸在華南設立了廣東「大亞細亞」協會，協會成立的目的也是在於實現日本在華南的政治目的。〔註6〕根據國民黨中央組織部檔案中顯示，廣東「大亞細亞」協會認為：「滿洲國」之成立，乃東方民族自決之第一階段，將來中國如仍反覆進行其排日之舉，則中國必致滅亡，陷入歐美之國際管理。故乘此時驅逐一切白人勢力於東洋之外，由中、日、「滿」提攜實現東亞門羅主義，是為東方民族共存共榮之理想。〔註7〕

（二）「官方」翻譯稿

　　這裡所說的「官方」，指的是偽滿洲國外交部宣化司。1932年3月9日，

〔註3〕吳廷俊，新記《大公報》史稿（第2版）〔M〕，武漢：武漢出版社，2002，5：2。

〔註4〕任桐，徘徊於民本與民主之間〔M〕，北京：生活·讀書·新知三聯書店，2004，5：10。

〔註5〕吳廷俊，新記《大公報》史稿（第2版）〔M〕，武漢：武漢出版社，2002，5：17～26。

〔註6〕中國社會科學院，近代史研究所編中華民國史研究三十年1972～2002（中卷）〔M〕，北京：社會科學文獻出版社，2008，1：686。

〔註7〕中國第二歷史檔案館編，中華民國史檔案資料彙編第五輯第一編外交（2）〔M〕，江蘇：江蘇古籍出版社，1994，5：839。

溥儀就任「滿洲國」執政後，發布了《滿洲國政府組織法》，將國務院的職能部門劃分為民政部、外交部、軍政部、財務部、實業部、交通部、司法部。偽滿洲國「外交部」內設機構宣化司是主管外交宣傳的職能部門。

從 1933 年 8 月，《內外論潮》中登載了第一篇由宣化司翻譯的稿件後，說明該刊已經被偽滿政府機關所關注並加以利用。這就使《滿洲報》政治副刊染上了一層偽滿洲國的官方氣息。

經梳理，《內外論潮》刊發偽滿外交部宣化司翻譯的文章，時間為 1933 年，共 12 篇，具體內容如下：

表 2.2：《內外論潮》刊發官方譯稿概況

日期	文章標題	來源
8 月 12 日	由世界現狀觀察滿洲國肯內氏言論	譯自《中國評報》
8 月 30 日	美對經會之態度	1933 年 8 月 23 日譯自 7 月 19 日美國《國家三日刊》（The nation）原文名為《出爾反爾之羅斯福》、7 月 10 日《舊金山評報》（The sanfrancisco examiner）
10 月 15 日	今日之滿洲國	譯自 1933 年 9 月 11 日、12 日、13 日倫敦《泰晤士報》，由該報駐滿特派員密吉爾氏撰寫，原標題《今日之滿洲國》
10 月 15 日	美記者稱讚滿洲國謂進步迅速	譯自《日本時報》
10 月 18 日	車囪一瞥之滿洲國	節譯白九月號日本《遊人雜誌》
10 月 31 日	一個批評 李頓爵士致函倫敦泰晤士報	譯自 10 月 6 日《日本廣報》
10 月 31 日	棉業競爭之未來觀	譯自九月《印度時報》
11 月 4 日	日本與澳洲	譯自 8 月 25 日澳洲《雪特內晨壇報》
11 月 4 日	論遠東政策意見	譯自 10 月 5 日《大陸報》
11 月 12 日	中國之鳥瞰	1933 年 11 月 6 日譯自 10 月 14 日《中國評報》（The China Digest）
11 月 14 日	美人鼓吹美國應及早承認滿洲國	譯自 10 月 4 日《國家週刊》（The Nation）
12 月 26 日	今日之滿洲國	譯自 11 月 25 日《華北日報》

　　宣化司翻譯的稿件多與偽滿洲國相關，內容涉及偽滿洲國的承認問題和偽滿洲國的建設成就。可以說，在《內外論潮》中登載的外交部宣化司翻譯稿件，是對塑造偽滿洲國正面形象有一定的積極意義的：必須使國際社會正視偽滿洲國的成立是個不爭的事實，是不可逆的；同時還需粉飾日本對於扶植偽滿洲國的功績和雙方親善的關係。

（三）編者譯稿

　　在雪痕主編《內外論潮》期間，大多數的翻譯稿件都由其完成。這些稿件都刊發於1933年，共12篇，具體如下表：

表2.3：《內外論潮》刊發編者譯稿概況

日期	文章標題	來源
7月11日	觀察誤謬之滿洲問題	伍德海著，雪痕譯
7月13日	關於遠東聯盟之建設	松本忠雄，雪痕譯
7月16日	國聯之矛盾決議	雪痕譯自日本國際評論
7月29日	獨裁德意志之形相	雪痕譯自日本國際評論
8月5日	停戰後之華北觀	田中香苗，雪痕譯
8月11日	四國協定之效果	町田梓樓著，雪痕譯
8月17日	歐洲政局上一幕與味劇 ——德奧兩國間包藏之危機	雪痕譯
8月22日	南海九島嶼領有權誰屬？中日法三國相持之理由	雪痕譯
9月3日	頭腦參謀本部第五回太平洋會議已在加拿大開幕討論國際經濟統治及調節	雪痕譯
9月7日	中美簽訂密約說與中國航空計劃 將設橫斷南太平洋航空路 對日影響殊匪淺鮮	雪痕譯
9月14日	中歐政局一大癥結「丹其希」問題觀 德波兩國長年爭執此次忽傳圓滿解決	雪痕譯
9月24日	紅軍勢力彌漫全閩威脅福州海港 日英美三國因有利害關係將取共同動作以應付赤禍	雪痕譯

　　雪痕的翻譯稿件雖以國際政治形勢為主，但與日本的政治利益關係重大。這當中涉及到了日本的海上權益、經濟利益、航空領域等等，可以說這些問題都與日本的擴張計劃息息相關。

從雪痕翻譯稿件的來源來看，有一些是從日本人的著作和日本的刊物中翻譯過來的。這些日本人有當時日本《每日新聞》社長田中香苗、東京《朝日新聞》著名評論家町田梓樓、曾任日本外務省政務次官的松本忠雄，他們是日本新聞界、政界的重要人物，代表了一定的政治立場。

《內外論潮》中還有一些翻譯類文章，如謝康譯安得烈著《論歐洲文化與美洲文化》、文宙譯 Dwrant 著《現代經濟制度下的現代婦女》、星則禼作著喬世良譯《文字為國家興亡的基礎》、靳溫松著紀文勳譯《經濟國家主義之興起》、彭壽譯《近代歐美之道德教育概論大致頗與王道相應》、橋爪明男著劉涅夫譯《將來國際間之大勢》、中野正剛著景冉譯《站在大亞細亞上》等等。這些翻譯類文章的登載涵蓋了文化、經濟、社會、教育、政治。

再如橋爪明男著劉涅夫譯《將來國際間之大勢》認為 1936 年對於日本而言「將有決定興亡的一大情勢到來」，隨後，作者列舉了一些對於日本自身利益而言重要的問題，包括「退出國聯期滿後發生的南洋委任統治領之問題」「中國的抗日準備」「美國的軍備擴張」，這些問題嚴重阻礙日本的稱霸擴張之路。在文中，作者極力為日本利益辯論，試圖為日本的後續反應鋪路。

（四）政治演說

為宣傳殖民政治，偽滿洲國的很多政治人物或站在眾人面前發表慷慨激昂的演說，或通過電波發表一些鼓動人心的講話。這些內容被《內外論潮》組織起來，形成固定欄目。具體梳理如下表，除《大同三年新京市政之希望》一文刊發於 1934 年，其餘均刊發於 1933 年，共 27 篇：

表 2.4：《內外論潮》刊發演講稿概況

日期	文章標題	演講人
7 月 13 日	由犯罪上觀察國度新京	首都警察廳司法科科長范國珍
7 月 22 日	滿洲新聞記者與大亞細亞協和	《大同報》富彭年（放送演講）
7 月 30 日	撥亂反正議	國務院總理鄭孝胥
8 月 1 日	回憶一年前郵政之接收	交通部郵務司長藤原保明
8 月 3 日	孔教新編	國務院總理鄭孝胥述
8 月 23 日	善良司法可以嚴肅社會	南京司法行政部秘書光晟（放送演講）
9 月 6 日	監察制度	監察院長羅振玉

9月13日	滿洲家庭組織及其將來之趨向	《大同報》副刊主編陳華（放送演講）
9月14日	弭兵說	國務院總理鄭孝胥
9月15日	王道的真理	國務院總務廳事務官葉參
9月22日	復興農村的開場計劃	中國行政院政務處長彭學沛講演
9月26日	列強對滿外交最近的趨勢	情報處情報科長姚任（放送演講）
10月14日	國都建設與大新京之將來	國都建設局屬官徐青梯（放送演講）
11月1日	滿洲國道之現況	國道局副局長孔世培（放送演講）
11月1日	美國承認蘇聯問題之研究	外交部宣化司
11月10日	滿洲國發展與民眾幸福	奉天省公署屬官楊世英（放送演講）
11月19日	最近外交問題	情報處情報科長姚任（放送演講）
11月21日	官民宜協力開發實業	《大同報》富彭年（放送演講）
11月28日	陪觀感想——日本陸軍大操	執政府警衛處長佟清煦
12月1日	蘇維埃聯邦共和國之現狀	外交部總務司長朱之正（放送演講）
12月7日	滿洲國之馬政	馬政官王貫三
12月10日	三三論	政務整理委員會委員長黃郛演講
12月14日	日本志在以美國所施之於南北美者施之於遠東	日本駐瑞典公使白鳥敏夫演講
12月19日	對於閩變應有的認識中華民族復興的道路	劉健群演講
12月22日	東遊之感想	大連市商會王錫廷
12月29日	訪問日本之經過	新京特別市公署屬官宋寅（放送演講）
1月20日	大同三年新京市政之希望	新京特別市長金璧東（放送演講）

　　發表演說的政治人物多為偽滿洲國的滿人官員。其中，有幾個人比較特殊，他們是國民黨方面的官員，分別是彭學沛、黃郛和劉健群。

　　彭學沛曾在京都帝國大學修政治經濟學，後又留學法國及比利時。1926年回國。1932 年以後，歷任內政部代理政務次長、行政院政務處長等職。在國民黨內，屬汪精衛派，曾為改組派辦報紙，從事反蔣宣傳活動。〔註8〕

　　黃郛與日本的關係也非常密切，他也曾到日本留學，畢業於東京振武學校，後入同盟會，與陳其美、蔣介石結為「盟兄弟」，是國民黨政界的關鍵人物，他在外交上推行親日政策，被稱為「日本通」。黃郛參與下，南京國民政府與日本方面簽訂的《塘沽協定》，承認了日軍佔領長城及山海關以北地區的

合法化，並把長城以南的察北、冀東 20 餘縣劃為不設防地區，使整個華北門戶大開。〔註9〕由此事出發，日本人對於黃郛也是極力推崇，曾在《內外論潮》創刊版面上專門介紹黃郛的履歷，「此次中日停戰協定成立，恢復華北治安，而完成和平之任務者，實以奉蔣介石命與日方折衝樽俎之黃郛氏有莫大之功焉。」〔註10〕

劉健群是蔣介石極為賞識的人，也是親信之一。他曾加入由蔣介石創建的法西斯組織復興社，並任骨幹。該組織展開一系列政治工作，包括開展法西斯主義理論宣傳和積極反共。劉健群就是當中的「理論家」和「宣傳家」。

所謂政治演講「指人們針對國家內政事務和對外關係，表明立場、闡明觀點、宣傳主張的一種演講。它是政治鬥爭的重要武器，其內涵豐富，適應面廣。」〔註11〕政治演講觀點鮮明、往往能夠傳達出施政者的政治主張，具有很強的輿論引導力。《內外論潮》通過登載政治人物的演講文本進行宣傳，為殖民政治鼓吹吶喊，更具有煽動性。

二、中國與「滿洲」的對立形象

統計顯示，《內外論潮》刊載中國國內問題 107 篇，國際政局文章 93 篇、偽滿洲國相關文章 39 篇、王道思想文章 18 篇、其他政治思潮的文章 19 篇、時政漫畫 8 篇。具體占比如圖：

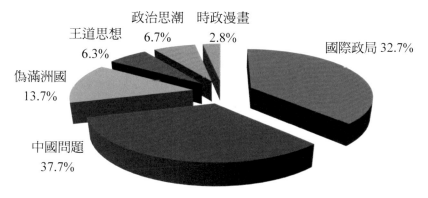

圖 2.2：《內外論潮》各個議題占比

〔註9〕從九一八到七七事變親歷記〔M〕，北京：中國文史出版社，2015，1：454，郭大鈞，中華民國史第七冊傳二〔M〕，成都：四川出版集團，2006，1：365。
〔註10〕黃郛〔N〕，滿洲報，1933-7-11（5）。
〔註11〕李元授、白丁，口才訓練第3版〔M〕，武漢：華中科技大學出版社，2016，3：185。

王道思想的相關文章基本屬偽滿洲國的報導議題內，是偽滿洲國主要宣揚的政治思想，所以特別作為一類統計分析。總體上看，《內外論潮》議題基本上圍繞中國國內問題、國際問題和偽滿洲國問題展開，可謂是「三分天下」。透過議題的分布，基本可以得出這樣的初步判斷，《內外論潮》上，偽滿洲國是與中國、國際這樣的概念等同的存在。這也反應在《內外論潮》半版文章半版廣告這樣低調的創刊版面上，見圖 2.1：頭條《觀察誤謬之滿洲問題》，中間《中國層出不窮的外債》，報尾《論西洋與日本之「自然」》，用了同樣字號的標題，形成別有韻味的「隱喻」。

《內外論潮》副刊主要圍繞偽滿洲國、中國政局和國際局勢三個主題展開，為受眾塑造了不同的形象認知，讓具體可感的形象先於抽象的觀念，直接來影響受眾的感受和認知。

（一）朝氣勃然的「樂土」

關於偽滿洲國的文章，議題大致分為偽滿洲國的建國問題和建設成就、王道思想、對外關係三個方面。

其中，凸顯偽滿洲國建設成就的文章占到半數，內容涉及國都建設、治安、郵政、新聞通信、道路、宗教概況等諸多方面。《內外論潮》致力於形塑一個日本殖民當局樂見的「王道樂土」形象。

那麼，《內外論潮》的文章究竟從哪些方面、用怎樣的手法來支撐起「王道樂土」的形象呢？

1. 「勃然新興」之國

關乎偽滿洲國家建設的論調，基本都集中在講述建設成就，從中呈現「國家」的概念和未來的期許。

> 世人常稱東方為「遲緩之東方」，然今日則有勃然新興之滿洲國，建立迄今，雖不過二載，而運步之速，非特開「遲緩之東方」之新紀元，抑且為敏捷之西方所僅見。〔註12〕

> 反觀滿洲國則朝氣勃然，日事邁進，在今日世界經濟不安，及失業問題嚴重之際，愈覺滿洲國之前程無量，……今日世界各國，日感不安，獨滿洲國有顯著之收穫耳。〔註13〕

〔註12〕今日之滿洲國〔N〕，滿洲報，1933-10-15（5）。
〔註13〕由世界現狀觀察滿洲國〔N〕，滿洲報，1933-8-12（5）。

《內外論潮》副刊中，對偽滿洲國的「高度評價」，基本來源於國際人士。《今日之滿洲國》譯自 1933 年 9 月 11 日、12 日、13 日的倫敦《泰晤士報》，由該報駐滿特派員密吉爾氏撰寫。《由世界現狀觀察滿洲國》由美國人肯內氏「遊歷全滿以觀察新國之建設」後，發表的談論。

2. 「土匪」變「大豆」

「王道樂土」僅限於空泛的評價話語中，終難形成真實的說服力。它需要有實在的可觀可感的建設成就來鞏固，比較有代表性的有如下兩個例子。

為了塑造更為真實的「樂土」，《內外論潮》抓住了有限的敘事形象，偽滿洲國建國後的一大難題——匪患來敘事：

> 土匪與大豆，乃滿洲之土產，現在滿洲國實行王道，所有土匪，皆歸務農，豈不是土匪變為大豆。〔註14〕

此外還有幣制改革也是一例：

> 在物質建設方面，則處處有顯著之成績，試以整理金融及統一幣制而論，即可證明新政府排除萬難，為民造福之決心……滿洲人民從此可使用政府保證之有價值貨幣，其歡樂自不待言。〔註15〕

3. 「願景」燦爛光華

「國都」建設是談論較多的一個話題，也是底層群眾可感又可期許的話題。《內外論潮》的文章多以這樣的具體話題為基礎，引論出未來「光華燦爛的新國家」「世界最完備之國家」的願景。

> 將來各公園，建修完成的時候，綠樹陰焉，蒼翠悅目的景致，定當如一幅畫圖一般了……這樣積極的建設，不說是見者驚嘆，確實說起來，亦是空前所沒有的……

> 第一期五年計劃後理想的國都大新京一定可以產生出來的，將來市面定能煥然一新，不說在東亞可稱為燦爛光華的首都，就是對世界各著名的都市亦可與之並駕齊驅了。〔註16〕

總體來看，《內外論潮》將「王道樂土」以「朝氣勃然」形象示人，話語包裝出來的「成就」和勾勒出燦爛的「願景」，在邏輯上將偽滿洲國建國之初

〔註14〕十錢，《「滿洲國」之鳥瞰》評述〔N〕，滿洲報，1933-9-27（5）。
〔註15〕美記者稱讚滿洲國謂進步迅速〔N〕，滿洲報，1933-10-15（5）。
〔註16〕徐青裙，國都建設與大新京之將來〔N〕，滿洲報，1933-10-14（5）。

的氣象「真實」呈現出來。

（二）「四分五裂」的中國

在《內外論潮》副刊中，中國明顯是一個與「本土」鮮明相對的「他者」概念。107 篇關於中國國內問題的文章中，有 42 篇標題直接標明「中國」。從中多少可以窺見，這樣的編輯處理手法，意在強化「中國」這個語詞，來凸顯「滿洲國」的存在感。

《內外論潮》中這個主題相關文章，主要關注了政局、農民、經濟和災禍，其餘歸入其他一類。其中，中國政局問題又可以細化為「分裂」「國民黨」「赤匪」和其他四類主題。

從《內外論潮》這方面的選題來看，比較有代表性的話題為政局問題和農民問題。在《滿洲報》看來，政局問題是動盪的現實情況，農民問題是「中國政治經濟生活的基礎」。政局問題當中，「閩變」和內外蒙自治為國內「分裂」局勢的主要話題，分別有 9 篇和 6 篇文章，其餘為藏、疆、川地分裂趨勢；國民黨和赤匪問題的文章，分別為 8 篇和 5 篇。具體如圖：

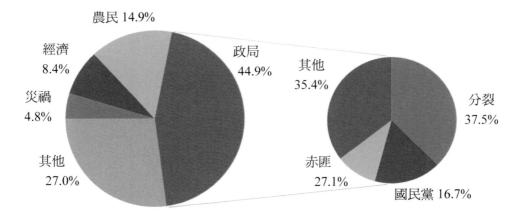

圖 2.3：國內議題細分占赤匪

1. 動盪的政局：陷於戰亂分裂

《內外論潮》對中國政局的描述，關鍵詞就是「分裂」。從具體的蒙、藏、新疆的民族問題，到閩、川、滇的獨立「赤化」問題，乃至於全局層面上都有關注。

> 仍不免復有桂系之戰，閻（錫山）馮（玉祥）之變，及其他內

亂之發生……現在紅軍盤踞江西，其勢力已蔓延於長江一帶，川鄂兩省亦將入其掌握。粵桂黔滇各當局與寧府貌合神離，華北各將領與蔣介石亦同床異夢，福建則正式宣告獨立……是中國已由統一，陷於分裂。〔註17〕

但是，《滿洲報》表達出了對造成「分裂」的勢力截然不同的態度，對民族地區獨立表示支持，對「赤化」問題表達了擔憂。

鑒於蒙政之腐敗不謀自拔，無以圖存，不有組織，無以禦敵，故組織蒙古自治政府之醞釀因而甚囂塵上，國人不察……以為蒙古自治運動，有某國背景操縱其間，為此言者，實欲顛倒是非，壟斷蒙古耳……蒙古要求自治……純出於「民族自決」「自救救國」。〔註18〕

因推翻國民□結果，不啻化舊友為新敵，因受聯共之嫌疑之更令民眾疑懼此為灼然易見之事，姑無論國民黨如何應付，要其將來必為兩敗俱傷之局，而真正的共產黨，殆將竊笑於其旁。〔註19〕

2. 國民黨與「赤匪」：無能與禍亂

《內外論潮》對於國民黨及其政局極盡諷刺，認為共產黨是「匪禍披猖」，竭力喊「剿」：

中國國民在此種畸形黨治支配之下，五年以來坐視政治腐惡，效率低微、疆土削蹙、國恥日增、匪禍披猖、民生日困，至於今日，政治深入僵境，經濟重陷窮途，全國上下，胥有岌岌不可終日之感，而黨內少數要人，仍在鬥角鉤心。〔註20〕

中央政府亦專與日本構事，正在不遑他顧之間，乃致共產土匪勢力，漸次增大，今者南中一帶，已有為赤色塗盡之勢矣……查共產軍皆揭紅旗，但就中亦有純係土匪、而偕稱紅軍者，若輩多由軍閥之正式軍隊所改組，或屬農民軍等等。〔註21〕

《內外論潮》單獨關注國民黨和共產黨的話題並不多，但國內局勢的文

〔註17〕分裂與統一〔N〕，滿洲報，1934-1-17（5）。
〔註18〕蒙古自治問題〔N〕，滿洲報，1933-11-4（5）。
〔註19〕閩局之剖析〔N〕，滿洲報，1933-12-7（5）。
〔註20〕忠告中國政局〔N〕，滿洲報，1933-11-23（5）。
〔註21〕紅軍勢力彌漫全閩威脅福州海港〔N〕，滿洲報，1933-9-24（5）。

－71－

章中，都少不了進行談論分析，基本上從「赤匪」和「國民黨」的稱呼上就顯露地表達了感情傾向。

3. 凋敝的農村：中國唯一之希望

「中國農國也，國民百分之八十五以上為農民，故中國政治之善惡，須問其是否為農民謀利益？」〔註22〕《內外論潮》抓住了中國「農」這個根本問題，關於「農村復興」的論調如何？那就是不斷強化中國農村民生的凋敝。

> 中國的農村生活，衰落已達極點，無論從那一方面去看——社會方面、經濟方面、政治方面、教育方面，都是一點生氣也沒有，簡直可以說是已經死了一半，或是一多半。〔註23〕

在論述此類問題的文章中，一篇《農民問題與中國之將來》的文章格外顯眼，頗具代表性：

> 向來農民的生活是奴隸的非人的生活，向來農民是被蔑視，是被遺棄的，但是事實上農民是築了中國政治經濟生活的基礎，……農民在中國政治上的勢力，並不細小……誰也不能否認農民生活是和中國的政治最有關係的，中國的將來怎樣全要看中國的農民問題是怎樣的解決……中國如果革命那一定是由農民問題促成的，是因農民的要求而革命的。〔註24〕

這種帶有煽動性的話語，鼓動性的文字，包藏禍心昭然若揭。《內外論潮》中對於中國的關注主要是「妖魔化」的呈現，實現其攪亂政局，渾水摸魚的政治目的。

總的來說，《內外論潮》關於中國政局的認知邏輯，基本上是透過分裂問題，牽連出其中的國民黨和「共匪」兩股主要勢力，塑造了內部腐敗分裂的國民黨和「赤匪」動亂形象。這背後更深層次的認知，正如《內外論潮》引用美國老思安琪兒時報（Los Augles Times）主筆哈雷卡爾（Harry Carr）的觀點，認為「夫誠□勤謹之農民，實中國唯一之希望」。〔註25〕

（三）國際政局：獨裁、動盪和紛爭

《內外論潮》關於國際政局的文章，幾乎每隔幾天，甚至是每天都有。

〔註22〕復興農村與民生疾苦〔N〕，滿洲報，1933-9-28（5）。
〔註23〕楊開道，中國農村衰落原因與解救〔N〕，滿洲報，1933-8-23（5）。
〔註24〕農民問題與中國之將來〔N〕，滿洲報，1933-9-28（5）。
〔註25〕中國之鳥瞰〔N〕，滿洲報，1933-11-12（5）。

國際政局文章涉及的國家主要有（綜合性稿件，國別區分不明顯，故沒有列入）蘇俄（24 篇）、美國（23 篇）、德國（18 篇）、日本（8 篇）等國家，此外，歐洲的英國、法國、奧地利、土耳其等也有涉及。根據文章關鍵詞統計分析如下：

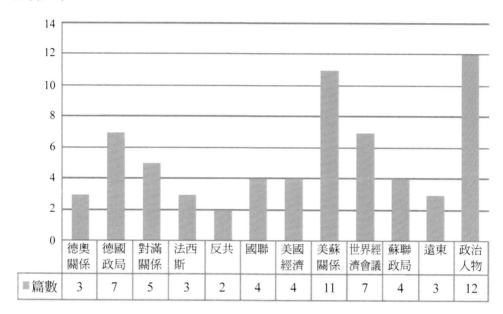

	德奧關係	德國政局	對滿關係	法西斯	反共	國聯	美國經濟	美蘇關係	世界經濟會議	蘇聯政局	遠東	政治人物
■篇數	3	7	5	3	2	4	4	11	7	4	3	12

圖 2.4：《內外論潮》國際議題統計圖

《內外論潮》關注的國家主要是美國、蘇俄、德國等，他們是當時國際政治關係中發揮重要作用的國家，並與日本國家利益有關聯。美國在遠東和太平洋地區，其利益直接與日本的爭霸道路產生摩擦；蘇俄在遠東地區實力不容小覷，是日本和偽滿洲國的近鄰；德國後來走上法西斯道路，這條路線也是日本在爭霸路上極力推崇的。副刊中也有一部分是針對英國和法國的報導，這主要還是因為英法兩國控制著國聯，偽滿洲國成立後，雖然日本退出了國聯，但與英法兩國在海洋霸權、殖民地等方面都有競爭。

1. 法西斯：對外侵略遙相呼應

《內外論潮》在報導議題上，對於德國法西斯的關注表現在德奧關係、德國政局、法西斯以及國聯等議題。

《內外論潮》對於德國法西斯的關注，不是從一開始就表現出明確的喜好。《希特拉與卓別林》一文中認為希特勒「臉譜」眾多，文章甚至把他定義

為「政治上的丑角」：對待德國國民，尤其是猶太人是一副最猙獰可怕的嘴臉，而對於其他帝國主義者，卻又是一套：色厲內荏，硬中帶媚的臉孔。〔註26〕

　　隨後刊登的有關德國法西斯、希特勒的文章中，又能看到一種變相的肯定。如副刊中先後刊登了《德總選時希特拉最後競選之演詞》《看希忒拉如何向德國民講演》等文章。這種對於德國法西斯的態度的改變，與日本對德國態度的變化密切相關，此時「德日在對外侵略的道路上互相勾結，遙相呼應」〔註27〕。《內外論潮》將這種政治立場隱藏在文章中。

2. 遠東地緣政治：維護「滿日」權益

　　對美蘇的議題，主要落腳在遠東地緣政治，偽滿洲國是其中的一個利益主體，背後又牽連著日本殖民利益。正如日本人中野正剛在《內外論潮》上的文章所言：

> 　　日本的理想是在解放失落自由於張家政權下的滿蒙諸民眾，在日滿提殖民地……因為這種緣故日本在滿洲進的工作，印度民眾不說日本是在侵略中國，而是在掃除英、美、法諸帝國主義者，在東洋……之權利，至少也得遠離滿洲。〔註28〕

　　以《內外論潮》上關於美蘇復交議題的態度為例：美蘇建交緩解了遠東地區的緊張氣氛，卻遏制了日本在遠東的侵略勢力，阻礙了進一步擴張的步伐。為此，副刊中連續出現了《美俄復交與中國》《美俄外交之檢討》《美俄復交與共禍》等文章，表達反對立場。特別是 1933 年 11 月 1 日，偽滿洲國外交部宣化司曾在《內外論潮》中發表了《美國承認蘇聯問題之研究》一文，就美蘇復交問題極盡討伐：

> 　　蘇聯與滿洲國，同未經美國承認之國家，職是之故，滿洲人民對於最近美國承認蘇聯之說，深為關心，蓋自滿洲人民觀之，美國之承認蘇聯，或將影響滿俄及中俄之相互關係，認為不能忽視……若謂美國承認蘇聯，足以牽制日本在滿行動，其說若確，則美國贊助共產政治以排制與美國相同之政治，非特為滿日人民所不取，且必為世界所唾棄也。〔註29〕

〔註26〕希特拉與卓別林〔N〕，滿洲報，1933-11-11（5）。
〔註27〕國洪梅，在艱難中前行的美國外交 1933～1941〔M〕，哈爾濱：黑龍江人民出版社，2015：90。
〔註28〕中野正剛，站在大亞細亞上〔N〕，滿洲報，1933-12-6（5）。
〔註29〕美國承認蘇聯問題之研究〔N〕，滿洲報，1933-11-1（5）。

此外，《內外論潮》還專門對滿蘇關係進行了解析：

> 何況蘇俄又是比鄰，在原則上尤應親善，但是蘇俄方面，以為
> 自從滿洲國成立以後，對於他們的共產主義，絕對不能相容……所
> 以蘇俄當局，對吾們正在建設而日見進步中之滿洲國，不惜使用種
> 種陰險手段或則破壞治安，或則利用惡宣傳，一方引誘吾國窮苦同
> 胞，使之作種々破壞治安與宣傳共產工作。〔註30〕

通過分析可見，國際政局的議題在《內外論潮》中佔據了重要的一席之地，緣何被如此看重？國際政局議題既是中國和「滿洲國」話題的「擬態環境」，在這樣的話語體系中，表面上可以呈現出「滿洲國」以「國」自居的觀感；深層次的目標是要誘導民眾對「滿洲」國家概念的認同。

從《內外論潮》的內容來看，通過借助能產生較有說服力、有煽動性的第三者的話語，將「滿洲國」和「中國」這兩個概念形象化，形成涇渭分明的議題，達到與中國進行意識形態上的「切割」。

《內外論潮》對國際議題的選擇，無論是直接利益上，還是內在邏輯上，以「滿日」為立足點，展現了國際動盪中「滿洲國」立國的必要，以及日本在東亞的核心利益關係。

第二節　《政海津梁》：「滿日」的提攜與親善

1934年1月24日，《內外論潮》更名為《政海津梁》，1936年4月5日停刊，歷時2年有餘。之所以說是「更名」，是因為其內容上基本延續了《內外論潮》的框架，屬《內外論潮》的「升級版」。

津梁，本意指橋樑，引申意為引導，佛教指濟度眾生。〔註31〕《政海津梁》儼然不再是一個貌似中立的「論者」，而是標榜為政海中的「引導者」，引渡眾生。副刊標題的變化已然反應出編者的「良苦用心」。

經梳理，共整理出《政海津梁》中855篇文章（連載文章合併按照1篇計），基本上涵蓋了所有文章，其中「時評」欄目為135篇，從《內外論潮》延續到1934年終止。

《政海津梁》轉載和翻譯外報的稿件依舊佔有較大比例。其轉載報紙更傾向來自日本當地，或者是由日本人在中國創辦的報紙，如《大阪每日新聞》

〔註30〕吳宇存，滿俄政治比較〔N〕，滿洲報，1933-12-26（5）。
〔註31〕古代漢語詞典（第2版）〔M〕，北京：商務印書館，2014：749。

《大阪朝日新聞》《東京朝日新聞》《讀賣新聞》《江南正報》等。這些報紙九一八事變後，淪陷在日本軍方的鐵蹄之下，煽動民族主義情緒，成為殖民侵略的「戰鬥號角」。《政海津梁》上內地的報刊轉載量則大大減少，僅有少量的報導轉載《益世報》《民報》《字林西報》等。

圖 2.5：《政海津梁》創刊版面

　　基於 720 篇文章的數據統計分析，議題大致分為：中國問題 198 篇、偽滿洲國 153 篇、中日關係 25 篇、國際議題 267 篇、日本問題 40 篇、刊登法令 22 篇，有關政治思潮 15 篇。

　　總的來說，《政海津梁》延續了《內外論潮》欄目和內容，國際、中國、偽滿這樣大的議題比例沒有明顯變化。所以說《政海津梁》是《內外論潮》的「升級版」：

一是內容更加豐富，增加了對日本的議題，在關注日本的國際局勢同時對日本的國情深入呈現，頗有「東鑒」的意味。同時，與《內外論潮》割裂的呈現中國、偽滿洲國不同，《政海津梁》深入關注了中日關係、「中滿」關係、「滿日」關係等議題。增加《法令》欄目對偽滿洲國出臺的法令和中國的法令連載介紹。

二是關於偽滿洲國的議題，因為《王道週刊》創辦，《政海津梁》內「王道思想」的議題幾乎全部轉移消失。國際問題總體比例上呈現稍有增多的趨勢，但短篇幅的消息性文章偏多，內容多樣，卻稍顯瑣碎。

三是連載文章規模更大。《政海津梁》連載文章較多，熱河省警備司令部上校參謀處長富璩善撰寫的《日本見學日記》連載了 60 期，《中華民國刑法》連載 22 期，居次位。

以上是從總體情況分析《政海津梁》與《內外論潮》的承接關係。《政海津梁》歷史 2 年有餘，這讓我們可以從容地從時間發展的維度來審視，它的報導議題呈現了鮮明的階段性。

整個文章樣本按照年份來看，1934 年 445 篇，1935 年 234 篇，1936 年僅存 3 個月有餘，暫且忽略不計。「時評」「思潮」「法令」僅存在於 1934 年，1935 年後消失。中日關係、偽滿洲國、日本的相關議題在 1935 年也呈現劇減。國際議題則呈現劇增。1935 年 4 月可以說是一個時間節點，此後《政海津梁》幾乎成為國際時政的專版。兩個階段議題呈現如下：

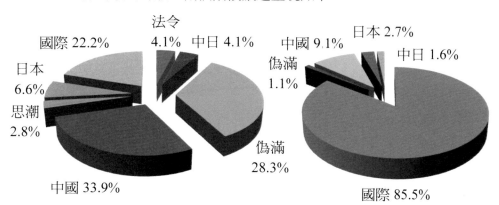

圖 2.6：《政海津梁》議題占比先後變化

1934 年 1 月至 1935 年 3 月，《政海津梁》樣本文章為 534 篇，其中偽滿主題的 151 篇、中國的 181 篇、國際問題 108 篇；1935 年 4 月至 1936 年 4 月

樣本文章 186 篇，其中國際問題 159 篇，中國議題的 17 篇。

一、「中日滿」之間的關係

在《政海津梁》發刊的 1934 年至 1936 年期間，有幾個重要的時間節點：「滿洲帝國」的成立、「日本承認滿洲國」週年紀念、「滿洲國」建國紀念等。在這些時間節點上，《政海津梁》的文章多聚焦「滿洲國」和「中日滿」親善等內容。

（一）「滿洲帝國」赫然於世

《政海津梁》關於偽滿洲國的報導量明顯增加，佔據了整個副刊文章的三分之一，這些報導不再侷限於偽滿洲國建設成就，而是根據時局、形勢的變化，圍繞偽滿洲國實行帝制的合法合理性展開，主要表達了兩種意象：

1. 天意肇興「滿洲國」

《政海津梁》關於偽滿洲國文章主要從帝制的合理性展開論述，把「滿洲國」的成立歸結為大勢所趨，天意如此，如《滿洲國帝政的命意和國民的覺悟》《帝制與世界輿論滿洲國將實施帝制》《大滿洲國肇興之天意》等。

> 天之肇興滿洲國豈偶然也哉，拯三千萬民於軍閥虐政之下，而置之安居樂業之地，固為其一，償日本之權益於積年侵克之餘以全唇齒輔□之誼，亦為其一，一一條舉，事事證實，孰有非天意之發顯者哉。〔註32〕

> 現所幸皇上本其救民之初衷，上承天眷，慨然俯允三千萬人民之請求，踐登大位，從此大滿洲帝國，赫然實現於世界。〔註33〕

2. 跨出發達的步武

《政海津梁》為塑造偽滿洲國獨立於世的形象，盡可能結合帝制給偽滿洲國帶來的實際的發展成效展開，如《煥然一新之新京》《建國雖不久發達殊驚人——三年來滿洲的變化》《滿洲國帝制實現後前途發展期望》等。很多文章表達了對偽滿洲國的美好期望，也描繪了未來可期的圖景。

> 我滿洲國自帝制實現以後，在事實上國家力量增加無窮，所以各項發展，方有確實之可能性，將來國勢日進，全國國民俱託庇，

〔註32〕築紫熊七，大滿洲國肇興之天意〔N〕，滿洲報，1934-2-10（5）。
〔註33〕滿洲國帝制實現後前途發展期望〔N〕，滿洲報，1934-3-27（5）。

皇上之洪福，安居樂業，其主要原因，全在帝制實現之一點。〔註34〕

因我帝制的挺身而起，始得解放，建設共和國，同時百政上軌，更因帝政的實施，增加一層的確實，現在着着跨出發達的步武……交通通信等事業亦着着改善發達。〔註35〕

關於「滿洲帝國」的文章，話語表達中充滿溢美之詞，同時對帝制施行的合理性進行辯解，表達認可的態度。如《承認滿洲國消息將要成為事實》《新興之帝國稱雄於遠東——列強均承認為事實》等文章，展示了國際社會對「滿洲國」的承認。

（二）中國的「獨裁」與「紛亂」

《政海津梁》中少了對中國凋敝國情的強化，而是更加突出赤匪、蔣介石獨裁等引起的中國國情堪憂狀況，描繪了「獨裁」統治下的紛亂社會景象。

在講述蔣介石「獨裁」步伐時，通過「新生活運動」「新憲法」等事件展開深入分析，最後指責蔣介石「是中國法西斯」，已經走到了末日。

現在蔣氏之統一全國運動，出全面的勢必然的，使蔣氏之獨裁的傾向，愈益露骨化，故頗惹各方面之注目。

此時，南昌即發生所謂新生活運動……今已澎湃全國……但結果將成為蔣氏統一全國工作之一種手段，欲在新生活運動之禮義廉恥煙幕彈之下，收攬人心，禮義廉恥背後之意義，不待言為確立蔣氏獨裁政權，側面擁護蔣介石之民眾運動，如意大利之法西斯德意志之國社黨。〔註36〕

針對「新憲法」的動態消息，《政海津梁》文章評論分析道：

此憲法初稿修正案，業已經過立法院會議之多少修正，當付交十一月之五全大會審議，但大體依以上所述，看來著目於總統制之復活及其權限之擴大，中央集權之確立當無疑義，蔣介石氏將就任第一次總統，已成既定事實，此憲法制定，為確保蔣氏在中國之獨裁執政地位之第一步。〔註37〕

〔註34〕滿洲國帝制實現後前途發展期望〔N〕，滿洲報，1934-3-27（5）。
〔註35〕建國雖不久發達殊驚人〔N〕，滿洲報，1934-9-29（5）。
〔註36〕蔣之新生活運動謀統一全國工作確立獨裁政權〔N〕，滿洲報，1934-4-17（5）。
〔註37〕中國之新憲法加強蔣氏獨裁〔N〕，滿洲報，1934-8-18（5）。

　　通過對蔣介石政權的種種政治動作的解析，《政海津梁》文章最終得出，蔣介石政權最終將沒落的結論。

　　　　中國自從一九二七年大革命失敗後到現在，唯一擁有政權的人物，要算蔣介石了，國民黨雖然借着一九二七年革命的餘波，猶能在民眾中間作假革命的活動，不過漸漸的，必不可免的失掉群眾的擁護和信仰。

　　　　同時蔣介石爲鞏固自己地位，暗地裏又組織了藍衣社，這是中國法西斯地正式運動的開始……只能加速國民黨的崩潰，仍不能挽救蔣介石政權的落後，因爲這是客觀環境限定了中國的統治階級，已經走到了末日。〔註38〕

　　在深入唱衰蔣介石政權的同時，《政海津梁》通過《舉債度日之中國——剿匪借款四千餘萬元》《哭笑的繁榮》《中國新生命在那裡》《中國之展望》等一系列文章，渲染中國動亂無望的未來。

　　　　現在爲剿匪軍費問題，由財政部向中交等十三行借款四千四百萬元，作剿匪軍費，此疑借妥，六個月剿匪軍費即可支持，吾人閱此消息，深懼中國財政已無可羅掘，與剿匪之困難也。〔註39〕

　　　　近數年來，全國民眾，內受兵匪交互之蹂躪，外受列強經濟之侵掠，政治窳敗，捐稅繁重，物價跌落，農村破產，民生凋敝，生計維艱，全國現象，其不景氣已到十二萬分。〔註40〕

　　　　中國今日，政治上經濟上難題之多，殆如山積，約略舉之，一關於共產軍潰竄後繼續討伐之諸問題，二中央與西南派之妥協問題，三關於銀流出之問題其餘種種問題，不遑枚舉，此等內政問題中，任何一種，苟處置失當，皆足以動搖中國之政局。〔註41〕

（三）日本是親善的「提攜者」

　　在《政海津梁》中，日本一直是主要的存在，以「親善國」、「提攜者」、偽滿洲國未來發展的「榜樣」出現。很多文章從訪日的親歷者講述日本對「滿

〔註38〕乾新一，蔣介石政權的沒落〔N〕，滿洲報，1934-9-18（5）。
〔註39〕舉債度日之中國——剿匪借款四千餘萬元〔N〕，滿洲報，1934-2-21（5）。
〔註40〕哭笑的繁榮〔N〕，滿洲報，1934-4-14（5）。
〔註41〕中國之展望〔N〕，滿洲報，1935-1-26（5）。

洲」的特別親善，從深入解析日本文化精神等方面介紹日本，如：

> 滿洲國基將肇，尚乞貴國有形無形援助，更須進一步親善，互
> 相向前邁進……日本臣民對於滿洲武官待遇，特異於歐美，是完全
> 由心中發生出來誠摯的感情。〔註42〕

> 日滿兩國有更加緊提攜，而覺悟永久，苦樂共享的必要，關於
> 此的相互的尊敬與信賴是最為切要的。〔註43〕

《政海津梁》針對日本文化精神的解讀，形成了長篇連載文章。如：

> 所謂日本精神者，即建國之國是，建國之國是即於肇國之秋遵
> 照天照皇大神之御皇謨及高天厚皇國統之意義，以皇道規謨，為日
> 本國統之基本精神。〔註44〕

在「日本承認滿洲國二週年」時，《政海津梁》在 1934 年 9 月 15 日推出專版《承認二週年紀念著作》，共計四篇文章。這可以看做是展示「日滿」關係的最佳案例之一。

《承認紀念與社會教育》一文借「承認紀念」延伸到了社會教育事業的開展。文章認為，「滿洲國」在成立和發展的過程中「承日本這種偉大高厚的情誼」，那麼「應該如何去報答他呢」。文章首先講到：

> 日本承認滿洲，扶助滿洲的本意，是希望滿洲國運隆盛，國體
> 健全，隆盛和健全的原動力是什麼呢，就是人民的思想和智識，有
> 隆盛的思想，才有隆盛的國運，有健全的智識，才能做出健全的事
> 業，這才能夠充實國體哩。〔註45〕

由此，文章講到了社會教育，希望通過教育使得民眾提高思想和智識，「道德問題也就跟著增高了」，隨後，作者對「道德」進行了闡釋，內容與當時提出的「王道思想」無二。由此，文章不僅將日本擺在了「救世主」的位置上，還借「承認」時機，進行精神層面的宣傳教化。

《東方人爭生存應有的認識》一文同樣具有宣傳教化意義，文章同樣將日本捧上「神壇」，主要回答了「日本為什麼要排除萬難，承認滿洲國」。文章認為這主要歸結為三點原因，即道義問題、東方人爭生存的問題，文化勢

〔註42〕日本見學日記〔N〕，滿洲報，1934-5-18（5）。
〔註43〕建國雖不久發達殊驚人〔N〕，滿洲報，1934-9-29（5）。
〔註44〕何謂日本精神〔N〕，滿洲報，1934-5-8（5）。
〔註45〕程克祥，承認紀念與社會教育〔N〕，滿洲報，1934-9-15（5）。

力伸長問題。

文章同樣將日本置於「道德制高點」上去解讀，同時認為，日本文化興隆，「滿洲是東方古文化傳遺很久的國家」，所以「要謀東方人的徹底親善，徹底合作，要謀全世界人類都得到東方文化的恩惠，非伸長文化勢力，不足以談親善。」

「滿日」親善的目的則是為了成為「並峙東亞之兩大帝國」。如：

> 況東臨日本，為東亞維新開化之先進國，取法至為容易，現在滿日國交日親，兩國國民相交尤為普遍，耳濡目染，自可日即高明……將來與日本為並峙東亞之兩大帝國。〔註46〕

（四）「中日滿」應相互親善

《政海津梁》中，有很多文章來關注「中日滿」三者之間的關係，並從東亞地區的發展出發，主張以「親善」為宗旨，如《亞洲民族團結與中日滿親善》《日本臣欲東亞安全須中日提攜》《中日滿應負共同責任確保東亞和平》等文章。

在《滿日華應如何提攜方足以維持東亞和平》一文列舉了文化提攜、經濟提攜、外交提攜三個途徑。文章認為，「文種相同，風尚相近」，應「發揚文化、提高道德、斂橫暴之行為，銷仇殺之觀念，民胞物興，四海一家。」〔註47〕在經濟上，應在生產上進行提攜，包括土地、人工、資本等方面。在外交上，應「免去彼此間的仇視」，還要「實行相互間的提攜」。

文章認為，偽滿洲國建國已兩年，在「顛簸飄搖如臨淵履水」之際，能「涉險如夷」，其根本在於得到了日本外交上的援助，「深望中國方面，理宜忘棄前隙，高瞻遠矚向滿日結歡」。文章對於日本之於「滿洲國」重要性的推崇和「感激」，在字裏行間也流露出了對於中國「仇視」心理的鄙夷，態度明確。

除立足東亞地區，談三者關係外，《政海津梁》也花足了工夫談雙邊關係。

「廣田出任外相後，試圖從修復中日關係入手，改善日本在國際環境中孤立處境。」〔註48〕《政海津梁》發表了一系列論述中日關係的稿件，如《中

〔註46〕滿洲國帝制實現後前途發展期望〔N〕，滿洲報，1934-3-27（5）。
〔註47〕滿日華應如何提攜方足以維持東亞和平〔N〕，滿洲報，1934-6-29 至 7-1（5）。
〔註48〕陳仁霞，中德日三角關係研究：1936～1938〔M〕，北京：生活・讀書・新知三聯書店，2003，9：40。

日關係復常曙光》《中日兩國親善與世界》《中日外交刷新有待於雙方覺悟與努力》《中日文化事業問題──與中國文化建設》《中日外交之根本義──日廣田外相之對華意見》《論「中日提攜為當前要圖」》等等，在輿論上一段時間內緩和了中日之間的緊張關係。

此外，也有文章在闡釋日本外交政策的同時將日本粉飾成希望與鄰國交好的「和平」國度。如《中日外交刷新有待於雙方覺悟與努力》一文寫到：假使中國願與日本合作，則日本亦願意依中日兩國之直接交涉，而締結可以實現不脅威不侵略原則之中日政治協定。〔註49〕《中日兩國親善與世界》一文寫到：日本所求於中國者，實唯有恢復鄰國的和平而正常的關係。〔註50〕

在談及中日關係時，也不免立足「滿日」利益，指責中國破壞親善關係：

> 回顧過去一年中之中日關係於其謂為以小康狀態相始終，不如謂為一切澀滯較為適當，蓋中日關係非但並無進展之可言，且消極關係之推進，使兩國前途更增暗影，而毫無新希望也……中日關係不能改善之主要原因，實由於中國本身態度之昏迷，包藏抗日之心意。〔註51〕

對於中國與「滿洲國」的「關係」，《政海津梁》也不加掩飾，指責中國應該主動和好，倡導《中國宜從正面與滿洲國握手》如：

> ……滿華通郵問題……正在中日間進行交涉中……終底於成……自本月十日起即將開始辦理，滿華兩國間之郵務。回顧滿洲國獨立時，該國企圖接收郵政，乃封鎖在滿之華郵政機關，於是滿華間之郵務，完全閉塞。
>
> ……先前為解決通車問題，今又解決通郵懸案……實為日華兩國之快心事也……吾人深望滿日華三國，將來亦依解決通車通郵時之態度，以解決其餘各種懸案。〔註52〕

〔註49〕中日外交中日外交刷新有待於雙方覺悟與努力〔N〕，滿洲報，1935-2-9（5）。
〔註50〕中日兩國親善與世界〔N〕，滿洲報，1935-3-24（5）。
〔註51〕中日滿應負共同責任確保東亞和平〔N〕，滿洲報，1935-1-11（5）。
〔註52〕中國宜從正面與滿洲國握手〔N〕，滿洲報，1935-1-18（5）。

二、日本視角下的國際形勢

「日滿」親善，源於利益共同體。廣田弘毅出任日本外相後，一項重要工作就是鞏固果實——偽滿洲國。1934 年 1 月，廣田弘毅在《中央公論》上發表《日本外交之基礎》的文章，認為「日本對偽滿的『未來』，『肩負著一種重大的使命』。『日本今後的對華、對俄、對美、對英的政策，決不能離開滿洲這個中心。』」〔註 53〕

以此為出發點，《政海津梁》關於國際局勢的報導，不惜竭力為日本的利益鼓與呼。

（一）鼓吹「協和外交」政策

自廣田弘毅出任日本外相後，積極改善與蘇聯、美國等國關係，推行「協和外交」。這種政策「僅僅是改善日本與列強關係的一種手段，而不是目的。其首要目的……即從外交上保障其扶植的偽滿洲國的『健康發展』。」〔註 54〕「滿洲偽國的改稱帝號，海軍比率平等的宣言，正足以證明日本外交還是一意孤行的向世界挑戰，絲毫不能改變他的攻勢。」〔註 55〕此後，日本先後打破了《華盛頓條約》《四國公約》《九國公約》《五國海約》，並發表了企圖獨佔中國的「天羽聲明」〔註 56〕。

作為與政治時局緊密貼合的副刊，為配合日本的「協和外交」政策，《政海津梁》在辦刊的兩年多時間裏，充分發揮了「輿論助攻」作用。在不同的時間節點上，《政海津梁》均有不同程度的「發力」，作連續的報導。

在 1934 年 7 月至 1935 年 3 月，「日滿蘇」圍繞「中東鐵路」的談判一度陷入停頓，後經日蘇的外交協商，才又恢復，並最終達成妥協，於 1935 年 3 月正式簽署協議。在此間，《政海津梁》連續刊發了《北鐵交涉之促進》《北

〔註 53〕中央公論〔M〕，〔出版者不詳〕，1934，1（第 49 卷）：137～145，//南開大學世界近現代史研究中心，世界近現代史研究第 11 輯〔M〕，北京：社會科學文獻出版社，2014，10：235。

〔註 54〕南開大學世界近現代史研究中心，世界近現代史研究第 11 輯〔M〕，北京：社會科學文獻出版社，2014，10：235。

〔註 55〕胡適，胡適文選演講與時論〔M〕，哈爾濱：北方文藝出版社，2013，2：195。

〔註 56〕「天羽聲明」是 1934 年 4 月 17 日，日本外務省情報部部長天羽英二在記者會上，就中國的國際援助事宜發表的視中國為日本獨佔保護國的狂妄聲明//張同樂、郭貴儒，華北抗日戰爭史第一部從九一八到七七第 1 卷——日本侵略華北政策演變〔M〕，石家莊：河北人民出版社，2012，7：123。

鐵交涉與蘇俄——讀日本外務省聲明書後》《北鐵讓渡交涉商談將不能成立耶》《北鐵交涉好轉——日俄滿關係前途可樂觀》《北鐵讓渡問題》《北鐵交涉成立》等文章，接連利用輿論攻勢，為「中東鐵路」的談判發揮作用。

圍繞「協和外交」政策，《政海津梁》的諸多文章，主要關注兩個方面，一是改善與利益相關國的關係，主要包括對蘇、對美和對中的關係；二是通過對日本新外交政策的闡釋，為日本的對外政策營造出一種平和之象。

例如，在對蘇和對美關係上，「1934 年 2 月，廣田主動致函美國國務卿赫爾，對美示好，表示『日美間根本沒有難以解決的問題』〔註 57〕；對蘇方面，廣田推動恢復陷入停頓的中東鐵路談判，以改善處於緊張狀態的日蘇關係。」〔註 58〕

這樣政策和措施即時體現在了《政海津梁》中，如《日美間之國民外交》一文「日本與美國兩國之間，實無不能依外交的折衝解決之難問題。」〔註 59〕

在《日蘇關係的新階段》一文中，寫到：

> 若能訂立不侵略條約，在這基礎上，努力解決諸多的問題（包含北鐵問題），那麼，北鐵交涉的成立，其自體可以成為和平與友誼的象徵吧！然而，現在的條件，明明表示這逆路線，故在北鐵交涉的成果上，還必須推進新的外交的努力——樹立日蘇親善關係，保障遠東和平。〔註 60〕

（二）強硬爭取國際「同情」

《政海津梁》中還有一些美化日本的外交政策，為日本的侵略罪行辯護的文章。如《代日本聲辯》《日新內閣外交方針》《何謂日本精神》《理解日本之心要》《歐美列強未能理解日本》《日本果何所求》等文章。

如，1934 年 8 月 3 日，《政海津梁》發表的《日本果何所求》一文寫到：

> 今之論遠東情勢者，每謂日本帝國受軍閥之支配，浸於戰爭，狂酷，似歐洲前之普魯士，又謂太平洋上之衝突勢難避免，今日之

〔註 57〕廣田弘毅傳記刊行會，廣田弘毅〔M〕，葦書房出版，1992，117，//南開大學世界近現代史研究中心，世界近現代史研究第 11 輯〔M〕，北京：社會科學文獻出版社，2014，10：235。

〔註 58〕南開大學世界近現代史研究中心，世界近現代史研究第 11 輯〔M〕，北京：社會科學文獻出版社，2014，10：235。

〔註 59〕日美間之國民外交〔N〕，滿洲報，1935-2-11（5）。

〔註 60〕日蘇關係的新階段〔N〕，滿洲報，1935-2-18（5）。

日本，實乃威脅世界和平者云，然吾人試平心靜氣，探討其原由，
則知日本之所欲者，並非戰爭，乃國家之安全與世界貿易之機會也。
日本所產食料不足以供其國人之需要，而人口之增加率，每年又以
百萬計，堪爲殷憂……日本國本土，尚不及加利福尼亞一省之大，
且僅有百分之十七，適於耕種勢須全數種植稻蔬，以維民命……在
此種情勢之下，當然不願興兵作戰，因戰爭適足破壞商業，結怨種
仇，消滅交易所賴之國際友誼也。〔註61〕

該文章大打「同情牌」，將日本塑造成了一個國土面積狹小，人口眾多，
為了國民的生存不得不採取相應舉措的國家。

1934 年，日本曾對外發表了震驚世界的「天羽聲明」，宣揚日本對於亞洲
「統制」的「唯一性」。《政海津梁》立即發表文章為日本的侵略罪行辯護，
闡述日本提倡的「亞細亞門羅主義」〔註62〕的正當性，希望各國重新認識日
本。如，1934 年 8 月 7 日，《政海津梁》刊發的《理解日本之心要》中就狂妄
的寫到：

> 對於亞細亞及亞洲民族，應該做些什麼只有日本可以決定，假
> 使他國對於亞洲尤其是對於中國有所作爲，該先得日本之同意，和
> 依從日本所承諾的方式。

文章把日本比作了一隻「落在陷阱裏面可是還能使接近他的人們表失性
命的猛虎」，因「受着人種的偏見，使他局促一隅，不能附世界的驥足」，並
發出提問：

> 在我們頭上無限地擴大着的蒼穹和鎖在煙雲裏面的太平洋，不
> 會因爲日本的飛機和潛水艇的活躍而開放嗎？

文章最後，督促各國列強要對日本「應該有同情和理解的態度才對」
〔註63〕。

（三）為「擴充軍備」立言鼓吹

1934 年至 1936 年，日本在國際社會上圍繞海軍軍縮與其他國家展開博

〔註61〕日本果何所求〔N〕，滿洲報，1934-8-3（5）。
〔註62〕亞細亞門羅主義，又稱「東亞門羅主義」，即日本帝國主義欲獨霸亞洲的侵略
主義，意謂日本在亞洲──尤其是在中國的利益與行動，不應受列強的干涉//
邢墨卿，新名詞辭典〔M〕，上海：新生命書局，1934，6：60。
〔註63〕理解日本之心要〔N〕，滿洲報，1934-8-7（5）。

弈。這在《政海津梁》中表現的淋漓盡致。

「溯自一九二一年，華盛頓舉行五國會議……力謀軍費之縮減。其實則在維持太平洋之均勢，預防日本之獨霸東亞。」〔註64〕1930年，國際社會針對海軍軍縮召開了倫敦會議，旨在「繼續華盛頓海軍會議所開始之事業，且希望使海軍備之一般的制限及縮少之漸進的實現容易化起見，決締結一條約。」〔註65〕由於華盛頓會議和倫敦會議簽署的海軍軍縮條約的有效期均到1936年年底結束，根據原有條約規定，在條約有效期之前必須重新召開一次海軍會議。為使會議順利進行，英國率先提議在1934年進行會議前的預備交涉，這一提議得到了美國和日本的支持。

無論是1934年的預備交涉還是1935年的海軍軍縮會議，日本的訴求都是圍繞「擴充軍備」進行。「日本海軍艦隊派在倫敦海軍會議後，一直力圖改變對美國的比率限制，實現與英美海軍噸位數量相等的要求，同時力圖擺脫裁軍條約的束縛。」〔註66〕《政海津梁》在1934至1936年間，圍繞日本「擴軍」訴求，發起了一系列的「輿論助攻」。

在預備交涉期間，《政海津梁》連續刊發了《美國大建艦計劃》《日美對海軍問題的主張》《英國海相主張軍擴》《列強之海軍》《美海長之提倡不合於現狀實甚》等文章，既報導會談情況，又表明主張，「代日本聲辯」。在1934年8月的版面上，《政海津梁》幾乎每天都出現關於海軍的內容。1934年8月8日《政海津梁》的版面上，同時出現六篇與海軍、軍備有關內容。

此外，在一些文章中，也明確表明了日本軍方的態度，如《美海長之提倡不合於現狀實甚》提到：

> 吾國之所以承認華盛頓條約及倫敦條約所產生之比率，絕非由於自己屈服或甘心忍受國防上多少無理之事並非不知之，但此等多少之無理，往往可以依軍縮條約之協定而釀成和平之機運，大可以藉此補足無理之缺欠，吾國蓋因此理由，而承認現行比率也。
>
> 如果因為我國不再承認現行比率，而將會議決裂之罪加諸我國

〔註64〕翁軍、馬駿傑，民國時期外國海軍論集〔M〕，山東：畫報出版社，2015，5：358。

〔註65〕申報叢書2〔M〕，上海：科學技術文獻出版社，2012，10：231。

〔註66〕劉景瑜，日本海軍與政局變動（1922～1936）〔D〕，長春：東北師範大學，2009：98。

時，則為歐美方面之一種巧妙策術。〔註67〕

由於主張並沒有得到認可，1934 年 12 月 30 日，日本正式發表廢棄華盛頓條約聲明。此時，《政海津梁》刊發了《海軍會議之蠡測》《海軍預備會商》《軍縮會商入迷途》《英美海軍協定——但有害而無益》《海軍預備交涉向何處進行》《鉤心鬥角之海軍初步會議》《軍縮難與智慧——打開僵局與收拾之能力》《許日本有均等海軍——卡古氏之主持正論》等文章，圍繞日本的訴求進行宣傳。

1935 年 12 月 9 日，倫敦海軍會議正式舉辦，《政海津梁》再次「發力」，刊發了《列強海軍實力比較》《列國軍備擴充戰》《英國海軍重建之謎》《英美法意海軍力比較》等文章。在《列強海軍實力比較》一文中列舉了日本、英國、美國、法國、意大利的海軍主要艦艇數量及噸數，以求對「五強海軍目前之實力，作一正確之比較，亦足為瞭解海會之一助也」〔註68〕

綜上所述，無論是在國家間的關係的處理，還是日本自身的對外政策的實施，《政海津梁》都充當了日本政策實施的「輿論先鋒」，為日本的擴張稱霸創造有利的輿論環境。

第三節 《王道週刊》：以「道德教化」美化殖民

1934 年 4 月 2 日，《王道週刊》創刊，1936 年 9 月 14 日改名為《王道專刊》，直至 1937 年 7 月 31 日停刊。《王道週刊》辦刊時期是「王道思想」宣傳的主要發力期，在當時的社會上也有廣泛的「知名度」。

《王道週刊》共創辦 123 期，《王道專刊》僅創辦 16 期。「週刊」改為「專刊」雖一字之差，卻已經展現出辦刊的「頹勢」。《王道週刊》每週一刊出一整版內容。至《王道專刊》時期，仍是每週一出刊，但每期僅有半版內容，而且出版週期難以保證，由於稿源問題，該副刊甚至時隔三週才出版一期。為方便起見，本文不在作細緻區分，將《王道專刊》納入《王道週刊》統一稱呼。整體而言，《王道週刊》內容多以長篇文章呈現。

〔註67〕美海長之提倡不合於現狀實甚〔N〕，滿洲報，1934-8-18（5）。
〔註68〕列強海軍實力比較〔N〕，滿洲報，1935-12-22（5）。

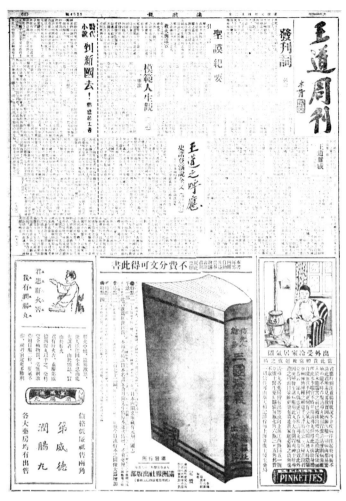

圖 2.7：《王道週刊》創刊版面

一、為誰的「王道」立言

《王道週刊》雖然的《滿洲報》的一份政治副刊，但是從其創辦的背景和過程來看，遠非如此簡單。

（一）「半官方」的性質

1932 年 3 月，偽滿洲國建國時，就對外宣告實行「王道主義」：「將建設綱要昭佈中外……實行王道主義，使境內一切之民族、熙熙攘攘如登春臺，保東西永久之光榮。」〔註69〕

〔註69〕滿洲國建國宣言〔N〕，滿洲報，1932-3-2（1）。

　　偽滿國務總理大臣——滿清遺老鄭孝胥（字蘇戡，號太夷，1860 年 5 月
2 日，出生於福建省閩侯縣（今福州）一個仕宦家庭。1891 年被派往日本，
與日本官紳士人廣泛交遊。後被推薦至溥儀身邊任職；偽滿洲國成立後，任
「國務總理大臣」兼「文教總長」〔註 70〕）是堅定的擁護者，力推「王道主
義」在偽滿洲國不斷豐富發展，全面鋪開。他「要把滿洲國建設成一個儒教
的專制王國。」〔註 71〕

　　偽滿洲國的「王道主義」迎合了日本的殖民統治政策。他們認為，「『滿
洲帝國』之政治，不效民主主義議會政治之囂，不陷專制政治之弊，乃在實
現民族協和，反映真正民意之官兵一途的獨創的『王道政治』」。

　　在「王道主義」的宣傳中，偽滿洲國協和會發揮了重要的作用。「協和會
與『滿洲國』同時產生，維護建國精神，訓練國民，實現理想之唯一的思想
的，教化的，政治的實踐組織體……建國精神之政治發動顯現，由『滿洲國』
政府行之，其思想的教化的政治的實踐，則由協和會行之。」〔註 72〕

　　1934 年 4 月 2 日，《王道週刊》創刊。此時，偽滿洲國已推行「王道主義」
兩年有餘。偽滿協和會借助《滿洲報》的發行量和口碑，發行《王道週刊》
強化王道宣傳。《王道週刊》是在偽滿協和會的資助和支持下發刊的，具有半
官方性質。王道週刊四個字，由鄭孝胥親筆題寫。

　　《王道週刊》副刊的版面編輯工作由《滿洲報》社負責，文章撰寫主要
來自與鄭孝胥關係密切，且能夠「深刻領會執行」鄭孝胥思想的人。「大連有
滿洲報、附副刊王道週刊，……均由協和會供給經濟，派遣大批走狗負責興
辦。」〔註 73〕

　　從所有《王道週刊》版面內容來看，文章作者幾乎是固定的。這些人主要
包括來自偽滿洲國文教部的程克祥、彭壽、錢定鈞，還有《滿洲報》社方面的
日本人安東照。從《王道週刊》創刊至更名為《王道專刊》之前，幾乎都是這
四個人在維繫《王道週刊》的正常出版。此後，為了增強宣傳效果，《王道週刊》
與《文教月刊》開展合作，後者是「全國教育界最高之耳目喉舌」〔註 74〕，由

〔註 70〕楊群，中華民國史（第九冊）傳四〔M〕，成都：四川出版集團，2006：637～640。
〔註 71〕（美）周明之，近代中國的文化危機：清遺老的精神世界〔M〕，濟南：山東
　　　　大學出版社，2009：236。
〔註 72〕藍瑛，血淚八年憶東北〔J〕，上海週報，1939-12-6（第 1 卷第 6 期）。
〔註 73〕藍瑛，血淚八年憶東北〔J〕，上海週報，1939-12-6（第 1 卷第 6 期）。
〔註 74〕編輯者言〔N〕，滿洲報，1935-4-1（5）。

《文教月刊》推薦由教員、學生寫作的王道文章進行發表，但這些文章也都經由「程克祥先生為之修改潤色」〔註75〕。

（二）「二子北來問王道」

1935 年 7 月之前，《王道週刊》的「筆政」和「編輯」均由程克祥和彭壽負責〔註76〕。他們不僅自己撰寫王道文章，而且還翻譯國外關於王道的文章。查閱到的現有文獻顯示，兩個人的身份背景十分複雜，並不像他們粉飾的那樣單純，二人是受國民黨軍統指派潛入偽滿洲國的高級特工〔註77〕。

程克祥，字季明，江西浮梁人。上海大學文學學士。同樣是上海大學畢業的彭壽，字述先，早期曾留美，研究電氣工程，後隨程克祥一起以做文字工作為掩護，潛入偽滿洲國，供職文教部。到東北後，二人都表現出了很高的文學造詣，尤其在王道方面，彭壽被稱為「王道文壇健將」，而程克祥被稱為「新文學家」。

《王道週刊》之所以倚重二人，是因他們與國務總理鄭孝胥的「親密關係」。1932 年偽滿洲國成立後，程克祥以記者身份赴東北，結識偽滿洲國總理鄭孝胥〔註78〕，得到了鄭孝胥的賞識，遂在其庇護下，程、彭二人一同進入偽滿洲國文教部工作。依託鄭孝胥支持，彭、程二人將《王道週刊》辦的十分「火熱」，一度被認為是偽滿洲國「講演王道的唯一刊物」〔註79〕。

二人是《王道週刊》頭條文章的主要作者。從《王道週刊》124 篇頭條統計分析來看，程克祥和彭壽的文章合計 48 篇〔註80〕，幾乎占到了所有頭條的一半。其中程克祥 12 篇，彭壽 30 篇，彭程二人合寫 6 篇。

1935 年，鄭孝胥辭職後，程、彭二人失去靠山，遂離開東北。1935 年 7 月 15 日，《王道週刊》刊登了《彭述先程季明辭官南歸》的啟事，並登載了

〔註75〕編輯者言〔N〕，滿洲報，1935-4-1（5）。
〔註76〕錢定鈞，王道週刊今後的責任〔N〕，滿洲報，1935-1-1（8）；錢定鈞，王道的將來〔N〕，滿洲報，1936-1-1（8）。
〔註77〕經盛鴻，南京淪陷八年史（1937 年 12 月 13 日至 1945 年 8 月 15 日）（下冊）〔M〕，北京：社會科學文獻出版社，2005。
〔註78〕孫瀟瀟，軍統對日戰揭秘〔M〕，北京：團結出版社，2016（134）。
〔註79〕錢定鈞，王道週刊今後的責任〔N〕，滿洲報，1935-1-1（8）。
〔註80〕統計中對於程克祥的計算主要有以程克祥、克祥、祥、克、季明等作為作者文章。對彭壽的計算主要有彭壽、壽、述先、老彭、彭授、述蘇、彭述蘇、蘇作為作者的文章。

鄭孝胥為二人離去所做的詩：「二子北來問王道，北方學者未能先。蛾眉謠諑尋常事，不用尤人更怨天。功名富貴倘來耳，處困而亨道在吾。自古坦途非捷徑，卻須求己下工夫。」〔註81〕一句「北方學者未能先」，清晰的體現出鄭孝胥對於二人的賞識和倚重。

（三）隨「王道」沒落而亡

與彭、程一樣，錢定鈞也就職於偽滿洲國文教部。他是浙江嘉興人，兩江法政大學畢業，曾任山東鹽運使公署秘書；1933 年任偽滿洲國政府文教部屬官，1934 年任文教部秘書官。

在文教部內部，錢定鈞的職位比彭程二人高。在《王道週刊》中，錢定鈞的文章雖不如彭、程二人多，但往往具有導向的意味。如在 1935 年《王道週刊新年號》上，錢定鈞發表了《王道週刊今後的責任》，對《王道週刊》的記者提出了三種要求，統領指點「王道主義」宣傳工作的意味明顯。

安東照是《滿洲報》社駐新京特派員。據《滿洲紳士錄》中記載，出生於明治廿六年二月的安東照，本籍為日本熊本市花園町，曾從事果樹園、蔬菜園種植，果樹苗圃及水田等經營。在《滿洲報》社長西片朝三的邀請下，他於昭和七年（1932）三月任新京特派員，掌管吉林、哈爾濱等地方的報導和經營業務。〔註82〕

在《王道週刊》早期的辦刊活動中，安東照發揮了重要的作用。1934年，在安東照的籌劃和編排下，該刊先後出版了《王道週刊拒毒專號》《王道週刊義行專號》《王道週刊褒揚專號》等專號。這些專號往往邀請偽滿洲國官方的重要人物，如鄭孝胥、羅振玉、袁金凱等為之題詞助陣，在內容方面，大肆宣揚貞潔烈女、孝子孝女、三綱五常等內容。在安東照看來，「王道週刊之有專號……為風俗人心設鏡樹本也。滿洲建國於異端邪說並起之秋，道喪學絕，人心風俗，不堪聞問，乃毅然以禮教倡，與狂瀾駭浪相沖激。」〔註83〕

彭程二人離去後，錢定鈞與安東照並未支撐起《王道週刊》。在 1936 年

〔註81〕彭述先程季明辭官南歸〔N〕，滿洲報，1935-7-15（5）。
〔註82〕中西利八，（昭和十二年版）滿洲紳士錄（東京滿蒙資料協會藏版）〔M〕，大連：滿蒙資料協會出版，1937（237）。
〔註83〕安東照，發刊詞：與狂瀾駭浪相沖激·異端邪說相率遁逃〔N〕，滿洲報，1934-11-19（7）。

的《王道週刊新年號》上，錢定鈞發表了《王道的將來》的文章，文中「在一時光景王道即使有消沉之虞，是不要緊的，她的將來，一定是永久光明如日月之臨照下土，凡是含生負氣，蠕動的群生，上自飛鳥，下及魚鱉，沒有不被其恩澤的」〔註84〕。文章在為堅持「王道主義」呼籲，卻透露了「消沉」之景。

彭、程二人的離去對《王道週刊》產生了很大的影響：一是編輯權回歸到《滿洲報》社，二是《王道週刊》陷入了「斷糧」危機中。

新京，是鄭孝胥「王道思想」的大本營，彭程二人均在偽滿文教部辦公。原來《王道週刊》的辦刊地址是位於新京的特派員事務所，即《滿洲報》社特派員安東照的工作場所。改名為《王道專刊》後，徵稿啟事中，將投稿地址標注在了「本報編輯部『王道專刊』欄收」。在1936年的新年號上，《王道週刊》明確確立了「多方貢獻，儘量搜羅」〔註85〕的編輯宗旨。這也從側面反映了該刊面臨稿源的短缺的困境。

1936年9月《王道週刊》改為《王道專刊》，出刊週期明顯拉長到兩周出一期，甚至三週出一期。至1937年7月停刊，大約10個月的時間，只出版了16期。《王道週刊》應「王道」的火熱而生，隨著「王道」的沒落而亡。

二、闡釋傳播「王道主義」

本節選取了《王道週刊》頭條文章和王道小說、劇本、理論等內容的連載文章兩塊最為重要的內容，作為樣本進行考察，共138期。

從頭條文章來看，《王道週刊》內容演變大致分為三個階段：第一階段，彭、程二人主持下的一年，共63期，圍繞著鄭孝胥的「王道思想」展開論述；第二階段，共59期，改《王道專刊》之前的一年，以「時論」的形式，借助國際時局的分析來宣講王道思想；第三階段，殘存的最後一年，即《王道專刊》時期，共16期，單調的《中庸白話講義》。

（一）鄭孝胥的「王道思想」

可以說《王道週刊》辦刊之初，重點是圍繞著鄭孝胥的「王道思想」進行的。《王道週刊》呈現鄭孝胥的「王道思想」，主要是鄭孝胥本人的文章和

〔註84〕錢定鈞，王道的將來〔N〕，滿洲報，1936-1-1（6）。
〔註85〕金念曾，發刊詞二〔N〕，滿洲報，1936-1-1（8）。

以彭、程二人為代表撰寫的「王道」理論闡釋文章。

在《王道週刊》頭條位置，多次出現鄭孝胥相關的文章，如《鄭總理大臣談超然國際之現在與將來》《鄭總理大臣談王道與體育》《鄭總理大臣談王道教育要旨》《鄭氏學說之檢討》等等，圍繞著鄭孝胥推崇的孔教、王道教育、王道政治等展開闡釋。

從重點的連載文章來看，闡釋「王道思想」的理論文章，如《王道主義理論的研究》《孔教外論》《王道主義之體系》《王道廣義》《王道解》《鄭氏學說之檢討》《王道人己學引要》《論王道當以忠恕為本》等，其中，《王道政治要義——戰國談》《王道廣義》《孔教外論》等文章為鄭孝胥所做。

「王道詩人宰相」鄭孝胥大談「王道」，也只不過以「傀儡」的角色，替日本人鼓吹「王道主義」而已。從鄭孝胥對「王道」的解釋來看，它是「滿洲國」人民的，是對人民仁德的要求，歪曲了儒家「王道」是「聖人治國」的理念。關於鄭孝胥「王道」的具體分析如下。

1.「克己利人」改換思想

《鄭總理大臣談王道教育要旨》一文，談到了鄭孝胥對「王道」教化的認識：

> 試觀世界各國……以愛國主義鼓動其民心，以軍國民主義，訓練其武事……現在我滿洲國立國如亦遵照世界各國之教育宗旨而進行推其極，亦不過世界多加一戰鬥國而已……以王道為施行教育之方針，而以愛國與軍國民主義為鑒戒……以舊禮儀培養高尚之人格，以期共享和平之幸福。〔註86〕

在《鄭總理大臣談超然國際之現在與將來》一文中，鄭孝胥認為：

> 吾人現在正從事交通之修闢與文化教育之進展，傾其全力，以謀民德民用之亨裕，獨樹風格……果爾交通遍達，民德因文教而日增長，吾樸吾素，吾文吾質燦然大備，於天地間另峙一典雅和平之國……王道政策，所期在此。〔註87〕

《鄭氏學說之檢討》為鄭孝胥應松岡滿鐵總裁之請，在大連滿洲協和會館進行的演講。第一篇，講王道廣義，提出「以克己利人為改換思想之本質，

〔註86〕鄭總理大臣談王道教育要旨〔N〕，滿洲報，1934-7-30（7）。
〔註87〕程克祥，鄭總理大臣談超然國際之現在與將來〔N〕，滿洲報，1934-7-2（7）。

以疏通國際之塞斷，為改換思想之目的，為個人謀出路，為社會謀出路，為國家謀出路，為世界謀出路。」〔註88〕文章旁邊還配彭壽以《王道之克己為治平之本》的文章進行的專門論述。

2. 求「協和」與「大同」

《鄭氏學說之檢討》一文中，鄭孝胥表達了施行「王道」以求「協和」與「大同」的觀點。

> 今我國家以王道為立國之精神……省刑罰、薄稅斂、修人紀、講道義，此內部之王道也；睦鄰親仁，講信修讓，此外部之王道也。內可以治，而無顛沛流離之苦；外可以和，而有守望相助之益。

> 對內和睦是修，對外允恭克讓，講大同之真諦，行大同之使命，使國家悠久而無疆者。〔註89〕

鄭孝胥呼籲的「王道」總是讓人感覺蒼白無力，「省刑罰、薄稅斂、修人紀、講道義」便是「王道政策」。《王道週刊》以鄭孝胥的名義刊發的文章，對「王道主義」的深刻內涵，「王道政策」的具體內容著眼很少，而是通過「王道」講平民的思想建設，講偽滿洲國「王道」帶來的建設成就，講與鄰邦「大同」共存的理想。

1935年3月11日開始連載的《王道政治要義——戰國談》，署名為海藏樓的文章，到是體現了鄭孝胥對時局的深刻見解與分析。文末一行小字的「編者按」顯得頗為詭異：「此鄭太夷先生二十年前之作品……以為研究政治學者之參考」。

王道與體育、王道教育、王道政治、王道與社會學……在對王道理論進行整體闡述的同時，《王道週刊》中，鄭孝胥將「王道思想」滲透進了各個領域。《鄭氏學說之檢討》就系統闡釋了「王道」與不同學科之間的關係。

如，鄭孝胥將道德教育滲透進了體育當中，認為即使在體育中也要講「禮義」。對於鄭的理論，程克祥亦做了提升，認為「世界學者所言體育原理，健身軀，強體魄而已，未有言及禮儀道德者，以禮儀道德為體育之原理，王化

〔註88〕鄭氏學說之檢討〔N〕，滿洲報，1935-12-16（5）。
〔註89〕鄭氏學說之檢討〔N〕，滿洲報，1935-12-23（5）。

之行，實韌於此。」〔註90〕

在談論「王道」與教育方面，《王道週刊》登載了鄭孝胥三次參加教育廳長會議的訓詞，鄭孝胥提出，「須自立教法，以王道普及之理想，灌注於民眾教育及幼年教育之中，以爭利為厲戒，以居仁由義為先導」〔註91〕。

鄭孝胥關於教育方面「王道思想」的論述，主要包括對兒童、青年、女性等幾個層面，如《鄭總理大臣談王道教育要旨》《兒童王道講座：報恩的心》《王道時代的最新女性》《王道講座：青年的社交問題》。

從內容來看，頭條除了宣講王道思想本身的內容外，還將王道思想融入到了各個方面中，包括航空方面如《航空與王道》、體育方面如《鄭總理大臣談王道與體育》，新聞界方面如《王道政治下新聞界應有之認識》、國際政治方面如《歐洲之和平崩潰歟・猶憶前鄭總理弭兵說否》、社會問題方面如《王道與社會學及社會問題》等。

（二）時論與「王道」

《王道週刊》對「王道主義」，在理論闡釋的同時，注重「王道」與實際問題的結合，用事實論述「王道」易行，真正有效。

特別是在程、彭二人離去後，「王道」的理論闡釋弱化，《王道週刊》只能將「王道」和時事政治牽強勾連，以「用事實說話」的方式論證「王道」的正確。

《王道週刊》刊發時評，在 1934 年 10 月就曾出現過，但此時的時評仍舊是以評論王道理論內容為主，而到 1935 年 4 月起，時評的內容開始轉向國際時局。

以 1936 年 2 月 3 日至 1936 年 9 月 7 日的頭條來看，幾乎千篇一律的都是以時評的形式將王道與國際時局聯繫。如《論多瑙河各國新組織——輔助世界王道的進展！》《未來大戰與新兵器的威脅如欲救此危機非速行「王道」不可》《拿王道來觀察歐洲的矛盾》《請看歐洲的危局王道的時機到了！》《德法關係與王道》《汎美和平會議之王道觀》《英國之新君將邁進於王道》等等。

這一內容特徵與《政海津梁》中關注國際政局的內容風格保持了一致。

〔註90〕壽祥，鄭總理大臣談王道與體育〔N〕，滿洲報，1934-7-16（3）。
〔註91〕王道學會，鄭總理大臣談王道教育要旨〔N〕，滿洲報，1934-7-30（7）。

不同的是，在王道副刊中，這種報導演變成了利用王道思想對國際政局進行議論。

在《未來大戰與新兵器的威脅如欲救此危機非速行「王道」不可》一文中，列舉了多項新兵器，如毒瓦斯、軍用病毒細菌、殺人光線等，同時也介紹了兵器的殺傷力和破壞力，充分展示了兵器帶來的殘酷性和非人道。文末，作者在「譯者按」中引用鄭孝胥的話，提出「以兵立國者，其果足以立國乎，謀國者其思之」，並點明文章用意「今之所謂文明進化時代者何，特錄上述，以爲當之者戒，願我王道學者急起直追，努力倡導俾王道大行，則人類生機有可望矣。」〔註92〕兩相比較，凸顯出王道主義的「優越性」。

再比如《汎美和平會議之王道觀》一文介紹了美國對美洲的「不干涉政策」，認為這是對於「王道之呼應」，是「王道政治的功能現在再舉證」。文末將該政策歸結為鄭孝胥的話「世界的人類誰敢說不怕死，惟其都是貪生怕死，自然就會來就範我主張的王道」，指出，「所謂君子不以養人者去害人，所謂世界大同，共存共榮，以及機會均等克己復禮使天下歸仁，這都是王道的政策，直到今天美國的汎美和平會議，才提議到這種起死回生的救世王道要義。」〔註93〕作者用美國的政策變化來印證鄭的王道主義的正確性和超前性。

諸此種種，筆者發現，在王道副刊的頭條時評中，多數都是在用歐美時局的案例來說明王道主義的價值，這些內容既有戰爭的殘酷與偽滿洲國的「和平」的對比，也有國際政策的「和平轉向」對王道政策的印證。副刊借用時評的手法，或夾敘夾議，或先敘後議，營造出「王道主義」具備的「普世價值」。

（三）故事化的「王道」

《王道週刊》單篇長文與連載文章「平分秋色」。連續的看，連載文章的重要程度不可忽視，特別是這些文章體裁更為豐富，有小說和戲劇等。

〔註92〕述蘇譯，未來大戰與新兵器的威脅如欲救此危機非速行「王道」不可〔N〕，滿洲報，1936-3-23（5）。
〔註93〕述先，汎美和平會議之王道觀〔N〕，滿洲報，1936-6-8（5）。

表 2.5：《王道週刊》連載文章抽樣統計 〔註94〕

序號	體裁	稿件名稱	作者	連載期數
1	小說	到新國去！	鶴廬居士	14 期
2	小說	模範工人	程克祥	43 期
3	小說	孝義緣	待曉居士	24 期
4	劇本	王道教育短篇戲劇	彭壽	6 期
5	劇本	人情秋伊	待曉居士	21 期
6	演說	王道之呼應——史諾登演說全文	無	5 期
7	故事	歷代王道感應錄	待曉樓主	65 期
8	理論	王道家庭	美國弗蘭克愛地普著	32 期
9	理論	近代歐美道德教育概論	彭壽譯	5 期
10	理論	王道國民教養法	彭壽	8 期
11	理論	王道主義理論的研究	陳矢平	21 期
12	理論	王道經濟	鶴廬	9 期
13	理論	確立指導原理與教育	後藤春吉	7 期
14	理論	世界大戰與王道	彭壽	5 期
15	理論	王道政治要義	海藏樓	4 期
16	理論	孔教外論	鄭孝胥	15 期
17	理論	王道主義之體系	陳長庚	37 期
18	理論	女二十四孝記	無	24 期
19	理論	道論	王延新	8 期
20	理論	中庸白話講義	袁潔珊	6 期
21	理論	王道業談——四書說略	紹達	15 期

　　從表格中，可以看到連載文章多用於宣講王道的理論內容，這裡面既包括孔教學說、王道思想、王道政治，也有王道教育、女子節孝的內容。

　　從作者上看，既有鄭孝胥本人的文章，如《王道政治要義》《孔教外論》，也有王道學會成員，如待曉居士的《歷代王道感應錄》，還有文教部的日本官

〔註94〕本表抽取對象為 1934 年 4 月 2 日至 1937 年 7 月 31 日的所有《王道週刊》中的連載文章進行抽樣。

員，如曾在偽文教部普通教育科任事務官的後藤春吉的《確立指導原理與教育》，還有編輯彭壽的《近代歐美道德教育概論》《王道國民教養法》《世界大戰與王道》等。

這些王道理論的文章連載期數最多的要數待曉居士的《歷代王道感應錄》，該連載文章主要對歷代人物的「王道事蹟」進行宣講，每個人物的介紹字數不多，通常每期的內容少則兩個人物多則十個人物。

《王道週刊》創刊號在醒目位置刊登了鶴廬居士的「王道」小說《到新國去！》，這裡的所謂「新國」當然就是偽滿洲國。小說從一個留學法國回國的「我」說起，在法國時，「我」受一位深受苦楚的女士所託，到上海尋找妹妹。待回上海後，見到了陷入泥潭的舞女妹妹，經過一段時間的相處，妹妹愛上了「我」，但「我」受家裏禮教的約束，無法與她相愛。

直到後來，父親叫「我」去新國發展新的事業，據說「現在有了新的局面，據說在建設方面，很是努力，不到二年的光景，什麼國道、航空、鐵路、國都已經十分可觀，尤其是國幣統一，大有一日千里之勢。」〔註95〕等主人公到達新國後，竟然發現了在法國遇見的那位女士，原來她也來到了新國。

文末，兩人在交談中，女士感歎到「先前實感覺西方物質文明的苦痛，以為趕到東方，總可以享受些精神文明，誰知到她所到達的上海，已經是染着歐化毒很深的了……她已經嘗透了失望的滋味……在這新國裏面，鼓着餘力去奮鬥，這不獨是她個人的光明。」〔註96〕

我說「人類的真勝利，全在這不朽的道德上面，如果能夠抱着為大眾服務的心念，自然有他的良善結果，所謂精神的文明，絕對可以征服一切的。」〔註97〕小說的最後，將道德推到了精神文明的制高點。我們知道，王道思想主要就是從道德方面進行宣講的。

在袁潔珊的《中庸白話講義》中，作者認為「中庸之道費而隱」，費即「用之廣」，隱是「體之微」，即中庸之道無處不在，無處不用，平時體會不到，事實上它是隱藏在萬事萬物之中。作者結合自己和周圍人發生的小事，宣講忠恕、克己等內容。

〔註95〕鶴廬居士，到新國去！（十二）〔N〕，滿洲報，1934-6-19（8）。
〔註96〕鶴廬居士，到新國去！（十二）〔N〕，滿洲報，1934-6-19（8）。
〔註97〕鶴廬居士，到新國去！（十二）〔N〕，滿洲報，1934-6-19（8）。

第四節　結語：殖民話語下的政治幻象

在政治上，「滿洲國」扮演了日本殖民勢力操控下的「木偶」。無論是「滿洲國」，還是日本殖民勢力，都是這片土地上的「外來客」，都迫不及待地需要人們認可和接受。

人的認知，無法通過武力的「硬」束縛改變，而重新營造和構建新的政治文化，形成意識上的「軟」約束，才有助於實現長久穩固的政治統治。「滿洲國」迫切要告訴那些「被臣民」的人，「這究竟是怎樣一個國」、「有一個怎樣的友邦」和「要有怎樣的臣民」這三個核心問題，以此來凝聚人心，形成穩固政治統治。

縱觀《內外論潮》《政海津梁》和《王道週刊》，雖然每個副刊都有自己明確的內容定位，也呈現了與殖民政治不同發展階段相適應的特色，從整體而言，它們對殖民政治觀念的輸出是「一以貫之」的。這些政治話語，集中於「家國」、「友邦」和「臣民」三者，但都指向普通人民，意圖重塑他們對「臣民」身份、對國家的認知。

1.「滿洲」是「國」的家國意識

對於家國這樣政治意味較強的認知，《滿洲報》政治副刊從歷史概念的模糊處理，建國緣由的深入闡釋、發展成就的突出強化等內容，講述「滿洲國」存在的合法合情合理的性質，不斷強化對「滿洲國」新的家國觀念的接受。

《內外論潮》充斥著為偽滿洲國杜撰「歷史」的說辭，意圖從根源上將「滿洲國」與中國進行剝離，為其尋找存在的合理性。

> 滿洲本亞細亞洲之一部，氣候溫和，土地膏腴，物產豐富，誠天府之區也，考之史□，代有作者，肅慎氏為最古，□矢不藝，實開遊獵之鼻祖，金遼迭興，民族寖寖昌大，而元代之武功，尤盛其實力遠達歐西，迄今太西史上，尤多記載，勝清以長白發祥，入主中原者，垂三百載，此皆滿洲靈氣所鍾磅礴發皇而不可遏抑者也。
> 〔註98〕

「滿洲本亞細亞洲之一部」，這樣的文辭表達，有意識的將「滿洲」偷偷賦予「國」的概念，誘導人潛意識中，將「滿洲」與「國」劃等號，進而「滿洲國」能組合在一起，成為獨立的概念。

〔註98〕孫學斌，滿洲國王道樂土之意義〔N〕，滿洲報，1933-8-3（5）。

概念，是人認知的基本單位。在完善「滿洲」這個語詞的概念後，政治副刊也不忘為「立」尋找合情合理的緣由，進而讓「滿洲」立「國」，成為順理成章的事。

> 夫國之立，有宜有不宜，宜立而立，為之正式國，不宜立而立，為之篡逆國，今則滿洲國與民國相較，民國為篡逆，滿洲國為正式，既為正式，滿洲國之宜立，不待言而喻矣。〔註99〕

此外，政治副刊中，持續刊登世界其他國家對「滿洲國」的承認，也是為了加強「臣民」的認可。在《滿洲報》三個政治副刊中，通過政治話語的表達，中國一直都是映照「滿洲國」的他者形象。

《滿洲報》政治副刊，習慣借助「滿洲國」的發展成就，同中國的動盪衰敗的形象對比，來增強其存在的合理性。借中國的他者形象塑造，來完成「滿洲國」自我「王道樂土」形象的認知。

2. 日本是「榜樣」和「善友」

在「滿洲國」，日本殖民勢力是一個重要的存在。出於穩定政治統治的需要，政治副刊完成民眾的「國家」意識塑造，必須對「日本」有合理的解釋。

政治副刊對日本「親善」的論調無處不在，貫穿始終，塑造了「友邦」的形象，不斷輸出對「友邦」的認可。如：

> 二年以來，得鄰邦日本之援助，努力建設，諸如奠定，國都成立、預算增加農產、建築國道、減輕賦稅、整理金融、擴張貿易、恢復造幣廠、改編陸軍、償還外債等々，悉為軍閥時代所未行，而滿洲國毅然實施之善政也。〔註100〕

在「友邦」的大概念下，政治副刊的政治議題與殖民政治需求保持了高度一致。在《滿洲報》政治副刊中，「滿日」的利益被捆綁在一起，政治議題的出發點和立足點，一致圍繞日本殖民利益展開，而「滿洲國」如同日本的影子一樣的存在。

日本是「友邦」，政治副刊中既有學習日本先進經驗的內容，又有日本提攜幫助的內容，更有出於日本「大東亞」政策的美化，所有政治議題，嚴格服從日本殖民東北的政策展開，進行美化和對民眾的說服。

〔註99〕王世香，論滿洲國成立〔N〕，滿洲報，1933-9-12（5）。
〔註100〕滿洲國建設之成績〔N〕，滿洲報，1933-10-24（5）。

對於日本「親善」「友邦」語言的論政，《滿洲報》政治副刊中既有事實的說明，也有充滿「親善」的情感表達。政治話語在「情理交融」的表達中，將「親善」的態度和日本「友邦」的價值判斷，源源不斷輸出。

正因如此，不斷為日本在東北的存在提供各種合理化的話語表達，色彩濃重的政治副刊中，透露出濃濃的殖民意味。

3. 要做德善兼備的「王道」臣民

《王道週刊》的《發刊詞》中說，「夫率義於辭，以善天下，天下至廣，非可以家至而戶說，則發爲文章，付諸棗梨，籍郵報以廣喉舌，固今日明王道蓄勢制敵者之所當務也，王道週刊之創，意即於此。」〔註101〕

「蓄勢制敵」這個「敵」是「舉世風靡異學」。對於殖民者而言，突出王道思想的壟斷地位，有利於實現思想控制。同時，借助植根於大眾意識深處的儒家思想，獨尊「王道」，是殖民統治的需要，是「嫁接」殖民認同的需要。

「王道」思想，在《內外論潮》的版面上就已經成為一塊持續報導的內容，從《王道入門》開始，到《王道的真理》《孔子學說為王道本原》等。《王道週刊》創辦後，最終「王道」思想有了獨立的呈現空間。「王道」思想，一直是日本殖民勢力操縱，借《滿洲報》來輸出的內容。

「王道」源自孔孟的哲學思想，認為一個聖人成為國君，他的統治便為「王道」。按照孟子和後來儒家的看法，政治統治有「王道」和「霸道」兩種。聖王之道是靠道德教誨和教育來貫徹的，霸道則是以強制手段來推行的。〔註102〕

日本殖民者顯然看到了「道德教誨和教育」，是改造「滿洲國」民的重要手段。「王道」被純粹異化為對國民的「道德教誨和教育」，成為掩飾文化殖民的政治手段。

正是如此，「王道」成為培養「順民」的政治策略，卻不再是孔孟的治國理想。

4. 政治事實與觀點的「輸出」

政治副刊，直接關乎政治文化的輸出，其輸出機制有事實的呈現，也有觀點的直接輸出。政論作為當時報章上的重要內容，體現了時代特色，也更

〔註101〕彭壽，發刊詞〔N〕，滿洲報，1934-4-2（3）。

〔註102〕馮友蘭，中國哲學史（上）〔M〕，上海：華東師範大學出版社，2011，7：69～73。

為直接的體現了殖民文化的存在感。

　　政論類的文章，政治立場無疑是鮮明赤裸的，引導說服的目的也最為明確。政治副刊通過大量政論類文章，內容與時局貼合的非常緊密，並且隨著時局的變化，即時表明看法和立場。這類文章主要包括論政和時評兩種形式。

　　《內外論潮》開闢了由知非撰寫的時評專欄。《東方雜誌》曾介紹知非「為華人孫斗山，署名知非，專著挑撥之文字」〔註103〕。知非的「時評」緊跟國內政局，評論事件可大可小，行文顯得輕鬆隨意。

　　實現地域的割裂後，日本殖民者迫切希望這片土地上生活的人對於民族、國家的認同的迅速剝離，政論在政治副刊中發揮了不可忽視的作用，成為切割民眾國家觀念的一把「尖刀」。

〔註103〕東北日人報紙之調查（一）〔J〕，東方雜誌，1930（27卷第17號）：13。

第三章　兒童副刊：從「王道」到 「皇道」的灌輸

　　1928 年 7 月 31 日，《滿洲報》在文藝副刊《消閒世界》上開闢了《學生文藝》專欄。「作文、習字以及手工等寫真及作者小照等等均屬極為歡迎。」[註1] 這是兒童副刊的雛形。1930 年 4 月 14 日，週刊《小友樂園》正式創刊，是《滿洲報》第一份兒童副刊。

　　與其他報紙的兒童副刊相比，《滿洲報》的兒童副刊較早創刊。放眼當時的大連地區乃至整個東北，像《泰東日報》和《盛京時報》這樣的大報的兒童副刊都晚於《滿洲報》。《泰東日報》在 1931 年創辦了《兒童專刊》，《盛京時報》直到 1933 年才出現兒童副刊。

　　1936 年 4 月 1 日，《小友樂園》停刊，辦刊達 6 年。4 月 2 日，《新小友》誕生，從週刊變為日刊，刊發頻次更加密集，一直持續到《滿洲報》停刊。

第一節　「王道」浸染下的《小友樂園》

　　以 1932 年偽滿洲國建國為節點，《小友樂園》創辦初期和後期呈現了截然不同的風格。這種轉變，是「王道」思想浸染的結果。

一、純粹的「兒童化」內容

　　初期，《小友樂園》是較為「純粹」的兒童天地，一直持續到 1932 年偽滿洲國建國。

[註 1] 各學校師生均鑒〔N〕，滿洲報，1928-7-31（8）。

圖 3.1：《小友樂園》創刊版面

早期的《小友樂園》承載著編者對兒童教育的殷切希望：

　　　　現在競爭愈烈的世界，如果在兒童時代我們的國民還和幾十年前一樣，無所謂教育與受教育，將來國家和個人，在世界是不容易生存的，所以兒童教育，在現時實是一項最關重要的事。

　　　　說起兒童教育來，除了學校之外，必須另有種種輔助的方法，我們不搞固陋，所以在去年四月裏開始在本報辦一個小友樂園，歡迎一般小朋友投稿，登載出來，引起他們的興趣，使他們對於讀書，因此格外起勁。〔註2〕

　　創刊初期，園主老小孩就發布公告，認為《小友樂園》是孩子的天下，希望成人撰寫的文藝更多投向《消閒世界》和《星期副刊》，不要與孩子「搶地盤」。所以，《小友樂園》的投稿人群偏於「低齡化」，主要是小學生。《小

──────────

〔註 2〕草，小友樂園的結算〔N〕，滿洲報，1931-1-1（9）。

友樂園》的文章在行文上書寫的也都是「孩子話」。在編輯看來，這些「孩子話」「卻是大人說不來的」「恰和『不假修飾風韻天然』」。〔註3〕因此，《小友樂園》也極受讀者歡迎，「第一次發刊後，小朋友投稿踴躍，竟如雪片飛來。」〔註4〕

相比之下，《泰東日報》的兒童副刊邀請了成年作家撰寫兒童文藝，或是童話故事，或是常識。《盛京時報》的兒童副刊「不論講什麼道理，總以用敘述的方法表現，也就是講故事的暗示方法來讓兒童自己領會。」〔註5〕

辦刊「純粹」的《小友樂園》，在孩子們看來，「這是算個兒童俱樂部，很能啟發我們的知識，真是我們大連兒童的幸福。」〔註6〕不僅僅是大連，隨著《滿洲報》發行範圍的擴大，在《小友樂園》上投稿的兒童遍及東北的各個省份，甚至於在天津、北京的小讀者也曾在副刊中發表稿件。

早期，《小友樂園》是個真正的兒童「樂園」。小讀者們除了發表一些帶有「流水帳」性質的文藝，還能在版面上結識一些新的朋友，掌握新的知識。大朋友們雖然不允許在版面上發表文藝作品，但也通過「有償猜謎」的形式參與進來，各種謎語、看圖猜字層出不窮，出題人每次都能收到大量的讀者來信，並從中抽出答案正確的小讀者，給與一定的報酬。在編者看來，登載這些猜謎，是「為引起小友們的興味」，這一定程度上也增加了《小友樂園》與讀者的互動性。

到1931年，眼見小友們「對於謎語組畫等欄，投稿者，較他欄倍多，從不為答案失敗，而灰心。」〔註7〕《滿洲報》編輯部專門成立「猜謎部」由芙蓉來專門處理《小友樂園》的猜謎事宜。由此，也能看出《滿洲報》對於兒童副刊辦刊的重視。

九一八事變爆發，《小友樂園》逐漸失去了之前的熱鬧，由之前的半個版一度縮減至四分之一版，到1932年，甚至一度出現了停刊的現象。這種動盪表明純粹「兒童化」的內容已經無法滿足殖民的要求，成為《小友樂園》即將進入「王道」思想改造的預兆。

〔註3〕草，小友樂園的結算〔N〕，滿洲報，1931-1-1（9）。
〔註4〕草，小友樂園的結算〔N〕，滿洲報，1931-1-1（9）。
〔註5〕齊士馨，偽滿時期報紙對兒童的宣傳策略研究——以《盛京時報·兒童週刊》為例〔J〕，新聞世界，2013（7）：221。
〔註6〕金燦琦，小友樂園的好處〔N〕，滿洲報，1930-4-21（3）。
〔註7〕芙蓉，徵畫發表〔N〕，滿洲報，1931-6-29（3）。

二、「王道」全方位的滲透

偽滿洲國建國伊始，日本殖民者就將偽滿洲國的「建國精神」——「王道思想」運用到了殖民教育上來。《建國宣言》中明確指出「普及教育，正崇禮教，實行王道主義。」〔註8〕

《小友樂園》創辦中期，正是處在這樣一個時間段。自偽滿洲國建國後，「王道思想」的魔爪就已經伸向了《小友樂園》。作為日本推行殖民文化的宣傳機關，在《滿洲報》的兒童副刊上，能夠清晰的找到這一時期奴化教育的影子。

《小友樂園》將「王道」內容「順理成章」地安排進去，形成了「王道」思想全方位的呈現，以《小友樂園》「時令」的徵文活動為例，可見一斑。

「時令」即是「四季」。從創刊到停刊，《小友樂園》依照「時令」策劃內容是一特色。「來稿請繕寫清楚，關於題材以合乎時令，短簡而有趣之詩歌文章為合格。」〔註9〕從編者的話中，可以看到，《小友樂園》有依照「四時」而定的習慣。這可能是《小友樂園》依照讀者群體特點而為的，可以與學生的學習時間緊密相關，也更容易與學生「打成一片」。

春天，版面上洋溢出一片春色盎然的景象。很多小讀者紛紛通過遊記、歌謠、隨筆等形式書寫春天。如《春天的郊遊》《春日的早晨》《夢裏的春天》等。

> 光陰過得是如何的快呢？不覺寒冷的冬天已過！又到春天
> 了！……這時那淡黃色而溫暖的太陽，高掛在蔚藍色的天空中，他
> 的陽光直射在地上，大地上的雪被他照得融化了，許多的昆虫也漸
> 漸的快復活了，這樣的春天，真是可愛呀。〔註10〕

「一年之計在於春」，這段時間《小友樂園》中有很多文章都在督促學生們珍惜光陰，多讀書，勤讀書。

> 光陰真快呀，不知不覺，又到了春天的時候，我看山上野外的
> 草木，忽然間都變成碧綠的田地，青翠的樹林，我看那山上野外的
> 景緻，到也覺得很有趣味，但是我又一想，當這春風暖和的時候，
> 更應當努力發憤讀書，不要空過這春天的景緻纔好。〔註11〕

〔註8〕滿洲國建國宣言〔N〕，滿洲報，1932-3-2（1）。
〔註9〕代郵〔N〕，滿洲報，1934-7-8（5）。
〔註10〕馬家驤，春天的可愛〔N〕，滿洲報，1933-4-17（3）。
〔註11〕安家棟，春天〔N〕，滿洲報，1933-4-24（3）。

「王道思想」悄然融入春天的文章中：在呼籲大家珍惜光陰，多讀書的同時，也有文章借助這一話題，講起了孔孟之道。「王道思想」所推崇的孔孟之道就這樣順其自然的被添加進了文章中。

> 　讀書，有很大好處，讀書能增長智識，廣見多聞……不但將來能做偉大事業，就是做到聖賢地位，也未可知。譬如古人孔夫子修經，傳留後世，文教被八方，孟夫子周遊列國，作書傳留後世，孔孟二人都入聖廟，人人恭敬，千古不朽，這不是讀書的好處嗎？
> 〔註12〕

夏天，學生們迎來暑假。《小友樂園》中除了繼續鼓勵讀書，加入了衛生、體育事項，甚至大連本地的兒童還描寫了他們在海水中游泳嬉戲的場面。

> 　夏日，吾們身體總要保重為要，衣要常洗，體要常浴，室中要乾淨，再是清晨起來，首先要把窗戶開開，再到野外做深呼吸的運動，及食飯之時，要食乾淨物品，不要食壞食物，就如蒼蠅，足帶一些污穢東西，飛在食品，及用具上，把微生物遺棄其上，吾們吃了，就能生病，所以吾們要注意衛生為要。〔註13〕

衛生和體育同樣是「王道教育」重要內容之一。以關東洲地區為例，關東廳學務部在對中國兒童的教育方針中提到「教育以兒童身體發達，注意德育，施以共同生活必須的普通知識技能為宗旨。……關於體育，對滿洲人適當的勞動研究給予獎勵，提倡公共衛生。」〔註14〕

秋季，《小友樂園》上是「菊花」意象綻放的時節，小友們讚美菊花的文章紛至沓來。如蓋平縣立第四小學校學生投來的稿件，以《賞菊後的餘波》為題，有小友寫到：

> 　霜雪既降，木葉盡凋，百花眾草，皆枯萎殆盡，獨菊孤芳自賞，清香瘦影，楚楚動人，不畏寒風之凜冽，不避霜雪之侵擾……惟人亦是這樣，當國家承平時，小人以一技之長，即蠅營狗苟，趨炎附勢……洎乎大局變亂，小人立即逃匿他方，自顧保全生命，遂棄國家於不顧，真君子則不然，愈逢變亂，愈爲勇敢…然後出其道德學

〔註12〕趙廣清，讀書有什麼好處呢〔N〕，滿洲報，1933-4-24（3）。
〔註13〕王贊強，說夏季之衛生〔N〕，滿洲報，1933-7-3（3）。
〔註14〕楊曉，「關東洲」教育評析//遼寧教育史志（總第9輯）〔M〕，瀋陽：遼寧省新聞出版局，1993，11：78。

問，以扶顛持危。唉！君子與菊可爲伍矣了！〔註15〕

　　菊花，對於日本有著特殊的意義，甚至成為日本皇室的象徵。進入近代，日本軍國主義的崛起，在美國文化人類學者魯思・本尼迪克特的眼中，菊與刀成了日本文化的象徵。「菊與刀兩者共同構成了一幅繪畫。……他們既生性好鬥又異常溫和；既推崇武力又追求美感；既桀驁自尊又謙遜有禮；既冥頑不化又柔弱善變……」〔註16〕

　　《小友樂園》將菊花這樣一種極具象徵意義的文化意象反映在兒童副刊中，試圖使孩子們通過對菊花的讚美，潛移默化中形成對日本文化的認同。菊花成為了日本殖民者對中國兒童進行奴化教育的「文化符號」。

　　冬來，《小友樂園》除了往常的勸學等內容之外，還增加了一種符合「時令」的宣傳手段，即借助冬季造就的嚴寒，通過「反面教材」開展警示教育。這一反面例子就是乞丐。

　　《小友樂園》中的乞丐通常是兩類人，要麼是早年家裏富貴，但他不知節儉，過著奢靡的日子，等錢財揮霍一空，便只能沿街乞討。要麼就是小時候不學無術，沒有一技之長，長大後沒能尋求到一個可靠的職業，生活進行不下去，開始沿街乞討。編者試圖利用環境帶來的兩種境遇的人的強烈反差，從而達到更深刻的警示教育效果。警示什麼呢？

　　　　我們正在年幼的時候，要努力求學，趕到後來，要有個正當職
　　業，如果人要沒有職業，就沒有法維持生活，那麼將來不是要流爲
　　乞丐麼？打算不讓成爲乞丐，就應該努力求學，有了智識，然後擇
　　一相當職業去做，這樣緩不至於有凍餒之憂呢！〔註17〕

　　這和「王道教育」崇儉戒奢、培養勞動技能的觀念相切合。《小友樂園》對於「王道思想」的倡導直接、間接，無處不在，無時不在。可見，《滿洲報》兒童副刊作為殖民文化宣傳機關，對於殖民文化不遺餘力的宣傳。

三、賦予兒童「王道」品格

　　《小友樂園》在「王道精神」的支配下，呈現出了「殖民」的意味。這主要表現在「王道」思想對孩子的改造與奴化。

〔註15〕劉從善，賞菊後的餘波〔N〕，滿洲報，1932-11-28（3）。
〔註16〕魯思・本尼迪克特，菊與刀〔M〕，南星越譯，海口：南海出版公司，2007，10：16。
〔註17〕趙東林，人要有職業〔N〕，滿洲報，1933-12-4（3）。

（一）「灌輸國家之觀念」

在與偽滿洲國有關的內容方面，主要是刊登小讀者對於「新邦」「王道主義」的認識和感想，刻意強化小讀者對於新國家的認同。這部分內容最早的一篇文章見於 1933 年底，係一個小學三年級的小友寫的《對新邦之感謝》，文章對於日本友邦十分感激，寫到：

> 現在大家同心協力的成立了新國家，許多老百姓們也都得了眠安食穩，不受胡匪的擾亂，這些幸福！誰賜給我們的？是不是東鄰友邦給與我們的嗎？我們滿洲三千萬民眾，應對友邦如何的感激呢？〔註18〕

還有的小友以《王道政治感想》為題，寫到：

> 幸得友邦出兵，把東北之惡軍閥，一概剷除，建設個新滿洲國，實行王道，惠及人民，徹底剿滅匪賊，減輕稅則，使吾民眾，安居樂業，各享太平之福，豈非王道政治之效果乎。〔註19〕

《小友樂園》「道德仁義」文章中，委婉的表達國家觀念。如一篇關於「好學生」的標尺文章：

> 學生是一個具有重大的責任，富有建設性的青年，將來社會責任，一定要出面担負的，所以要去掉恐怖和驚懼，及一切阻力，必使學識要怎樣充足，經驗要怎樣豐富，品性要怎樣柔和耐勞……現在當國基初定，百端待理的時候，我們都是國民分子，大家更要同心協力的去擔任治國的責任，那更好了。〔註20〕

（二）倡導「道德仁義」

《小友樂園》提倡孝敬父母、勤勞節儉、善待他人與善良誠實。這些道德宣傳在副刊中是比較重要的一塊內容。如在勤儉戒奢的倡導中，往往採用與富人對比的方式進行說教，最常見的敘事方式就是擬定一個乞丐，對人講述之前他揮霍無度，最終得到如此下場。也有直接通過講道理的方式進行宣傳，如：

> 衣食所以彰身也，器物所以效用也皆人生日用必不可少之物也，然祇求潔淨樸實，整齊有度，是已足矣。而富家子弟，則不然，

〔註18〕王金龍，對新邦之感想〔N〕，滿洲報，1933-11-13（3）。
〔註19〕王聚實，王道政治感想〔N〕，滿洲報，1934-3-18（5）。
〔註20〕王祥榮，學生的責任〔N〕，滿洲報，1933-6-26（3）。

無所事事，務為奢華，以炫耀於人，一日家財耗竭，用財不足，謀
生無術，……即幸其未至於窮餓也，亦必志氣銷沈。〔註21〕

再如關於勤勞方面，寫到：我們人生都要勤勞才好，倘使農人勤勞，所
收的五穀必能夠豐富，工人要勤勞，所造出的物品必能夠精美，我們人在社
會上要能勤勞，這國家一定能夠富足。〔註22〕

又如《誠實的孩子叫人歡喜》講到：人生在世，總得以誠實為要緊，若
是不誠實，那樣人或者是偷人家東西，和錢，和說謊話，那就沒有信用了。
親戚鄰居都不能喜見了，不但親戚鄰居不喜見，就是出外做事人人都憎惡他，
你看這樣人，不是白拉倒麼？〔註23〕

這些文章從行文中一看就是「孩子話」，講述的內容也更加直白、易懂，
因而也更易接受。

《小友樂園》在讀書方面，主要關注為什麼讀書，讀書的益處，職業
的重要性等等。諸如《讀書應有恒心》《求學要有競爭心》《入學校學什麼》
《學貴即時》。在為什麼讀書方面，小友們的文章從各個方面進行講述，有
的認為：

時代的今昔不同，社會的情狀，又是千變萬化，我們對於學問，
求了新的，才知溫故是不夠用，通曉現在的，然後知道明古事是不
夠用，所以禮記學記篇上也說「學然後知不足」。〔註24〕

有的認為，「讀書是成事之母，立身之始基，我們把書讀好後，將來到社
會上能成一個有為的人。」〔註25〕還有的小友認為，「讀書能使開通知識，所
以古人說，少壯不努力，老大徒傷悲，像那乞丐，他不是無知識而窮的嗎，
還不如貓狗。」〔註26〕

此外，《小友樂園》倡導在課餘學習之餘加強體育鍛鍊，講究衛生這些內
容在副刊中都極為普遍，也是副刊中宣傳的重點內容。副刊還對於小友的成
長提出了《衛生之重要》《說夏季衛生》《說運動之益》等。

〔註21〕楊國盈，戒奢〔N〕，滿洲報，1932-9-19（3）。
〔註22〕魏嘉楷，說勤勞之益〔N〕，滿洲報，1932-8-15（3）。
〔註23〕程淑明，誠實的孩子叫人歡喜〔N〕，滿洲報，1933-1-23（3）。
〔註24〕祁國治，學然後知不足〔N〕，滿洲報，1933-4-3（3）。
〔註25〕劉顯譽，談談讀書〔N〕，滿洲報，1934-7-8（5）。
〔註26〕高好謙，我們為什麼要讀書〔N〕，滿洲報，1935-12-11（6）。

（三）做「王道」小鼓手

在做「王道」宣傳時，《小友樂園》更多是刊登小學生讀者的投稿，文章是直接的不加掩飾的讚美偽滿洲國的「王道樂土」「日滿和諧」。原因在於，孩子是不會「拐彎抹角」的利用故事、兒歌等進行間接的某種暗示；孩子們的文章更加貼近同齡兒童的心理，因此，在潛移默化中宣傳的效果也更好。

《小友樂園》很多小友的投稿中，摻雜進了「王道主義」的內容。筆者認為，主要有兩方面原因，一是在「王道教育」方針的指引下，各地的學校也都加強了「王道思想」的講授。一位偽滿洲國的小學教員談到教育在王道主義下所負的使命時，寫到：

> 人當幼時，其記憶堅強，其觀念靈敏，思想恰在萌芽，於此時
> 加以主義之灌輸，及修養之訓導，則王道之根本可深入其腦筋，潛
> 移默化，習與性成，自歸於純正矣。〔註27〕

推行「王道」的教育方針，反映在版面上的就是小友讀者投稿中「王道主義」內容盛行。另一原因，作為殖民文化的推介機關——《滿洲報》也在刻意引導這種「王道主義」的宣傳。

在新文化思潮早已傳入東北，新文學作品早已遍地開花的背景下，為了響應「王道主義」對於孔孟的推崇，《小友樂園》的編者在《歡迎投稿》中仍舊倡導文言文。他們甚至在版面上公開呼籲：

> 在新的潮流之下，才能產生新的國家，有了新的國家，人民才
> 能有新的思想，那末人民有新的思想，才能做出新的文藝……這塊
> 小夕的園地也應隨時代潮流趨勢更新起來。但是這個責任，是應該
> 在愛好本園者喜歡投稿的小友們擔負的。〔註28〕

「新的國家」當然是偽滿洲國，「新的思想」暗示「王道思想」。在編輯的倡導下，在副刊中的文章幾乎全部都是短小精悍的文章，標題也是直抒胸臆。編輯深諳兒童閱讀心理，通過通俗易懂的處理方式讓兒童樂於接受。

在主客觀的作用下，《小友樂園》對於「王道思想」的宣傳是直接的、不加掩飾的。

〔註27〕張士修，王道與教育〔N〕，滿洲報，1935-4-8（5）。
〔註28〕給小友的一封短信〔N〕，滿洲報，1934-12-23（5）。

第二節 「皇道」教育在《新小友》興起

　　《小友樂園》之後《新小友》誕生，刊發頻次更加密集，存在只有一年多的時間，但對兒童的影響力是不容小覷的。他天天與大家見面，給小友們講科學、講童話，還有長篇連載的漫畫供孩子們娛樂。

　　《新小友》的辦刊方針過渡到了「皇道」教育的宣傳，殖民的意味也更加濃重。

圖 3.2：《新小友》創刊版面

　　1935 年 5 月，溥儀在第一次訪日歸來後，頒布了《回鑾訓民詔書》要求民眾須「與友邦一德一心，以奠定兩國永久之基礎，發揚東方道德之真義。」〔註29〕同年 5 月 21 日，阮振鐸繼鄭孝胥之後，擔任偽滿文教部大臣，預示著

─────────────

〔註29〕偽滿洲國 14 年史話，長春文史資料（總第 53 輯）〔M〕，吉林省內部刊物，1998，1：213。

「王道教育方針」逐步退出。

隨後，日本殖民者提出「皇道」教育方針，突出「日滿一德一心」即「遵照建國精神及訪日趣旨，以咸使體會日滿一德一心不可分之關係及民族協和之精神，闡明東方道德，尤致意於忠孝之大義，涵養旺盛之國民精神，陶冶德性，並置重於國民生活安定上所必需之實學，授與知識技能更圖保護身體之健康，養成忠良之國民為教育方針。」〔註30〕

這位「新小友」圍繞著「皇道」教育方針，努力地將自己塑造成一個善良、恭順、服從、掌握技能、勤勞肯幹的忠良之輩，並在孩子的思想裏繪製了一片「一德一心」「日滿協和」的「樂土」。

一、以「科學」名義引導勞動

總體來看，「皇道」教育不再強調智育方面，文化課程不再是主要內容，勞作才是重點；德育方面則強調「一德一心」，善良、忍耐、服從的忠良之人。偽滿官員曲秉善曾任偽滿黑河省民政廳長，曾親歷奴化教育政策在黑河省的推廣。「偽滿教育的目的是以培養偽滿的忠良國民為目的。偽滿的教育根本方針是以實務教育為根本方針，對學生不是偏重於課堂上的學科，還必須使學生勞作。」〔註31〕

「皇道」教育重視技能、勞作。為響應「勞務教育」政策，《新小友》在創刊伊始就在不遺餘力的進行「主動引導」。《新小友》從兩個方面進行引導，一是對勞動知識的掌握──介紹科學常識，二是培養一定的動手能力──設置科學遊戲欄目。

《新小友》面上打著「科學」的大旗，向學生們傳遞科學知識，實際上卻是企圖通過介紹科學，使小友們對勞動產生興趣，從而更樂於從事勞動工作。

在創刊伊始，《新小友》就推出了「科學家的天地」欄目，共推出22期，內容主要圍繞著天文學進行講解，如《太陽只有粟粒大》《日食和月食》《地球的母親》等等。為什麼首先推出的是天文學呢？作者在文中做了解答，因為「如航海、航空、測量、地理、農業以及許多事業，都和天文學產生重大

〔註30〕武強，日本侵華時期殖民教育政策〔M〕，瀋陽：遼寧教育出版社，1994，12：97。

〔註31〕曲秉善筆供//偽滿洲國的統治與內幕：偽滿官員供述〔M〕，北京：中華書局，2000，7：380。

的關係。」〔註32〕

　　「科學家的天地」刊載完畢後，《新小友》繼續刊登了如《科學》《雲雨》《科學小問題》《科學常識》等連載內容，向小讀者介紹了諸如《雲的分類》《地底下的水》《物體墜落的快慢》《旅行和研究自然界》等。

　　這些科學知識的介紹主要集中在了創刊前期，形式也是多樣化的，不僅僅是如前所述的單純的知識的講解，還通過故事、知識問答等形式進行介紹，如在《名人故事》欄目中介紹的愛迪生、無線電發明家馬可尼，在《阿基米德金冕的故事》中介紹了阿基米德定律等。

　　《新小友》還為小友們提供了益智有趣的手工遊戲，既介紹科學玩具的製作，如閃光風車、會飛的燈、潛望鏡、電鈴，又介紹「科學小把戲」，如利用化學原理製造會走的小紙船、利用凸透鏡點燃報紙等。還有單純的動手工藝，如利用竹皮、秫秸皮等製成摺扇、小狗、晾衣架等，由《新小友》提供工藝圖案，鼓勵小友們動手操作。這些知識的介紹主要集中在自然科學上，內容包括了天文學、化學、物理學、地理學等等，這些自然科學門類與農業、工業等行業密切相關，而這也是現時期殖民者在偽滿洲國迫切需要的。

二、童話：營造「希望」之國

　　《新小友》的版面上，童話是「重要」的組成。在偽滿洲國時期，童話的概念非常寬泛和模糊，在《新小友》版面上有寓言、神話故事、人物故事、童話在內的很多種故事的存在形式。我們把這些統一稱為「童話」。

　　《滿洲報》兒童副刊上登載的童話，最早見於《小友樂園》時期，但並不常見。正式推出童話欄、故事欄是在 1934 年 4 月，當時的童話是由趙景深〔註33〕翻譯的《黑山魔王》，同一月，標記為故事欄的童話也出現了，是王人路〔註34〕的代表作長篇連載童話《兩隻小貓》。但此時的童話故事都是單純的供小友們閱讀娛樂，並沒有附加一些殖民的內容。至《新小友》時期，童話

〔註32〕迷信的好處〔N〕，滿洲報，1936-5-12（9）。

〔註33〕趙景深，曾名旭初，筆名鄒嘯，祖籍四川宜賓。1930 年後一直擔任復旦大學中文系的教授。他是著名的現代兒童文學作家，翻譯了大量的國外兒童文學作品。（綜合參考自譚旭東著《兒童文學小論》和劉紹唐主編《民國人物小傳（第九冊）》）

〔註34〕王人路，現代兒童文學作家。湖南瀏陽縣人。自 20 世紀 20 年代就開始從事兒童文學創作，寫下了大量的童話故事，作品以低幼文學為主。（參考自蔣風主編《世界兒童文學事典》第 110 頁）

故事的情勢則大為不同，其數量不僅佔據了「半壁江山，而且日本殖民者更加注重的是童話能夠帶來的「效用」。童話到底有什麼作用呢？它成為填充殖民思想的載體。

　　本文通過對於《新小友》童話內容的梳理，將其傳遞的殖民思想按照政治、道德、勞作教育等進行分類。具體如下：

（一）政治思想灌輸

　　主要包括宣傳偽滿洲國、讚美友邦日本、宣揚日滿「一德一心」等。如故事《王有道》〔註35〕，整篇童話以人物王有道第一人稱自述的形式「娓娓道來」，因其受不了經商之地的苛捐雜稅的壓迫，出海航行，希望開闢一個新商場。在航行過程中，王有道先後遇見野人、妖怪、大巨人，最終尋找到了「世外桃源」——「滿洲國」，「在王道樂土，安安穩穩過我那快樂有趣的生活。」

　　野人：不服王化的野人，頭披紅髮遍體生毛，成群結隊，遇見生人，就來攻擊。

　　妖怪：他的大牙，露出口外，口角很深，好像豬嘴，耳朵就像象的耳朵那樣大，手的指甲，彎曲細長，如同鵬鳥的利爪。

　　巨人：排斥外來的貨物的土人受強大巨人的壓迫，拿我們異族人作出氣，進供於巨人的，可笑老大巨人，僅具幹殼，終日食睡，一經我們攻擊，即受巨創，可歎世界上竟有如此不開化種族，當然要受天然淘汰的了。

　　王有道這個故事的講述很具有象徵意義，王有道，暗示王道，歷經磨難尋到「滿洲國」，這樣才能安穩過那快樂有趣的生活。紅毛野人即日本人嘴中的「赤匪」，從對妖怪的描述中，筆者認為它象徵著美國，不開化的種族就是舊中國。故事的作者將這些形象極盡嘲諷，並且對於中國的描寫也能看出其傲慢的姿態，而在偽滿洲國的「王道樂土」裏，又極盡讚美。文章借助這樣一個故事向小朋友們灌輸「王道樂土」的美好，其用意也是十分明顯。

（二）道德的灌輸

　　主要集中在《新小友》初辦時期，編者每天通過大量的各種形式的童話，集中宣傳「皇道」思想中的道德內容，包括孝順、忠誠、與人交好（和睦）、順從等。

〔註35〕王有道〔N〕，滿洲報，1936-4-5（7）和 1936-4-7（9）。

　　如童話《老友》，講述了老父親帶著兩個孩子還有一頭牛的故事。兩個孩子分別叫張孝和張悌，老友是父親過世後，留給孩子的唯一遺產——一頭牛。他們善待這頭牛，因為它是父親留下來的。同時兄弟之間也非常和睦，在一次事件中，這頭被善待的牛救了兩兄弟的命，但它卻因此被人打死了。故事的最後頗具神話色彩，就是這頭被打死的牛重新活過來了，並且給兩兄弟一個鐵匣子，裏面「滿滿當當的，全是金錢」，兩兄弟有了錢，日子也越過越好，故事的最後還寫到「古人說：『兄弟睦，家之肥』這句話真是不錯呀」〔註36〕這樣一個情節非常簡單的故事，傳達孝道、善良、兄弟和睦等觀念。故事結尾運用神話的手段，生拉硬套，牽強附會，童話的作者借用童話的「想像」空間，完成對於殖民思想的肆意填充。

　　再如故事《賣牛》，講述了一個士兵被安排出去賣牛，可牛是患了肺病的，他在出門前，老爺曾告訴他，要把實情告訴買者。當他將牛好不容易賣給一個農夫後，沒有如實告知，他拿到錢，心理卻不踏實，他深知自己欺騙了農夫，卻又猶豫到底要不要回去將實情告訴農夫。最後，他忽然想「不行！不行！這樣一來，老爺固然歡喜，但一則欺騙了農夫，再則欺騙了老爺，三則欺騙了自己的良心，怎樣好呢？呀！有了，有了，我還是做個誠實的人吧」〔註37〕於是，他回到農夫家，將情況如實告知，雖然買賣沒有達成，但是他回去受到了老爺的表揚，認為他是一個誠實可靠的人。

（三）勞作教育

　　《新小友》主要從渲染勞動創造幸福生活，乞丐的故事，著名歷史人物的故事等方面著手倡導勞作。

　　比如童話《老皮匠》，講述了一個忠厚又勤儉的老皮匠，日子卻越過越窮，最後只剩下一張皮子，夠做一雙靴子了。在老人絕望之際，奇蹟發生了，老人晚上睡前放在桌子上的皮子，第二天早上變成了一雙靴子，並且被人一眼相中出雙倍價錢買走，就這樣老人的生活竟然越來越好。他同老伴想看看是誰幫他們做的靴子，竟然在晚上發現桌子上出現兩個赤身裸體的小人在勞作。第二天，老兩口想著他們幫了這麼大的忙，還沒有衣服穿，就給他們做了汗衫、襯褲、外套還有兩頂小帽子。等這兩個小人晚上出現後，發現這些

〔註36〕老友〔N〕，滿洲報，1936-7-13（3）。
〔註37〕賣牛〔N〕，滿洲報，1936-5-20（7）。

衣服，非常高興，唱到「我們有了潔淨的衣裳，我們有了潔淨的靴帽，這纔知道作工好！雖然是辛苦多年，從此後，秪覺下快樂逍遙！」〔註38〕

此外，1937年6月至7月，《新小友》連續刊登了幾期日本故事，包括《桃太郎》《蒲島太郎》《開花翁》《斷舌雀》《羽衣》《因幡的白兔》等。其中，《桃太郎》《開花翁》《斷舌雀》位列日本五大民間故事之中。而《蒲島太郎》《羽衣》等也是日本著名的童話故事。

這些童話帶有典型的日本文化，尤其是在偽滿洲國時期，桃太郎的形象已經被隱喻為日本軍國主義的象徵，它「代表了日本的征服意識、開拓意識，含有軍國主義、強者崇拜和武士道精神等元素。……這樣的童話故事非常符合殖民者的意識形態需求，它更像是一種政治隱喻，告訴孩子們，日本是友善的鄰邦，是解救百姓於『惡鬼』統治的英雄，是來幫助中國人開發和建設滿洲的。這樣的傳統童話傳承的是日本尚武的傳統文化，同時也是歪曲侵略本性的一種手段。」〔註39〕

三、漫畫：描繪「教化」故事

《新小友》以嶄新的面貌出現，其內容也更加多樣，漫畫隨之出現。雖然漫畫也只是「曇花一現」，但是卻很有代表性，頗具特色。

（一）漫畫的三種形態

《新小友》上的漫畫以多幅連載的形式為主，在後期出現單期多幅的漫畫，單幅漫畫非常之少。

連載漫畫一直貫穿了1936年，作者香月尚手繪的《麟兒和蓮子的趣生活》以男孩麟兒和女孩蓮子為主要人物，講述的一系列故事。1936年12月1日，在第210回中，作者最後留下一段「附啟」：麟兒和蓮子第二次到新小友園裏，和諸位小友們團聚，又經過不少的日子了，他們倆現在又聲明想再休息幾天，到這二百十回，就暫時的和小友們分離，耐心點，等着再見吧！

自此，麟兒和蓮子再也沒見。《新小友》上的連載漫畫就此結束。

1937年，《新小友》上零星出現的漫畫以單期多幅的漫畫為主。一般4到6幅組圖，搭配說明，講述一個富有情節的小故事，如1937年7月2日刊發的《不說謊》。

〔註38〕老皮匠〔N〕，滿洲報，1936-4-25（9）。
〔註39〕陳實，偽滿洲國童話研究〔D〕，華東師範大學，2017：24。

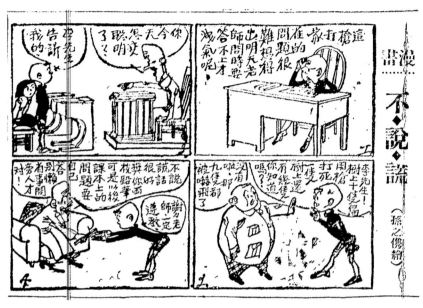

圖 3.3：漫畫《不說謊》

《新小友》上也出現了既具有故事性和諷刺意味的單幅漫畫，這樣的題材非常稀少，但是體現了當時漫畫發展的水平，以及當時漫畫的特點。如 1937 年 5 月 11 日刊發的一篇無題的漫畫，極具諷刺和幽默，針砭醫生收受賄賂的現實問題。

圖 3.4：無題漫畫

以上，是《新小友》上漫畫發展的過程和基本形態。總的來說，漫畫以娛樂小讀者為主，但是寓教於樂的功能並沒有被忽視。

（二）麟兒和蓮子的故事

為了把信息傳遞給不習慣閱讀的人們，連環畫是一個特天才的發明，文詞簡約，每個片段都伴有插圖。直到電視出現以前，一直是意識形態的強大工具。〔註40〕

連環畫裏的信息包涵意識形態的含義。《新小友》連載漫畫主要通過講述麟兒和蓮子的故事（1936年起開始連載），來形成孩子將要「模仿」的人格。

1. 強調「善報」

《麟兒之義俠（33～50）》（1936年5月4日）講述麟兒幫路邊老人賣糖掙錢為老人兒子湊看病的錢，最終麟兒參加運動會獲得第一名，用獎金湊夠了老人給兒子看病的錢，獲得教書先生認可。

《麟兒和雞卵（161～166）》（9月9日）講述麟兒在殺雞的農戶手裏救回一隻小雞。餵養長大後，小雞給麟兒下了無數的蛋，麟兒為發財開始賣蛋。「我下的蛋都給他賣了！麟吉太薄情了！」小雞將所有蛋都變成雞雛帶走了。

《麟兒和蓮子的趣生活》的漫畫裏對德與善的渲染不少，淘氣的麟兒逃避先生的責罰，做了善事，轉而獲得認可；善良的麟兒救下小雞，卻因貪財而一無所有⋯⋯通過形象的故事，把善與德的益處生動呈現出來，與「王道」強調的善民「相得益彰」。

2. 號召剿匪

《麟兒和蓮子的趣生活》（7月30日）的第113回至120回、《王阿虎救父討賊（121～129）》（7月31日）、《義勇上士（192～202）》（11月13日）等，大篇幅連載，集中講述了剿匪的故事。

「我軍大勝利，萬歲！」這樣的結局總是讓人內心振奮。這裡有參軍剿匪救父親的少年王阿虎，還有戰場英勇機智制服敵匪的上士。其中麟兒和蓮子二人的故事別有意味，二人獲得金礦，路遇鬍匪被搶劫，在警察剿匪後被救，把金子交給了政府。整個故事的重要片段摘錄如下：

〔註40〕（俄）謝·卡拉—穆爾札，論意識操控〔M〕，北京：社會科學文獻出版社，2004：123。

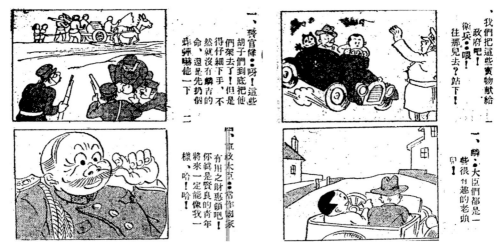

圖 3.5：漫畫《麟兒和蓮子的趣生活》摘編

　　故事連載了 7 期，細節很豐富。上圖主要的四個片段，點綴些許文字，卻塑造了三種不同的形象：警察即時出警，英勇而且機智制服鬍匪，保住麟蓮二人性命；麟蓮一家人給國家獻寶，暗示孩子從小為國無私奉獻；軍政大臣「當做國家有用之財惠領」，特別是麟的一句「大臣們都是一些很有趣的老頭」，塑造了「滿洲國」軍政官員親民可愛的形象。

　　協力剿匪的故事成為《麟兒和蓮子的趣生活》篇幅很大一部分故事，演繹了「滿洲國」民善官清，協力剿匪的溫情故事。

3. 樹立新女性形象

　　蓮兒在系列故事裏有不同的角色，比較吸引人的是她給孩子們做了未來成長為新女性的榜樣。

　　系列故事有《麟蓮游泳（158）》（9 月 6 日）《蓮子的海水浴（183～188）》（11 月 4 日）兩期。從畫面的視覺來看，麟蓮開汽車、穿著泳裝，在海中遇到潛水艇，高呼「萬歲」。這儼然不再是舊社會的女性形象。

　　漫畫的魅力在於視覺與文字的融合。「正是由於把文字同視覺形象結合在一起，連環畫才能保證對廣大讀者進行這種異乎尋常的有效『佔領』」〔註41〕。對於閱讀理解能力有限的孩子來說，漫畫的形象和語言，更富有感染力，傳達新女性的形象幾乎不用太多言語，漫畫在這裡賦予的意識形態功能遠遠超

〔註41〕（俄）謝・卡拉—穆爾札，論意識操控〔M〕，北京：社會科學文獻出版社，2004，2：125。

過文字的力量。

圖 3.6：漫畫《蓮子的海水浴》（第 188 回）

第三節　結語：塑造愛國的「第二國民」

　　2013 年，文史月刊刊發了《奴化教育親受記》這樣一篇文章，裏面寫道
日本投降後，八路軍先遣部隊領導幹部親自來到南滿中學堂向同學們做報
告。報告開始，臺下同學被問「你們是什麼人？」竟然毫無猶豫顧忌地齊聲
回答：「『滿洲國』人」。學生理直氣壯地說，這裡就是「滿洲國」，「滿洲國」
的人就是「滿洲國人」。〔註42〕

〔註42〕張德偉，奴化教育親受記〔J〕，文史月刊，2013，（12）。

生長在「滿洲國」，年輕一代完全忘記了的中國人身份。在《滿洲報》，偽滿洲國裏的孩子被稱為「第二國民」。這樣的稱呼，顯示殖民當局對青少年「奴化」教育的重視，自然成為重點的「改造」對象。

在偽滿洲國建國初期，國務總理大臣鄭孝胥主張「以王道普及之理想，灌注於民眾教育、及幼年教育之中，以爭利為力戒，以居仁口義為先導，其教授之法，又必精研細究，使有刺激感動之功，兼有興趣餘味之樂。」〔註43〕

1933年6月24日，偽滿文教部舉辦的第二次教育廳長會議上規定，「小學教育，為國民教育之基礎，無論任何國家，未有不積極致力於此者也。我滿洲以王道立國，注重德教，對此國民始基之小學教育，尤不能不積極圖謀。蓋灌輸人民以國家之觀念，陶冶人民以高尚之品格，教授人民以應有之知識，訓練人民以相當之技藝，均以是為出發點。」〔註44〕

《滿洲報》秉承這樣的「使命」，在《小友樂園》和《新小友》淋漓盡致的體現政治意圖。

1. 認同「建國精神」

偽滿洲國建國伊始，日本殖民者就將偽滿洲國的「建國精神」——「王道思想」運用到了殖民教育上來。

在偽滿洲建國初期，日本人就緊鑼密鼓地成立了一系列的「教育機關」，包括位列八大部的「文教部」以及下屬各地的教育機關，出臺了一系列的「王道教育」政策，將「王道思想」作為重要的推手，植入殖民教育領域。

「偽滿教育的宗旨，是要拿孔孟的道德禮儀來『造成國民之思想』」〔註45〕。在具體的教育方法上，「以王道普及之理想，灌注於民眾教育、及幼年教育之中，以爭利為力戒。」〔註46〕

在「王道教育」政策的指引下，各地方公學校也形成了自己的方針，如新京公學校的方針是使學生成為「日滿親善提攜的橋樑」「善良有為的滿洲國

〔註43〕趙聆實，鄭孝胥的「王道思想」剖析，東北淪陷十四年史研究（第二輯）〔M〕，瀋陽：遼寧人民出版社，1991，9：332。

〔註44〕東北師範大學教育系，偽滿奴化教育〔M〕，出版社不詳），1951//武強，日本侵華時期殖民教育政策〔M〕，瀋陽：遼寧教育出版社，1994，12：93。

〔註45〕趙聆實，鄭孝胥的「王道思想」剖析，東北淪陷十四年史研究（第二輯）〔M〕，瀋陽：遼寧人民出版社，1991，9：331。

〔註46〕趙聆實，鄭孝胥的「王道思想」剖析，東北淪陷十四年史研究（第二輯）〔M〕，瀋陽：遼寧人民出版社，1991，9：332。

人」〔註 47〕。瓦房店、四平公學校要「培養能適應時代要求和環境變化，充當日滿兩國共存共榮基石的善良的滿洲國國民。」〔註 48〕

認同「建國精神」的表現之一，就是充滿殖民意識形態的內容越來越多地充斥在版面之中，徹底淪為殖民者開展奴化教育的宣傳工具，在意識形態上對孩子們進行直接地殖民灌輸。

對孩子強調「建國精神」的價值認同，正是因為殖民者對孩子「第二國民」身份的看重，孩子的思想認識容易改造，而且他們將成長為未來的國民。

2. 培養「政治品格」

從「王道」到「皇道」，日本殖民者注重對孩子從小培養殖民政治需要的品格。

《滿洲報》在「王道」教育期間，提倡孝敬父母、勤勞節儉、善待他人與善良誠實。「皇道」教育則加了「忠孝大義」，就是要將孩子培養成為毫無反抗精神，順從日本人的殖民統治，為殖民者服務的奴隸。

偽滿洲國時期的「教育童話」，成為「王道」到「皇道」教育的重要手段。「童話是教育下一代，培養未來『國民』的重要工具。」〔註 49〕借助童話的文學表達進行宣傳教育，在偽滿洲國時期是很普遍的事情，「偽滿洲國的童話創作圈，十分重視童話的文藝性與教育意義。而『純教育童話』『教育的童話』等名詞的頻頻出現，更是顯露出一種強烈的功利性。」〔註 50〕

不管是「王道」教育還是「皇道」教育，符合殖民政治需求的道德培養，是殖民者進行奴化教育的重要組成部分。童話作為具有審美意義的文學樣式能夠讓兒童在幻想中走入殖民者虛擬的童話世界，那裡有「王道樂土」，有「五族協和」，有仁義、孝道、服從，殖民者希望殖民地的兒童在這種充滿美好的「擬態環境」中，完成對於兒童性情的陶冶。

通過培養「政治品格」，來形成政治認同。正如《滿洲報》上小友以《王道政治感想》為題，寫到：

> 幸得友邦出兵，把東北之惡軍閥，一概剷除，建設個新滿洲國，實行王道，惠及人民，徹底剿滅匪賊，減輕稅則，使吾民眾，安居

〔註 47〕劉振生，近代東北人留學日本史〔M〕，北京：民族出版社，2015，9：74。

〔註 48〕劉振生，近代東北人留學日本史〔M〕，北京：民族出版社，2015，9：74。

〔註 49〕陳實，偽滿洲國童話研究〔D〕，華東師範大學，2017：15。

〔註 50〕陳實，偽滿洲國童話研究〔D〕，華東師範大學，2017：18。

樂業，各享太平之福，豈非王道政治之效果乎。〔註51〕

3. 服務政治需要

《滿洲報》兒童副刊，對於兒童進行思想奴化同時，也為殖民政治培養未來的服務者。

為響應殖民者提出的「勞務教育」政策，《新小友》在創刊伊始就在不遺餘力的進行「主動引導」。於是，在《新小友》中，編者從兩個方面進行引導，一是對勞動知識的掌握——介紹科學常識，二是培養一定的動手能力——設置科學遊戲欄目。

《新小友》表面上打著「科學」的大旗，向學生們傳遞科學知識，實際上卻是企圖通過介紹科學，藏了對於殖民地兒童開展殖民宣傳的險惡用心，使小友們對勞動產生興趣，從而更樂於從事勞動工作。

「皇道」教育中也突出了勞動技能，目的就是要將殖民地的兒童轉化為服務政治需要的生力軍。這在隨後出臺的「新學制要綱」中表現的淋漓盡致。根據要綱的內容，對於殖民地的少年兒童將開展實務教育，縮短中學畢業年限，降低教科書知識含量，這樣就造成中學畢業學生，不可能向中國內地各大學或專門學校升學，使有為的青年學生，只有接受奴化教育和由中學畢業變成勞工以外別無出路。〔註52〕偽文教部次長田中義男曾說過「我國國策之最重要者是生產力的補充，使命之最重要者是以農產物、工產物、礦產物之增產而援日本完成大東亞戰爭。」〔註53〕由此可見，日本殖民者施加在兒童身上的政治陰謀在《新小友》中展現得淋漓盡致。

〔註51〕王聚實，王道政治感想〔N〕，滿洲報，1934-3-18（5）。

〔註52〕阮振鐸的筆供//偽滿洲國的統治與內幕：偽滿官員供述〔M〕，北京：中華書局，2000，7：139。

〔註53〕東北師範大學教育系，偽滿奴化教育〔M〕，〔出版社不詳〕，1951//武強，日本侵華時期殖民教育政策〔M〕，瀋陽：遼寧教育出版社，1994，12：98。

第四章　婦女週刊：「王道政治」下的「新女性」

　　《婦女與家庭》創刊於 1933 年 12 月 21 日，每週四出刊，一般是位於報紙第五版的位置，1937 年 7 月 31 日停刊。雖然刊出的版次不多，但內容很有特色。

　　以 1936 年為界限，《婦女與家庭》的辦刊內容分為兩個階段。在 1936 年以前，《婦女與家庭》宣傳的重點在對於「新女性」的提倡、對於兒童家庭教育的教導、對於家政常識的灌輸三個方面；從 1936 年至 1937 年 7 月停刊，宣傳側重點發生改變，集中在對於生育的鼓勵、對於兒童家庭教育的教導、對於夫妻關係的勸誡三個方面。

　　《滿洲報》的《婦女與家庭》副刊，向沒有太多文化知識的婦女宣講「王道」，沒有太多道理上的闡述，而是直接提出「王道政治」對婦女具體的要求。在《婦女與家庭》副刊中，「王道」的內容不多見，可是，在對婦女的要求上處處體現了「王道政治」。例如，副刊上《王道時代的最新女性》文章，將「王道」要求簡化為守住「貞操節儉」四字公約，簡單直白灌輸給婦女。

第一節　宣講「王道」的「婦女觀」（1933～1935）

　　梳理《婦女與家庭》發現，1936 年之前的副刊版面內容，下力氣最多的就是對於婦女的改造。副刊試圖調動起知識女性的積極性，喚醒被封建禮教束縛的婦女意識，樹立一種「新」的「婦女觀」。為此，在這一時期的婦女週刊上，上演了一部轟轟烈烈的「婦女解放」運動。

圖4.1：《婦女與家庭》創刊版面

一、倡導「新女性」追求「解放」

《婦女與家庭》沒有像其他副刊那樣對婦女進行單純的「王道」的灌輸，而是挑起了「婦女解放」的大旗，挑動了一些有識婦女的神經，從而讓她們為解脫封建禮教束縛的婦女奔走呼喊。

在《婦女與家庭》開篇的話中，編者就已經點明了，希望「讀書的婦女們必須來擔負這責任……識字讀書的婦女同胞們，要認清楚，家庭中的許多不滿意的事，大半都是受了社會風俗，與舊習慣思想的影響，是早已成了這種症候……就是讀書識字的婦女們，應先把這個責任擔負起來，那一定能解除家庭的不圓滿了。」〔註1〕

各種關於婦女解放的文章紛至沓來，紛紛呼籲女性要衝破封建的牢籠，學習知識，獨立自主。此時期，表現在版面上最醒目的內容就是對於婦女解

〔註1〕欲解除家庭的不滿讀書的婦女們必須來擔負這責任〔N〕，滿洲報，1933-12-21（5）。

放的倡導和對於「新女性」的追求。在「婦女解放」倡導方面，主要從社會
制度批判和呼籲女性自身覺醒等方面進行。這也是婦女副刊提倡「婦女運動
的兩大要點」。

（一）批判女性的舊意識

婦女週刊為了徹底改造婦女的意識，引導她們走向殖民者設定的「新路
線」，先通過社會批判，破除舊的婦女腦中的意識形態，再裝「新酒」。如《婦
女要自求解放》一文：

> 數千年來，婦女被箝制在片面的禮法下，但是自人們討論婦女
> 問題以來，時期亦為不短，怎麼大多數的女同胞依然還困在樊籠，
> 未得恢復『自然人』的地位呢？推此原因，……仍是婦女們自身不
> 能求振作的缺陷，無知識的婦女，由於強制的養成「意氣薄弱，度
> 量狹小」的第二天性，竟甘於守城了！〔註2〕

《解放運動中的摩登婦女》一文對女人的不平等地位批判道：

> 被人輕視着，被人看做玩具，這是誰的過呢，婦女的下意識的
> 修飾和庸俗的行動是難辭其咎的。……許多女子受教育，它目的不
> 過在現代婦女群中呼一聲，漆一漆招牌，好嫁一個乘龍佳婿，做一
> 輩子消費機器的太太……最後我還嘮叨一句，男女是可以平等的，
> 女性們得向上的意識的前進。〔註3〕

此外，副刊中對於中國古代風行的「女性美」，如形容婦女體態的「纖柳
迎風」，形容婦女腳小的「尖瘦盈握」，形容婦女行動時的姿勢的「娉婷」「窈
窕」「婀娜」進行了批判，認為這是「一種弱不禁風的病美」。

這些呼籲女性覺醒的文章都是從女性自身的處境、地位、固有的觀念入
手。在呼籲女性覺醒之後，到底要做一名怎樣的女人呢？許多文章給出了答
案——做一名「新女性」。

（二）鼓勵成為「新女性」

《婦女與家庭》上指導女性尋求出路的文章也不少。如有文章提出「新
女性」的標準，認為：

> 究竟現在社會家庭中，所需要的是哪一種子女……就是對時代

〔註2〕惠娟，婦女要自求解放〔N〕，滿洲報，1934-3-29（5）。
〔註3〕魏蘊明，解放運動中的摩登婦女〔N〕，滿洲報，1934-10-2（4）。

的新女子，不是指着時裝唱高調，朝戲院，幕舞場的摩登女郎，也不是拘守舊禮教，專講三從四德的舊式婦女，而是要教學識優良，富於毅力，治於判斷，不講虛榮，專求實際的女子啊！〔註4〕

怎樣做才是「新女性」？《婦女與家庭》主張「鬥爭到底」、「爭取平等」：

要認清我們的目標和責任，要有進退、取舍的眼光，我們的意志堅定後，就本着百折不回的精神，去和世間阻碍女權發展的惡魔奮鬥到底，另一方面，培養自己的人格，學識，潔身自好，以期作社會上的健全的女公民。〔註5〕

《婦女與家庭》還倡導女性要爭取和男性的平等地位：

我們要想真正和男子處在平等的地位，就得要走這一條光明的大路，利用自己的學識去服務社會，也就是從事職業運動去，經濟先能獨立，……我們也是人，我們要自尊，我們為了要真平等，我們就要真幹！這是我們走的大路！〔註6〕」

除此之外，在對婦女自身的改造中，副刊還特意強調了婦女對於審美的認知。這當然也是「新女性」所要具備的。而在副刊提倡的各種「美」中，如「服裝美」「內容美」「稚拙美」等，強調最多就是「健康美」「自然美」，倡導擁有健壯的體魄的「健康美」才是真正的「美」，不嬌柔造作，不用人工裝飾的「自然美」才是真正的「美」。

而在闡釋「健康美」時，副刊還引用了《紅樓夢》中林黛玉的形象，認為那些大家小姐仿傚林黛玉，不但不美，反倒「畫虎不成反類犬」，而且「現在要求身心健康，以為社會服務的時代」〔註7〕，更不應該仿傚。

二、借「舊思想」塑造「賢妻良母」

梳理《婦女與家庭》時，既能看到「賢妻良母」，又能看到「良妻賢母」的表達和論述。在編者的意識裏，婦女早晚是要回歸家庭的，因此，也必須要掌握一些家庭常識，做一名「賢妻良母」。

相對「女性解放」的熱烈倡導，「賢妻良母」理念的表現則比較隱晦。副刊中並沒有直接說明需要什麼樣的「賢妻良母」，但從副刊提供的家政常識、

〔註4〕琳，女子要時代化〔N〕，滿洲報，1934-8-30（5）。
〔註5〕長仁，這樣才是現代婦女〔N〕，滿洲報，1935-6-21（5）。
〔註6〕尹春英，今後我們應走的道路在那裡〔N〕，滿洲報，1935-1-10（5）。
〔註7〕明，談談林黛玉〔N〕，滿洲報，1935-11-14（5）。

論述家庭主婦的文章中，都暗藏了對於「賢妻良母」的某種期待，這種期待事實上也構成了對於「賢妻良母」的塑造。

（一）「賢妻良母」也是「新女性」

《婦女與家庭》中直接談論「賢妻良母」的文章非常少。但是也有相關的論述，特別是針對「賢妻良母」與「婦女解放」矛盾化解的文章，把兩個理念的倡導黏合在了一起，非常具有代表性和重要意義。

關於賢妻良母話題的第一篇稿件是《婦女解放與良妻賢母並行而不悖相反而實相成》出現在版面頭條位置上，很具有蠱惑力。文章通過論述二者之間的關係，意圖調和人們對於二者在認知上的矛盾。如作者寫到了社會上的一種現象。

> 現今一般男女青年及一些老先生們，對於婦女解放的真實意義清晰明瞭的確甚多，然而不很明確了解的，亦復不少，因之思想上，行動上，都不免常發生一些錯誤的觀念和事實，以至時時引起社會上的一些誤會、駁斥、反對和爭論來，青年們盡力的主張婦女解放，反對良妻賢母，老先生們盡力的主張恢復良妻賢母，反對婦女解放，青年們認為良妻賢母是反動是開倒車，是阻礙女權運動的發展，老先生們則認為婦女解放是破壞家庭，流成青年的驕奢淫逸的習慣。
> 〔註8〕

面對社會上對於婦女問題在認知上的矛盾，作者首先說明了婦女解放的意義並不是反對婦女作賢妻良母，而是「正要他們去作良妻賢母，並且是幫助她們去作良妻賢母，不過是要多告訴她們只作良妻賢母是不夠的，除了盡良妻賢母的責任外，還有作公民的責任，作人的責任哩」。把社會責任和家庭責任疊加在婦女身上。

此後，在作者的筆下，一個完美的婦女應該是這樣的：

> 對國家能盡公民的責任，對社會能盡社會分子的責任，對父母能盡為子女的責任，對丈夫能盡妻的責任，對兒女能盡父母的責任，對兄弟姊妹能盡對兄弟姊妹的責任。

作者認為，婦女解放的真實意義有兩個，第一是要婦女思想的解放，不受任何束縛，養成明確的思想，才能有準確的判斷力。第二是行動的解放。

〔註8〕夢雲，婦女解放與良妻賢母並行而不悖相反而實相成〔N〕，滿洲報，1934-10-15（4）。

把婦女從舊式家庭的牢籠中解放出來，學習知識，到社會上去盡應盡的責任，在作者看來：

> 婦女既沒有了解她丈夫的一切的智能，怎能說得上體貼二字，婦女既沒有分憂共患互助的智能，更何能說得上助字，婦女自身尚不明瞭做人應有的一切，更何能去教育她的子女，既無能體貼幫助丈夫，更無能教育子女，那能夠稱作良妻賢母呢？

到文章的結尾，作者的觀點很清晰明瞭，文章表面上看來是在說明婦女解放和良妻賢母之間可調和的關係，但實際上，在作者看來，所謂的婦女解放最終不過是為了更好的做「良妻賢母」，也就是說，婦女解放運動是為良妻賢母做鋪墊。

在 1935 年，由於當時社會上對於賢妻良母的討論也比較熱烈，在版面上也曾經出現過幾篇類似的文章，但是數量不多，但其論點也無非與上文中的意見大同小異。如有文章就寫到：

> 如僅能盡職於家庭而目光不及於社會，未必能算對於社會盡了責……賢妻良母未始不是重大的責任，而當自己是個賢妻良母的時候，不要忘了自是為社會做一個「人」。〔註9〕

以上，可以看出「婦女解放」鮮明的時代口號下，真正的目的是塑造承擔社會和家庭雙重責任的「賢妻良母」，成為適應殖民要求的「新女性」。

（二）「社會的幸福」的現實要求

《婦女與家庭》在倡導女性解放的同時，還期望女性對「家事產生興趣」，要有這樣幾種觀念：

> 一、不矜驕自己區區的學問；二、不以女學生的頭銜自炫；三、有健全的人生觀念；四、相信家庭生活有美滿的可能；五、愛小孩子。〔註10〕

更有甚者，直接對婦女提出了要求。在《什麼叫做著賢良婦人？》的文章中，作者一共提出了六項意見，處處體現著對於婦女的苛求，如：

> 在他丈夫失敗，愁悶不展的時候，她能在他丈夫面前，柔聲下氣的，說幾句安慰話……她能在家殷勤的伺奉舅姑，並且不懶不惰，

〔註 9〕秋英，婦女回到家庭或入社會呢〔N〕，滿洲報，1936-5-7（5）。

〔註10〕我所希望於女子者〔N〕，滿洲報，1934-3-15（5）。

　　整理家庭一切事務……假如他丈夫入了歧途，不務正事（吃喝嫖
　　賭），家事一概不顧，並且還有外遇，她能背後，和顏悅色的解勸，
　　使其甘心改邪歸正……〔註11〕

在一篇名為《嬌造美不如自然美》的文章中，作者的觀點很具有代表性。
文章認為：

　　　　浪費巨量的珍貴時間與精神，去作「徒飾外表」的虛榮工作，
　　到底是不大合算，況且這種人造的臉色，我們并不認為真美的表現。
　　我們需要的是美的道德，美的學識，美的思想，與美的人格——如
　　此不但是你自己的幸福，也同是社會的幸福。〔註12〕

「不但是你自己的幸福，也同是社會的幸福」，這樣的話透露了社會對女
性期待的根本原因。在殖民時期，殖民者希望婦女能夠有健康的體魄，將時
間和精力花費在為其服務的工作上面，而不是浪費在「人工修飾」上。這當
然也是「王道政治」需要的婦女。

三、養成社會需要的「新女性」

　　《婦女與家庭》中有不少家庭常識的內容，主要包括家政知識、育兒知
識、醫療衛生知識、女性服裝美容、家庭養殖等。通過這些實用知識的灌輸，
《婦女與家庭》力求挖掘女性的社會價值。

（一）培養「賢妻良母」持家技能

　　《婦女與家庭》的編者，對於常識性的灌輸也比較喜歡，曾先後幾次發
出《歡迎投稿》的啟示，表達對於家庭常識稿件的需求：「關心於婦女常識的
姊妹們！如果你們有關於普通有用的如烹飪、洗滌、服裝、修容、教養子女，
總而言之凡家庭中一切常識均歡迎你寄來，以作婦女界的參考。」〔註13〕

　　這些家庭常識的需要一方面是為吸引讀者的閱讀，另一方面則是為了方
便婦女的改造——塑造「賢妻良母」。

　　這在文章標題上就可以看出來，《婦女與家庭》的標題製作內容雖長短不
一，但意思的表達卻直白清晰。在1934年的時候，常識類的標題通常直接表
明文章大意，如《養兔為致富一道》《職業婦人身體衰弱起因》《為母者須瞭

〔註11〕王金聲，什麼叫著賢良婦人？〔N〕，滿洲報，1934-10-15（4）。
〔註12〕先，嬌造美不如自然美〔N〕，滿洲報，1935-11-7（5）。
〔註13〕歡迎投稿〔N〕，滿洲報，1934-3-8（5）。

解你的兒童》《家庭看護法》《小兒病處置法》《急救法的概述》。

1934 年底至 1936 年上半年，副刊文章標題經常出現「主婦」、「現代家庭主婦」等名詞，如《對新家庭主婦應有的幾種常識》《現代婦女對兒童教育應有的認識》《為主婦須注意飲食及器具之衛生》《一個合格的主婦》《欲維持家庭和諧須明御夫之術》《從事社會的婦女們利用家政協作或能免去過度的疲勞》《主婦要務因小事不加謹慎能釀成可怕的事實對家庭一切物事留意》《現代家庭主婦應該知道的事牛乳的成分及其保存的方法》《主婦們在舊曆新年應當有的各種禮儀》《怎樣管理家庭呢是做主婦的應知曉的事》等等。

「主婦」、「現代家庭主婦」這類詞語已經成為一種高頻詞彙，反覆的出現在標題中，為婦女傳遞了一個清晰的信號，就是婦女與家庭之間存在著重要的關係。或者說，副刊已經在標題上表達了婦女要承擔家中的重要責任的態度。而具體承擔哪些責任，又要怎樣做，則是各種常識介紹的內容了。

在介紹這些常識時，文章在開篇往往也會趁機說明婦女對於家庭的重要性，這同樣是將婦女改造成為「賢妻良母」的一種手段。比如在《養兔為致富一道》一文中，編者在正文之前表達了觀點：

　　婦女與家庭關係的深切，當然不是幾句話就說得完的，只要大家不斷的努力，希望現代的各家庭逐漸入於軌道，由婦女擔負起一部分推進的責任來，一定能達「家齊國治」的目的。〔註14〕

一個養兔工作，引申出了「家齊國治」，由此可見，副刊中提供的各種家庭常識，其實也是「家齊國治」的一部分，並不是隨機隨意提供的。再如《怎樣做一個主婦》一文，在開篇同樣點明了婦女對於家庭的重要性，也同樣將這一重要性上升到了國家的高度：

　　家庭和國家是一樣地需要一個精明強幹的人來維持才能興盛起來的，所以，在過去曾經有人說過『家之有主，猶國之有君』，從這句話裏，我們更知道主婦的能否管理其家庭，是和領袖的能否管理其國政是有同樣的重要的。〔註15〕

文章將婦女管理家庭與領袖管理國家進行類比，從而說明婦女對於家庭的重要性，而為了更好的管理家庭，婦女需要具備很多才能。這就需要婦女跳出舊式家庭的閨閣，進入社會學習，也是副刊大力提倡「婦女解放」的原

〔註14〕養兔為致富一道〔N〕，滿洲報，1934-3-1（5）。
〔註15〕若薇，怎樣做一個主婦〔N〕，滿洲報，1935-8-8（5）。

因。但是與真正解放不同，在殖民地的婦女，即使走向社會，學習知識，不過是為更好的管理家庭做準備，這才是殖民者為婦女鋪設的「出路」。

（二）傳播生養孩子的科學知識

在《婦女與家庭》中，家庭教育對於兒童的成長也是尤為重要的。養育好孩子也是殖民者賦予婦女的「重要使命」。

如果將教育分為「教」和「育」兩方面的話，在 1936 年之前的《婦女與家庭》中，宣傳重點主要是在「育」上。它又分成「養」和「陪」兩個方面。

在「養」的方面，副刊主要從醫療衛生和飲食兩個方面進行宣傳，且醫療衛生的常識明顯比飲食的內容要多。這部分內容的宣傳主要以常識類的文章居多，如《怎麼要種豆》《小兒疾病測驗法》《夏令腹瀉為小兒最危險之疾病》《兒童心理衛生應注意的幾件事》等等。在「陪」這部分，則主要從兒童遊戲這方面入手，如《為母親的須知對兒童雨天的遊戲》《我對兒童的遊戲法則》《兒童的玩具》《兒童的遊戲和玩具》等等。

對於兒童「教」的方面，副刊中非常少。最早一篇關於兒童教育的文章出現在 1934 年 5 月，題目為《談兒童教育》，雖然內容淺顯，但已具有「王道主義」的風格。文章簡單的說明了兒童教育的重要性，以及教育兒童應該具備的幾種品質。文末，作者認為要將兒童教育成「力避其私心發達，以養成為他人犧牲的心理，服務社會的精神。」〔註16〕這種說辭就很符合「王道」倡導的內容了。

從版面的布局上看，此時期，整個《婦女與家庭》的宣傳點都在婦女自身的建設上，兒童的內容只是處於從屬位置。所以，這一時期，除了一些兒童養育常識的宣傳之外，並沒有真正將兒童的教育提上日程。至 1936 年，對於兒童家庭教育的思想開始「抬頭」，並且逐漸顯示出重視的程度。

總體來看，殖民者既希望婦女能夠承擔起家庭的重任，上慈下孝，做好家政工作，教育好子女，成為賢妻良母，又希望婦女能夠走出家庭成為「新女性」，「智識較為充足，心境較為豁達，目光遠大……享受平等教育，接受時代的風尚……有學問，有識見，有能力服務社會。」〔註17〕。

事實上，這正是體現了殖民者的現實需要。一方面，在家庭層面，殖民

〔註16〕惠娟，談兒童教育〔N〕，滿洲報，1934-5-3（5）。
〔註17〕琳，女子要時代化〔N〕，滿洲報，1934-8-31（5）。

者迫切需要女性能夠承擔起自己觸摸不到的「最後一公里」，面對在外務工的丈夫能夠盡心侍奉，面對接受奴化教育的兒童，能夠在家庭教育中與學校教育保持一致；另一方面，在國家層面，殖民者又迫切希望通過女性自身知識的增長，完成對於家庭成員的馴化，為殖民國家承擔相應的義務。

第二節　做戰時服務的「後援團」（1936～1937）

1937 年「七七事變」爆發後，日本帝國主義開啟了全面侵華的進程。在日本殖民者看來，偽滿洲國的女性應該像日本女性那樣，頭腦裏裝滿家國觀念，具有犧牲精神，為侵略戰爭積極地「後援」。

所以，在 1936 年至 1937 年間，《滿洲報》的《婦女與家庭》上，看到了對女性的種種動員，包括生育、婚戀、夫妻關係、家庭關係、兒童教育等方面。它所宣傳的「後援」無非是從殖民地本身的需要出發，是為日本殖民者未來在殖民地提供更多的勞動力——生育；是安撫殖民地現有的勞動力，使之為日本生產更多的原材料——夫妻關係、家庭關係；是「以身示範」，向「未來國民」灌輸更多「王道思想」，接續學校的奴化教育——兒童家庭教育。這些方面的「後援」構成了《婦女與家庭》的主要宣傳內容。

一、漸進式「鼓勵」女性生育

《婦女與家庭》副刊中對於鼓勵女性生育的倡導是從倡導婚戀入手的。在 1936 年以前的副刊中，婚戀的話題既不是主流，談論的角度也不是從提倡女子結婚入手。文章內容要麼是鼓勵女子接受教育，從而在結婚後贏得丈夫的尊重，能夠管理好自己的家庭；要麼是對舊的婚姻制度的批判，再就是對於婚姻家庭生活維繫的一些常識。

進入 1936 年以後，《婦女與家庭》的宣傳側重點開始向鼓勵生育方面傾斜。這和女性中流行的獨身主義有關。「受過中等教育甚至高等教育的女子，大家在盲目的提倡，或者實行獨身主義。」〔註 18〕

《婦女與家庭》並沒有直接的進行批判，更傾向用事實說話。如 1936 年 1 月 9 日，副刊頭條位置刊登了一篇題為《女子最適當的結婚年齡是十七八歲至廿四歲》的文章，標題已顯出對於女子婚戀問題的迫切。

〔註 18〕俊文，檢討獨身主義〔N〕，盛京時報‧婦女週刊，1935-5-17（5）。

　　文章通過「實地統計調查」加上「醫學理論」等看似科學的方法進行論證，以求更具有說服力。文章從月經與排卵、結婚適當年齡、晚婚最易難產三個角度進行論證，並在文末提醒讀者：

　　　　就醫學的理論說來，女子應該由十八歲至二十一歲結婚，最遲不要過了二十四歲，這種理論，與實際情形，恰相符合，這件事與女子職業問題，要同時加以考慮的。〔註19〕

　　行文中有理有據的進行說服性報導，對於女性讀者而言，既委婉表達了適時結婚的重要，又尊重女性意願。事實上，利用醫學理論對婦女生育進行勸說和常識的灌輸，是週刊對於這一題材報導經常採取的手段。

　　此後，副刊中也偶爾會出現鼓勵女性婚姻的內容，至1936年5月，婦女週刊對於鼓勵女性生育的報導開始越過婚姻問題，直接報導生育問題。如5月21日，該刊在頭條位置刊登了《細心注意誰都可以明白最易受孕的排卵期因在『經期』的中間有這般的症候？大阪女子醫專伊東講師發表之情形》，同日同版上還刊登了《胎教的認識婦女們更應該身體力行的》等。此後，鼓勵生育的報導非常集中，幾乎每一期的版面頭條都在報導這類題材。為了更直觀的看出婦女週刊對於女性生育報導的規律，從1936年1月起，統計相關文章如下：

表4.1：對女性生育問題漸進式報導表〔註20〕

日期		文章題目	備註
1936年	1月9日	女了最適當的結婚年齡是十七八歲至廿四歲	頭條
	3月5日	獻給新婚的主婦	
	3月12日	初生兒的寢室與臥休	
	4月24日	性教育和配偶選擇	
	5月21日	細心注意誰都可以明白最易受孕的排卵期因在『經期』的中間有這般的症候？大阪女子醫專伊東講師發表之情形	頭條
	5月21日	胎教的認識婦女們更應該身體力行的	

〔註19〕女子最適當的結婚年齡是十七八歲至廿四歲〔N〕，滿洲報，1936-1-9（5）。
〔註20〕本表格以1936年1月為起始年限至該副刊停刊止，針對婦女週刊鼓勵女性生育的報導進行梳理。

	6月25日	生育是個人的本能和準能懷孕的方法	頭條
	6月25日	怎樣哺乳嬰兒實是做賢惠的母親們不可忽視的重要工作	
	7月2日	避姙果然困難歟那個是確實的避姙法醫學博士田武夫先生所述	頭條
	7月9日	現代婦女應該知道的必得安產之秘訣妊娠後發生的毛病須趕快治癒醫學博士島居松次郎先生所述	頭條
	7月9日	關於人乳營養	
	7月16日	嬰兒的人工榮養是育兒應研究之道太田博士所述無母乳育嬰法	頭條
	7月30日	有性病的婦人在妊娠的時節須有相當注意最好在妊娠前將病治療除根醫學博士忽滑谷精一先生述	頭條
	7月30日	性教育問答	
	8月6日	想嬰兒的婦女要多吃麵包和饅頭因富有刺激生殖作用的成分	頭條
	8月27日	兩性配合的選擇越是體質相反的家庭越能圓滿	頭條
	8月27日	育嬰講座（欄目名）談談哺乳	
	9月10日	女生畢業後的迫切問題是婚嫁就職兩途	
	9月24日	胎兒的發育和孕婦的飲食	頭條
	10月29日	使用嬰兒教養法	
	11月5日	妊娠與營養	
1937年	1月7日	家庭中應備常識妊婦的衛生	
	1月29日	分娩期中產婦衛生	
	3月11日	新婚男女的座右銘如想維持小家庭永久和睦須要雙方保守貞操	頭條
	5月20日	嬰兒哺乳法做母親應知道的事	
	6月3日	結婚必須在適當年齡早婚無益晚婚亦有害	
	6月10日	勿冒昧盲從方能造成幸福婚姻與美滿家庭一念之差能斷送畢生快活婚前深重婚後應互有理解	頭條

　　從上述表格中，不難發現副刊中對於鼓勵女性生育的報導呈現以下特點：

　　從報導策略上來講，《婦女與家庭》的報導總的來說是呈現漸進式的。從鼓勵婚姻入手進行鋪墊，之後直接轉入鼓勵生育，並且集中在一段時期內（1936年5月至9月），共用9期的版面，都是在頭條位置進行大幅度報導，以加深讀者的印象。《婦女與家庭》每星期只出版一期，每期只出半個版面。

在如此少的版次，如此「金貴」的版面上，連篇累牘的報導生育的內容，在《婦女與家庭》的整個出刊期間是少見的，同時也可看出副刊對執行殖民者制定的「多生多育」政策的重視。

從報導角度上來看，以醫療衛生常識切入，借用日本醫學專家的介紹來對女性生育進行說服教育。這些文章更具科學性，也更有說服力。可以說，當時社會上持獨身主義的女性均屬知識女性，用科學的方式進行勸說，效果會更加理想。

從話語的社會心理學上來說，副刊中的報導用事實講述代替觀點的灌輸。空洞的觀點論述容易造成逆反心理，《婦女與家庭》沒有直接要求女性開始婚姻生活，或者直接要求女性生育，而是從側面委婉的借用「科學」的方式進行強化，利用一種「柔性」的手段，體貼女性的手法進行宣傳，這種間接的報導方式對於女性來說比直接要求更容易接受，也更易起到效果。

二、「御夫術」背後的思想枷鎖

這一時期，《婦女與家庭》立足女性談論的夫妻關係內容呈現更加清晰的形態。此時強調的，不是夫妻雙向的關係，而是強調女性對男性伴侶應盡義務的單向苛求，以對男性的討好——御夫術為主要內容，來束縛女性。

包容丈夫的一切。《婦女與家庭》中要求女性對男性家庭成員的關照，甚至於即使男性染上各種不良習慣也不能離婚等，美其名曰「賢明的主婦」。如《怎樣才是賢明的主婦》的文章說：

> 對於長輩就應有好的看護，溫和的慰藉……對於家庭的兄弟姊妹和姑嫂間，必須溫和對待，保持家庭的融洽，其他如家庭的傭僕等，也應忠厚對待，使他們對於主人有良好的感情。〔註21〕

保持良好形象。婦女在平時要注意自己的儀表，如《每個婦女都要知道如何駕馭你的丈夫》講到，婦女不要老吃甜食、澱粉質食品，沒有男子喜歡肥重的伴侶。不喜歡太胖的，但也不要常說節食和減輕體重，因為做丈夫的「聽了就要恐慌」，要保持結婚時的體態和活潑：

> 因為他們曾經看見好些婦女因採用愚蠢的忍飢的節制飲食法和發狂似的立刻變瘦的主意，以致毀損了她們原有的健康且改變了原來的性格，一個性情乖戾的婦人實能逼得她丈夫去做縱酒以上的

〔註21〕怎樣才是賢明的主婦〔N〕，滿洲報，1936-5-28（5）。

惡事。〔註22〕

不但如此，很多文章還要求婦女不要整天「蓬頭散髮」，服飾馬馬虎虎，強調婦女要整潔衛生。

注意自己的品德。有文章強調面對丈夫的外遇，勿以離婚作要挾，過於激烈既無效且易各走極端，作為妻子應迎合規勸使丈夫自動感化。在作者看來，面對丈夫的外遇，作為女性要做到兩件事：一是自我反省，「自己素日對待丈夫的行為，是不是有使他感到不滿意的地方？丈夫回來的時候，家庭中的一切，有沒有使他留戀的可能性？」二是迎合丈夫的心理。要依照丈夫的心理，使丈夫感化，自動的解決。

有文章還進一步介紹了婦女應如何維繫與丈夫之間的感情，認為「要想丈夫不到外面去尋快樂，希望丈夫永遠能俯就你，除非和丈夫始終合作。」文中列舉了幾種合作的方式：一是要保持家庭環境的整潔舒適，使家庭氣氛更溫柔，更甜蜜；二是要有正當的愛好，不能整天想著打牌、看戲，要把時間和心思都花在家庭上。三是要節省，對於丈夫賺來的「辛苦錢」精打細算，並要有最低限度的預算。四是結婚以後，不能再像少女時代的天真、無邪，也不能有戀愛時代的「愛嬌，自傲的偽飾」，要學的老成、持重些。「不應企圖丈夫永遠地俯就你，諛媚你，服從你，這虛偽的做作，總會有一天使你丈夫爆發而反抗的。」〔註23〕

綜上，《婦女與家庭》提倡的夫妻關係，貌似「合情合理」，其實已經完全演變成了單方面對於女性的「苛求」。此時《婦女與家庭》倡導的內容，已經拋棄了用知識女性呼喚婦女意識覺醒，追求女性獨立的人格，平等的地位的內容，而是試圖給婦女套上層層的枷鎖，用各種嚴苛的規範，約束婦女的作為，完全演變成了對女性進行殖民思想宣講的工具。

三、當好孩子的家庭「教職員」

如果說前期關於兒童的內容是在「養育」的方面，此時《婦女與家庭》的宣傳重點已經轉移到強調兒童的「家庭教育」。

副刊將兒童按照年齡分為嬰幼兒期、學齡兒童時期和青春期三個年齡

〔註22〕每個婦女應該知道如何駕馭你的丈夫〔N〕，滿洲報，1936-7-2（5）。
〔註23〕獻給現代家庭主婦幾點經驗和信條夫妻合作愛情方可永久維繫〔N〕，滿洲報，1936-9-3（5）。

段，認為應根據不同年齡階段「兒童心理」，決定教育的內容，從而塑造兒童的個性。副刊將家庭教育分為養護、教導、訓管幾個方面，對婦女提出明確要求。

養護的內容一般為兒童的日常飲食、衛生等常識的灌輸。此時，養護的內容已經不再是宣教的重點，此處不再贅言。在訓管層面，副刊主要強調了父母不能將怒氣撒到孩子身上，一味的褒獎和斥責對於兒童的成長都是不利的。有文章就寫到「兒童的優美習性，不是在強制壓迫下馴服成功的，而是完全在愉快的感覺中自然發揮而成。」〔註24〕對孩子進行教導成為這時期副刊中的重要內容，下面進行重點分析。

（一）強調婦女對教育的重要性

副刊提出了這樣的觀點，家庭教育是兒童一切的基礎教育，而婦女在家庭教育中發揮了相當重要的作用。如《家庭教育是兒童一切的基礎教育應隨時予良好印象》的文章便指出：

> 家庭教育是一切兒童教育的基礎，因為不拘社會教育、學校教育，都須先經過了家庭教育那個階段，纔能夠啣接的……家處是社會的磐石，社會的本位便是由家庭的份子組織而成的，然而婦女卻是家庭中的中心人物，這如果將家庭比喻一個學校的話，那末，婦女就是學校裏的教職員，孩子應該是學生了。〔註25〕

《婦女與家庭》重點在於強調家庭教育和學校教育的一致性。「因為家庭教育與學校教育不能恰當的配合着，所以有許多孩子們都生存在矛盾的環境裏。……因為中國的家庭教育比學校教育給他們的影響更深刻的緣故，很多是變得更壞了。」作者認為，在家庭環境中，「女人對於兒童應負的責任是比男人們大過千百倍的」〔註26〕。

由於女性自身的性格、教養方法、知識水平等方面的缺陷，她們很難接續學校教育的內容，為兒童提供應有的家庭教育，所以兒童受到的學校教育也得不到保障。《婦女與家庭》的文章雖然論述的是兒童教育，其實也是在對

〔註24〕家庭中的兒童教育不要任意責打他們〔N〕，滿洲報，1937-1-7（5）。
〔註25〕家庭教育是兒童一切的基礎教育應隨時予良好印象〔N〕，滿洲報，1937-2-4（5）。
〔註26〕家庭教育的重要性如果家庭和學校教育相背第二國民是要大受其影響〔N〕，滿洲報，1936-4-24（5）。

婦女自身不斷學習提高作一定的要求。

至 1937 年，副刊中對於家庭教育和學校教育之間的關係更加深了一步，認為家庭教育應以學校教育為中心，「由學校負起指導家庭教育的責任，同時，家庭教育應該接受學校的指導。」〔註27〕

（二）傳達科學育孩的知識和理論

在教導的問題上，《婦女與家庭》做了多個層面的闡釋。

對於學齡前兒童的教導，副刊更傾向於強調此時期開展教育的重要性。如有文章認為，學齡前兒童的家長不能抱著「孩子還小，什麼作人，什麼知識，都可以不理他，有吃、有喝、有穿……就得」的心理，對孩子的教育不加重視，如果像這樣的放任生活了三四年，則孩子一沒有接受作人的基礎訓練，二沒有掌握最低的生活方法，「白度了三四年」。

還有文章認為，五歲以前的兒童，是一個最重要的學習時期，學齡前的兒童最富學習和模仿的能力，最容易學會各種習慣和基本觀念，這個時候該是家庭單獨負責教育的一個重要時期，無論是體格、心情、行為、德性、智慧、習慣的養成，都是家庭教育的重要內容。那麼，作為母親，此時要從哪些方面著手教育兒童呢？副刊不但講到了兒童玩具的重要，認為兒童玩具在教育上的意義，十分重大。副刊還鼓勵母親將兒童送到幼稚園，有文章翻譯日本幼稚園園長石田豐子的論述，認為將兒童送到幼稚園更易使兒童學會與人協調和自制的心理。同時，通過與他人比較，也會生有謙遜之氣味，抑制自驕之氣。除此之外，在學齡前對兒童施以預備式教育，也是副刊中對於學齡前兒童教育的主要手段。而作這項工作的人當然就是孩子的母親。

（三）為殖民者培養「第二國民」

學齡兒童是殖民者試圖進行殖民思想灌輸的重點對象。《婦女與家庭》將此年齡段的兒童稱為「第二國民」，並認為其關係到國家的未來。在強調婦女對家庭教育重要性、提升婦女育兒科學理念的同時，《婦女與家庭》更進一步，提供的婦女育兒的具體方法。《婦女與家庭》從講故事和兒童性教育兩個方面給出了不少的建議。

母親應如何給兒童講故事方面，《婦女與家庭》的文章認為，講故事是受

〔註27〕家庭與學校之間須有相當聯絡家庭教育應受學校指導〔N〕，滿洲報，1937-7-1（5）。

教的初步，有極大地教育價值。講故事給孩子聽，不只是在引起兒童的歡喜，最大目的「還在擴充各種知識、培養想像、養成忠誠、同情等情緒。」〔註28〕

　　文章按照兒童年齡層次，認為兒童滿周歲，即可開始講故事，隨著年齡的增長，酌情增加一定的內容，如到兒童兩歲時，增加貓狗等動物的內容，到五六歲時，增加地理或歷史的內容等。

　　此外，對於國外的童話故事，如安徒生童話、格林童話等，文章認為這些故事中「有些含有專制的暴虐以及被壓迫者的憤懣等不合於民治的精神的，都不當用。」最後，作者還強調了養成兒童科學的心理的重要性。

　　兒童性教育是殖民者處心積慮的做法，其根本目的是為了將生殖的問題從小就灌輸進兒童的腦中，進而圓滿的完成殖民者在未來對於勞動力的需求。在內容的灌輸上，文章根據兒童的年齡發育階段，進行了循序漸進的講授，尤其是對於青春期的兒童，在性教育方面做了重點的強調。

　　綜上所述，《婦女與家庭》對家庭中的女性，做了全方位的指導和要求，逐步推進，可以說反映了殖民者對於婦女服務社會建設利用程度的加強。

第三節　結語：培養殖民政治的「女僕」

　　偽滿時期，婦女基本是政治邊緣化的群體，是一個從屬社會和家庭需求的群體。從《婦女與家庭》的內容來看，幾乎沒有對「滿洲國」國家觀念的強調，政治性的內容也非常少。

　　女性不直接參與政治，但女性對殖民政治是重要的。正如「因為社會是混合的，國家是聚體的，家庭是主體的，有健全的家庭，纔有光明的社會，纔有健全的國家。……婦女是天之驕子，是人類的慈母，是國家的中心，是家庭的主人，婦女一天不盡職，家庭社會國家世界都有崩潰的危險。」〔註29〕

　　因此，《婦女與家庭》對婦女沒有太多「國」的觀念刻畫，卻把「家」的觀念不斷突出強調，目的就是讓婦女服務家庭來間接服務社會，進而服務殖民政治。這成為當時殖民政治文化對婦女最大的影響。

　　可以說，「王道思想」也在改造著這片土地上的婦女。「要求婦女既要把一切家務事料理的井然有序，還要用她們的歸順和言行，影響丈夫、子

〔註28〕對小孩講故事的原理是做父母的極應曉得實行的事〔N〕，滿洲報，1936-6-18（5）。
〔註29〕程克祥，王道時代的最新女性〔N〕，滿洲報，1934-8-27（7）。

女及家庭的其他成員，共同為日本帝國主義長期霸佔和統治中國東北效力。」〔註30〕

1. 借「婦女解放」進行思想奴役

從「婦女解放」到「良妻賢母」，《婦女與家庭》對偽滿洲國的婦女在思想上的改造，基本上是按照殖民政治的需要進行的。

把婦女從「三從四德」的舊道德中解脫出來，無非是要求婦女培養「人格」與「學識」，具有服務社會的意識，進而承擔更多的家庭建設、服務社會責任。最終，《婦女與家庭》不斷強調婦女對於家庭美滿、社會和諧的重要性，要求婦女回歸家庭，成為「良妻賢母」。

所謂的「良妻賢母」是來自日本的稱呼，這也能看出殖民者傚仿日本婦女改造中國女性的企圖。即所謂的「賢妻良母」，「它要求女性不僅是家庭中的好妻子、好母親，視野還應從家庭的小圈子擴大到國家，通過家庭中的相夫教子，服務於國家、民族和社會。」〔註31〕

這種觀點與副刊編者對女性的認知也是不謀而合：

> 婦女是和家庭有連帶的關係的，家庭是不能沒有婦女，而婦女也同時不能離開家庭，或者說，現時的婦女是和男子一樣，是能離開家庭到學校去，到社會去，但，那都不能持久的，終歸於本是要到家庭，做家庭的工作，因此，無論你現在是已經過着家庭生活，或仍在過着學校生活，或社會生活，是必須要充分明瞭現時生活上所需的一切常識。〔註32〕

瞭解這樣一個觀點後，我們也認清了一個現實，即大到社會上，小在版面中，看似進步的「婦女解放」運動不過是殖民者使出的「障眼法」，殖民者並沒有為婦女的真正解放，婦女的切身利益著想，而是試圖通過婦女解放這樣一個「口號」，將婦女從舊式封建家庭的牢籠趕到為殖民者服務的另一個牢籠裏。

在「婦女解放」口號下，成長的「新女性」，卻沒有擺脫「改良」後的舊

〔註30〕劉晶輝，民族、性別與階層——偽滿時期的「王道政治」〔M〕，北京：社會科學文獻出版社，2004：34。

〔註31〕劉晶輝，民族、性別與階層——偽滿時期的「王道政治」〔M〕，北京，社會科學文獻出版社，2004：32。

〔註32〕編者，《祝姐妹們新禧〔N〕，滿洲報·增刊第八張，1935-1-1（1）。

道德的束縛。從這一點可以看出，《婦女與家庭》在思想上將婦女間接政治化的「伎倆」。正如《王道時代的最新女性》的文章所言：真正的「新」字的意義，是要適合於時代，有益於社會，有利於人群，才配稱得起「新」……新新舊舊，舊舊新新，原沒有一定的舊，也沒有一定的新，無論任何事事物物，但求有益於社會，有利於人群，就謂之合於時代，既適合於時代就謂之「新」。〔註33〕

　　儘管婦女當時在社會和家庭中，處於從屬地位，但是對於殖民政治而言，反而更加重要。日本殖民者試圖讓婦女營造和諧家庭，來成為穩定社會的「細胞」，「同時，又要利用婦女的性別特徵，對中國人民進行奴化教育。」〔註34〕

2. 婦女「工具化」滿足殖民需要

　　《婦女與家庭》副刊中有太多家庭生活知識和常識的內容。這些內容，特別是生活科普的內容，推動婦女提升生活能力，提高認識水平，進入現代化的社會生活，是有幫助的，而且發揮了積極的作用。

　　但是，這些內容是不過是將婦女「工具化」「女僕化」的說明書。通過這種「隱性」的技能培養，無非是要婦女為「滿洲」這個「國家」盡一份力。要將這份責任承擔起來，就要成為殖民者設定的「賢妻良母」。

　　比如，「女子獨身主義」的出現，與日本殖民當局鼓勵女子生育的政策相違背，《婦女與家庭》便針鋒相對。

　　1938年2月，日本陸軍省向國會遞交了《國家總動員法》，旨在全面強化戰時體制。該法案制定的目的是「試圖以『國民運動』的方式實現全民統制，以此促進軍工生產，建立舉國一致的戰時體制。」〔註35〕此時，偽滿洲國女性也成為被動員的一份子。

　　那個時代，婦女在殖民政治文化中被邊緣化，但是從來沒有脫離殖民政治。

　　《婦女與家庭》對於兒童家庭教育，不過是對婦女教育兒童過程中的意識和方法的一種改造。

　　如要求學齡兒童的家庭教育須與學校教育相吻合。兒童副刊中曾經介紹

〔註33〕程克祥，王道時代的最新女性〔N〕，滿洲報，1934-8-27（7）。
〔註34〕劉晶輝，民族、性別與階層——偽滿時期的「王道政治」〔M〕，北京，社會
　　　　科學文獻出版社，2004：33。
〔註35〕孫繼強，戰時日本報界視野下的女性動員〔J〕，閩江學刊，2015，6（3）：59。

過，學校對於兒童進行的奴化教育政策，包括王道教育和皇道教育。《婦女與家庭》要求婦女做好家庭裏的「教員」，希望在講故事過程中，養成兒童的忠誠、同情的性情，這些事實上都是「王道教育」方針和「皇道教育」方針的具體化。這是期待婦女在家庭中對於兒童的教育也要按照王道的思想進行。這也是日本殖民當局培養「第二國民」的政治需求。

事實上，《婦女與家庭》對家庭婦女「工具化」的培養，也體現出了殖民者對於婦女利用程度的加強。

第五章　體育副刊：借體育禮義施「王化之行」

　　「運動承擔了帝國主義『教化』的使命。」〔註1〕《滿洲報》的體育副刊是在日本殖民統治之下創辦的，自然也為日本的殖民統治進行服務。

第一節　報導內容與話語特色

　　《滿洲報》的體育副刊創立於 1934 年 5 月 28 日，創刊時名為《體育匯要》，不久改名為《體育》，此後一直沿用至 1937 年 7 月停刊。體育副刊創刊之初為每週一出刊，後期出刊日期經過一系列調整，最終確定在每週六出刊。

一、在殖民統治之下創刊

　　偽滿洲國成立前，大連地區就已主辦過多項競技比賽，當地的田徑、游泳、足球等項目均有了長足的發展。偽滿洲國成立後，大連的體育發展水平，相較其他各地處於領先。

　　大連體育事業的發展，經歷了日本殖民勢力逐漸侵入的過程，最終成為殖民統治的一部分。《滿洲報》體育副刊的創辦，正是在日本殖民統治全面「掌控」偽滿洲國體育建設的關鍵時期「應運而生」。

〔註1〕約翰・貝爾，麥克・克羅寧，運動與後殖民主義：何時？是何？及如何？〔J〕，
　　　　李睿譯，體育與科學，2014，9（35卷5期）：74。

圖 5.1：《體育匯要》創刊版面

（一）傅立魚與中華青年會

1905 年，日本掌控遼東半島後，將大連改為自由港。經貿交流加強，現代體育活動隨之傳入大連。日本殖民者對於體育項目的推廣也刺激了大連本地現代體育的發展。此時，東北內陸地區還沉浸在封建式的小農經濟生活中，看戲聽曲甚至是吸食鴉片是主要娛樂方式。

日本殖民者侵佔大連後，在日本人和中國人之間搞差別化。每年五月的第一個星期日，日本人都會舉辦運動會，僅限於日本人參加，居住在大連的中國沒有資格參加。

這引起了大連當地很多有識之士、商紳的不滿。愛國人士自發組織起中華青年會。1920 年 7 月 1 日，中華青年會成立，它是「大連開埠以來，我中

華民國獨立自創教育機關。」「在大連文化上得佔有相當之位置」〔註2〕。「作為大連中國人集會、教育、修養、活動機關以與殖民當局抗衡。」〔註3〕

中華青年會由傅立魚任會長。傅立魚（1882～1945），字新德，別號西河。安徽省英山縣人（現屬湖北省），1899年考取清朝末代秀才，遂入安徽大學堂。1904年以官費赴日本留學，畢業於明治大學政治專業。留學期間，他結識了孫中山、陳獨秀等人，加入同盟會。1911年參加辛亥革命，1912年，他在天津創辦《新春秋報》，進行「反袁」活動，1913年逃亡至大連。

傅立魚將體育的發展放置在重要位置，認為「第一入手之際，必須鍛成強健之體魄，然後輸入德智方能涵泳裕如」〔註4〕。中華青年會專門設置了武術部和體育部，武術部「為青年造成強壯之身，保存固有之國技」；體育部推廣現代體育，內容包括足球、田徑等。

中華青年會的成立促進了大連地區國人體育事業的發展。成立伊始，中華青年會就著手籌備陸上運動會。經當地各商會與報界的經濟援助，運動會與1922年春舉辦。「運動員已達二百餘人，觀眾不下三四千人以上。為連埠首屆一指之盛會。」〔註5〕1923年，「中華青年會」又主辦了第一次水上運動大會，但參會運動員不多。同年，第四次水上運動大會舉辦，有「27個團體，300多名運動員報名……大連中國人的游泳水平已超過了當地日本人的最高成績。」〔註6〕

此外，在中華青年會的推動下，各種球類社團紛紛成立，帶動著該運動的發展。如1921年4月中華青年會足球隊成立，1922年3月棒球隊成立，同年8月乒乓球隊成立等等。特別是中華青年會足球隊成立之初，全隊37人中，有一半是不足10歲的小學生。至1929年，球隊經過8年間歷練，水平大增。「球隊共參加比賽45次，勝利25次，共進球90球，戰敗15次，負球31球，戰平5次。」〔註7〕在此帶動下，大連一些青年相繼組建了隆華隊、商華隊、三井足球隊等。中華青年會的體育事業迅速發展。

〔註2〕傅立魚，大連中華青年會四週年紀念感言，大連中華青年會史料集〔C〕，〔內部讀物〕，1990，6：291。
〔註3〕朱久寶，大連近代體育的發展與奠基人傅立魚〔J〕，體育文史，1991，12：30。
〔註4〕傅立魚，大連中華青年會四週年紀念感言，大連中華青年會史料集〔C〕，〔內部讀物〕，1990，6：125。
〔註5〕張洪，五述州內之體育和今後的希望〔N〕，滿洲報・增刊，1934-1-1（1）。
〔註6〕朱久寶，大連近代體育的發展與奠基人傅立魚〔J〕，體育文史，1991，12：30。
〔註7〕球類競技概況〔N〕，滿洲報，1931-1-1（11）。

（二）「滿洲帝國體育聯盟」

中華青年會迅猛發展，在關東洲地區華人界的勢力越來越大，這讓日本殖民當局大為恐慌，他們千方百計給傅立魚尋找罪名，1928 年 8 月，日本殖民者將傅立魚驅逐出大連。中華青年會落入親日派手中。

偽滿洲國成立以後，在日本殖民者的威逼下，中華青年會不得不將「中華」二字去除，變為大連青年會。擁有十幾年競技體育賽事管理經驗的「大連青年會」成為關東洲地區唯一的「統制」體育的代理機關〔註8〕。陸上運動會，進入偽滿洲國時期，仍由青年會主辦，範圍已擴至整個偽滿洲國，運動會也將名稱改為全滿陸上競技大會。第一次全滿陸上競技大會在大連召開，參會人員除州內團體外，還有來自奉天、吉林、新京、哈爾濱、黑龍江等地的團體參賽。

1932 年 4 月，由關東軍宣傳部、民政部文教司、弘法處等機關組成了中央實行委員會，「期於運動和樂中得民族之融合，而築成建國精神之第一基石」〔註9〕，成立了偽滿洲國體育協會。同年 8 月，在中央實行委員會的操作下，偽滿洲國體育協會移管至文教司下，成為「國內運動競技團體之國家的統制機關」〔註10〕，並在各省、特區、特市設八個支部。該協會成立後，主辦了包括建國紀念運動大會、滿洲國體育大會等，並派選手參加在日本舉辦的體育賽事。

1934 年 7 月 19 日，「鑒於體育協會之組織機能，與國內運動競技團體之現狀」〔註11〕，「滿洲帝國體育聯盟」成立。作為運動競技團體之統制機關，該聯盟擴大了原有偽滿洲國體育協會本部與支部之單一組織，將其變更為各種運動競技特別協會，並以聯盟的形式同地方事務局聯絡。

但是，無論是偽滿洲國創辦伊始的體育協會，還是「滿洲帝國體育聯盟」，創辦初期，在辦賽經驗和能力都比不上大連青年會，一些體育賽事也交由大連青年會主辦。大連青年會一時成為「全滿統一機關，我滿洲運動界的最高峰」〔註12〕。

〔註8〕我國田徑界將來應有之建設〔N〕，泰東日報，1935-1-14（5）。
〔註9〕久保田完三，體育聯盟三年之回顧〔N〕，滿洲報·增刊，1935-1-1（1）。
〔註10〕大滿洲帝國體育聯盟組織之起源〔N〕，滿洲報·增刊，1935-1-1（1）。
〔註11〕大滿洲帝國體育聯盟組織之起源〔N〕，滿洲報·增刊，1935-1-1（1）。
〔註12〕高遵義，由於昨年來大連體育界之沈寂說到將來之復興策〔N〕，泰東日報，1936-1-1（10）。

隨著日本殖民者著手開展全滿體育團體的一元化，「這（大連青年會）當然皆歸於滿洲國體育聯盟之統制下」〔註13〕，在日偽體育政策和體育聯盟雄厚資金實力的影響下，大連青年會與滿洲帝國體育聯盟的融合也成「迫不得已」。

二、以競技體育為主要內容

大連本地最重要的兩份中文報紙《滿洲報》和《泰東日報》，體育副刊內容對於當時的體育賽事、體育交流的報導都有涉及。不同的是，《泰東日報》更關注大連本地的體育發展；《滿洲報》幾乎看不到大連地區的體育新聞，文章關注各地甚至是世界範圍內的體育信息。

《滿洲報》體育副刊信息量大，內容豐富，幾乎每次都是整版，是《泰東日報》體育副刊信息量的二倍，內容包括體育新聞報導、圖片新聞、體育常識、人物訪談、體育譯著等。

從《滿洲報》體育副刊的內容梳理來看，主要圍繞專業化的競技體育展開，既有體育動態和大小運動賽事的報導，又有新制定的體育賽事規則、體育項目的新紀錄等內容。從文章篇幅來看，體育副刊主要以長篇的體育技術和歷史的介紹為主，有的連載進行刊發，而體育消息篇幅較小，散碎分布於版面。這也充分體現出了副刊的特點。

（一）競技技巧與常識

《滿洲報》體育副刊刊登了大量的極具實用性的競技技巧常識。這使得該副刊有很強的實用性。從創刊開始，體育副刊每期內容中都含有競技技巧的常識，其來源有國外的專業論著，也有國內知名體育界人士的現身說法。

這些技術常識的推出，不是雜亂無章的，而是有目的的適時推出。如，在大連舉辦的全滿第二次陸上競技大會即將召開之時，體育副刊就擇機刊出了《最新田徑賽訓練法》；在足球賽季中，適時推出了《足球術》；為了向大眾推薦網球，副刊先後刊登了《鐵爾頓網球術》《鐵爾頓的網球生活》等。

此外，副刊中還有很多體育名人對於體育技巧的表述。如，馬拉松選手李世明，他曾在華北運動會取得兩項冠軍，由他來講述自己對中距離練習法的體會和經驗；由足球健將李惠堂講述《足球要訣》《足球攻守策略》等等。

〔註13〕宮崎司，東京歐林比克與滿洲之競技界〔N〕，滿洲報・增刊，1937-1-1（6）。

可以說，《滿洲報》作為日本人辦的報紙，在一定程度上體現了日本人對於體育的認識、對技巧的重視。

> 許多人主張參加世運會之意義，在乎精神，而不在技術，然世運會比賽之判決，在技術之優劣，而不在精神，如徒恃精神之優良，在歐人眼中佩服英雄之心理至重，勝者即為英雄，敗者即以無能論，故以精神應戰大不足恃。〔註14〕

在副刊中有這樣一篇文章——《滑冰與國民性》也展示了日本人對於體育技巧的認知。作者通過比較國人、俄國人和日本人滑冰時的表現來說明技巧重要：國人滑冰是「好玩花樣」的，俄國人滑冰是帶著「探險性」的，「他們總是邁著大步，向遼遠的不知處跑去」，日本人滑冰是「非常技巧」的，「他們不玩沒有用的花樣，也不去冒險，他們只是在冰面上不停的跑著⋯⋯他們滑冰的目的，完全是為着運動身體⋯⋯」〔註15〕

在技巧類常識涵蓋的項目上，主要包括田徑和球類兩個大項。其中，田徑主要包括短跑、中長跑、撐杆跳、投擲標槍、投擲鐵餅、跳遠等；球類主要包括排球、足球、籃球、棒球、網球、乒乓球等，此外，副刊也會對一些傳統項目如滑冰、武術等進行介紹。

針對《滿洲報》體育副刊技巧與常識的全部約76篇文章統計分析來看，具體話題數量如下：

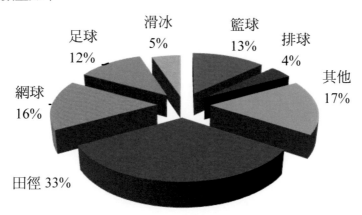

圖 5.2：體育副刊技巧常識文章分析

〔註14〕李仲三·談中國參加世運應注意點（下）〔N〕，滿洲報，1935-5-8（6）。
〔註15〕葵·談談業餘的運動滑冰與國民性〔N〕，滿洲報，1934-12-26（6）。

這些技巧類常識的內容，包括新運動推介、體育訓練法、體育技巧、比賽戰術等幾個方面，這其中後三項是比較常見的。介紹體育訓練法的如《標槍練習法》《棒球應當怎樣練習》《籃球練習撮要》《鐵餅練習法》等；體育技巧的《符保廬撐杆跳之研究》等；比賽戰術方面的如《乒乓戰術綱要》《棒球戰術》《網球名將潘萊特論攻守戰略》等。副刊中甚至還登載了由民國體育專家阮尉村翻譯的理論書籍《運動學》等。

（二）體育事件的呈現

《滿洲報》體育副刊創辦期間，經歷了第十屆遠東運動大會、第十八屆華北運動會、柏林奧林匹克世界運動會等重大體育事件。

《滿洲報》體育副刊對於體育事件的呈現，更體現了副刊特色。如對第十屆遠東運動會的報導，副刊從歷史源流的角度介紹了該運動會的宗旨和目的；對第十八屆華北運動會報導，分別從動態新聞、比賽成績、賽事歷史幾個角度進行。

本節以 1936 年 8 月，《滿洲報》體育副刊對第十一屆「世運大會」（即奧林匹克運動會）報導為個案，對其體育事件報導的特點進行分析。

1936 年 5 月，《滿洲報》體育副刊就開始刊發對「世運大會」的報導，8月 3 日大會開幕後，8 月 8 日起，連續推出了三期「歐林匹克特輯」，進入 9月中旬，關於此次體育活動的報導才接近結束。

《滿洲報》體育副刊沒有把消息作為主體內容。「世運大會」前期的預熱報導如，體育消息僅有《日本派赴世運選手決定 計二百卅餘人》（5 月 11 日）、《本屆世界運動大會 集會課程表公布》（6 月 8 日）等幾篇。即便出現小專題的形式，如 5 月 25 日，「足球世運」專題中，既有消息《定於八月三日起 舉行正式比賽》，又搭配了《柏林世運籌備解決選手飲食問題》，《世運足球點將錄》介紹中國足球運動員簡況。這些消息即便內容很重要，但篇幅普遍較小，沒有成為版面的重點。

針對「世運大會」，體育副刊更注重歷史數據的呈現。如比賽前連續推出《上屆世運會田徑概況》《歷屆世界運動會游泳成績比較表》等。特別是利用歷史數據形成了《本屆世運游泳 日美爭霸》的專題報導，成為「世運大會」前《滿洲報》體育副刊上的主要話題之一。

8 月 3 日，「世運大會」開幕，《滿洲報》頭版發消息《第十一屆世運大會

正式開幕於柏林》報導盛會開幕，同時刊發《下次歐林匹克大會決定在東京舉行》消息。隨後，《滿洲報》對「世運會」的動態消息進行了跟蹤報導。

8月8日，體育副刊才按時刊出，推出「歐林匹克特輯」。版面頭條稿譯自大英百科全書《從上古到現代》，講述奧林匹克歷史；同時，版面上配以《歷屆歐林匹克大會選手人數比較》、描寫奧林匹克村的《湖山如畫》，《現代五項運動》介紹等稿，僅有日記形式的《世運 從軍記》成為時效性較強的內容，比賽成績只有在版面上的圖片新聞中可見一二。連續三期的「歐林匹克特輯」，通過《世界第一流選手以往經歷》《何謂「馬拉松跑」？》《世運 從軍記》等文章，將「世運會大」的「前世今生」進行呈現。

圖5.3：1936年8月8日《歐林匹克特輯》版面

在「世運會」期間，僅有《決定 1938 年舉行世界足球錦標賽》《第十屆世界運動會男子田徑賽成績表》等少量文章，體現出動態的內容。「世運會」結束，體育副刊連載了《本屆歐林匹克大會田徑賽概評》，算是對其全面的點評。

可以說，即便是在大型體育事件中，《滿洲報》副刊依然按照清晰的內容定位，為讀者呈現出更為生活化的內容。

三、「軍事化」的表達特色

《滿洲報》體育內容報導的一大特點是將體育話語的「軍事化」表達。

（一）融入軍事內容

副刊曾在頭條位置介紹了國際社會發展體育的方式。在《體育專家章輯五談出國考察觀感》的文章中，詳細介紹了國際上的各個國家發展體育的情況，總結出一個共同的趨向，即均往體育教育軍事化的方向發展。如文章中介紹：

> 法西斯之義大利，以黨之力量提倡運動，藉以達其軍事教育及公民教育之目標，以服從墨索里尼為宗旨
>
> 希特拉執政後，以其獨裁之力量……利用體育活動，以達其軍事及公民教育目標
>
> 瑞典與丹麥為體育先進之國家……寓軍事訓練於體育之內
>
> 瑞士體育之組織，隸屬於軍政部……法蘭西注意文藝、美術，體育則落後，該國之體育教育多由軍事學校產出〔註16〕

遠到國際社會，近到友邦日本，體育教育都存在著軍事化的趨勢，這就為偽滿洲國的體育教育「軍事化」提供了「正當」執行的背景環境和合理性。

由於日本在發展體育的過程中，主要學習的是德國和瑞典，所以，體育副刊對於兩個國家的體育發展，尤其是與同樣發展法西斯主義的德國，給予了重點關注。副刊多次報導了德國體育的發展，德國青年的體育訓練概況等。

體育副刊對於體育教員應具備的素質、體育教材應包含的軍事內容等，都鮮明的表達了對於體育軍事化的認可和提倡。《從體育軍事化說到體訓合作化》一文中寫到：

〔註16〕體育專家章輯五談出國考察觀感〔N〕，滿洲報，1935-7-21（6）。

> 學校訓育軍事化——這並非不可能的事，而且也非常合理的。
>
> 訓育的中心目標——軍事化……體育教員，更應該打起精神，
> 一切生活都軍事化起來。〔註17〕

《我們所應當需要的體育教師》一文中，強調了體育教育中養成體育精神的重要性，認為「體育一方面是鍛鍊身體抵抗外來有害刺激的能力，發達身體各關節的可動性並增強全身肌肉與關節之活動的敏捷性，一方面又在練人之精神反應靈敏而準確，並養成勇敢、犧牲、忠義、仁愛、託及謙讓種種美德，如此是在體育課程中，實含有深刻的教育意旨。」〔註18〕

在當時的社會背景下，文章對體育精神中，如勇敢、犧牲、忠義、仁愛的表達，具有濃厚的軍事化意味。

（二）「戰爭」的隱喻

除了公開將體育教育和軍事化訓練進行一體化的表達外，副刊還在體育常識的介紹、體育事件的報導上「隱喻」軍事戰爭。

總覽副刊整個創辦過程，從體育常識的內容分析來看，以田徑類的常識推介最多，包括中長跑、短跑、越野跑、投擲標槍、投擲鐵餅、撐桿跳、跳高等等，其次是球類運動，如籃球、足球等，這些項目與軍事訓練內容幾乎一致，很多項目甚至也是軍事訓練的內容。事實上，這些項目也確實是一些將體育軍事化的國家經常採取的訓練方法，「在德曾參觀一青年訓練機關，每三星期有三千人受訓練，七年之中可以普及全國，該機關內分足球、籃球、野外打靶、田徑等組，而特別注重打靶與野外。」〔註19〕這說明，看似推介比賽技巧的常識，事實上也在引導著讀者進行軍事化的練習。

《田徑運動問題之商榷》一文，就明確推薦田徑運動作為日常的體育運動最為適宜。文章挑明了建議在投擲運動中取消鐵球鐵餅之式樣，而是改換成「以今式之戰具」式樣，「手榴彈式之鐵彈擲遠及背負子彈式，或背負傷兵式之負重跑」〔註20〕由此可見，所謂的田徑運動已經完全成為軍事訓練的科目，推演而來的體育競賽成了國家「戰爭」的隱喻。

〔註17〕孫樵，從體育軍事化說到體訓合作化〔N〕，滿洲報，1935-12-1（6）。
〔註18〕魏士傑，我們所應當需要的體育教師〔N〕，滿洲報，1935-11-24（6）。
〔註19〕陳柏青，返上海談歐洲體育近況，英比丹完全民眾化，日德俄趨向軍事化〔N〕，
　　　　滿洲報，1935-12-8（6）。
〔註20〕王復旦，田徑運動問題之商榷〔N〕，滿洲報，1935-12-1（6）。

《運動與四育》（1934 年 5 月 28 日）的文章，表面講述運動與體育、與德育、與智育、與群育，卻給人形成人體強健與戰爭、德育親善的「隱喻」關係：

> 體育一項，其優劣之區分，與國家強弱至有關係……大凡在地球之上，成為一個富而強的國家，那國的人民……尤其是身體方面，一定是十分康健的。

> 人生活在一個團體裏，必要合群，運動亦然，對內則和衷共濟，互相切磋，對外則同心協力，互相聯絡，然後方可達到成功的目的。〔註21〕

再如，1936 年，德國柏林奧倫匹克運動會前夕，體育副刊推出重點欄目「日美爭霸」，從游泳的歷史表現，展示了美日對抗的「日本勝利」「美國復仇」等話題，極度富有戰爭的意味。

第二節 體育報導的政治訴求

《滿洲報》歷來重視體育報導，早在《星期副刊》上，就已開始進行體育賽事的報導，只是當時是圍繞著大連本地體育活動進行報導。進入偽滿洲國時期，《滿洲報》體育副刊在體育報導的內容中融入了殖民政治的色彩。這主要表現在，體育副刊在新聞報導的文章中，努力爭取國際社會對「滿洲國」的承認、倡導日滿親善、傳達「軍國主義」思想，這些內容通過與體育精神的結合表達出來，成為「王道」教化的重要內容。

一、謀求獨立的國際地位

體育副刊借助體育增加偽滿洲國人民「國家認同感」，並通過參與國際體育賽事，獲取國際上對於「滿洲國」的承認。

（一）塑造「國家認同感」

為實現殖民地人民對「滿洲國」的國家認同，《滿洲報》體育副刊已將「滿洲國」的國家概念潛移默化融入到日常的體育新聞報導中，經常以「國家」的名義刊登滿洲帝國體育聯盟以及各體育專業協會發布的選手參加體育賽事的成績表或者名次表，抑或在體育新聞報導中製造「事端」，刺激殖民地人民

〔註21〕運動與四育〔N〕，滿洲報，1934-5-28（5）。

的「愛國」情感。

如在平時的體育報導中，在國家的稱呼上將偽滿洲國與內地並列，表現出一種「國」與「國」之間的關係。副刊中稱呼內地為「中國」，如《中國囡囡在英大出風頭》，而對於偽滿洲國的新聞則稱為「我國」「滿洲國」，如《滿洲國參加大會問題將在瓦薩會議中決定》。

此外，在副刊中還刊登了很多體育成績表和體育名次表，題如，《一九三五年的我國田徑十傑和日本世界十傑最高紀錄統計》《南滿洲水泳協會發表本年度南滿水上五傑》《康德三年度全國男女田徑最高紀錄統計表》等。

以《南滿洲水泳協會發表本年度南滿水上五傑》為例，將游泳項目詳細劃分賽種，並列出了運動員的成績、名字、所屬地區、會名、比賽場所、比賽日期等，這種完整的標注所屬地區的表格，讓人直觀的看到了偽滿洲國的疆域，凸顯偽滿洲國「國家」屬性，同時也在潛移默化中，使讀者加深對於偽滿洲國的「國家認同感」。

在體育新聞報導中，《滿洲報》副刊也利用一些詞匯博取眼球，用賽事報導疏離殖民地人民與內地的關係。在體育報導中直接表達對「滿洲國」的熱愛與自豪之情。如《吐氣萬丈 史氏兄弟游泳迭造新紀錄》，短短幾百字的消息，充滿了對於偽滿洲國「國家」意象的文字，吹奏「滿日國歌」，高升「滿日國旗」，稱呼觀看比賽的觀眾為「國人」，對於比賽成績，作者稱其「吐氣萬丈」：

> 關東體育研究所，及關東州學校體育聯盟主辦之州內男子中等學校，水泳大會於，一日午前十時，假旅順運動場水泳池舉行，時屆定刻，於滿日國歌吹奏攸揚中，高昇滿日兩國國旗……其中國人雖寥寥，但為大會注目與國人吐氣萬丈者，卻為鼎々有名之史氏弟兄……就中千五百米更打破中國紀錄。〔註22〕

這些帶有明顯意識形態的文字，使得整篇報導都在反覆強調一件事，即偽滿洲國是一個「國家」，讀者是「滿洲國人」，與「中國」是「國」與「國」的關係。

（二）謀求國際上「承認」

在國際賽場上，比賽雙方是國與國之間的較量，雖然在殖民者眼中，

〔註22〕吐氣萬丈，史氏兄弟游泳迭造新紀錄〔N〕，滿洲報，1935-9-8（6）。

發展「滿洲國」的競技水平並不是其體育統制的首要目標〔註 23〕，而是借著參加國際賽事，從而獲取國際上對於偽滿洲國的承認。所以，副刊中有很多爭取偽滿洲國參加國際體育賽事的報導，這同樣也是在樹立其「國家」的形象。

　　表現在副刊上，我們看到，在本就不多的偽滿洲國體育報導中，有對滿洲帝國體育聯盟主辦賽事的報導、有對關東洲地區賽事的報導，但更多是爭取國際競賽資格的報導。

　　1934 年 5 月 28 日，《體育匯要》頭條文章《遠東運動會史略》一文最後一部分「東洋體育協會應運而生」中說：

> 　　試觀遠東運動會，肇創已二十年，迄今凡十屆，表面看起來，好像很順利的，向前進行，時不知經過了幾許的波折，中日菲各國固無時不本其初衷，對於大會力加擁護維持，但今年因滿洲國參加問題，竟起紛爭，此次大會雖然照舊開成，由是壽終正寢，而東洋體育協會逐代之而興。

　　隨後，副刊連續刊發《在新成立東洋體育協會之好機　滿洲國體育協會更應極進》（6 月 4 日）《十屆運動大會的起源和第十屆大會的概況》（6 月 11 日）《遠東體協解消與新東洋大會》（7 月 2 日）《滿洲國體育聯盟積極準備參加東洋體育會》等重頭文章，反覆闡述「滿洲國」參加國際比賽的問題。如：

> 　　即如遠東的各國在本年五月曾舉行遠東運動大會，但不幸而未得滿洲國體協參加，大會乃告解消，更同時出生一光輝之東洋體育大會，在一九三五年春當舉行此東洋運動大會於日本的。〔註 24〕

　　如在奧林匹克運動會召開的節點，體育副刊不斷刊發《滿洲國參加大會問題將再瓦薩會議中決定》《滿洲國參加歐林匹克大會問題頃愈呈表面化》《參加歐林匹克之第一步滿洲國希望正式加盟國際滑冰聯盟》等，特別是在 1937 年集中進行報導。此時，經濟建設已經進入相對穩定期，在國際關係中卻還鮮有承認和支持，偽滿洲國急需得到國際上的認可。同時，由於 1940 年的國際奧林匹克運動會在東京召開，「日滿」更希望通過藉此次機會獲得國際上對

〔註 23〕 在 1936 年，滿洲帝國體育聯盟新任主事田中真茂認為，偽滿洲國體育「唯擬先以建國精神為根幹，向養成體育精神，傾注全力」。並認為「體育事業，以一二年之短期間，終難獲得良好效果，必先培好根幹，徐圖進行」//歲首所感〔N〕，滿洲報增刊，1936-1-1（6）。

〔註 24〕 十屆運動大會的起源和第十屆大會的概況〔N〕，滿洲報，1934-6-11（5）。

於僞滿洲國的承認。為此，「日滿」積極為協調，包括私下裏會見親日的奧林匹克委員葛蘭得氏，意圖加盟國際滑冰聯盟等。

正如在僞滿洲國參加東洋體育會時，就有報導認為：

> 東洋大會參加之意義，固為吾人所周知，惟此係滿洲國體育向外發展真價值之良機，且該會成立之根本精神為友邦日本及菲島諸國以尊重滿洲獨立之友好用意所舉行，故滿洲國自當以慎重之態度，堂堂正正而參加。〔註25〕。

將體育活動與政治訴求掛鉤，通過爭取國際比賽資格來獲得國際承認，成為「日滿」撈取政治資本的重要手段。

二、對中日態度上的反差

《滿洲報》體育副刊，專注於體育事件、競技技巧與常識的介紹同時，沒有脫離殖民政治的「操控」。在體育內容的呈現中，副刊清晰的分出中國、日本、僞滿洲國的表述，呈現出了鮮明的傾向性。

（一）對中國體育的嘲諷

對中國體育的報導中，副刊表現為兩種不同的報導傾向：一種是相對客觀的報導，一種就明顯表現出嘲諷、打壓的報導。相對客觀的報導主要是對一些日常的體育動態的報導，一貫嘲諷的姿態在許多事件性話題中流露出來。如，柏林奧運會的相關報導上，明顯表現出一種傲慢、嘲諷的姿態：

> 中國參加世運，不但難以獲分且庶糜國帑，貽笑友邦……中國每屆參加世運，選手若干名，歸來毫無所獲……至參加世運，田徑賽一節，本人意見，絕不參加，關於球類之足藍球，尚可出戰，雖然難操勝算和絕不至如何去丟臉。〔註26〕

除了對中國體育界的整體不看好之外，其傲慢還表現在當中國取得勝利或失敗時的不同姿態。如，在柏林奧運會賽場上，當中國隊三比二戰勝塞維脫隊時，副刊表現出了對中國隊獲勝的不可思議和對塞維脫隊的惋惜。文章內容確實是在報導比賽盛況，但在行文中更傾向於突出塞維脫隊「猛烈的攻勢」「高超的技術」「體格較佳、兩腿既長、身體高大」，而描述中國隊時則突

〔註25〕參加東洋大會誠我國體育向外發展良機〔N〕，滿洲報，1937-2-6（6）。
〔註26〕中國大學體育專家談改進體育意見對參加明年世運會一節不希望田徑賽參加〔N〕，滿洲報，1935-2-20（6）。

出強調其「側重防衛」「面如土色」「只能招架」，而文末分析勝利原因時也僅僅是歸結為有「亞洲球王」之稱的前鋒李惠堂〔註27〕身上。

當中國隊失敗時，則措辭嚴厲，不留情面。如中國在與日本的籃球比賽失敗時，直接描寫了現場觀眾「嚎啕大哭者有之、流涕飲菇者有之、痛心如考妣」〔註28〕，又從專業角度分析失敗的原因，認為此次比賽的失敗就是「笑話」，並奉勸中國的體育當局「對於下次教練人選，深重將事」。

（二）對日本的褒獎和親善

《滿洲報》體育副刊，在偽滿洲國體育不足言說的情況下，將日本作為主角，「狐假虎威」一般進行鼓吹，並將「親善」態度貫穿其中。

在「世運會」這樣重大的體育事件報導上，賽前《日本派赴世運選手決定 計二百卅餘人》的消息、《日本參加世運男女田徑選手》並搭配選手及其實力的介紹的文章等等，宛如「滿洲國」親自參賽一樣。

在「世運會」期間，副刊連續推出 15 期的《世界第一流選手之經歷》的稿件中，幾乎每一期都有日本運動員，並配上了圖片，對日本體育的介紹十分細緻。

特別是副刊《本屆世運游泳 日美爭霸》專題，多篇連載，借歷史數據分析，從上屆大會日本之榮光到日本勝利之來由、昨年美國復仇未果等方面，進行深入分析。「今日日本之能稱霸世界」「第十屆奧林匹克大會中，日本將世界游泳王冠□□國手中奪去，美國游泳界認為是奇恥大辱」，以此鼓吹日本游泳項目的「傲人」實力，稱「誇耀世界之美國水上鐵軍」在與日本的比賽中「一敗塗地」。

在鼓吹日本的同時，《滿洲報》體育副刊不忘積極表達「親善」。1936 年 6 月 1 日，體育副刊推出「明朗之運動親善」的專題報導。頭條文章《滿日體操大會》寫道「由日滿不可分之關係……以此體操傳達日滿之親善……俾使全國民總動員，於校庭、或廣場，以日滿合同體操，揭開兩帝國之版圖云」，極力表達親善之意。

《為歡送日本世運選手，決於新京舉行交歡賽》一文，報導了在日本參

〔註27〕李惠堂，字光梁，廣東五華人。1905 年 10 月 16 日生於香港大坑村。1921 年畢業與皇仁書院。馳騁球場 25 年，足跡遍及歐亞，曾代表中國兩次征戰奧運會，1928 年被亞洲球協評為「亞洲球王」。
〔註28〕中日籃球比賽華失敗原因〔N〕，滿洲報，1936-9-5（6）。

加比賽之前，一行五十名選手，先到了新京，一番遊覽之後，再轉道赴歐洲參賽。為此，在「滿洲帝國體育聯盟」的主導下，「決定於新京舉行日滿合同練習會，藉試運動交歡，並作日本選手一行之晴爽遠征，而滿洲國之體育界更群舉爲之應援云」〔註29〕文中美其名曰「運動交歡」，實際上就是日本體育界在正式比賽之前的「熱身」，一句「群舉為之應援」，則更加表現出了偽滿洲國對於日本的「諂媚」，充分表明了其「傀儡性」。

三、灌輸「軍國主義」思想

體育運動不僅是身體的鍛鍊，更內涵著精神的培養。無論是競技體育還是以強健體魄為目的的體育鍛鍊，都體現著體育精神。

副刊在創刊伊始就明確了體育運動需要培養的「四育」——體育、德育、智育、群育。體育是強健體魄，德育是「涵養其人的道德」，智育是「練習人的智力」，群育是強調團體合群。「運動裏涵養著德智體群四育，無論在什麼地方，什麼時候，這四育都有連帶的關係。」〔註30〕

《滿洲報》體育副刊將這些精神方面的內容內化於文章。如在足球術的推介中，作者在開篇就講到了體育精神，認為：

> 你要勝——我們全是這樣，有時你還想用盡各種方法去試，去贏，可是你別這樣做，想想競技的精神，想想規則上的條例，你要學著在失敗時不自餒，緣我盼你如武士般得勝一樣。

> 在守門員被人守住的時候，後衛用手打出一個將要攻入的來球，他是這樣的辯護，他是救出了一個球來，……他這種舉動雖救了一個球，甚至於比賽會因是而得勝，他可早失去運動員的仁俠精神了！〔註31〕

在短短的兩段話中，摻雜進了體育道德——「用盡各種方法」「失敗時不自餒」「仁俠精神」，戰勝對方的意志——「你要勝」「武士般得勝」，規則意識——「規則上的條例」，在這樣兩段文字中，這些所謂的體育精神早已超越了體育精神本身，昇華為日本長久以來推崇的「武士道」精神。

「武士道原則要求武士成為捍衛貧弱的勇武狹義之士，以及敗北之人的

〔註29〕為歡送日本世運選手・決於新京舉行交歡賽〔N〕，滿洲報，1936-5-31（6）。
〔註30〕運動與四育〔N〕，滿洲報，1934-5-28（5）。
〔註31〕足球術〔N〕，滿洲報，1934-11-21（6）。

保護者。」〔註32〕在近代，「武士道逐漸成為日本對外進行侵略擴張的精神工具，而且成就日本後來成為野蠻侵略的軍國主義國家。在侵略戰爭中日軍所表現出來的巨大戰鬥力和殘酷的淫威，正是軍國主義法西斯和武士道精神相結合所發揮的極致的結果。」〔註33〕

　　《滿洲報》體育副刊還通過對體育人物事蹟的宣傳報導，傳達「體育精神」。表現最明顯的就是對國際長跑名將納米的體育事蹟的報導。1936年，德國奧林匹克委員會，決定邀請芬蘭長跑健將納米〔註34〕為當年奧林匹克運動會的上賓。隨後，體育副刊對納米進行了詳細的報導，這份長篇體育通訊稿共連載了 8 期，由於占版面篇幅大，橫排等編輯手段的使用，使得這篇稿件十分引人注意。

　　　　他們只知道他是一個長跑機器，至於他可貴的精神，卻被忽略
　　了……因為對於他個性方面的考察是太少了，在這裡作者要給他加
　　上一二頁的敘述。〔註35〕

　　文章按照時間順序講述了納米的整個運動生涯，從訓練有方法、比賽有智慧；生活講紀律、性格堅毅；參軍生活使他進步提升；心態平和等幾個方面展現了納米所具備的「可貴的精神」。並在文末提出他的成功歸於兩點：一是他能征服他的環境、二是專一。

　　　　本人主要的特點是喜愛有紀律的生活，性情剛強遇事必先詳加
　　考慮，並且依理推究，他的態度總是安詳而鎮靜的，無論是受了多
　　大的打擊依然沉着，不會有消極的舉動。〔註36〕

　　　　他有一個冷靜的腦子，他的思想很澈明慎密以理智作分析和判
　　斷的繩墨，以冷靜的頭腦來應付一切比賽……不得意忘形不失意煩
　　惱。〔註37〕

〔註32〕威廉・E・迪爾，中世和近世日本社會生活〔M〕，劉曉野等譯，北京：商務印書館，2016：154。

〔註33〕屈慶璋，戰後中國關係斷章〔M〕，北京：華文出版社，2015，11：18。

〔註34〕帕弗・納米，芬蘭長跑運動員，被譽為「長跑之王」。1920年、1924年、1928年的三屆奧運會上，共奪得12枚獎牌，其中9枚金牌，創造了奧運會奪金記錄。//夏宇，田徑運動會指南中〔M〕，長春：吉林出版集團，2015，1：117。

〔註35〕木耳譯，世界長跑王納米1〔N〕，滿洲報，1936-4-26（6）。

〔註36〕木耳譯，世界長跑王納米7〔N〕，滿洲報，1936-6-7（6）。

〔註37〕木耳譯，世界長跑王納米8〔N〕，滿洲報，1936-6-21（6）。

　　這些可貴精神的養成除了與納米自身性格有關之外，文中還著重強調了軍隊生活使他的成績「開始猛進」。從文章介紹的內容來看，我們發現了納米身上的貼有幾個標籤——貧困出身、軍人、長跑王，文章將納米的成功表面上歸功於他自身的性格特點，實際上則是歸功於貧苦和軍隊的生活對於他性格的塑造，尤其是軍隊生活對他的各方面的提升。在這樣一個具有軍隊背景的長跑王，他身上所具備的「精神要素」也都沾染了軍隊的色彩——有紀律的生活、征服環境、堅毅、冷靜、思想縝密等。如果將其看做「體育精神」的話，在日本殖民者走向軍國主義的時代背景下，這種體育精神籠罩了濃重的「軍事色彩」。

第三節　結語：殖民與體育「共謀」

　　「在任何社會、任何國家，社會管理者都會通過體育手段影響社會、管理民眾，賦予體育運動不同的社會意義，闡釋體育運動的社會功能和價值，這其中必然帶有意識形態色彩，為體育運動打上政治性的烙印，使其為一定的社會意識形態服務，因此，作為工具的體育運動便具有了政治價值。」〔註38〕

　　《滿洲報》的體育副刊，致力於不斷滲透日本殖民文化，將體育政治化，將體育精神與「王道」思想合二為一，實現體育與政治殖民的「共謀」。

1. 獨立的國家觀念

　　殖民地國家，殖民者作為強權的一方，建立什麼樣的體育組織機構，發展什麼體育種類，怎樣發展，都是在他們的操縱之下。偽滿洲國的體育事業發展的歷史已經充分說明了這一點。偽滿洲國體育已經異化為日本殖民者統治的工具。

　　《滿洲報》體育副刊刊登體育消息和體育常識，也營造了殖民文化體系中的體育文化，是殖民者強勢輸入的含有日本民族心理結構、思維方式和價值體系的殖民文化。這種體育文化，成為殖民政治文化隱蔽的存在形式。

　　通過以偽滿洲國的身份向世界級的體育賽事申請，達到爭取國際承認的政治目的，同時也試圖凝聚「滿洲國」內民眾的國家認同。《滿洲報》體育副刊的文章內容和版面編排上，無不透露著日本企圖強化殖民地人民對「國家」

〔註38〕魯威人，體育文化學〔M〕，北京：清華大學出版社，2016-11：207。

的認同感的政治要求，營造出對國家觀念的認知和認同政治文化。

中國近代著名體育教育家馬約翰曾指出，體育賽事易於激發民族精神，它是通往愛國主義的重要步驟。「體育賽事不僅可以喚起公眾的興趣，而且表露出真正的民族和愛國感情。」〔註39〕

《滿洲報》體育副刊的文章多傳達出「滿日親善」的情感和「滿洲國」體育發展的成就感和自豪感。通過體育事件背後的情感，凝聚民眾愛國、親日的感情。這可以說是從認知的基礎上，增加政治感情的塑造，進而強化殖民政治的控制。

2. 倡導「王道」人格

體育不僅鍛鍊體能，還能帶來對規則的認同、自尊自律、團結協作等精神文化。《滿洲報》體育副刊通過競技體育的介紹，對於對抗、服從、規則、團隊協作等方面精神實現灌輸，來潛移默化塑造符合殖民政治要求的「政治人格」。

《滿洲報》體育副刊的話語主要圍繞論競技體育展開。競技體育是「來源於各民族、各地區和各國家的傳統體育，在科學規範的基礎上形成國際社會或國家內部的統一競技原則和競賽標準」〔註40〕。體育文化與政治文化就這樣很恰當的黏合在一起，並在體育的話語體系中，很有說服力的表達出來。

從《滿洲報》體育副刊「軍事化」的話語表達特色，到「有紀律的生活」、協作一致征服環境的寫照，無一不從體育精神，向「政治人格」的方向引導，將兩者共同的理念融為一體，借助體育的內容輸出，並喚起價值認同。

這種塑造和教化作用，基於體育精神，最終被全部納入「王道思想」，形成殖民政治所推崇的文化形態。正如偽滿洲國總理大臣鄭孝胥的觀點所言：

> 於運動之際，競賽之場，予發現二大美德，二德云何，曰好善服善……王道之基，實奠於此，使推而廣之，其美可勝言哉，願我國民，共喻此意，此人人心中所有之王道也。
>
> 天下無事則用之於禮義，天下有事則用之於戰勝，用之於戰勝，則無敵，用之於禮義，則順治，外無敵，內順治，此之謂盛德……若人人記得這一段體育的原理，便與友邦日本所傳的大和魂、武士

〔註39〕張立波，坐言起行錄〔M〕，北京：中國言實出版社，2015，7：72。
〔註40〕牛亞莉，體育文化論〔M〕，蘭州：甘肅人民出版社，2005：18。

道，亦無分別……世界學者所言體育原理，健身軀，強體魄而已，未有言及禮義道德者，以禮義道德爲體育之原理，王化之行，實軔於此，何也，國家尚禮義之人多，持顛扶危，整肅綱紀之力，踰於政治之敷設遠矣。〔註41〕

3. 認同「軍國主義」

競技體育的競爭特性使得「運動員的目的性明確，就是要在對抗中顯示自己的力量、智慧、意志、技術、戰術的水平，以致勝對方。」〔註42〕

這一點特性對於日本殖民者來說，是極為適用的。首先，競技體育中所強調的對抗、智慧、戰術、團隊協作等內容完全符合其軍國主義發展的需要。其次，競技體育中激烈的對抗，對勝利的渴望，同樣符合日本開拓海外殖民地，稱霸世界的心理訴求。再次，在競技體育比賽中取得勝利，是國家實力的一種象徵，殖民國家同樣需要依靠此項勝利證明自己。

體育在日本殖民政治文化內異化為「軍國主義」的特別「隱喻」。日本在走上軍國主義道路之後，不但在本國積極開展體育教育軍事化訓練，在殖民地同樣延續著這一方式。

在日本軍國主義盛行的背景下，《滿洲報》體育副刊將其殖民思想融入體育當中，與關東洲歷來競技體育的發展相結合，一方面傳達了對於體育競技的野心，更重要的是在意識形態上統合殖民地人民的思想。

總之，日本殖民者對體育的重視不是平白無故的，「現代運動最初乃是殖民者控制殖民地社會的手段。」〔註43〕日本殖民者借助現代體育在偽滿洲國撈取了更多的政治資本和人力資本。

〔註41〕鄭總理大臣談王道與體育〔N〕，滿洲報，1934-7-16（3）。
〔註42〕黃捷榮，體育美學教程〔M〕，廣州：廣東人民出版社，1989，7：151，
〔註43〕約翰·貝爾、麥克·克羅寧，運動與後殖民主義：何時？是何？及如何？〔J〕，李睿譯，體育與科學，2014，9（35卷5期）：74。

第六章　文藝副刊：殖民政治重壓下殘喘

縱觀《滿洲報》發展的歷程，文學內容可謂「從一而終」。《滿洲報》文藝副刊，隨著東北這塊土地上文藝思潮的動盪而變遷，在殖民統治的陰影下，與殖民政治貌合神離。

從辦刊時間來看《滿洲報》文學副刊，《星期副刊》創辦 6 年，《北國文藝》和《曉野》創辦 1 年零 1 月，《文藝專刊》（第一次辦刊）創辦 2 個月，《北風》和《曉潮》創辦約 2 年零 1 月，《文藝專刊》（第二次辦刊）創辦 6 個月。

第一節　《星期副刊》：初露批判殖民的端倪

1927 年，《滿洲報》第二次擴版，正式進入鼎盛時期。1927 年 7 月 4 日，《星期副刊》創刊。可以說，《星期副刊》創辦這 6 年，恰好是《滿洲報》「春風得意」之時。縱觀《星期副刊》，呈現出現代思潮逐步向新文學融合轉變的特點。

現代思潮與新文學的關係，正如沈雁冰認為，「新文學要拿新思潮做泉源，新思潮要借新文學做宣傳。」〔註1〕這也正是《星期副刊》內容嬗變的過程。按照內容特點，《星期副刊》的辦刊過程分為三個階段：

1927 年至 1930 年：傳播新思想為主。

〔註 1〕石曙萍，知識分子的崗位與追求文學研究會研究〔M〕，上海：東方出版中心，
　　　2006，5：86。

創辦初期，《星期副刊》的內容相對雜亂，知識性內容較多，主要介紹西方和國內的新思潮，內容涉及哲學、藝術、文學理論、社會、科學、法律、經濟等多個門類；文學作品的以新文學為主，由於東北地區新文學的發展還尚處於啟蒙階段，作品相對較少。

1931 年至 1932 年：思潮漸融於文學。

這個階段是九一八事變至偽滿洲國建國前，因為社會動盪，《星期副刊》也處於半停滯狀態，出刊的週期逐漸變長，有時兩週三週出刊一次，也曾一度拖延一個半月才出刊一次。這階段，《星期副刊》副刊對於新思潮介紹，與之前專門的知識性傳播不同，而是更多借助觀點性的文字，同時，通過文學作品裏的敘事、描寫等手法，在字裏行間中傳播出現代思潮。

1932 年至 1933 年：純文學副刊誕生。

這個階段是偽滿洲國建國後至《星期副刊》停刊。此時，新文學內容佔據了副刊的全部版面，新思潮的思想完全融入文學作品之中，對於現代思潮的介紹，只是偶而見諸報端。《星期副刊》成為純文學副刊。

從《星期副刊》的發展階段來看，本節的討論也將從 1931 年開始。

一、開啟東北新文學的先河

（一）倡導「讓人熱血沸騰」的新文學

「雖然，文藝並沒有省界與國籍的關係，但我們投生在特殊的一個東北的地域，我們的周圍包罩着極荒涼暮野沉寂的空氣與事物，物資的建設既然是這般的，我們的精神也是無何長進的在破產。」〔註2〕閉塞的地理位置，嚴苛的政治環境造就了東北的思想認識與國內文化發展上的時間差。

大連開放的港口與「穩定」宜居環境吸引了外來人口的遷入，也帶來了文化的傳遞和碰撞。在這樣的情勢下，《星期副刊》對於社會問題的揭露、對於青年問題、女權主義的討論，再比如對於文學革命、詩歌的研討等，關注的話題與國內副刊在某種程度上保持了一致性。

文學作品也以新文學為主。這時的文學作品稍顯簡單和稚嫩。正如編者所言：「本報最初發表新文藝供給讀者，是在每週特闢的星期副刊上面，但在當時仍然要混入一些不純的趣味東西和幼稚的不健全的作品，這自然是在試

〔註2〕笳嘯，一九三零年東北報屁股的文藝〔N〕，滿洲報・星期副刊，1932-2-15（1）。

辦的過程中所不能免的事。」〔註3〕

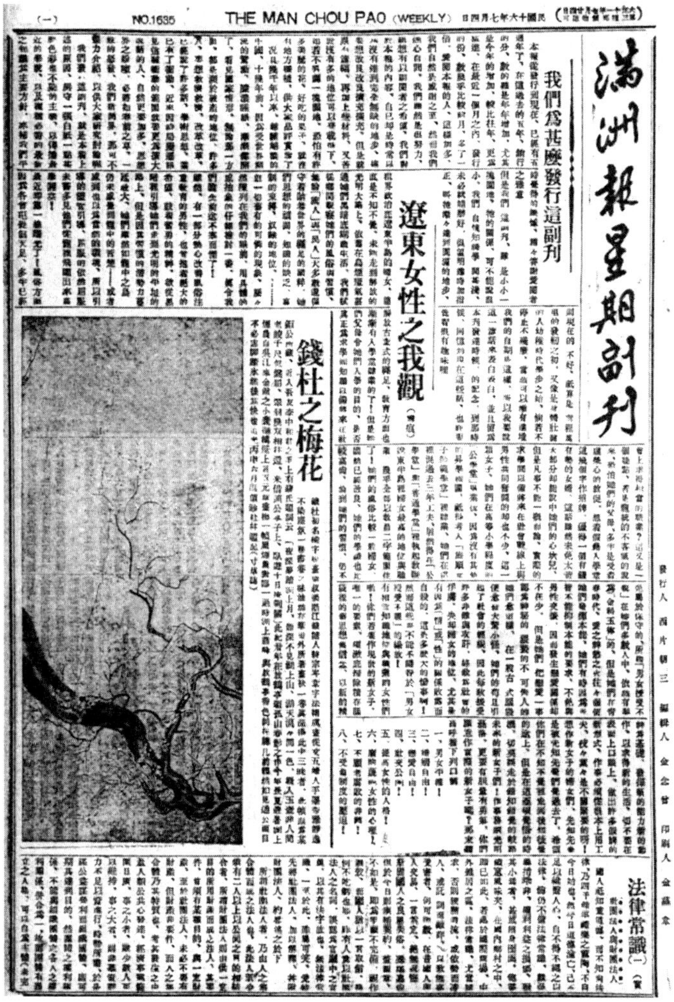

圖 6.1：《星期副刊》創刊版面

　　此時，東北其他大報如《盛京時報》《泰東日報》的文藝版面上仍以舊文學為主。相比之下《星期副刊》的出現無疑使得「一般青年均覺悟了新藝術運動的寫作，風起雲湧在冷凍的天地流動。」〔註4〕《星期副刊》一定程度上在東北文壇開創了新文學的先河。

　　在新文學的發展上，起初《星期副刊》的新文學作品以小說和新詩為主，

〔註3〕筐，本報文藝之變遷與文壇動向〔N〕，滿洲報，1937-6-25（8）。
〔註4〕笳嘯，一九三零年東北報屁股的文藝〔N〕，滿洲報‧星期副刊，1932-2-15（1）。

但數量並不多，很多時候，版面上幾乎看不到新文學的影子。《星期副刊》早期的新文學作品比較成熟的如，戀愛小說《連環的愛》，由編輯雪痕試做。（在此篇小說中，作者為寸草，但筆者認為寸草和雪痕為同一人。）

至 1930 年，隨著新文學的迅速發展，報紙文藝副刊已經成為新文學的陣地。在《星期副刊》上，新思潮的內容開始大量減少，新文學作品則佔據了大部分版面。「為東北文藝上貢獻很多有生氣的文藝。」〔註5〕

《星期副刊》因其展現的「現代性」，滿足了讀者對於新文化的渴求，使其一經推出，就獲得了讀者的關注。很多讀者都撰文為副刊宣傳，如王法淵的《我貢獻給本刊的愛護》、小鵬的《一點真誠——獻給本刊的愛護者》、安心正的《祝星期副刊》等。在這些讀者中，以青年讀者為主要閱讀人群。他們也都是新思潮、新文學的積極響應者，嘗試寫出一些粗淺的文字，來回應現代文化的滋養。

九一八事變爆發後，新文學走向低潮。同樣在《星期副刊》上，無論小說亦或是詩歌，字裏行間都流露出一種迷茫、消沉、絕望的氣息，給人壓迫、沉悶的感覺。「勿論過去與現在，每一篇創作都能尋找出農民的憂鬱，小市民的感傷以及百姓們的歎息。以憂鬱、感傷、歎息組成了滿洲文學，這未始不是時代的深刻的陰影。」〔註6〕這種文風的呈現正是「時代」的寫照，是對戰爭留給人們的災難的真實記錄。如《破產》《失學的隱痛》。但即使這樣，《星期副刊》也沒有暫停對於新文學的鼓勵，仍舊堅持刊登一些新文學作品，努力呵護著這顆脆弱的小苗。

偽滿洲國建國後，東北地區的新文學逐漸復蘇，此時的《星期副刊》已經完全成長為新文學的重要陣地。尤其在版面編輯的提倡和鼓勵下，副刊一改往日的消極文風，反對無病呻吟，反對風花雪月的言情小說，認為文學應該增高人類高尚的興趣，能夠讓人熱血沸騰，從而達到文學的目的。副刊的面貌從此煥然一新。

（二）從杜雪痕到韓岡瑞

《星期副刊》共有兩任主要負責的編輯：1932 年前為杜雪痕，後期為韓岡瑞。

〔註 5〕笳嘯，一九三零年東北報屁股的文藝〔N〕，滿洲報・星期副刊，1932-2-15（1）。
〔註 6〕山丁，漫談我們的文學〔N〕，盛京時報，1942-1-14（2）。

杜雪痕：給麻木冷血者一針興奮劑

杜雪痕的編輯思想一向以傳遞新思潮、鼓勵文學描寫社會生活為主。杜雪痕首先以受封建禮教迫害最為嚴重的婦女群體為切入口，以女性解放為議題來傳播自由、平等、人權等新思想。他堅定地認為：

> 一件事在初行時總免不了困難，一種學說在初倡時總免不了受人排斥……生在這二十世紀的競爭的時代，對於一切總要有進取的精神，不應存保守的愚誠，不然那必定成為時代的落伍者。〔註7〕

在新思潮的有關文章中，經常是通過提出問題、分析問題、解決問題的邏輯方式，表達作者的態度，提出對社會的批判。這種方式，也是雪痕很推崇的。

在與讀者的互動中，杜雪痕表達了自己在文藝上激情。他曾寫到：

> 痕也不才，濫竽報界，得與諸青年同志，結翰墨因緣，已覺榮幸！敬慕景仰我何敢當？今後仍希斬除荊棘，勇敢的為人生而從事文藝工作，給一般麻木冷血者，一針興奮劑，我們的內心才覺痛快。
> 〔註8〕

在杜雪痕任編輯時期，《星期副刊》的文學作品仍舊表現出一種在困境中掙扎、絕望呻吟的情感，內容多反映情感的消沉、社會的黑暗、生活的窮困、人生的無意義，給人一種沉悶、壓抑、喘不過氣的感覺。這與杜雪痕的引導不無關係。一是這一時期，雪痕本人就經常在副刊中刊發一些諸如《迷途之鳥》之類的文章，起到了一定的消極示範作用；二是杜雪痕本人對於稿件的選擇強調「注意對現實的書寫，或研討社會生活，俾於吾人人生觀，有所裨益，想亦我親愛之諸青年同志所贊同也！」〔註9〕在當時複雜黑暗的時代下，通過文學作品來表現社會問題、社會現狀，這雖也是一種寫實主義的體現，卻也會使《星期副刊》呈現出一種消極的基調。

對於杜雪痕的卸任，筆者認為其中有兩點原因：

一是杜雪痕的選稿標準導致了讀者對於社會問題、陰暗面的揭露，雖然在客觀上具有一定的進步意義，但是這種揭露是與殖民政治相敵對的，帶來了風險。

〔註7〕雪痕，我對女界宣言發的革命〔N〕，滿洲報·星期副刊，1927-7-25（1）。

〔註8〕雪痕，再寫給投稿諸君們〔N〕，滿洲報·星期副刊，1930-5-12（4）。

〔註9〕雪痕，本刊啟事〔N〕，滿洲報·星期副刊，1932-8-29（1）。

其直接導火索為副刊中刊發的一篇芸薇撰寫的《呼聲——寫給商店諸同志們》，文中提倡商店的夥計們用文學來揭露舊式商店的種種弊端，對舊商店開展革新。隨後，倚非在副刊中發了《響應——商店同志們齊起呼喊》的文章提出：

> 要把歷經痛哭的血淚，蘸在筆下，將白紙染赤，急急公開這善後的講究，逃出這黑暗社會的商人地獄……最後勝利同志們大家一同攜手登快樂的自由塔，頌我們壓迫殘喘的自由歌。〔註10〕

這無疑是一篇戰鬥檄文，借由《星期副刊》的影響力，在讀者中間造成了很大的反響。在偽滿洲國初建，對於這種革新和抵抗，無論是封建舊勢力還是日本人都是很不願意見到的，最終該事件很快受到了彈壓。受此次事件的影響，縱然「本刊編者刻間既有種苦衷」，但杜雪痕作為版面的編者也是難辭其咎。

其二，杜雪痕被替換是他沒有跟上時代的腳步，沒有敏銳地嗅到新文學發展的趨勢。在文藝副刊已成為新文學作品發表的重要陣地的時期，《星期副刊》卻沒有抓住歷史的關鍵期，發表出更多的質量上乘的文學作品，而是墨守成規，沒有擺脫沉悶、壓抑的風格，導致了副刊整體格調的消極。

以上所述緣由，在《滿洲報》上的《文學目的與本刊使命——敬告愛護本刊諸同志》一文中也可找到端倪。

韓岡瑞：做拋棄低級趣味的純文藝

1932 年 10 月 17 日，韓岡瑞刊發了《文學目的與本刊使命——敬告愛護本刊諸同志》，這標誌著他開始擔任副刊的編者。

韓岡瑞，字篁洲，生於 1898 年，卒於 1975 年。大連後牧城驛人。畢業於瀋陽粹升書院。他擅長文辭，對古典詩詞尤有研究，懂日語，會話熟練。曾投身經濟界，創辦奉天紡紗廠，任協理。後投身於新聞界，先後任職於《關東報》《滿洲報》《民聲晚報》。〔註11〕在《滿洲報》任編輯時除叫篁洲、篁之外，又名鳳兮。

1932 年下半年，韓岡瑞擔任編輯後，《星期副刊》已經變革成為純文藝副刊。韓岡瑞上任就表達了自己對於新文藝的理解，以及今後副刊的辦刊宗旨：

> 文學是隨著社會的狀態，或世界的潮流，而發生變遷的，所以

〔註10〕倚非，響應——商店同志們齊起呼喊〔N〕，滿洲報·星期副刊，1932-8-29（1）。
〔註11〕韓悅行，遼東古邑——大連牧城驛〔M〕，大連：大連出版社，2000：72。

他搆成的內容，總要以時代為背景，或描寫民生的疾苦，社會的弊
病，能使人類感受着激烈的衝動，甚至使他的熱血沸騰，因而達到
所希望的目的，這便是你的文學成功。反此你無病呻吟、不關痛癢、
或單為求戀……非特不能裨益社會、反而導人們思想於不善，這就
是不循正軌，走入歧途，還想不失敗麼？不造人摒棄麼？〔註12〕

韓岡瑞認為，今後的副刊所肩負的使命是「使研究文學者、有發表意見
的機會；可以誘披嗜好文學者的努力；作家藉此，可以互通聲氣、互相切磋，
增進學業；增高人類高尚的興趣；使人類觀感為善，以達到文學最後的目的。」
〔註13〕同時，韓岡瑞列出了副刊需要的稿件，「本刊歡迎關於文學之論著、批
評、論證、譯述以及社會寫真與簡短雋潔之小品文字」〔註14〕。

由此可以看出，韓岡瑞對副刊進行了比較大的改革，使得副刊的面貌煥
然一新。「記得是在大同元年十月中旬，筆者接編星副的時候，便計劃使它成
為純文藝園地，以後便毅然的拋棄了低級趣味的外衣，淘汰一般無靈魂的肉
感文字，改革不久，果然獲得了許多文藝家的同情支持和熱情愛護。」〔註15〕

韓岡瑞時期，編者與讀者的互動升級為專業的文學探討。他先後發表了
《旅大文藝界的暗淡》《詩的商榷──寫給新詩人》《讀奉天文藝之今昔以後》
《編輯漫話》等文章，表達自己對文藝作品的見解，與讀者進行交流。同時，
韓岡瑞還在版面上開闢新欄目，如「開天天三文壇」由洽民為讀者講授文學
寫作中的比喻法，再如「星期講壇」由張弓專門針對副刊中的作品開展文藝
評論。

韓岡瑞充分調動了作家們的主人翁意識，積極參與到對文藝，對副刊的
建設中。依託副刊編輯對文藝作品、作者展開的「調度」，增強了作者與副刊
的凝聚力，使得《星期副刊》上，彙集著一批忠實的文藝作者，如駱駝生、
蘇菲、文泉、黃曼秋、秋螢、馬驤弟、成雪竹、黃旭等。因此，《星期副刊》
刊發了一批質量上乘的佳作，如希文的散文、張弓的文藝批評和小說，一葉
的詩歌等。特別是在詩歌方面，由於杜雪痕對於詩歌的不重視，導致了副刊

〔註12〕文學目的與本刊使命──敬告愛護本刊諸同志〔N〕，滿洲報·星期副刊，
　　　　1932-10-17（1）。
〔註13〕文學目的與本刊使命──敬告愛護本刊諸同志〔N〕，滿洲報·星期副刊，
　　　　1932-10-17（1）。
〔註14〕本刊啟事〔N〕，滿洲報·星期副刊，1932-10-17（1）。
〔註15〕篁，本報文藝之變遷與文壇動向〔N〕，滿洲報，1937-6-25（8）。

中的詩歌水平一直停滯不前。韓岡瑞尤其精通詩歌，在他的引導下，副刊中的詩歌有了長足的進步。

可以說，在韓岡瑞的引領下，《星期副刊》的新文學水平達到了一定的歷史高度。也正是這樣，在副刊停刊後，才會在作家中間引起極大地震動，如韓岡瑞所說，作者碎蝶來信寫道，「星期停刊，觸到耳鼓，恍如聽見搖盪的喪鐘聲，遇見熄滅的光明燈。」〔註16〕《星期副刊》的影響可見一斑。

二、現實社會的批判與描寫

在《星期副刊》發刊詞《我們為什麼發行這副刊》中，講到：

> 幾千年以來，越睡越濃的中國，十幾年前，因為受世界潮流的驚動，朦濃睡眼，漸漸睜開了……許多人，要想救濟救濟，改革改革……學術思想業已有了衝動，近來因時局變遷，眼見這種衝動的範圍就要更為擴大，說話的人，自然要加多，思想界之紛繁，必將如春前之草一般的怒發，我們新聞界，那可不盡力介紹，以供大家研究討論呢。〔註17〕

《星期副刊》創辦的時期，處於偽滿洲國成立前期。「朦濃睡眼，漸漸睜開了」「救濟」「改革」，在這裡，「中國」還沒有成為一個相對割裂的概念。《星期副刊》將新知識和思想帶入，進行文化上的啟蒙，最終都轉化為新文學的呈現。

（一）思想上的革新與啟蒙

《星期副刊》創刊的初衷就是要「以傳播最近的學說，以及種種必需的最新之知識為主要方針，來補我們平時覺得的缺憾。」〔註18〕總體而言，《星期副刊》傳播的現代知識和思想，內容比較繁雜。這些內容的傳播為處在思想啟蒙的東北提供了種類繁多、內容豐富的「精神食糧」。

這些知識和思潮，在哲學層面的還是以儒家思想為基礎，文學方面倡導革新、寫實主義等等，社會方面針對中國存在的社會問題展開批判，這也是《星期副刊》辦刊初期最為尖銳的鋒芒，通過批判力圖對社會有所改變。

在對社會問題的揭露上，副刊經常採用社會批判的形式進行。如對於青

〔註16〕鳳分，北國文藝產生了〔N〕，滿洲報，1933-7-18（8）。
〔註17〕我們為什麼發行這副刊〔N〕，滿洲報・星期副刊，1927-7-4（1）。
〔註18〕我們為什麼發行這副刊〔N〕，滿洲報・星期副刊，1927-7-4（1）。

年問題的討論，副刊中曾刊登過狂郎的一篇《青年墮落問題》的文章，批判青年墮落的總根本在於「社會禮教組織的不良」，「吾國社會組織既缺乏公民娛樂機關的組織，是以勞動者在苦惱工作之後，除奇於嫖賭外，另無旁途。遊閒者更無聊賴也，只有往墮落生涯裏求快樂。」〔註19〕最後，文章認為應將「根子剷除，加以改造不可」。

《星期副刊》還積極倡導破除迷信、對社會上虛偽的做派進行諷刺，參與討論曆法的改革等等。如《風馬牛主義》一文，就對官場中的一種虛與委蛇、趨炎附勢的嘴臉進行了嚴厲的諷刺和批判。風，即出風頭；馬，即拍馬屁；牛，即吹牛。筆者寫到，「你要去出風頭、拍馬屁，假如沒有吹牛的本領，人家將罵你是沒有身價的走狗，反而走不通，所以，吹牛也成了一種專門的科學。」〔註20〕作者認為，如果不懂「風馬牛主義」，「那你在這二十世紀的社會裏簡直是吃不開。」他將社會上的醜惡嘴臉，套上了流行的某某主義的外殼，在嬉笑怒罵間，將這種社會現象進行了無情的批判。

《星期副刊》早期力推的新思潮，對讀者文學思想的啟蒙是有效果的，開闊了讀者的視野。婦女解放的問題幾乎貫穿了《星期副刊》整個的辦刊時間。由女性解放所延伸出的婚戀問題、「髮的革命」、男女平等、性的問題、著裝的問題等等在很長的時間裏都是副刊討論的熱點問題。如《女權運動與『性的問題』》《從沿革上和潮流上來談談女子解放》《忠告給女同胞們》《中國婦女運動的現狀》等。編者也經常在版面上刊登反映女性解放的圖片，有從事文藝的戲劇名伶，有國外的電影明星，也有女子職業院校的學生，還有一部分是人體美術攝影。這些圖片直接刺激感官，讓人印象深刻，發人警醒。

偽滿洲國「建國」後，《星期副刊》轉向純文學副刊，從側面說明「滿日」對多元思潮的控制。最終，新知識和新思潮，躲進文藝的空間，文學理論的探討成為新思潮的主要內容之一。

（二）迷茫和絕望中的一絲抵抗

新文學在《星期副刊》上萌芽並成長。杜雪痕和韓岡瑞編者都對新文學提出的大致相似的要求：「注意對現實的書寫，或研討社會生活」〔註21〕「文學是隨着社會的狀態，或世界的潮流而發生變遷的……總要以時代為背景，

〔註19〕狂郎，青年墮落問題〔N〕，滿洲報·星期副刊，1927-9-4（3）。
〔註20〕清，風馬牛主義〔N〕，滿洲報·星期副刊，1929-7-29（1）。
〔註21〕雪痕，本刊啟事〔N〕，滿洲報·星期副刊，1932-8-29（1）。

或描寫民生的疾苦，社會的弊端」〔註22〕。

《星期副刊》培養了一批青年作者。有些是充滿了對現代生活的嚮往的學生，有些是社會上的教員或是小手工業者，對黑暗腐朽的社會充滿厭惡和失望。

副刊中的文藝青年就是時代的「書寫者」。如狂郎、培民、小鵬、活石、王法淵、安心正、徐笛嘯、黃旭、夢圓、黃曼秋、馬驥第、成雪竹、文泉、洽民、島魂、尚希文、王一葉、王倚非、張弓、鮮文等。

這些文藝青年，在時代重壓之下，在文藝道路上艱難的前行著。但是生活的負累不得不使他們安於奔命。很多青年在副刊中出現一段時間後，就消沉不明了。也有一些青年，在副刊中沉浮一段時日，得到了文學的滋養，走上了文學之路。副刊為這些人提供了施展才華的平臺，也助他們在文學道路上成長為文藝骨幹。

現代思潮的精神，讓這些年輕作者積極進取，力求通過一系列改革，改變當前的社會現狀。如一位年輕作者在《星期副刊》上寫道：

> 文藝也同人類生活一般不斷向前展進，在重壓下都要找生的路，時時刻刻要抓住時代的靈魂而求更新的表現，作時代走向大時代的力量。昨日的文藝已走向墳墓，今日的藝術，我們要在時代的思想裏用更新的表現力量使他降生。〔註23〕

儘管如此，此時，《星期副刊》中的寫實文學作品，無論小說亦或是詩歌，字裏行間都流露出一種迷茫、消沉、絕望的氣息，給人一種壓迫、沉悶的感覺。誠如《星期副刊》的文章所言：「一個時代的真正文學，即能描寫和表現這個時代的特徵。」〔註24〕

他們的文章無時無刻不在反映著時代背景下的東北社會，或反映貧苦人民的生活，或反映社會的世態炎涼等。

如商女的《女招待》一文，講述了在飯店做女招待的小玉，為了每月能賺 20 元錢，只能忍受工作的「下賤難堪」。因受到騷擾，她不想繼續幹了，但全家 10 口人，都在指望她一個人養家。最後，在貧窮面前，「小玉坐着一聲不吭，低着頭弄手巾，又半晌，她下了地，穿上花旗袍……『好孩子』她

〔註22〕文學目的與本刊使命——敬告愛護本刊諸同志〔N〕，滿洲報・星期副刊，1932-10-17（1）。

〔註23〕驥弟，本刊作家小史——我的自傳〔N〕，滿洲報・星期副刊，1933-1-9（3）。

〔註24〕劉兆麟，文學概觀〔N〕，滿洲報・星期副刊，1928-3-5（1）。

爹爹和媽媽差不多同時間說了這句話，但等小玉走後，他們倆都留起淚來。」
〔註25〕

還如黃旭的《炎涼》，講述了一個被貧窮所逼迫退學的年輕人，父親為了救吳姑父得了癌症，母親是一個「衰弱的老婦」。年輕人拿著母親僅有的五元錢上路了，到大連後，投奔到吳姑父那，卻受到了冷嘲熱諷，「一向也不生病，怎麼不好！你以為我像你的病父！哈哈，那個瘋子現在還活在世上呵？」〔註26〕投奔無果，年輕人在大連舉目無親，又沒有工作，手裏的錢花光了，白天當叫花子，晚上睡在石橋下面，既沒有吃食，也沒有路費回家，最後自縊身亡。

這種意境的呈現正是「時代」的寫照，是對動盪社會留給人們的災難的真實記錄。正如當時作家山丁所言，「勿論過去與現在，每一篇創作都能尋找出農民的憂鬱，小市民的感傷以及百姓們的歎息。以憂鬱、感傷、歎息組成了滿洲文學，這未始不是時代的深刻的陰影。」〔註27〕「東北文學時期，正是中國五四、五卅運動以後，彷徨、苦悶的氣氛開始在青年人的血流裏肆虐的時期。」〔註28〕

1931年，九一八事變的「炮火」打破了文學的頹廢，鬱悶，「時代的成熟」讓文學的抵抗有了「用武之地」，「時代精神（或時代思想）頹廢之中含着積極進前的精神，在申訴淒慘悲痛之暗示着反抗的意識，在暴露醜惡黑暗之中導引着光明的道路。」〔註29〕

《星期副刊》中的文學作品也出現了對於日本侵略的抵抗的內容。1932年1月18日在頭版頭條位置上登載的文學作品《疏籬邊的一枝傲霜殘菊》，作者是姜嶺曼。此時正是九一八事變後，偽滿洲國建國前，文章用象徵的手法，表達了對於九一八事變的痛恨，對於奉系軍閥不抵抗政策的失望，以及對於現狀的不屈服：

　　　　一角疏離，冰天雪地一枝寒菊，雖是拼命掙扎，也抵不住如此

　　壓迫，於是這可愛、可敬、可泣、可歌的菊兒，花殘葉敗了，然而，

　　風霜冰雪，任他如何的淒風殘酷，也能摧殘這菊的形貌，卻不能屈

〔註25〕商女，女招待〔N〕，滿洲報・星期副刊，1932-9-12（1）。
〔註26〕黃旭，炎涼〔N〕，滿洲報・星期副刊，1933-2-6（2）。
〔註27〕山丁，山丁作品集〔N〕，哈爾濱：北方文藝出版社，2017：322。
〔註28〕山丁，山丁作品集〔N〕，哈爾濱：北方文藝出版社，2017：319。
〔註29〕晉豪，現代文藝創作的趨勢〔N〕，滿洲報・星期副刊，1929-10-7（1）。

服它的精神。〔註30〕

《星期副刊》傳播以新知識和新思想為初衷，在時代的發展過程中，受限於大的殖民社會背景，而轉向純文學副刊，將思想啟蒙的成就，全部轉移到新文學的興起和繁榮之中。

第二節　副刊更迭期：掙扎著傳達吶喊聲

《星期副刊》停刊後，文藝副刊進入不斷更迭的時期。1933 年，在韓岡瑞「被約到消閒世界負責工作」〔註31〕後，黃旭開啟了文藝副刊版的編輯工作，直至 1936 年。隨後，編者孟原接過文藝副刊最後的「接力棒」。

雖然這個時期，文藝副刊經歷了分分合合的過程，但是基本上還是圍繞文學作品和文藝思潮兩條主線展開。

文藝思潮看似與殖民政治文化沒有太多關聯，它卻影響著文學作品的創作方向。文學作品與現實社會、與無形的政治生態，自然有著千絲萬縷的聯繫。可以說，關於文學思潮的論爭，推動了殖民文學對現實的反思與批判。

一、選擇「抗爭」的文學出路

《星期副刊》結束，開啟了《滿洲報》文藝副刊新的一頁。黃旭是掀開這一頁較為重要的一位編者。1933 年 7 月，黃旭開啟了文藝副刊版的編輯工作，先後主導了《北國文藝》《曉野》《文藝專刊》以及後來的《北風》和《曉潮》五種副刊。

第二份《文藝專刊》創辦於《北風》和《曉潮》之後，它將文學作品和理論整合到一版上，每週出刊。從 1937 年 1 月 15 日創刊到 1937 年 7 月 30 日停刊，歷時 6 個多月，每週五出刊，共出版 27 期。編者孟原見證了《滿洲報》文藝副刊最後掙扎的時刻。

可以說，黃旭幸運經歷了《滿洲報》文藝副刊最為輝煌又迅速變遷的時代。

黃旭出生於 1913 年，原名黃甲東，字覺初。山東文登人。1920 年移居大連，就讀於大連中華青年會。在他心中，最想做的工作是「在汽船充一名船員，或在報館當一名排版員或送報員」〔註32〕。

〔註30〕姜嶺曼，疏籬邊的一枝傲霜殘菊〔N〕，滿洲報·星期副刊，1932-1-18（1）。
〔註31〕鳳兮，編輯餘墨〔N〕，滿洲報，1933-7-8（8）。
〔註32〕黃旭，歎息〔N〕，泰東日報，1930-8-6（6）。

　　除了對報紙有天然的好感外，黃旭還熱愛文學創作，從 1929 年開始，他便開始了文學創作，作品刊發在各種報刊上。「每天在家裏……便是身伏案頭，寫那不通順的文章，投向現還同情於我的人們所主編的雜誌上和本埠日報的文藝欄內」〔註 33〕從事文學的經歷，也為他日後主持《滿洲報》文藝副刊打下了基礎。

（一）《曉野》初論文學：主張關注社會

　　從 1933 年 7 月創刊到 1934 年 8 月停刊，《北國文藝》和《曉野》僅存在一年多的時間。《北國文藝》每週二出版，專門刊登文學作品；《曉野》每週五出版，主要刊登文藝理論文章。

圖 6.2：《曉野》創刊版面

〔註 33〕黃旭，歎息〔N〕，泰東日報，1930-8-6（6）。

　　黃旭一直重視文藝討論與批評，對於《曉野》的發展，黃旭提出：

> 我們北國的文壇上的理論家和批評家們太少，影響到過去的本
> 刊的文字，有許多的和本刊的宗旨不同：竟登了些小說散文和詩一
> 類的文字，這確是我們不滿的一個不好現象！……本刊歡迎的稿
> 件，完全是文學上考證、理論、批評、介紹等，但是為了北國文壇
> 的對上述諸項文字的作者罕見的緣故，所以從一九三四年中本刊的
> 第一期起始，除了文學的該項文章之外，電影、戲劇、音樂等藝術的
> 論著、批評、介紹文字也要兼登一點，以補文學文字的不足。〔註34〕

時代的發展也成就了黃旭的理想，文學社團的大量出現，推動了文學討論。

1. 文學社團蜂起

　　此時，偽滿洲建國初期，恰好趕上文學社團的蜂起。在《北國文藝》和
《曉野》存在的一年多時間裏，報紙上共出現 20 左右個文藝社團發表稿件，
既有文學作品，也進行文學討論。

　　但這種「興盛」只是曇花一現，以 1933 年和 1934 年最為突出，隨後就
慢慢銷聲匿跡了。由於此時正值日本人忙於籌建殖民統治機關，鎮壓反抗人
群，對於書報的審查雖然嚴格，但還無暇顧及副刊中的文章。這就為文學社
團的產生提供了條件，「他們也明白，這都是子虛烏有的假象，自然用不著認
真審查，限令登記立案。正是在這種情況下，才任其發展。」〔註35〕

　　1933 年至 1934 年，文藝社團的興起使得東北文壇呈現出復蘇的跡象。秋
螢在回憶這一時期時稱其為「滿洲文藝復活的萌芽期」。

　　文學社團最初產生於遼南地區，其組成多是一些學生、小學教員、小職
員或者店員。社團的人數也不多，大一點的三五個人，小的甚至一個人就稱
為一個社團。當時比較大的社團有飄零社、冷霧社、白光社和新社。

　　這些社團多借助當地報紙副刊出版自己的專刊，《北國文藝》和《曉野》
就是其中一個重要平臺。通過對《北國文藝》和《曉野》中的「社」及其作
者和發表的文章進行粗略統計來看〔註36〕，白眼社、落潮社、飄零社在兩份

〔註34〕編者，寫在今年第一期的曉野的前面〔N〕，滿洲報，1934-1-5（3）。
〔註35〕王秋螢，從《飄零》到《文選》：東北日偽統治時期文藝社團的發展〔J〕，新
　　　文學史料，1985（4）：167。
〔註36〕在副刊中，每篇文章除了作者的名稱外，在文末都要加上「某某社」的名稱。
　　　為此，以《北國文藝》和《曉野》副刊文章出現的社團和作者進行統計。

副刊中發稿最多。

在《曉野》上，很多社團都曾發表過文章，闡述文學主張，與其他社團開展「對話」。對話的主題有文藝與社會的關係、談文學批評、文藝創作、創作與人生等等。總體來看，這些關於文學的「對話」，是感受、感想式的溫和言說。

2. 文學主張的「對話」

白光社在發刊《白光》〔註37〕時，曾在發刊詞中寫道「在這集子的內容裏找不到像晨鶯唱的情歌戀語，這是讀者當會意到的。春，被片々的落紅追葬在北國荒漠的塵埃里了，而今一注々的涼氣緊迫着我們，暗示我們，還是不唱那清脆的溫柔歌而改調作幾聲夜貓的狂吼強些，雖然它叫的難入耳。朋友！我們的感官都是一樣的，讓我們狂歌一首同情之曲，暢流一柱同情之淚，為白光的誕生吧！」〔註38〕從中可以看出，文藝青年對於現實的評估和寄希望於文學的力量，通過文字揭露社會弊端，改革社會的渴望。

這些「對話」形式多樣，或提出見解，或呼籲文壇創作符合時代的文藝作品，或對於某一領域展開「論戰」。像輔仁的《從文學談到批評》，楊蔭寰的《文藝創作雜話》，解昉的《怎樣去理解文學作品》等文章，都是作者對於時代下的文壇狀況發表的見解。

社團之間還會對各自的社刊進行點評。如飄零社的王秋螢在《一九三三年的關外文壇》中提到，「冷霧的內容，除了一些朦朧的詩外，是如何空虛喲！」而「蘿絲裏面的文字，總是拉長了面孔，擺出了十足的紳士氣味。……遠不如買幾冊文學史來看。」秋螢認為兩份刊物「作品儘量的神秘、朦朧誇大……使一些作家們不敢提筆」並呼籲「在這苦悶落寞灰色國度裏，有好多可寫的材料呵。」〔註39〕

在大時代背景下，文壇到底需要怎樣的文學作品的問題上，一些作者也發出了自己的吶喊。如波影在《文學與社會》中寫道「要研究文學的時候，不要忽略了社會學，須要捉住社會底真理！才可以一生為藝術的忠士。」〔註40〕

〔註37〕《白光》是由文會高中學生組織的白光社的社刊，其獨立印刷成小冊子，每期零售現洋五分。
〔註38〕北國文藝消息〔N〕，滿洲報，1933-10-24（8）。
〔註39〕秋螢，一九三三年的關外文壇〔N〕，滿洲報，1933-9-29（8）。
〔註40〕波影，文學與社會〔N〕，滿洲報，1933-8-25（8）。

　　馮樵在《文學漫談——商之於文藝界同志》一文中認為「文學不是發洩個人鬱悶或舒暢情懷，是要追懷過去的印象，尋求現在的期求，緊握着毛錐，面帶着殺氣，心懷着苦痛，眼含着酸淚，去寫那創造新生命的文學。」〔註41〕

　　薇堡在《北國文壇底作家》中，對於文壇上一些作家沉浸在「歌功頌德麻木戀愛」的現象深惡痛絕，呼籲作家們要從「象牙塔走向十字街頭」，他寫到「1934年北國文壇底作家！要認清文藝的使命！是督促社會演進的反映。」〔註42〕

　　這個時期，《曉野》上還發生一次「轟轟烈烈」的筆戰，後來演變成「罵戰」，最後被編輯強行招斷。筆戰起因在於以馬驥第和成雪竹為代表的冷霧社的詩歌，過於關注朦朧詩的技巧，導致詩歌晦澀難懂。這引起了夢圓、蕭潛等一些人的不滿，他們在《星期副刊》中發表了一些批評的文字。冷霧成員不但對批評不接受，還在自己的社刊中發表謾罵的文字，稱呼批評冷霧社的人為「綠頭蠅」，刊載批評冷霧文字的《滿洲報》是「不潔的紙」，並對《星期副刊》的停刊幸災樂禍。該文一時間引起公憤，文壇中人紛紛刊登文章進行譴責。這場論戰雖然鬧得文壇「烏煙瘴氣」，卻也不是毫無可取之處的。它引起了文藝青年對於如何進行文藝批評的思考，同時，也督促文藝青年反省詩歌創作中內容和技巧之間的關係。

（二）《曉潮》再「論戰」：號召和黑暗去頑抗

　　《北風》和《曉潮》所處的時代是偽滿洲國發展期，文壇的成長相較於早期也有了很大的進步。《北風》主打文學作品，每週二出版；《曉潮》重點在文學理論等，逢週五出版。

　　待《文藝專刊》停刊後，黃旭繼續面向讀者徵求對於專刊作品的批評文字，得到了作者的回應，如楊進的《〈愛你底證據〉與〈斬決〉》、瀲浮的《談談〈深秋之夜〉》等。對於黃旭來說，「這不能不說是荒涼的北國文藝界裏的荒涼的評壇發展的新現象」〔註43〕經過《文藝專刊》時期對於文藝批評的提倡的籌備，終於，在黃旭的一手策劃下，北國的文藝批評在《曉潮》上走向高潮。

　　對於文藝批評，黃旭提出：

〔註41〕愚樵，文學漫談——商之於文藝界同志〔N〕，滿洲報，1934-1-26（8）。
〔註42〕薇堡，北國文壇底作家〔N〕，滿洲報，1934-1-19（8）。
〔註43〕預告〔N〕，滿洲報，1934-12-7（8）。

　　（一）要立在客觀立場上的批評，以求公允，但沒有私心地主觀批評也屬歡迎，如果戴上「批評」的面具而行不著實際只會謾罵的「文字」，那是「無批評」，我們不敢接受！

　　（二）要能統一於實踐的理論，如果不注重實踐統一而只行空調的亂談的沒有他存在理由的「冒牌理論」我們不要，因為那不是能對當代與未來的社會運轉路途的正直方向與以確定的！

　　（三）要能對廣大的讀者們有裨益的介紹，如果把對公眾沒有多大用處的而只行自私自利地道了那麼一大篇的名目啦那兒出版啦定價若干啦「頗值一讀」啦的等等寫來，那算不得介紹，我們不給他們刊登廣告！〔註44〕

圖6.3：《曉潮》創刊版面

〔註44〕筐勗，曉潮創刊小言〔N〕，滿洲報，1934-11-9（8）。

這也是《曉潮》需要的文藝批評。

儘管面對日本人文化殖民的重壓，此時的《曉潮》仍舊為提振本土文化頑強的掙扎。面對荒蕪的北國文壇，拓荒的作家們針對北國文壇的出路開展了激烈的討論。這些作家不分地域的匯聚於《曉潮》，有來自哈爾濱、新京（長春）的，也有來自瀋陽、大連的，圍繞北國文壇的建設、大眾語的推廣、文本翻譯、文藝批評的開展等問題進行了一年多的深入討論。其討論範圍之廣、參與人數之多、影響層面之大，都是前所未有的。

1. 再論「文壇出路」

1934 年 10 月 26 日，在《文藝專刊》第 18 號上，老穆發表了一篇《過去的北國文壇》的文章提出質問「文壇的枯寂、荒蕪，作品的空虛、幼稚，依然保持着它底一貫的恒性律，這是什麼緣故？……熱心愛護文藝的園地底作家們，留心於北國文壇的作家們，請你們替我解答『那裡是我們的出路？』」〔註45〕。這篇文章的發表無異於一塊拋向平靜水面的石塊，頓時在「文潭」中水花四濺。

駱駝生針對老穆的文章在 1934 年 11 月 16 日《小潮》頭條發表了《？？？》，文中總結了北國文壇荒蕪的四點原因，一是作家沒有覺悟他們為什麼在寫作；二是沒有覺悟他們應當怎樣去寫作；三是沒有徹底地瞭解，沒有充分體貼社會的實體；四是缺少一個指導者。

此後，在《曉潮》編輯黃旭的推波助瀾下，1934 年 12 月 8 日《曉潮》第 5 期刊發特輯：「北國文藝界的前途」，作為報紙上一個專欄呈現。欄目頭條是老穆的《讀〈？？？〉後》，指出「駱駝生君為我們一些熱心工作的作家們熱烈地詳舉了許多準備和計劃，在這樣沉寂的文壇上，放出了明耀的光芒，是值得我們感激的，然而那些計劃和準備，只能給我們一些參考，而不能作我們具體的方案是很可惜的」。隨後依次為蘇盧的《使命在那裡》、兀尤的《北國的藝壇》以及蘿蔓的《關於「大眾語文問題」》四篇文章，結尾是編者《關於本刊特輯》的說明，雖「量少質乏」，卻也成功提出了討論的問題。

1934 年 12 月 22 日，第 7 期《曉潮》再次發力，刊發特輯「曉潮五期特輯的回聲」。頭條文章島魂頗有點諷刺味道的《畫餅充饑論──讀「北國文藝界的前途」》，指出「北國文壇上關於出路的問題烏煙瘴氣有騰起之勢把一些

〔註45〕老穆，過去的北國文壇〔N〕，滿洲報，1934-10-26（8）。

創作者鬧得頭昏眼花，不知以何是從，畫餅充饑固然不能有救於事實，瞎說亂嚷，豈能有補於文壇麼？」並提出介紹日本文學，廣讀翻譯作品；以「滿洲」的實事、風俗、習慣作描寫的對象；雜誌報紙鼓動青年走上文藝的具體做法。隨後的文章依次是湯滌的《談北國文壇》，洗園的《北國文藝界的前途——給老穆及關心文藝諸友》，適民的《關於「大眾語文」問題》以及「文藝通訊」欄目中一篇駱駝生寫給老穆《讀〈？？？〉後》的簡短回應，表示無暇探討關於文壇建設的具體準備和計劃。

　　1935 年 1 月 11 日《曉潮》第 9 期已經顯露出「硝煙」的味道。居悟和陶蘇侃圍繞大眾語文的問題，分別發表了《中國以往白話運動到最近的大眾語問題》和《問題的修正——兼質適民君》，兩篇文章對於大眾語面臨的現實困境、大眾語的使命等問題發表了自己的見解。對於北國文壇建設，王孟素發表了《漠北文壇的幾個問題》，從技巧、文學集團、批評三個層面進行討論。渡沙發表了《北國文壇荒蕪之原因》。駱駝生「文藝通訊」欄目回覆島魂的文章則顯露出打架的態度。「貴文藝社員諸先生，頗盡力於『翻譯』……只是那些○○底木乃伊已經成了化石」「請先生們不要遇到了他們的墳或是垃圾箱便『翻』，『翻』出來了髒氣，是要令人掩鼻的！」〔註46〕

　　這一番言論，引起了島魂的不滿，他在 1935 年 2 月 1 日《小潮》「文藝通訊」欄目中開始了公開謾罵，稱駱駝生為「無親無師的作家」，「駱駝、黑熊之類」「自裝不錯的『文氓』」，針對其他人給響濤社的意見，島魂也進行了回絕，認為「我們的社只有我們社的意見……他的『見義勇為』也沒『用武之地』。」〔註47〕至此，關於文壇出路的正常討論，轉為帶有情緒的人身謾罵。

　　此翻謾罵引起了文壇上一些作家的不滿，1935 年 2 月 15 日，《小潮》頭條文章之君在《要求》中請求雙方停戰，並總結了這次論理的主要內容：北國文壇的前途，和由此引發的「大眾語」問題、響濤社的翻譯爭論三個主要焦點。隨後，陸續有零星的文章跟此次論戰相關，老命的《望風捕影說》、孫勵立的《曉潮糾紛之諸問題》、櫻子的《文壇的一個鏡頭》、梅君的《時代作家的任務》、聚仁的《論『文人相輕』》等，之後《小潮》上的討論陷入沈寂。

〔註46〕駱駝生，文藝通訊〔N〕，滿洲報，1935-1-11（8）。

〔註47〕島魂，文藝通訊〔N〕，滿洲報，1935-2-1（8）。

2. 論爭走向高潮

1935 年 8 月 16 日《曉潮》第 41 期，針對王孟素在《民聲晚報》的《文學七日談》中所發表的《建設文壇及其他》以及隨後的文藝評論文章《關於馬爾德姑娘》，島魂發表了《王孟素的意識》，認為孟素的兩篇文章觀點自相矛盾，「為什麼在一個人的筆下竟能產生兩樣的意識……」〔註 48〕

隨後於旭發表了《關於『王孟素』的意識》，以及《曉潮》第 44 期中，王孟素的回應《我的意識》等文章，使原本趨於平靜的「文潭」再起波瀾。在島魂與孟素之間，因島魂在行文中有一些諷刺謾罵的因素在，也引發了一些作者對於文藝批評不是謾罵的糾正，如黃曼秋的《批評與『謾罵』》。這一邊，在島魂與孟素之間的論爭中，島魂作了《答辯及其他》之後，陸續又有幾位作家加入論戰，如渡沙《論爭的幾句話》、朱幸《批評家底陣線》、楊園《文藝碎話》、芸香夢倩《閒話文壇》、玫泉《文藝通訊》，這些作者自行站在對戰的兩端，把槍炮對準對方。

這次除島魂與孟素之間關於文學翻譯的爭論外，還有老命的《關於文壇建設》的文章引發的討論，以及篁崶的《關於〈風波〉的風波》中涉及篁崶、戈禾與莫明之間關於作品抄襲的論爭。對於老命的文章，一些作者表達了對文壇建設的看法，包括適民的《關於文壇建設讀完以後》，老邁的《老命的意識》，見非的《理論與意識》。在《曉潮》第 52 期上，編輯黃旭甚至在頭條位置製作了欄目小標題「致努力於北國文壇的作家及批評家」，刊登雪竹的《未來的文壇建設》。隨後，努力針對雪竹的文章刊文《〈未來的文壇建設〉的檢討》，對雪竹將翻譯作為文壇的唯一「方策」提出了自己的意見，「翻譯固然是急需，在現在來說，我們要利用他來幫助開發我們的思想，顯示給我們些方向，不過那談不到『文壇的建設』！『文壇的建設』是需要自己的力量產生出來的東西去建設，建設出來的『文壇』才是自己的『文壇』。」〔註 49〕篁崶、戈禾與莫明之間，自篁崶發聲後，戈禾發表了《反響——一篇龐雜的討論》，莫明的《雷同及其他》，蒂生的《如此藝術家——讀『反響』後覆戈禾先生》，鹿丹的《關於『反響』》使得這條「戰線」也逐漸擴大化。

到 1936 年，《曉潮》上的討論還在繼續。此時又有一批作家加入，劍嘯發表了《如此文學家》，竹冷的《文藝閒話》，蔣萊的《批評家和詩人》，杜寧

〔註 48〕島魂，王孟素的意識〔N〕，滿洲報，1935-8-16（8）。
〔註 49〕努力，《未來的文壇建設》的檢討〔N〕，滿洲報，1935-11-29（8）。

的《由批評方法談到批評家底任務及態度》，與 1935 年討論的熱烈相比，此時《曉潮》版面上的討論已經逐漸趨於理性。對文壇建設的討論重點也集中在文藝批評和文藝作品寫作上。自該年 4 月以後，源於《曉潮》改版等一系列原因，關於文壇建設的討論熱度也逐漸冷卻下來。

3. 為討論畫句號

儘管有「各種原因」的限制，編者還是在改版後《曉潮》的前三期「兩周評論」欄目上，分別了發表了老穆、沉吟、孟原關於文藝批評和文學創作的短評，觀點清晰明確，對這場大討論作了「總結」。

對於文藝創作問題，老穆在《時間與空間》一文中認為，文藝作品應該是「現實社會背景的反映，凝視現實，分析現實，揭開現實，換一句話說，就是我們在一篇作品裏，最低限度若包有現實的『時間和空間』。」〔註50〕

關於文藝批評，沉吟在《批評的重要》中對批評者和被批評者都給予了忠告，對於批評者，他忠告說「你們任務的嚴肅重大，既不能懷不純的意思，更不可信口雌黃，任意謾罵。」對於被批評者，則認為「創作的自由，固然在你們手中，可是創作價值的實現，卻需要讀者的鑒賞批評，尤其是批評家的！而你們的作品能否進步！讀者的批評，尤重於你們自身的自省。」〔註51〕對於創作和批評二者的關係，則在孟原的《批評與創作》中說的很明確，「文學的批評與文學的創作，我認為他們是文學的兩方面……真正的創作，乃由批評作先導……偉大的創作產生之後，也能助加偉大的批評的進展。」〔註52〕

此時《曉潮》的「總結」將之前版面上紛繁雜亂的論戰局面作了釐清或者說「統一思想」，更加清晰文學作品需要走的路，更加明確文藝批評的重要性，對文壇的建設，二者缺一不可。

4. 對論戰的評價

在版面討論高潮迭起的同時，也存在著很大的問題。主要表現在很多討論都「言過其實」，口號太多，並且有集團對抗的趨勢，論戰雙方甚至為了維護本「集團」的利益，談論的話題早已遠離主題。針對這一現象，作為旁觀者，澄浮在《文藝雜感》中寫到：

〔註50〕老穆，時間與空間〔N〕，滿洲報，1936-5-1（8）。
〔註51〕沉吟，批評的重要〔N〕，滿洲報，1936-4-17（8）。
〔註52〕孟原，批評與創作〔N〕，滿洲報，1936-5-15（8）。

　　　　　　是誰都感覺到：滿洲文壇目前的論爭已經有了『集團對抗』
　　　化……非集團的第三方面，是很不願參加討論的，有時，他們離題
　　　太遠，空剩謾罵，是你不屑參加，有時，任你話說的怎樣忠誠，怎
　　　樣公平，只要你的話裏，帶有觸犯他們意見的字句，他們會說你是
　　　那方集團的戰員。〔註53〕

　　即使問題頻出，但這次論爭在文壇作家看來也是及時的，十分有必要的。
渡沙認為：「曉潮此次的論爭，與往昔不同，是拋了枝節而捉到根本……在我
們卻感覺有論爭的必要，因為這也是歷史的必然。」〔註54〕努力也寫到：「僅
喊口號固然是有些不妥，然而在現在來說，喊口號還是必要，也許正有些人，
對於喊出來的口號不大懂呢！如果喊口號也消滅了下去，我恐怕那不懂的
人，會永久彷徨在『無路可走，日暮窮途』上呢！」〔註55〕

　　結合當時的文化環境，《曉潮》這麼做既是作為文壇「勇士」的體現，也
對北國文壇的發展發揮了積極的影響力。這在讀者和作家的反饋中得到證實。

　　見非在「讀者通訊」中講到：

　　　《曉潮》在北國文壇的推進力是有顯著的成效！這幾乎是一種
　　　共同而且不可否認的論調，在週刊中我們幾乎沒有一天不希望他是
　　　變成日刊或三日刊，我自己曾考查過許多讀者對於《曉潮》的期待
　　　是甚於期待送情書的郵差，當我在一個圖書館裏任職的時候，每次
　　　《曉潮》被我收起來總有許多人來找！而且，每到《曉潮》出刊日
　　　總是青年學生讀者激增，往往聚起來讀那一張紙，有時也大聲的談
　　　論着，朋友！這不足以證明讀者的渴望嗎？〔註56〕

　　可見，在讀者與作家中，《曉潮》是不可替代的。對於這些愛好文藝的青
年，《曉潮》也給予了他們一定的關心和忠告，「我們雖然有了苦悶的生活，
不可自餒，要設方法和黑暗去頑抗，更要在此生活中，把你們衷心的悲愁盡
情的流露出來，寫而為文或譜而為歌，這樣往往才會有一種有魂魄的劃時代
的偉構降生！」〔註57〕

　　從《曉野》到《曉潮》，文藝論爭讓更多作者認識並堅守了與現實抗爭的

〔註53〕澄浮，文藝雜感〔N〕，滿洲報，1935-10-25（8）。
〔註54〕渡沙，再來說幾句〔N〕，滿洲報，1935-12-6（8）。
〔註55〕努力，《未來的文壇建設》的檢討〔N〕，滿洲報，1935-11-29（8）。
〔註56〕見非，讀者通訊〔N〕，滿洲報，1936-5-1（8）。
〔註57〕李耀南，寫給愛好文藝的青年〔N〕，滿洲報，1936-4-3（8）。

文學路徑。

二、背離「王道樂土」的敘事

　　這個副刊動盪多變的時期，《滿洲報》文藝副刊上的文學思潮論爭與批評，指引了文學實踐，以刊登文學作品為主的文藝副刊上，呈現了清晰的演變路徑。

（一）《北國文藝》：浪漫與現實文學並存

　　《北國文藝》專門刊載小說、詩歌、戲劇、散文等，對作品的追求是「不注重形式上的新舊而在實質上的優劣，反對虛偽的孱弱的文藝，而要求民眾化偉大化的文藝。」〔註58〕

圖 6.4：《北國文藝》創刊版面

〔註58〕鳳兮，北國文藝產生了〔N〕，滿洲報，1933-7-18（8）。

1. 要什麼樣的文學

在《北國文藝》的編者黃旭的心中，北國的文藝應該是這樣的：

　　　　文藝的旗幟樹立在這北國，健勇地志士在鼓舞地高歌，莫以為這裡荒蕪得多沙漠，有與你忠實開墾地偉駱駝！

　　　　無名的「咱們」聯絡灌溉，理想的「園地」自然出來！莫盲目地對名者崇拜，美麗地花朵正在野外！

　　　　不須怕這裡是塵灰彌漫，勇士們脫了衣興奮前幹！願陽光歡浴着你底血汗，未來的光榮者有你居先！

　　　　且止住「吶喊」之聲！追隨着「咱們」動工，這世界不會告終，這沙國盡有光明！〔註59〕

這篇黃旭筆下的《北國》刊發在《北國文藝》的創刊號上，文中的內容道盡了作者對於北國文藝的期望與決心。

此時的文壇還處於冰凍之後的緩慢復蘇階段。在 1934 年初，對於今後的《北國文藝》，黃旭鼓勵作家們「勇氣地創作出來讀者們用得着的作品——產生出來新時代下所非需要不可的文章來！」〔註60〕

對於版面需要的文學作品，他還講述了標準，「我是根據着有意義意含蓄得深刻對象表現得偉大的題材，及有優美地詞句，和有嚴密地結構的筆法，作選擇的標準，文章的題材和筆法完全美好的固然是本刊所最歡迎，但是單單注重於題材，或者只是有巧工的筆法的作品，也可以在本刊刊布的……」〔註61〕。

他認為，《北國文藝》需要的作品應該「完全是文藝的創作，和文藝創作的譯品，如小說、戲劇、散文、詩……等，凡是讀者們可以讀的創作及翻譯文字統統是本刊誠懇歡迎的（但是，為了要增加讀者們底閱讀興趣，最好是少刊布些長篇的文章，因為本刊是週刊性質，地盤又小，不是一天一刊的刊物上的文字，每期每篇之末總是標着『未完』的字樣，着實有些使讀者們厭倦的！五千字左右的小說及獨幕二幕的戲劇，至多二三期就刊登完了，才是讀者們喜歡讀的吧！）」〔註62〕黃旭追求純粹的文學的作品，不希望摻雜進其

〔註59〕黃旭，北國〔N〕，滿洲報，1933-7-18（8）。
〔註60〕編者，今年的北國文藝〔N〕，滿洲報，1934-1-9（8）。
〔註61〕編者，今年的北國文藝〔N〕，滿洲報，1934-1-9（8）。
〔註62〕編者，今年的北國文藝〔N〕，滿洲報，1934-1-9（8）。

他的因素，在他看來，稿件「唯望文詞平和，不談政治！」〔註63〕

在黃旭的編排下，《北國文藝》的稿件日漸增多，積壓的嚴重時，常要佔用《曉野》的版面。「前者的稿件是多得期期積壓，而後者的卻恰恰和他成了個反比例」〔註64〕。

2. 浪漫中透露殘酷現實

《北國文藝》刊登的文章以小說為主。這些小說多以描寫男女之情和揭露社會黑暗的內容為主。《北國文藝》上的文學作品可以說浪漫與現實平分秋色。

大連作家楊進曾評價《北國文藝》中文章的弱點，一是思想太散漫，二是大部分作品過重於情感。他認為「文學僅僅訴之於情感便失卻其嚴肅的明顯的價值，偉大的文學是要能運用理智的本能將整個的社會的機構作分析的研究，徹底的觀察其真像，加以指導或改革，再用文學上的技能赤裸裸地如實的反映出來，務使社會有所反省，感受極深刻的映像。」〔註65〕

作家老穆則認為，即使是在社團叢生的年代，「雖然也曾有所謂『××社』的組織，可是不是它們壽命不永，就是它們生平無奇，……固然它們在我們的文壇上，也曾作過墾荒的工作，但在嚴格的藝術的評價上，它們實在是算不得我們過去文壇上底代表者。」〔註66〕

以上兩位作家的觀點一定程度上反映了《北國文藝》中作品的情況。此時的文學作品，多數在寫作內容和表達技巧上略顯幼稚。

但也有稍顯成熟的文章，描寫情感的如蕭公的《西門太太》、文泉的《湖畔之春》、警方的《一個失敗者底勝利》，諷刺現實和揭露社會黑暗的有吻虹的《平民萬歲——參觀運動會的歸來》、碎蝶的《候審室裏》、洗園的《畫家的煩惱》等。

陳陣的小說《垃圾之愛》中，既有情感描寫——小三和阿根朦朧純潔的愛情，又有社會黑暗的揭露——早上清理垃圾的清道夫面對在垃圾裏討生活的乞丐兒童的麻木不仁，富人對於乞丐兒童的冷血，以及文章結尾小三為給阿根在垃圾箱裏撿別人吃剩下的麵包皮，被「黃髮鬼」活活刺死的殘忍。通

〔註63〕編輯室放出〔N〕，滿洲報，1934-2-16（3）。

〔註64〕筮勖，寫在《文藝專刊》創刊號的前面〔N〕，滿洲報，1934-8-28（8）。

〔註65〕楊進，一點願望〔N〕，滿洲報，1934-8-28（8）。

〔註66〕老穆，過去的北國文壇〔N〕，滿洲報，1934-10-26（8）。

篇讀完，讓人心靈震撼的同時，也會產生對弱小兒童悲慘命運的同情和對於社會黑暗的痛恨。

范哲樵在《讀〈垃圾之愛〉後》中寫道，「讀完陳陣的《垃圾之愛》一篇作品，腦膜給染得極濃厚的色彩，心靈接觸深刻的感覺，好容易讀着對了胃口的作品，我自不好把它輕輕放過。」〔註67〕應當說，陳陣作為新野社成員，其作品《垃圾之愛》在形式、內容、文章結構方面的處理還算是比較成熟的，至少在《北國文藝》的眾多作品中，也算是比較突出的，一定程度上代表了這個時期的文藝水平。

（二）《北風》：戳破「王道樂土」的幻想

從發刊伊始，《北風》中刊載了大量現實主義題材的文學作品。《北風》中作品以小說為主，同時也有詩歌、戲劇、散文等，最具現實主義色彩的要數小說。

1. 反思時代和社會

> 襯着堅毅地雄偉意志，在熱烈地吶喊着——任誰也阻礙不了，勇敢地，向前吹去『呼……呼』吹起來啦。
>
> 一掃蹂躪了大地的一切，污濁、醜陋、黑暗、殘忍！讓那清潔、美麗、光明、和平來點綴了全人類的生命線上！
>
> 到處的高原、海洋、和森林、在為這壯志高歌、為這勇敢歡躍了！「嘩啦！嘩啦……搜嗚！搜嗚……」太陽，這紅的天使，將帶來空前的成功！
>
> 目前沒有任何顧及的吶！任誰也阻礙不了的，狂烈地喊、堅強地闖……達到只有愉快沒有痛苦的時候！〔註68〕

在《北風》的創刊號上，黃旭再作詩《北風》一首，寄託了他對於文學的美好追求，也能看出黃旭勇敢的氣魄和衝破一切阻礙的決心。

在《北風》創刊的同時，黃旭就發布徵稿啟事，「在文藝範圍內，小說、劇本、散文、詩詞等創作及翻譯皆屬歡迎。」在他看來，《北風》「在北國中，是僅有的一塊性質特殊的園地——可以說，對北國文化底前途，是有着莫大地關係，她所負的使命是偉大的，嚴重的——但，對這不可輕視的使命能否

〔註67〕范哲樵，讀《垃圾之愛》後〔N〕，滿洲報，1934-4-27（8）。
〔註68〕老舍，北風〔N〕，滿洲報，1934-11-6（8）。

真正地達到，責任還是負在諸位底身上呵！」〔註69〕

圖 6.5：《北風》創刊版面

對於文學，黃旭認為「時代的先驅是文學，社會的反映是文學——人生有他的時代與社會，文學如果離開了人生，是絕對不能獨立的——所以，文學與時代和社會，是有着極密切的關係，標誌着時代的思想，指導着社會之良善的，都是與人生脫離不得的文學！」〔註70〕

同時，黃旭在《曉潮創刊小言》中這樣說，「在我們的時代下，將我們的社會，於真切地表現——創作——之外，對他過去的變遷，要予以價值優劣

〔註69〕編輯室放送〔N〕，滿洲報，1934-12-28（8）。
〔註70〕篁勗，曉潮創刊小言〔N〕，滿洲報，1934-11-9（8）。

的決定，……要綜合他以往遷移的經驗，確定他將遷移的路途的正直的方向。」〔註71〕

2. 淒慘現實的敘事和描寫

《北風》刊載的這些小說，有描寫農村破產後貧苦農民流離失所的，例如努力〔註72〕的《父母的心》；有描寫社會貧富階層分化和貧苦人民的悲慘生活的如悄吟的《橋》；有描寫在封建禮教下遭受迫害的婦女淒慘生活的女性小說，如老含的《梅姐》。

這些作品中，最具代表性和震撼力的小說要屬《父母的心》。黃曼秋評論該作品時說，「我們文壇上，這樣成功的作品還很少，至少在《北風》上是很少見，他的量質是皆能給人以滿意的。」〔註73〕下面以努力與《父母的心》做具體分析：

努力是田瑯（1917～1988）的筆名，黑龍江通河人，原名於明仁，曾用名於德光、白樺，筆名除努力外，還包括田琅、海風、於逸秋、沙利清、羅蕪等。1936年赴日，入讀第一高等學校。1940年，進入京都帝國大學經濟學部。1942年畢業後回國，擔任偽滿外交部調查屬官。日本戰敗後，流亡北京。1946年，進入中共晉察冀解放區，經華北聯合大學培訓後留校工作，先後在東北人民大學、吉林大學、南開大學、北京經濟學院等高校任教。後改名白拓方，活躍於經濟領域。

小說《父母的心》講述了農民王老大一家五口因為農村經濟破產，拖家帶口到都市謀生，卻仍舊整天挨餓，最後用女兒換了二兩小米，小兒子病死，另外兩個兒子撿垃圾時被撞死的悲慘境遇。〔註74〕

描寫王老大生活的廣場的污穢：

　　　上頭有糞堆有柴灰……髒水，這些東西混合着發出奇特的味，
　　這味若沖進一位穿洋服的鼻孔裏去的話，那麼至少他要有兩個月的
　　期間躺在炕上吃不下飯去，或者就要像得瘟疫病那樣地不舒服。

描寫大孩子撿回來饅頭：

〔註71〕篁勗，曉潮創刊小言〔N〕，滿洲報，1934-11-9（8）。
〔註72〕張泉，殖民拓疆與文學離散——「滿洲國」「滿系」作家、文學的跨域流動〔M〕，哈爾濱：北方文藝出版社，2017，1：283～287。
〔註73〕共由，北風評論〔N〕，滿洲報，1935-12-20（8）。
〔註74〕努力，父母底心〔N〕，滿洲報，1935-9-10（10）。

石頭子似的饅頭，上面滿敷着一層白羽毛子

描寫在廣場等活的一群窮苦人群：

差不多是一律的破藍棉襖，藍棉褲，臉手都和地皮一樣色
的，……粗壯然而大半的都是枯瘦着的人

整篇通過大量對話來塑造人物形象和推進情節開展，如妻子對王老大賣
女兒的抱怨：

……哼！你把我底孩子算送湯鍋裏去啦！……連看都不興去
看啦！那老婆子啊！那王八頭子……像驢似的罵着，叫着不許咱們
去！……你，你這麼大個男子漢……你挨人家罵……連大氣也不敢
出，熊包！……你把孩子給我抱回來！你給我……

通過對孩子的訓斥來刻畫米店掌櫃老闆惡毒刻薄冷漠：

你他媽的少哭！就好像他媽的誰給你氣受啦似的，你不願意在
這兒就跟他們回去，我們這兒不缺你——可得把二升小米給拿回
來，還留着喂狗哪！

經過一夜折磨，五柱子死了，就在媽媽傷心欲絕的時候，有人過來說，
兩個大兒子在撿垃圾時被車撞死了。故事結尾，媽媽抱起死去的小兒子，瘋
了一樣的跑了出去，嘴裏不住的喊著「誰殺了我底孩子，誰殺了我底孩子」，
而爸爸則一動不動的站在那裡，他的心凝凍了，已經沒有了知覺……

《父母的心》有著鄉土特色的描寫，真實語言的再現等，讓讀者迅速融
入到故事中，深受感染。小說用生動的文學話語揭示了一個毫無活路的社會。
最後「誰殺死了我的孩子」暗藏了「吶喊」。

在《北風》刊載的小說裏，很多都是這種以對話形式為主反應現實的小
說。這些現實主義題材小說，無論長短，都為讀者展開了一幅在飢寒交迫下，
深陷苦海的平民生活畫卷。這是對偽滿洲國宣傳「王道樂土」的極大諷刺，
也撕開了日本殖民統治偽善的面具。

偽滿洲國建國後，日本人在殖民宣傳中，極力營造出一種「美好現實」
的圖景，四處鼓吹「五族協」和「王道樂土」，意圖傳達是日本使東北人民脫
離了軍閥的黑暗統治，過上了「幸福生活」。對於東北本地作家以描寫鄉村、
都市窮苦人民生活為主要內容的現實題材，日本人是十分痛恨的。在他們看
來，即使要寫現實主義題材的作品也應是建設性的，即「要用建設性的眼光

去描寫『建國』理念指導下的偽滿洲國的『美好現實』。」〔註75〕

梅君說「在荒蕪雜陳的文壇裏，作為時代作家的他，就應該下一番苦功，將野草除清，垃圾掃蕩，用心血培植出美麗茁壯的花果，這就是園丁的任務，所以英勇的奮鬥是必需的，虛心的學習是緊要的，努力的工作是應當的。一個時代文藝作家的創作應該而且能夠『反映時代』、『鼓舞時代』、『推進時代』，強有力的去表現人生的真實的意義，強有力地去創造生活的新形式。」〔註76〕

對於現實主義題材的堅持，正是殖民統治時代下東北文壇作家「英勇」的表現。他們熱愛自己生存的這片鄉土，通過典型的東北特色的場景、語言、細節描寫，寄託著自身的思鄉與民族情感。即使是在文壇受日本人打壓的時代，他們也不曾放棄這份執著。

日本的鐵蹄踏進東北，殖民文化便逐漸侵蝕本土文化。「當一個民族懷著迫切的心情急於建構一套人們現實生存的依據時，除了需要一系列堅固的政治話語來保證其實施，還需要一個堅實的基礎──民間認同。」〔註77〕《北風》所看出的這些現實主義題材的描寫所展現的時代畫卷，恰恰折射了對偽滿洲國的「質問」和「不認同」，恰恰是東北文人以文字為武器，用文學的力量改變社會的心聲。

（三）《文藝專刊》：殖民政治夾縫中殘喘掙扎

《北國文藝》和《曉野》停刊之後，第一份《文藝專刊》創刊從1934年8月28日到1934年11月3日，存在2個多月的該刊共發行20期，著力在對國內外文學家的介紹。

第二份《文藝專刊》存在於《北風》和《曉潮》之後，它將文學作品和理論整合到一版上。從1937年1月15日創刊到1937年7月30日停刊，歷時6個多月，每週五出刊，共出版27期。

1. 黃旭與《文藝專刊》：暫時地生命苟延

第一份《文藝專刊》時期，黃旭曾在一首《飄葉》的詩中，描述過自己的境遇：「下死勁兒地掙扎著，在狂風裏，在暴雨裏，在烈陽裏，在毒蟲裏，

〔註75〕金長善，偽滿洲國時期朝鮮人文學與中國人文學比較研究〔M〕，哈爾濱：北方文藝出版社，2017，1：24。

〔註76〕梅君，時代作家的任務〔N〕，滿洲報，1935-5-3（10）。

〔註77〕江臘生，後現代主義蹤跡與文學本土化研究〔M〕，山東：齊魯書社，2009，7：110。

漂蕩啦！」〔註78〕雖然生活艱難，但是編者的工作讓他感受到了一絲溫暖，「幸而有一個春天，陽光給了它點溫暖，風扶著它走，在一家籬下，暫時地生命苟延」〔註79〕。

圖 6.6：《文藝專刊》創刊版面

　　《文藝專刊》雖然只發刊 20 期，卻是黃旭對於文藝版面整合的一次主動嘗試。為了更加高效便捷的刊發稿件，同時「在讀者們的約求和編輯法的需要改善的『雙管齊下』中產出了這《文藝專刊》」〔註80〕，對於稿件題材，該刊的選擇更加廣泛：

〔註78〕老舍，飄葉〔N〕，滿洲報，1934-8-28（8）。
〔註79〕老舍，飄葉〔N〕，滿洲報，1934-8-28（8）。
〔註80〕篁晜，寫在《文藝專刊》創刊號的前面〔N〕，滿洲報，1934-8-28（8）。

我們的取材是廣義的，無所謂什麼《布兒……》什麼《破羅……》
什麼什麼派的，只要內容有深刻的意義和偉大的對象，只要文體有
優麗的詞句和嚴密的結構，只要你自己真讀得懂的詩詞，只要你自
己真認為通的翻譯，都是我們歡迎的……大者如天地，小者至蠅蛆，
一切一切，只要你去追求，那盡是些可以為文的好題材。〔註81〕

第一份《文藝專刊》重視對國內外文學家的介紹，主要表現在兩個方面，
一是在版面內容安排上，以作家作品或理論介紹為主的內容出現的頻率最
高，有時一塊副刊版，有兩到三篇稿件都是介紹國內外的作家；二是作家數
量之多。經過對《文藝專刊》的梳理，發現副刊中介紹的文學家主要來自於
國內、日本、英美和蘇聯。既介紹作家的生平，又對其文學作品或文藝理論
進行說明。

為方便介紹各國作家，副刊刊登了《世界名文學家略傳》《日本近代作家
拾零》《當代作家談》《近代英美詩壇之趨勢及幾位著名詩人》等內容。其中
不乏知名的文學家，國外作家如高爾基、莎士比亞、蕭伯納、巴克夫人、泰
納、龔多塞等等，國內的作家有老舍、周作人、劉半農、王瑩（女）、孟超、
魯彥等。日本的作家主要介紹了菊池寬、中村武羅夫、野村愛正、小路實篤、
吉井勇、前田曙山、林芙美子（女）等等。歐美的作家主要來自詩壇，包括
布蘭道恩、德塞沙爾、勃魯克、梅斯裴爾、霍斯曼、葉芝、桑德伯等。

除了介紹各國的作家作品，《文藝專刊》也關注國內外的文壇近況，如歐
美詩壇、蘇聯作家大會、北平的文藝茶話會、西安文壇等。此外，在《文藝
專刊》上也不乏小說、文藝評論等內容，如老含的《愛你的證據》《梅姐》，
兀尤的《斬絕》等作品，這些作品在後期的《曉潮》中還曾引起了評論。

隨著殖民統治的加強，報紙副刊成為日本人推行文化殖民的重要組成部
分。1934 年 11 月，《滿洲報》大幅度增設副刊，就是該政策推行的具體表現。
該報在《本報七種週刊之更新》中寫道：

在我們這個和平地國土上，現在當然不是文化發展的最高峰，
他要如黃河之源地那麼永遠振發下去是沒有異議的，本報既為負責
振興文化機關之一，所以對於這樣生氣的時代，籌設應付的計劃是
不敢稍落人後的，於是本報要擴張副刊，豐搜內容，改善編輯，期

〔註81〕筐勖，寫在《文藝專刊》創刊號的前面〔N〕，滿洲報，1934-8-28（8）。

封北國的文化有所貢獻。〔註82〕

在黃旭辦完《文藝專刊》後，《北風》和《曉潮》就是在這樣背景下誕生的。與以往文藝副刊相比較，此時的它們被限定在振興殖民文化的框架內，依照「權力階級」的設置，為宣傳「滿洲文化」出力。

最初，《北風》和《曉潮》還顯示出艱苦的掙扎。在《北風》中，以揭露東北社會黑暗、窮苦現實為主的現實主義題材盛行。《曉潮》中關於未來文壇建設的論戰進行了長達一年多的時間。幾位版面編輯與東北的「文壇勇士」一道固執的行走在他們認為正確的方向上。

這種方向對於殖民者而言是不可忍受的「背離」。於是，在《北風》和《曉潮》存在的 2 年中，編輯方針多次變化，從編者呼籲大家多多注意「滿洲文化」，到刊發外國文壇內容，排擠本地文壇，再到《曉潮》以刊登「文化遺產」為主，將本地文壇內容全部剔除，從文學副刊徹底轉變為藝術副刊。

這是兩份副刊在殖民文化的框架內掙扎的過程。我們看到了一批積極的作者對於東北文壇建設討論的熱烈，看到了作家在作品中呈現的東北血淋淋的社會現實和人情冷暖，看到了版面編輯帶領文壇中人向著進步文化之路邁進的決心和對於一次次調整編輯方針的無奈與失落。

在 1935 年《曉潮》最後一期上，黃旭寫到「我們還需要新的發展，所以——還希望愛護本刊的諸位，再進一些力量，將在未來的一九三六年，對我們的文壇，更重一層地負起責任來——在成功的前夜，是需要更大量地努力的哪！」〔註83〕

1936 年 3 月 22 日，黃旭在《編輯室放送》中宣告離開，此後，《北風》《曉潮》改為半月刊。在繼任編者的聲明中，《北風》和《曉潮》都將給予新人以發表創作的機會，《曉潮》也會繼續介紹世界文壇新的消息和新作家……

2. 孟原與《文藝專刊》：最後的一聲抗爭

面對殖民者文化壓迫日益深重，經歷了《曉潮》時期的熱烈討論之後，《文藝專刊》整體上回歸了平靜，給人一種「負重前行」的感覺。

這份《文藝專刊》編者是孟原，生於 1912 年，遼寧省黑山縣人，原名趙樹全，筆名有趙孟原，夢園、小松等。1932 年開始文學創作，1933 年在瀋陽文會中學就讀時，與鄧雪滌等人組織白光社，創刊《白光》。後任《滿洲報》

〔註82〕本報七種週刊之更新〔N〕，滿洲報，1934-11-6（8）。
〔註83〕蕭艾，編輯室放送〔N〕，滿洲報，1935-12-27（8）。

文藝專刊編輯，1938 年到長春，編輯《明明》月刊。同年 9 月《明明》停刊後，隨即與古丁等人組成藝文志事務會，出版《藝文志》季刊。1940 年任長春藝文書房出版社編輯。這期間翻譯美國賽珍珠所著的電影劇本《大地》。自 1938 年起，陸續出版了短篇小說集《蝙蝠》（1938 年，城島文庫出版社），《人和人們》（1942 年，藝文書房出版社），《苦瓜集》（1943 年，興亞書店出版社），長篇小說《無花的薔薇》（1938 年，東方國民文庫出版社），《北歸》（1940 年，益智書店出版社），詩集《木筏》（1940 年，瀋陽文化普及協會出版社）等。解放後任長春《光明日報》編輯、《民主報》編輯。〔註 84〕

圖 6.7：第二份《文藝專刊》版面

〔註 84〕徐乃翔，中國現代文學詞典第一卷小說卷〔M〕，桂林：廣西人民出版，1989：74，中國文學家辭典（現代第 4 分冊）〔M〕，成都：四川文藝出版社，1985：388～389。

作為《滿洲報》在停刊前的最後一份純文藝副刊，在走向死亡之前，作為編者孟原，還是做出了最後的「努力」提振東北文壇。從整體上看，《文藝專刊》在這個時期都呈現出了非常典型的「孟原特色」。

介紹國外作家作品。在《文藝專刊》中，讀者能夠時常閱讀到一些譯作，或是小說，或是詩歌。孟原也時常刊發自己翻譯的作品。在他看來：「譯文的使命，不僅是『介紹』，譯者的任務不僅是『媒婆』，至少前者要使讀者對於名作家的技巧認識，後者會使作家對於大作家的技巧學習，以現階段的文壇狀況來說，我們是不是早就感覺到缺少創作技巧的學習？是的！這一點使我們沒有方法再加否認。」〔註85〕孟原在翻譯文學的推介方面下了很大的工夫，其最突出的表現就是製作了四期《譯文特輯》。

重新復起詩歌。與《曉潮》詩歌幾乎絕跡不同，在孟原任編輯期間，詩歌在版面重新復起。無論外來翻譯的詩歌，還是本地文壇創作的詩歌，都在版面上一一呈現。此外，孟原還借助特輯的形式，推出《詩歌的檢討特輯》，內容包括趙生筠《論詩之資源》，絕吾《詩人的良心》，雪曼《現實的詩》，陽盤《藥師談新詩》等。

推動文藝批評。除了關注文學作品，為使「讀者對文藝做進一步認識——尤其是對於現階段的滿洲文壇的輪廓，與滿洲作家的創作世界觀與作品對人生的價值等問題。」〔註86〕孟原仍舊借助特輯的形式發刊「滿洲文藝批評專號」。1937年6月25日，在第22期《文藝專刊》上，「滿洲文藝批評專號」發行了第1期。在《開場辭》中，孟原對於文藝批評給出了自己的解釋：

> 因為批評不是廣告，我們不希一味讚揚，因為批評不是教訓，
> 我們不希望一味指示。人生就是作品的尺度，作家應該承認有一種
> 人存在，他們的使命是解釋作品與人生的距離的遠近。〔註87〕

此專號共發行2期，登載9篇稿件。韓岡瑞的《本報文藝之變遷與文壇動向》向讀者詳述了《滿洲報》文學副刊變遷的經過以及現階段副刊遇到的一些問題。在專號上的每一篇稿件都是針對現勢的文壇的情況進行討論，還是非常有針對性的。

〔註85〕孟原，寫在譯文特輯之後〔N〕，滿洲報，1937-4-30（8）。
〔註86〕編者，為《滿洲文藝批評專號》徵稿小啟〔N〕，滿洲報，1937-6-11（8）。
〔註87〕孟原，開場辭〔N〕，滿洲報，1937-6-25（8）。

　　孟原依然在倡導文學要真實反映現實。針對當時東北文壇「賣假膏藥的文藝」的醜惡現象，孟原做了《現實反映》一文，來說明小說與現實之間的關係。文章中引用英國當代文藝批評家畢提絲對小說家喬治·摩爾「不聽取社會語言，從自我出發去表現社會現實」的創作手法的批評，作為例子來說明小說需從社會取材，真實的反映社會現實。他借用畢氏的《小說家的耳朵》的原文來映像東北文壇，對這種醜惡現象做了嚴厲的抨擊：

　　　　小說家們是不單不去模擬社會的各種語言，即便是他們從社會群中聽到了那種聲音，他們也是不作那忠實的抄錄工作，他們總是企圖把現實的語言提高一些、美化一些……

　　　　失聰的小說家會在欺騙著讀者，以武斷蹂躪過的現實反映，硬充是純真的現實反映，而書評人又在欺騙讀者以這種失真的東西，作負責的辯護人，這現象是永不停的發生著，繼續著，這永不停止的擾亂，誇染混目的光彩，調成這愚弄、欺騙、賣假膏藥的文藝界。

〔註88〕

　　孟原對好文章也是不吝讚美的。在《北荒與山丁花》一文中，他將小說《北荒》和《山丁花》視作「滿洲寶卷」，稱兩篇小說的作者疑遲「以有力的筆調，粗獷的線條，簡單的輪廓，構成一幅荒原中的流民圖，又以冷和力交織著血流，點染了一幅墾林群像。」〔註89〕他稱《北荒》為「劃分時代的最完整的作品」，但他更愛《山丁花》，認為其結尾的「社會評價並不是如此簡單，除此之外，還蘊有大眾的靈魂，與光明的憧憬。」〔註90〕為了表達喜愛，孟原更是在第25期的《文藝專刊》頭條位置刊發了疑遲寫的《我怎樣寫的〈山丁花〉》，並視其為「寶貴的參考資料」。

　　對比兩份《文藝專刊》，不難看出，兩專刊都把關注點放在了對外國文學的普及介紹上，只不過第一份專刊是對國外作家和作品的簡單介紹，而第二份則是要通過翻譯其作品從中學習創作的技巧。由此也能看出，北國的文壇確實也在逐漸走向成熟。面對殖民文化的重重壓迫，面對殖民者的文化統合，隨著《滿洲報》的停刊，《文藝專刊》也黯然落幕。

〔註88〕孟原，現實反映〔N〕，滿洲報，1937-5-21（8）。
〔註89〕孟原，北荒與山丁花〔N〕，滿洲報，1937-7-2（8）。
〔註90〕孟原，北荒與山丁花〔N〕，滿洲報，1937-7-2（8）。

第三節　《消閒世界》：殖民時代的社會圖景

第二章關於副刊整體情況的綜述已經對《消閒世界》作了簡要介紹。《消閒世界》作為綜合性副刊，為何又在文藝這章來呈現呢？

1924 年 4 月 16 日，《消閒世界》正式出現，從此開始了達 13 年的辦刊過程。《消閒世界》版頭的設計雖歷經變化，「消閒世界」四個字再也沒變更過，面向大眾，提供消遣娛樂內容，更是其不曾變化的辦刊宗旨。

圖 6.8：《消閒世界》創刊版面

從版面內容看，小說和詩歌是《消閒世界》的主要內容。縱觀辦刊歷程，《消閒世界》刊發了大量的文學作品，既有舊文學，又有新文學，一度成為東北文藝活動的「天地」。

　　從這兩方面來說，《消閒世界》的通俗文學是面向大眾的重要的、也是主要的消閒內容，影響和意義深遠。所以，本章將《消閒世界》上以小說為代表的通俗文學吸收進來，進行分析。這樣能更為完整的呈現《滿洲報》文藝副刊。

一、連載小說的刊載情況

　　《消閒世界》上的通俗文學以小說為主，而且是連載小說，一些單篇的文章、詩歌等內容，不時出現，整體數量上不多。

（一）小說刊載的三個階段

　　以小說的發展脈絡看，《消閒世界》的大致可以分為三個階段：

　　1924 年至 1930 年，《消閒世界》是名副其實的綜合性副刊，擁有「小說」「文苑」「新詩」「諧藪」「雜錄」「花訊」「法律」「衛生」「稗乘新篇」「現代思潮」「善亭雜俎」「電影」「石角山房」「東鄰詩人吟稿」「野乘彙編」「舊劇」等欄目，可謂包羅萬象，一片生機勃勃的景象。通俗文學的內容在副刊中，逐年增加，特別是 1928 年，迎來了這階段的頂峰，刊發了大量的新文學作品。1930 年，《消閒世界》發生巨變，版面內容和文學作品驟減，以大量歷史小說填充版面。

　　1931 年至 1934 年，《消閒世界》一度和同期的文藝副刊「難分伯仲」，幾乎成為純文藝副刊，版面被大量文學作品佔據，時而還有關於文藝發展的討論文章，如《舊文人的文字遊戲》（1934 年 7 月 30 日）《給為東君》（1934 年 9 月 10 日）等。這種變化，在編輯韓岡瑞來到《消閒世界》後，得到特別的凸顯。

　　1935 年至 1937 年，《消閒世界》上的文學作品驟然減少，逐漸恢復曾經的綜合性副刊的特點，版面內容的欄目又豐富起來，如「幽默」「野乘雜編」「社會小說」等。但是這次卻沒有初創時期「生機勃勃」的景象，版面欄目和內容豐富了，但沒有包羅萬象的氣象，而是更偏重文化，出現些考據的欄目，整體內容給人的感覺比較「僵化」，顯露出頹敗的氣息。這種狀態一直延續到終刊。

　　《消閒世界》上的連載小說是通俗文學的重中之重，即便短篇小說，有時都要拆作兩期進行連載，長篇最多的連載期數近千期，連載持續 3 年多。《消閒世界》主打連載小說，也是為了吸引讀者能夠持續訂閱報紙進行閱讀。

　　本節以《消閒世界》上的連載小說進行重點分析，藉此窺探通俗文學的概況。辦刊 13 年的《消閒世界》幾乎是在連續不斷的出刊，期數浩繁，內容巨多，也只能選取重中之重、最能代表其特色的內容進行分析。

（二）連載小說的具體篇目

　　從辦刊之初，《消閒世界》就以連載小說為重點，通過以長篇連載搭配短篇連載的方式進行呈現，以此來增加報紙的吸引力。本節對 13 年來《消閒世界》連載小說進行了梳理，共有 216 部，詳細見下表：

表 6.1：《消閒世界》連載小說目錄

標題	作者	標題	作者
1924 年（共連載 11 篇）			
（偵探小說）妖幻	蔗農	征人閨夢	靜觀盧主
彼女之命運（譯文）	菊池幽芳	（應時短篇）國民的苦	女藻、蘊生
九尾狐	夢餘	（短篇紀實）一箇舊事婚姻	王少坡
啄木嶺	紅蕉	（短篇紀實）兵禍一瞥	傑三
海外同命鳥	滋蘭	疇昔之夜	哀鴻
你哭什麼	孟芳		
1925 年			
（歷史小說）五代殘唐傳	蔗農		
1926 年（共連載 6 篇）			
婚夜回憶	李遜梅	預言家	程瞻廬
孽子奇婚記	冥飛	重大的犧牲虞	山雙燕
情絲操縱記	劉螯叟	神針	向愷然
1927 年（共連載 9 篇）			
（應時創作）新中國	李遜梅	（社會小說）奇妙集	天民
碧塵	君左	（短篇小說）夢竹林	化青
醉兵王	三辛	劉老人	城
墮落的青年	綺情	李二	心魔
（社會小說）文明結婚	天民		

1928 年（共連載 29 篇）			
（短篇紀實）征婦淚	天民	二烈女傳	梁銳
（紀實小說）蘇彥生	天民	家中的她與外面的她	閆文彥
（愛情小說）萍梗姻緣	寸草	親戚	李正果
（紀實短篇）誰的罪	鄒悲影	可憐的母子	李培臣
一句笑話	契訶夫	曙光	林泉清
憔悴	劉雪蕉	（紀實短篇）家庭慘案	姬昂
（言情小說）雨後	言博	媒妁的結果	黃沖前
春去也	玉相	（言情小說）風卷殘紅	李維邦
短篇小說）戰禍	陳駭	（哀情故事）淚痕	劉世仁
（短篇小說）福聚棧中的一夕	仲銘	別離之夜	劉世祿
（短篇小說）娟娘	陸癡	K 村的鬍匪	武英
（滑稽小說）冬烘笑史	忠祿	（小說創作）曇花一現	李灝波
的可憐	梁伯濤	（短篇小說）伊的雪晨記	張鼎
在宿舍裏	GK	情別	一山
離別一夜	梁銳		
1929 年（共連載 12 篇）			
酒徒	王餘杞	匕首姻緣	愁
一個漂泊的人	王錫順	鍾情女	王文峻
早秋	陳翔鶴	（哀豔短篇）恨海拾遺	棲雲
（社會小說）紳士	又安	仿元人會圖三國演義	古書
函謦記	榭鷗盟	劍俠志	承訓
破鏡重圓記	孫先紹	繪圖紅樓夢（清）	曹雪芹
1930 年（共連載 7 篇）			
（社會小說）舊家庭	田星五	（歷史小說）齊人演義	葛天民
（歷史小說）西太后	文實權	蘭芬淚史延	陵樹聲
（歷史小說）元胡演義	張善亭	尋夫遇子記	張善亭
（歷史小說）香妃恨	蔗農		
1931 年（共連載 15 篇）			
永遠拋不下的恩情	初試	弱女沉淪記	吳太
（社會紀實）青樓遺恨	趙超然	得救（譯文）	泰戈爾
姨太太的能力	靜波	（紀實小說）失學遺恨	王金聲

（短篇小說）菱娘哀史	陳越峰	苦恨的回憶	袁子勃
情海隕香史	李偉初	P先生	或人
女徒	凡子	C姑娘的幸運	王靜波
（哀情小說）賢女哀史	王金聲	束縛	曙旭
（短篇小說）前塵	或人		

1932年（共連載33篇）

厭世者	活石	慘春之夜	活石
萍飄雲散	沈大可	劫	方蘭
古本《金瓶梅》		奇藝夢影	見石
多情的車夫王	濟鋼	片段的回憶	秋影
路	藝工	薄命的小玉	玉靜波
文孽	琅琊生	決斷姊妹	新三
芳心欲碎	徐長城	母親的心	新三
（紀實小說）粉筆生涯的嘗試	光璞	思親淚	微塵
伶仃	琅琊生	狂風暴雨裏的蜂蝶	馬雲超
素娥淚史	韓普良	（短篇警示小說）阿榮的懺悔	西貝生
一幕悲劇的喜劇	高蘭	落涸的薔薇	馬雲超
墜落	丁靜	酒色狂徒	傅丁
苦	丁靜	可憐的她	菊秋
是非	靜了	命必紅顏薄十分	俠儂
董二禿子	瑤圃	渺茫的倩影	秋影
雨夜的他	靜藩	黑暗的眼光	靜波
春夢	許咸宜		

1933年（共連載32篇）

愛之奔流	夢影	可憐一個小學教師	祖培
一失足成千古恨	傅丁	不愛也得愛	摟曼
犧牲	劍嘯	熱情	祖培
路底領橫	三新	雨天	一鶴
一塊香帕	瘦玉	自縛	芳豔
桃花江干	黃旭	迷離孤魂	夢飛
愛的歸宿	珍玉	（哀豔小說）情墓	蒼生袁凡

一個落魄的青年	寅初	一個青年工徒	捷峰
少女魂	劍虹	阿順犧牲的代價	袁錦文
愛之典型	臨冥薇堡	春血	篁勗
（醒世小說）賣花聲里人	瘦玉	鬧鬼	芳豔
自懺	常英奇	水滸	施耐庵
悲哀	蓋芳	渺茫的夜	賈見虹
俠義柔情	啞	流氓	紫竹
（醒世小說）戀愛的破產	祖培	童戀	蓓欣
（醒世小說）非非幻想	王敬夫	侘傺舊痕	晶瑩
1934 年（共連載 41 篇）			
意外的曙光	芳豔	一場戀愛的慘劇	王韋
潛逃奇遇記	夢影	她的悲哀	笑呆
金戒指	曉光	兒時的憧憬	漫漪
江垣遺痕之一	白虹	誰的過錯	偶痕
情海之波	董健	離恨無端欲斷魂	蕭書傑
道德	惡	愛的末路	新生
江垣遺痕之二	白虹	巧斷雙告記	笑呆
（球界豔談）幻戀	無作者	桃色的命運	摟曼
王和	水心	秋夜幽情曲	蘊志
壺中天	六宜軒主	瘋婦	落萍
可愛的女招待	六宜軒主	秋色飄零	曉光
春之恨	虎頭	蘭的悲哀	楊振之
三年之後	劉佩良	我的書	鋃鐺
並頭鴛鴦	笑呆	喜鳳	櫛風
逃婦	白虹	欲望	趙鴻基
（社會小說）苦伶仃	柔蕛	梅的不幸	寄影
破鏡重圓	劉佩良	生死姻緣	柔蕛
心之潮	東紫	（奇怪戀愛）女魔術師譯文	阿布德藏
桂芬的淚	夢影	小鳳	紀清間
夢中月夜	秋石	東陵道上	曉光
薄命的女子	劉佩良		

1935 年（共連載 10 篇）			
王春于歸	柔鄉	愛的幻滅	石筠
道邊的骷髏	佳東	（哀情小說）青林淚痕	王敬夫
慧珍	試初	情死	笑呆
惜別	曹大魔	別暫	泣影
匪劫	一飛	他們的事情	吳雲心
1936 年（共連載 4 篇）			
（社會小說）好青年	無作者	她	俗夫
南蠻子	天華	姊妹花	璧
1937 年（共連載 6 篇）			
陳禿子	渺音	伊的歸宿	文癡
桃花庵	善亭	試看乖戾無下場	柔鄉
伊的悲哀	彭書麟	學徒	白望

由於《消閒世界》與其他文藝版有交叉轉載的情況，並且報刊跨越 13 年，期數量巨大，梳理統計中，難免有疏漏。此表，基本能夠精細呈現《消閒世界》小說連載情況。

僅從連載的期數上看，除去偶而轉接其他文藝版的連載文章和《三國演繹》《紅樓夢》《金瓶梅》等古書外，從當時創作的 204 篇樣本的分析來看，2～5 期連載達 130 篇，其中 2 期連載 58 篇；6～20 期的有 57 篇，20 以上的 5 篇，百期以上的小說 10 部。其中蔗農的歷史小說《五代殘唐傳》刊載 934 期為最長，紀實小說最長的要數黃旭的《桃花江干》連載了 128 期。

從時間來看，連載期數 5 期以下，主要集中在 1928 年 18 篇、1932 年 19 篇、1933 年 25 篇、1934 年 30 篇。這個階段，《消閒世界》中，短篇小說達到了高峰。

（三）長篇與短篇同步連載

從整體辦刊歷程來看，長篇連載小說是《滿洲報》保證銷量的「生命線」，貫穿了《消閒世界》辦刊全程。

《消閒世界》在 1924 年起，以蔗農的偵探小說《妖幻》開啟了長篇連載。《妖幻》從第 205 回起出現在《消閒世界》，連載至 419 期，一直持續到 1925 年初。隨後，蔗農的歷史小說《五代殘唐傳》連載了 934 期，持續到 1927 年初。

　　《消閒世界》上的長篇連載小說，可謂是一部緊接一部。1927 年 4 月起，社會小說《奇妙集》連載 355 期，為期一年；1930 年，張善亭的歷史小說《元胡演義》和蔗農歷史小說《香妃恨》，分別連載過百期；隨後，古本《金瓶梅》、黃旭的《桃花江干》、施耐庵的《水滸》、社會小說《好青年》進行了接龍式的連載，直至《消閒世界》停刊。

　　這裡面需要注意的是，《消閒世界》偶而也承接其他版面的連載小說，如連載《仿元人會圖三國演義》、《繪圖紅樓夢（清）》以及當時頗有影響力的夢餘撰寫的小說《九尾狐》。這些並沒有完整連續的在《消閒世界》上刊發，只能勉強計算在連載小說之內。

　　中短篇幅的連載小說應該說更具有現實意義。這裡面有很多是當時文壇活躍的作家的作品，如李遜梅的《婚夜回憶》、短篇紀實小說《征婦淚》《失學遺恨》，社會小說《苦伶仃》等。《消閒世界》辦刊中比較特殊的年份有 1925 年，被蔗農的歷史小說《五代殘唐傳》完全佔據，幾乎沒有其他的連載小說。而 1928 年，小說刊載進入一個小高峰，完全是短篇小說連載，在版面上加框突出處理，而長篇連載小說銷聲匿跡。

　　《消閒世界》連載小說中比較特殊的一類要數譯著。這類小說數量不多，僅有 4 部：1924 刊載了日本菊池幽芳作品《彼女之命運》，約 10 期左右；1928 年刊載了契訶夫的《一句笑話》，共 4 期；1934 刊載「奇怪戀愛」小說《女魔術師》，共 13 期。

　　對比短篇小說而言，《消閒世界》刊載長篇小說主要來形成穩定的讀者群，在版面上並不重要的位置連續刊出，但標題較為醒目。如刊載《三國演義》《紅樓夢》《金瓶梅》等，一方面能解決稿荒，一方面也受民眾歡迎。到後期，版面上大部頭的連載小說質量大不如前。長篇連載比較有代表性的就是社會小說《奇妙集》《桃花江干》，次之該屬《元胡演義》《香妃恨》。長篇小說刊載的數量不多，但刊載期數巨大，時間跨度長，主要是滿足「消閒」的需要，現實意義不大。

　　而短篇小說，經常在版面頭條位置突出處理，整體來看，短篇小說連載能達到 200 多部，匯聚了東北文壇諸多作者的作品，題材豐富多樣，反映了現實社會的百態。可以說，短篇小說是《消閒世界》通俗文學中最具現實意義的作品。

二、小說敘事裏的現實百態

　　《消閒世界》的編者在刊載小說的時候，往往會進行標注，為讀者特別說明小說的類別，如「小說創作」「哀情小說」「紀實小說」等等。從統計來看，《消閒世界》中有明確標示的小說達 45 部。本文暫且不去考究這些分類的準確性和科學性。這些標示恰好為分類研究這些小說提供了一個標尺。

（一）紀實小說

　　紀實小說是《消閒世界》通俗小說中最重要的一部分，無論是從數量上還是現實意義上，都佔有最大的份量。如《國民的苦》《征婦淚》《青樓遺恨》《失學遺恨》《苦伶仃》等等。《消閒世界》中把紀實類的小說特別標識為「應時創作」「社會紀實」「社會小說」等等。

　　這些小說關注現實生活，關注人物的現實命運，呈現了真實的社會狀況。如 1932 的紀實小說《粉筆生涯的嘗試》（3 期連載），小說以第一人稱敘述，描寫了一所鄉間破廟的學堂裏，主人公反思教育生涯的場景。小說主人公用「粉筆的生涯」來比喻教育事業的神聖，可是不得不面臨掙錢為生、學生流失的困境。

> 　　舊學生能繼續上學的，至少可以有八九十名，但現在，每班不
> 到二十，原因呢？我不願意再往下想了……亂世則學校不修焉……
> 「粉筆生涯」的悲哀……〔註91〕

　　小說從藝術上來講，文字和故事情節都不夠理想，更像是隨筆，以人物所思所見所感，反應了現實社會中教育面臨的淒涼處境。

　　後期，紀實小說明顯更加成熟，反應社會現實更加真切和深入。如 1935 年的《消閒世界》頭條刊載的小說《道邊的骷髏》〔註92〕（2 期連載），作者創作於 1933 年的哈爾濱。小說描寫了入冬時節電影院前乞討老人艱辛求生的一晚，無論景物描寫，還是人物心理描摹，都非常細膩，呈現了一幅生動的社會景象。

> 　　殘暴的冬天已經來臨了，馬路上飛揚著清雪，過路的人們有的
> 擁著皮裘，有的穿著棉外套，往來迅速地走著，汽車電車風馳電掣
> 地駛去，商店的窗飾中照下來的燈光，反映在馬路上，亮晶々地，

〔註91〕光璞，粉筆生涯的嘗試〔N〕，滿洲報，1932-4-28（6）。
〔註92〕佳東，道邊的骷髏〔N〕，滿洲報，1935-1-4 至 5（3）。

好似在表示嚴寒的威權。

小說將城市景物的描寫，作為反襯底層社會小人物悲慘命運的圖景，形成鮮明的對比。如電影院門口一個乞討的老人：

> 內門的旁邊站着一個憔悴的枯老的身體，滿身都是襤褸得不堪收拾的衣服，污穢骯髒，有時還傳出來縷縷的臭味……在他那對紅腫的眼皮、蒼白的雙頰間，浮露出來個勉強的可憐的微笑：「老爺們！太太們！賜給幾個吧！……」

一無所獲的妓女：

> 十一點種以後，街上的人行稀少，只是巷口賣肉的女子（就是日埠所謂野妓的）還有三五的在滿□着，從她們哭喪的表情上，就可知道她們今天晚上沒有接到什麼客。

無奈的電影院守門人：

> 時候快到半夜了，你還不出去，如果被院長知道，我的懲罰你能替得了嗎？若再不出去，我就要你的老命！

最後乞討老人在被影院看守無奈的趕出去後，凍死在路邊。

> 天氣不像昨晚那樣冷了，馬路上的汽車開始飛行，行人們也開始蠕動，幾個下崗的警察懶々洋々地從 BL 影院門前經過，他們在道邊發現了：一個年約六十歲的老頭子，穿了一身破碎的衣服，面向着蒼天，在靜悄悄地睡着，在他那副死僵的臉龐上還留着一個可怕的問號呢！

紀實小說反應了社會生活的百態，既有社會蕭條、也有人物的悲慘命運，還有冷暖分明的世態炎涼。如《意外的曙光》〔註93〕（2 期連載），描寫了 L 先生與妻子霞，生活困頓，求救無門，突然發現「金鐄」獲救的小故事。小說戲劇性更強，文字可讀性更好。

L 先生到舊日的老伯家裏借錢吃了閉門羹，妻子霞懇求再去別處借，L 先生回覆道：別處——霞，你還不知道現在的人情，咱倆在事上，他們都巴結着交。現在咱們又沒有事，又沒有錢，人家理都不敢理，還能卻招人家借錢嗎。

趕上房東來催房租，無奈妻子收拾衣服送到當鋪換錢，卻掉出昔日老父親給他們的兩枚「金鐄」。前一秒房東還緊逼不捨，見到「金鐄」趕忙禮讓起

〔註93〕芳艷，意外的曙光〔N〕，滿洲報，1934-1-7 至 8（8）。

來：「先生！您有正用，請先濟別的吧。咱們不忙」這小子登時滿面堆歡的說着就要走。」

《消閒世界》的紀實小說，既有「可怕的問號」來沉痛質問，也有對世態炎涼一針見血地諷刺，還有教育蕭條折射出的社會的殘忍與真實。

（二）充斥哀情與醒世

寫情是小說的主線，從古至今都大體如此。只不過《消閒世界》上的情為吸引讀者多了許多「豔情」和「言情」，也因社會的蕭條，充滿了「哀情」與「哀豔」。《消閒世界》往往將小說打上明顯的「哀情」「言情」等字樣，加以凸顯。如「愛情小說」《萍梗姻緣》、「言情小說」《雨後》、「哀情故事」《淚痕》、「哀豔短篇」《恨海拾遺》等等

1933 年，黃旭寫了小說《春血》〔註94〕用筆名「篁剔」在《消閒世界》上刊發。小說講述了獨居的年輕女士羅琴在情侶劉波從軍後，「主動」與鄰居何昌發生了一段豔情，最後情侶劉波回來，槍殺何昌的故事。

小說衝突性很強，文筆細膩，對話豐富鮮活，但沒有脫離通俗文學的「哀豔」味道，過多細膩展現了男歡女愛的心裏。故事以一個悲劇的結局似乎在警示女人要忠貞。文中羅琴也有一些新女性的影子，作者藉此傳達背離世俗婚姻的觀點。如借羅琴在日記的話寫道：

> 雖無月老紹介，亦未向外宣布，然愛火則熱過，彼輩正式為夫婦者！慰極，願將婚配之青年男女，效法我倆，蓋如此可省卻許多光陰與金錢，亦無煩人之俗禮，為快事也！

縱觀《消閒世界》情感小說，哀與悲是貫穿的一條情感主線，如《她的可憐》《二烈女傳》《風卷殘紅》《匕首姻緣》《恨海拾遺》《情海隕香史》《素娥淚史》《情墓》《桂芬的淚》等。這些作品無不被哀愁籠罩，一定程度折射了社會上的「悲涼」情緒。

與之相對應的醒世小說，則試圖灌輸社會統治者的主流價值。一個宣洩一個灌輸，形成了鮮明的對比。不論數量上還是質量上，醒世小說在《消閒世界》的通俗小說中上不算主流，卻是比較特殊的存在。

《消閒世界》中有明確標識的此類小說有《阿榮的懺悔》、《賣花聲里人》《戀愛的破產》《非非幻想》等。醒世小說於 1932 年開始出現，1933 年較為

〔註94〕篁剔，春血〔N〕，滿洲報，1933-9-30（8）。

集中，隨後的存在感逐漸淡化。

短篇警示小說《阿榮的懺悔》〔註95〕（連載6期）講述了阿榮13歲到城裏讀書，四年後在同學引薦下認識了「拆白黨」陳玉鳳，在自由戀愛主張下被騙婚的故事。

與此類似，《非非幻想》（連載4期）講述了潤生和玉英自由戀愛的故事，最後潤生因玉英忘掉了以前的山盟海誓，與另外一個西裝男子電影院親吻擁抱，一氣之下病倒的故事。文末借玉英寫給潤生的信以示警示：

> 潤生從前我們的愛，如浮雲無異，當此社交公開，自由戀愛時
> 代，你也不要悲哀，現在的我不懂什麼婚姻，終身伴侶，不過朋友
> 中達到感情的沸點，少不了說什麼一切，發生什麼肉體，現在的你
> 我，尚不曾到過肉體的程度，那麼我□各方面論，俱不要抱悲觀，
> 向後各尋各的愛人吧！〔註96〕

兩篇醒世小說，把矛頭都指向了「自由戀愛」，以警醒世人慎重對待。

總體來看，這些警示小說的文學性和藝術性都非常一般，《賣花聲里人》的戲劇性稍好，講述了張公館家三少爺和三少奶奶合謀，騙了貧家賣花女孩為他們生子，但也都是老套路。《戀愛的破產》幾乎沒有太多情節內容與矛盾衝突，最後只靠平白說教：這便算向青樓妓女用情的破產……有天真的女子，那會踏進青樓，做他的賣笑生涯，做妓女的那一個有天真。〔註97〕

（三）長篇紀實小說《桃花江干》

在擔任《文藝專刊》編者的同時，黃旭此一時期也撰寫了幾部小說，比如《愛你底證據》《暮》《梅姐》等。同樣，在《北風》時期，黃旭也發表了數篇小說，包括署名老含的《文章與女人》《桃李》，署名蕭艾的《沒有節奏的音樂》，以及署名山東子的新詩《訴》等。

《消閒世界》連載的《桃花江干》屬黃旭寫得較長的一篇小說。黃旭在小說結束的附筆中寫道：

> 起始寫文章，這部是我空前最長的一篇作品——寫了二五七張
> 稿紙，這裡是我的許多光陰和腦汁的結晶。我十分愛它，顧不了它
> 是幼稚得，有人攻擊我是「敝帚自珍」！

〔註95〕西貝生，阿榮的懺悔〔N〕，滿洲報，1932-10-22（6）。
〔註96〕王敬夫，非非幻想〔N〕，滿洲報，1933-6-17（6）。
〔註97〕吳祖培，戀愛的破產〔N〕，滿洲報，1933.6.8（6）。

本篇的前二十張原稿，是寫在我的《春裏的秋》之前，那時我
正度着工人生活，脫稿在我的《一對赤臂露胸人》完成後的今天，
這時的職務是在充校對──其中經過一度喜怒哀樂的長期的隔斷，
我真慶幸着環境未使我致它流產！

本篇內容，攻擊我的人要評之為無病呻吟作，我卻是不以為
然！本篇後半部中是很露着我的意旨，那固然是狹小的，不過要請
讀者們理解我底環境，從那狹小的地方向廣大處想，便可以明白我
並不是情願消閒在那十八世紀裏的一流了！〔註98〕

整篇小說講述了蘇麗京在玩伴真娣家中，遇到了真娣從香港回鄉的表哥
楊後人，隨後墜入愛河，與已經是男友的本村男孩斌郎分手，與楊後人「馬
馬虎虎結婚」，並生了一個男孩曉兒。最後，楊後人耐不住婚後枯燥生活，拋
棄麗京，又回到香港找曾經的英國戀人 Alet，與其歌舞升平。

從作品敘事來看，小說從麗京在江畔帶著兒子，在兒子關於「私生子」
的質問中，進入回憶，書寫了整個故事。文末回到現實：

孩子八歲，後人還在香港，麗京依然在楊夫人的威嚴下度牛馬
生活，她底年華日趨憔悴了……國裏的共產黨依然在蹯踞一地地猖
獗著，剿共軍的炮聲依然在匪區裏咆哮著，百姓們依然在流著血汗
度那塗炭的殘生……

雖然《消閒世界》重點轉載了這部小說。但《桃花江干》陷於過多的人
物對話，缺少矛盾與衝突，全文的故事性不強。比如麗京與楊後人初次見面，
通過語言對白和講述的方式，連載了 90 回左右。小說最後白描式的展示了三
個主角的命運結局還略有些特色。誠如黃旭自己所言《桃花江干》是「幼稚
得」。

但是，小說通過人物所思所說，還是體現了一些社會觀點的，如麗京對
待婚姻儀式的看法：

其實，兩性之間做夫妻，卻也本用不着向社會報告的，徒費去
不少地光陰和金錢，只要兩造願許便結為夫妻有多痛快，換句話說，
兩性間不互愛，無論間接直接怎樣向社會做宣傳，也是沒有做夫妻
的興趣的啊。

〔註98〕黃旭，桃花江干·附筆〔N〕，滿洲報，1933.9.20（8）。

楊後人與麗京初次見面，心裏對女性的看法，不禁與英國人 Alet 比較，想要把表妹和麗京改造成現代女性：

> 卻不如香港的女郎們那般大方！……我不願他們這般羞怯性長存著，那種近於古代裏的深閨中的女性般地情態，多門可悲呦。
> 我願他們做現代的新女性，飽受歐風的女性。

真娣對類似表哥楊後人這樣偽洋式的人的看法：他們和洋人曾混在一起的人底心地才不光明哩，成天除了亂扯些鬼怪的偽話來騙弄著我們忠實人為消遣之外，便是朝夕地拍洋人底馬屁，替洋人吹牛，甚至洋人露出腚眼向他們底嘴裏放一個屁，他們也肯定下意識地咀嚼一同空口，再歡悅地說是：「香啊！香啊！」

如果說小說後半部如黃旭所言「很露著我的意旨」，只能說似乎要通過女人是視角，來審視女性的命運。小說明著大篇幅寫麗京的人生，其實是要凸顯文墨不多的真娣。與麗京形成對比的是真娣，她將自己命運自己做主，最後如願成為戰場上的一名護士，有了自己的事業。小說通過麗京苦楚，試圖要告訴女性應該像真娣那樣：

> 面對花花公子表哥的示愛：我最恨濫愛女性的男子——狡猾的一類……像你這樣地整個偽洋式的人們都不配愛我！洋式人底一切都和我地不統一，洋式人是騙子！
> 面對長輩楊目的逼婚：我的婚事，連我媽都不得做主，你更不當專迫了，我有自己的自由，決計不嫁表哥。

《桃花江干》試圖用反襯的手法，塑造出一個努力尋找自己的生活，選擇正確的婚姻的新女性。

第四節　結語：殖民政治的文學敘事

《滿洲報》文藝副刊，既是日本殖民「文化親善」的發力點，也是通過文學敘事消解「殖民文化」的突破口。

與論說觀點不同，文學通過特有的敘事方式，承載了複雜的價值判斷，「一千個人就有一千個哈姆雷特」便是最鮮活的寫照。基於現實的文學敘事，給受眾更多解讀的可能，因而抵抗殖民文化的一束光也就此破口而出。

《滿洲報》文藝副刊總體上通過世俗價值輸出了殖民政治主導文化形態，也通過現實的反思與呈現，發出了微弱的抵抗聲音。

1. 政治導向的世俗價值

1935 年 1 月 11 日《編輯室放送》寫道：

> 本刊是發揚滿洲文化的刊物之一，對應負的責任，決不敢有所
> 偷閒……我們決定實行的是在可能的範圍內，從事建設我們有力的
> 新文壇……愛惜和平地滿洲的朋友，不要忽略了滿洲偉大的文化。
> 〔註 99〕

為了營造「愛惜和平」的政治環境，《滿洲報》文藝副刊不可避免的將社會上的世俗觀念與殖民政治的需求相結合，來影響社會大眾。

文藝副刊中很多作品與作者當時「身處的自然環境、各種社會背景以及民族性」〔註 100〕是分不開的。從作家作品中，可以感受到，這些來自東北本土的作家，通過現實主義的描寫，其作品洋溢著「北方性的東西」〔註 101〕。「北方性的東西」包括「以開拓民為基礎構建的尚存過多半封建殘渣的社會結構的影響。」〔註 102〕

特別是以《消閒世界》中的世俗小說為代表，將「王道」思想與現實故事作了緊密的結合，有的甚至簡單將「報應輪迴」等世俗理念，與「王道」思想要求人要忠善的思想嫁接起來，講述醒世故事。

2. 現實生活的真實再現

《滿洲報》文藝副刊中，更多的作者將現實生活的人和事作為寫作的素材，通過文學作品呈現在讀者面前，藉此來抨擊黑暗的社會。

出生於「書香門第」的大光，起初家境不錯，但在時代的車輪碾壓下，經歷了一系列的變故，而這些來自生活的變化促使他走上了文學之路。正如大光所言：

> 這時我的家庭也正起了變動，又眼看着一個親戚家的姑娘因戀
> 愛而被她的老爹逼得自殺，於是我就不自覺的常常沉在深思裏，甚
> 至失掉了我的活潑……在這種情形下，是有一種火災燒我這顆心

〔註 99〕編輯室放送〔N〕，滿洲報，1935-1-11（8）。

〔註 100〕大久保明男，偽滿洲國日本作家作品集〔M〕，哈爾濱：北方文藝出版社，2017，
　　　　　1：216。

〔註 101〕大久保明男，偽滿洲國日本作家作品集〔M〕，哈爾濱：北方文藝出版社，2017，
　　　　　1：219。

〔註 102〕大久保明男，偽滿洲國日本作家作品集〔M〕，哈爾濱：北方文藝出版社，2017，
　　　　　1：220。

了，於是對於文學有了新的認識，於是我開始拿筆，於是我覺到我
必須寫。〔註103〕

趙鮮文的第一篇小說《一壟白菜》也是來自親身經歷的一幕。休學在家
的他，每天在野地上亂走，因看到兩個莊稼人因爭賣一壟白菜而打起架來，
當時正是奉直二次作戰的時候，「這一壟白菜不禁觸動了我的幼稚的心靈，我
回到家裏以後，便提筆寫了一篇非戰小說。」〔註104〕

生活變化，環境變遷，塑造了文藝副刊上的許多作者，他們對於社會的
認知，看待事物的態度，都寫進了作品中，借著副刊這張報紙刊發出來，潛
移默化的影響大眾讀者。《滿洲報》文藝副刊上的文學作品，著眼於反應現實
生活，將「滿洲國」的光鮮與希望一一戳破。這使得《滿洲報》文藝副刊與
殖民文化漸漸疏離。

3. 背離殖民文化的呼喊

在殖民文化的重壓下，《滿洲報》文藝副刊甘冒「風險」，刊登本土作家
從事文學活動的經歷，體現出了抗爭的意識，具有一定的進步意義。

這種抗爭也正如孫勵立在《我與文學》中寫到的那樣，因為「力量底生
長」，這段文字也一定程度上反映了包括編輯蕭艾在內的一部分作家的心聲：

> ……每天每夜熱情在我底身體內燃燒起來，好像一條鞭子抽着
> 那心病，寂寞咬着我底頭腦眼前是許多慘痛的圖畫，大多數人底受
> 苦和我自己底受苦，他們使我底手顫動着，拿了筆在白紙上寫黑字，
> 我不住地寫……我覺得我已經走上這條被白紙和黑字所摧殘生命底
> 路了，我底「復仇」就是在安睡的夜裏硬起來張了疲倦的眼睛寫成
> 的……〔註105〕

「慘痛的圖畫」「大多數人底受苦」「復仇」，覺醒的作者們，他們用含蓄
卻有力的「吶喊」聲，對殖民現實表達著痛苦和抵抗。

總之，儘管《滿洲報》文藝副刊中文學敘事對殖民的抵抗是含蓄的，也
是微弱的，但這種意識猶如一道幽暗中的光，有著不可忽視的穿透力，喚起
了更多人的覺醒。

〔註103〕大光，我和文藝〔N〕，滿洲報，1936-3-27（8）。

〔註104〕鮮文，從一九二二到一九三五〔N〕，滿洲報，1936-3-20（8）。

〔註105〕孫勵立，我與文學〔N〕，滿洲報，1936-5-29（8）。

結　論

縱覽《滿洲報》副刊，不同類型的副刊，都有清晰的內容定位，無論是話題篩選，還是內容呈現，都體現了那個時期的專業水平。在殖民政治籠罩下，這樣趨向專業的話語表達，也只是為了更好地將殖民勢力設定的政治文化形態更好的輸入到社會中。

對於《滿洲報》的受眾來說，這些副刊為他們提供了專業的思想知識、消遣娛樂等內容，對於日本殖民勢力來說，這些內容是承載價值判斷，讓殖民政治在人的意識中落地生根的載體。

可以說，殖民政治全面滲透到了《滿洲報》副刊之中，在政治副刊上形成鮮明的話語表達，在其他副刊上和專業話題融合以比較隱晦的方式呈現。日本殖民勢力倡導的主流價值是貫穿《滿洲報》所有副刊的主線。

結論 1：政治言論表達的界限

在殖民政治的大環境下，《滿洲報》副刊話語表達的界限被殖民政治文化緊緊鎖定，只是不同副刊呈現了程度強弱不同的差異。

從殖民政治的色彩濃度來看，《滿洲報》政治副刊無疑是政治色彩最鮮明和飽滿的，其次是兒童、婦女和體育副刊，文藝副刊的政治色彩「飽和度」最低。

文藝副刊以小說等文學作品為主，各種思潮匯聚其中。文學敘事承載了比較寬泛的價值內容，所以文藝副刊成為政治言論表達界限最為模糊的板塊。

雖然不同副刊話語表達上存在差異，但是總體看，《滿洲報》副刊在殖民政治的要求中，呈現了較為明確的話語表達邊界。這主要圍繞國家觀念的表

達展開。

　　劃清與中國的界限。政治副刊裏中國的「他者」形象非常明顯，其他副刊中，中國也順其自然成為相對於「滿洲國」的存在。「中國」這樣的語詞，無論是在文學作品中、還是體育消息中，但凡出現，就是一個與讀者自身相對立的語義。

　　「滿洲」是大家的「國」。在殖民政治色彩越濃重的副刊中，「滿洲國」越是和「希望」「成就」「自豪」等詞語聯繫起來。在話語中，與中國進行了乾淨的「切割」之後，《滿洲報》副刊無時無刻不在強化「滿洲國」的存在感。

　　關於日本的語言表達，總是限定在「親善」「提攜」「友邦」這樣的話語，而且呈現鮮明的立場，充滿熱烈的感情。

　　偽滿洲國掙扎於日本殖民者和中國故土之間。《滿洲報》副刊政治話語的表達界限呈現出清晰的國家界限。這也說明，日本殖民政治缺少合理的存在基礎，恰恰需要話語上「高壓」。涉及殖民政治的根本利益，話語表達上容不得一絲含糊。

結論 2：政治議題的主要內容

　　《滿洲報》副刊因各個副刊內容上的差異，體現的政治色彩不同，話題輸出也不盡相同。政治副刊是政治議題直接輸出者，其他副刊可以說是將專業領域的話題政治化，間接輸出政治議題。

　　《滿洲報》副刊通過諸多政治話題來豐富呈現「滿洲國」的國家概念和「王道」政治的理念。

　　表達最為直接的政治議題就是「滿洲國」的建設成就、發展前景；中國農村凋敝、政局動盪、獨裁統治；日本的東亞利益、「滿日」的共同利益。這些政治議題，都是在為切割固有國家觀念和建立新的國家觀念服務。

　　間接呈現的政治議題，很好的結合了不同副刊面對特定的受眾需要，形成了更有針對性的話題，以此來深入達成政治訴求。

　　針對兒童的政治化的議題有對「滿洲國」「新邦」的認識、理解「建國精神」——「王道思想」、勞作教育等話題；針對婦女的議題有做「王道」時代的「新女性」、成為「賢妻良母」、「鼓勵」女性生育、建設美好和諧家庭等。這些議題政治意味稍有減弱，但是無一不是政治化的，有濃重殖民意味的。

　　與兒童和婦女副刊相比，體育副刊充斥了太多體育方面的常識內容，政

治議題顯得薄弱，但是借體育精神談「王道」臣民，用體育隱喻「戰爭」、灌輸「軍國主義」思想、強調國家觀念等，又無一不與殖民政治相關聯。

政治文化正是由諸多分散在社會人群身邊的話題組成，殖民政治從殖民需要的話題切入，按照殖民者的政治需求，傳導給受眾統一的核心價值觀念。

結論 3：誘導形成的政治文化

按照日本殖民者的政治需求，《滿洲報》副刊試圖在大眾當中構建出相應的政治文化。通過對政治話語表達邊界的界定，對政治議題的篩選，《滿洲報》副刊盡可能的去影響受眾的政治認知、感情和態度。

《滿洲報》副刊傳達出的政治理想，基本上就是建設「朝氣勃然」「充滿希望」的「王道樂土」。《滿洲報》副刊通過直接鼓動、簡介實事、以及文學作品等，來講述「王道」的政治理念和理論。

《滿洲報》副刊努力傳達對「滿洲國」的「正確」政治認知，描述實實在在建設成就、描繪充滿希望的未來，讓「國民」對「滿洲國」形成更多正面積極的情感和態度。

與此同時，殖民政治的順利推行，構建大眾對中國和日本兩個國家的政治認知、感情、態度也非常重要。不與中國切割，無法認同「滿洲國民」的政治身份；不接受日本，其殖民勢力在偽滿洲國無立錐之地。因此，殖民政治投射在《滿洲報》副刊上，就形成了對中國和日本鮮明的對立的認知、感情和態度表達。

為此，《滿洲報》副刊輸出「大東亞共榮」、中國「獨裁統治」等政治理念，在大眾中積累對日本的親近感情，對中國梳理的態度，將「滿洲國」從中國切割出去，融入「大東亞」。

以上，基本勾勒出日本殖民者在偽滿洲國所要構建的政治文化，以此形成殖民統治穩定的意識形態上的根基。

結論 4：輸出權力主導的價值取向

《滿洲報》副刊輸出政治認知、感情、態度，最終要形成社會的政治價值取向。對社會上個體來講，這種價值取向的宏觀層面是對國家的認同、對政治權力所有者的認同；微觀層面的是對自身政治身份和政治人格的認同。

《滿洲報》副刊對家國觀念的構建前文已總結。對於社會個體而言，《滿

洲報》副刊貫穿其中的「王道」思想發揮了重要作用，成為相對國家觀念建設的另一條主線。

殖民者借「王道」思想，嫁接普世的、舊社會的價值觀來行教化之實，實現對社會個體的奴化。可以說，「王道」思想，建設了社會個體的政治身份認知和政治人格。這成為殖民者權利主導下，輸出的重要價值取向。

對兒童提倡「道德仁義」，講究「忠孝大義」，孝敬父母、勤勞節儉、善待他人與善良誠實，潛在地是要求孩子聽從政府國家需要，「一德一心」忠誠「滿日」；對於婦女倡導學習持家的知識文化，做服務家庭「賢妻良母」，為「滿洲國」建設和諧之家；甚至對於男人也要「以禮儀道德為體育之原理，王化之行」〔註1〕。

《王道週刊》將輸出權力主導的價值取向更加集中清晰地呈現了出來，倡導仁德的政治品格，成為殖民政治下的順民：以克己利人為改換思想之本質，以疏通國際之塞斷，為改換思想之目的，為個人謀出路，為社會謀出路，為國家謀出路，為世界謀出路。〔註2〕

結論 5：呈現出對殖民的抵抗情緒

文學通過特有的敘事方式，承載了複雜的價值判斷。致力於反映現實、反思現實的文學敘事，給受眾更多解讀的可能，因而抵抗殖民的文學敘事，在殖民籠罩的黑暗中如一束光破口而出。

早期的文藝副刊將新知識、新思潮、新文化的曙光照射進這個陰暗的角落。隨後，許多文學作品，揭示了當時複雜黑暗的時代下的社會問題、社會現狀，呈現出一種寫實主義風潮。這些作品以時代為背景，或描寫民生的疾苦，或揭示社會的弊端，本身就是疏離與殖民政治需求的表現。

文藝副刊中展現出來的殘酷社會現實，與其他副刊努力描繪的「王道樂土」的幻象形成鮮明的對比，成為偽滿洲國「王道樂土」的極大諷刺。

現實主義的文學作品戳破了殖民政治的幻象，撕開了日本人偽善的面具。同時，許多文藝青年對於現實反思，寄希望於文學的力量，以委婉的話語和隱晦的意象，努力發出反抗和抵抗吶喊聲，在殖民政治籠罩下顯得彌足珍貴。

〔註1〕壽祥，鄭總理大臣談王道與體育〔N〕，滿洲報，1934-7-16（3）。
〔註2〕鄭氏學說之檢討〔N〕，滿洲報，1935-12-16（5）。

　　儘管編輯一再呼籲，文學作品去政治化，卻依然沒有阻礙住、壓制住抵抗的吶喊聲。正因如此，相比其他副刊，文學副刊顯得動盪多變，兩次《文藝專刊》的出現，便是受到殖民政治打壓的結果。

　　總體上，《滿洲報》文藝副刊通過世俗價值輸出了一些符合殖民政治文化需求的內容，也通過現實的呈現與反思發出了微弱的抵抗聲音。

參考文獻

報刊史料

1. 滿洲報，縮微膠片拷貝（1922～1937，共 26864 張圖片），長春：吉林省
   圖書館。

2. 滿洲日日新聞（日文），縮微膠片（1921～1922，共 440 張），長春：吉
   林省圖書館。

3. 盛京時報，影印版（1922～1937，8），長春：吉林大學圖書館。

4. 泰東日報，縮微膠片（1935，1～1939，7，共 32 卷），長春：吉林省圖
   書館。

5. 關東報，縮微膠片（1923～1936），長春：吉林省圖書館。

6. 大連新聞（日），縮微膠片（1922～1934），長春：吉林省圖書館。

7. 滿洲藝文通信，原版紙質（1941 年第 11 號），長春：吉林省社會科學研
   究院。

8. 大同報，江南正報，大公報，文學人，明明，大同文化，電子版，抗戰
   文獻數據平臺，http://www.modernhistory.org.cn。

普通圖書

1. 田邊種治郎，東三省官紳錄〔M〕，大連：東三省官紳錄刊行局，1924。

2. 東方雜誌（第 27 卷第 17 號）〔M〕，上海：商務印書館，1930。

3. 武南陽，東北人物志〔M〕，大連：滿洲報社，1931。

4. 何西亞，東北視察記〔M〕，上海：現代書局，1932。

5. 上海商務印書館編，參與國際聯合會調查委員會中國代表處說帖（中英
   文對照）〔M〕，上海：商務印書館，1932。

6. （偽）滿洲國外交部編，滿洲國民之總意〔M〕，（偽）滿洲國外交部，

1932。

7. 鄭孝胥，滿洲建國溯源史略〔M〕，新京：（偽）滿洲國政府，1932。

8. 冷觀，徒然，望遠鏡與顯微鏡〔M〕，上海：生活書店，1933。

9. 傅任達，太平洋諸國的經濟鬥爭與二次大戰〔M〕，瀋陽：莘斌閣，1934。

10. 關思敏，各國外交政策〔M〕，國際政治研究會出版，1934。

11. 社會科學研究會，一九三三年世界經濟與國際政治〔M〕，社會科學研究會，1934。

12. 周鯁生等，近各國外交政策〔M〕，南京：正中書局，1934。

13. 袁道豐，國際現勢〔M〕，南京：正中書局，1936 年。

14. 滿洲紳士錄〔M〕，東京滿蒙資料協會藏版，1937。

15. 日本外務省情報部編纂，現代中華民國滿洲帝國人名鑒〔M〕，東亞同文會，1937。

16. 戈公振，中國報學史〔M〕，北京：生活讀書新知三聯書店，1955。

17. 張靜廬，中國現代出版史料（乙編）〔M〕，北京：中華書局，1955。

18. 王大任，東北研究論集（1、2）〔M〕，臺北：中華文化出版事業委員會，1957。

19. 日本歷史學研究會編，太平洋戰爭史（第 1 卷）九‧一八事變〔M〕，上海：商務印書館，1959。

20. 賀宜，兒童文學講座〔M〕，上海：少年兒童出版社，1980。

21. 姜念東，伊文成，解學詩等，偽滿洲國史〔M〕，長春：吉林人民出版社，1980。

22. 賀宜，漫談童話〔M〕，成都：四川少年兒童出版社，1981。

23. 姜念東等，偽滿洲國史　長春：吉林人民出版社，1981。

24. 政協瀋陽市委員會文史資料研究委員會編，瀋陽文史資料（第 4 輯）〔M〕，（出版者不祥），1983。

25. 大連市圖書館編，東北地方文獻聯合目錄（第 2 輯）：外文（日西俄）〔M〕，大連：大連市圖書館，1984。

26. 中國文學家辭典編委會，中國文學家辭典（現代第 4 分冊）〔M〕，成都：四川人民出版社，1985。

27. 黑龍江省人民政府辦公廳調研室，黑龍江省情〔M〕，哈爾濱：黑龍江人民出版社，1986。

28. 洪汛濤，童話學講稿〔M〕，合肥：安徽少年兒童出版社，1986。

29. 蘇長春，遼寧新聞志資料選編（第 1 冊）〔M〕，遼寧省地方志辦公室出版，1986。

30. 大連市藝術研究室編，大連文化藝術史料（第 3 輯）〔M〕，（出版者不祥），1987。

31. 政協瀋陽市委員會文史資料研究委員會編，瀋陽文史資料（第 13 輯）〔M〕，（出版者不祥），1987。

32. 高丕琨，偽滿人物長春市志資料選編第 3 輯〔M〕，長春史志編輯部出版，1988。

33. 賀宜，賀宜文集（第 5 卷）〔M〕，上海：少年兒童出版社，1988。

34. 東北現代文學史編寫組，東北現代文學史〔M〕，瀋陽：瀋陽出版社，1989。

35. 洛鵬，大連報史資料〔M〕，大連：大連日報社，1989。

36. 錢仲聯，清詩紀事（乾隆朝卷）〔M〕，江蘇古籍出版社，1989。

37. 張美妮，童話辭典〔M〕，哈爾濱：黑龍江少年兒童出版社，1989。

38. 徐乃翔，中國現代文學詞典（第 1 卷）小說卷〔M〕，南寧：廣西人民出版社，1989。

39. 高洪濤，政治文化論〔M〕，北京：中國廣播電視出版社，1990。

40. 胡昶，古泉，滿映——國策電影面面觀〔M〕，北京：中華書局，1990。

41. 中共大連市委黨史研究室編，大連中華青年會史料集〔M〕，（出版者不祥），1990。

42. 東北淪陷十四年史總編室，東北淪陷十四年史研究（第 2 輯）〔M〕，瀋陽：遼寧人民出版社，1991。

43. 馮為群，李春燕，東北淪陷時期文學新論〔M〕，長春：吉林大學出版社，1991。

44. 顧明義等，日本侵佔旅大四十年史〔M〕，瀋陽：遼寧人民出版社，1991。

45. 吉林省檔案館編，九·一八事變〔M〕，北京：檔案出版社，1991。

46. 邵培仁，政治傳播學〔M〕，南京：江蘇人民出版社，1991。

47. 孫邦，「九·一八」事變資料彙編〔M〕，長春：吉林文史出版社，1991。

48. 范泉，中國現代文學社團流派辭典〔M〕，上海：上海書店，1993。

49. 孫邦，偽滿文化〔M〕，長春：吉林人民出版社，1993。

50. 遼寧省作家協會編，1840～1990 遼寧文學概述〔M〕，瀋陽：春風文藝出版社，1993。

51. 中國現代文學研究會，中國現代文學館合編，中國現代文學研究叢刊（第 1 期）〔M〕，北京：作家出版社，1993。

52. 劉永祥，常家樹，日本侵華間諜與謀略〔M〕，瀋陽：遼寧大學出版社，1994。

53. 吳廷俊，新記《大公報》史稿〔M〕，武漢：武漢出版社，1994。

54. 武強，日本侵華時期殖民教育政策〔M〕，瀋陽：遼寧教育出版社，1994。

55. 中國第二歷史檔案館編，中華民國史檔案資料彙編（第 5 輯）第一編外交（2）〔M〕，南京：江蘇古籍出版社，1994。

56. 古丁，古丁作品選〔M〕，瀋陽：春風文藝出版社，1995。

57. 劉志強，中國抗日戰爭大典〔M〕，長沙：湖南出版社，1995。

58. 徐迺翔，黃萬華，中國抗戰時期淪陷區文學史〔M〕，福州：福建教育出版社，1995。

59. 張毓茂，高翔，東北現代文學史論〔M〕，瀋陽：瀋陽出版社，1996。

60. 張毓茂，東北現代文學大系（1919～1949）（1）評論卷〔M〕，瀋陽：瀋陽出版社，1996。

61. 美國之音中文部編，一個國家的成長〔M〕，北京：中國對外翻譯出版公司，1997。

62. 王曉玉，兒童文學引論〔M〕，北京：高等教育出版社，1997。

63. 李劼，李劼思想文化文集（4）歷史描述和闡釋的二十世紀中國文學史論〔M〕，西寧：青海人民出版社，1998。

64. 馬力，童話學通論〔M〕，瀋陽：遼寧大學出版社，1998。

65. 楊啟，大連市志·報業志〔M〕，大連：大連出版社，1998。

66. 長春文史資料編輯部，長春文史資料（總第 53 輯）偽滿洲國 14 年史話〔M〕，長春市政協文史和學習委員會，1998。

67. 陳昌鳳，蜂飛碟舞：舊中國著名報紙副刊〔M〕，福州：福建人民出版社，1999。

68. 關捷，譚汝謙，李家巍，中日關係全書〔M〕，瀋陽：遼海出版社，1999。

69. 李振遠，長夜·曙光——殖民統治時期大連的文化藝術〔M〕，大連：大連出版社，1999。

70. 劉繼南，大眾傳播與國際關係〔M〕，北京：北京廣播學院出版社，1999。

71. 馬麗芬，韓悅，傅敏，大連近百年史見聞〔M〕，瀋陽：遼寧人民出版社，1999。

72. 孫中田，逄增玉，黃萬華，劉愛華，鐐銬下的繆斯——東北淪陷區文學史綱〔M〕，長春：吉林大學出版社，1999。

73. 王立言等，中國文學通典：小說通典〔M〕，北京：解放軍文藝出版社，1999。

74. 王勝利等，大連近百年史人物〔M〕，瀋陽：遼寧人民出版社，1999。

75. 王世杰，現代評論（第 4 卷）〔M〕，長沙：嶽麓書社，1999。

76. 展江，戰時新聞傳播諸論〔M〕，北京：經濟管理出版社，1999。

77. 大連市史志辦公室編，大連市志（體育志）〔M〕，大連：大連出版社，2000。

78. 韓悅行，遼東古邑——大連牧城驛〔M〕，大連：大連出版社，2000。

79. 張喜德，中共對國民黨政策的三次轉變與共產國際〔M〕，北京：中共中央黨校出版社，2000。

80. 中央檔案館編，偽滿洲國的統治與內幕：偽滿官員供述〔M〕，北京：中華書局，2000。

81. 陳思和，中國新文學整體觀〔M〕，上海：上海文藝出版社，2001。

82. 馮並，中國文藝副刊史〔M〕，北京：華文出版社，2001。

83. 劉功成，王彥靜，二十世紀大連工人運動史〔M〕，瀋陽：遼寧人民出版社，2001。

84. 魯果，文化導報回憶錄〔M〕，北京：科學技術文獻出版社，2001。

85. 蘇光文，1937 年～1945 年中國文學愛國主義母題研究〔M〕，重慶：重慶出版社，2001。

86. 楊義，中國現代小說史（第 3 卷）〔M〕，北京：人民文學出版社，2001。

87. 袁成亮，走向盧溝橋事變之路：1927～1937 年中日關係〔M〕，長春：吉林文史出版社，2001。

88. 吉林省圖書館特藏部編，偽滿洲國史料〔M〕，全國圖書館縮微文獻複製中心出版，2002。

89. 陳仁霞，中德日三角關係研究（1936～1938）〔M〕，北京：生活·讀書·新知三聯書店，2003。

90. 李智，全球化時代的國際思潮〔M〕，北京：新華出版社，2003。

91. 張生，日偽關係研究〔M〕，南京：南京出版社，2003。

92. 劉晶輝，民族、性別與階層：偽滿時期的「王道政治」〔M〕，北京：社會科學文獻出版社，2004。

93. 任桐，徘徊於民本與民主之間:《大公報》政治改良言論述評(1927～1937)〔M〕，北京：生活·讀書·新知三聯書店，2004。

94. 文仲，1935 年的故事〔M〕，西安：陝西旅遊出版社，2004。

95. 牛亞莉，體育文化論〔M〕，蘭州：甘肅人民出版社，2005。

96. 沈予，日本大陸政策史（1868～1945）〔M〕，北京：社會科學文獻出版社，2005。

97. 史丁，日本關東軍侵華罪惡史〔M〕，北京：社會科學文獻出版社，2005。

98. 宋應離，袁喜生，劉小敏，20 世紀中國著名編輯出版家研究資料匯輯（第 3 輯）〔M〕，鄭州：河南大學出版社，2005。

99. 張泉，抗戰時期的華北文學〔M〕，貴州：貴州教育出版社，2005。

100. 方漢奇，史媛媛，中國新聞事業圖史〔M〕，福州：福建人民出版社，2006。

101. 石曙萍，知識分子的崗位與追求：文學研究會研究〔M〕，上海：東方出版中心，2006。

102. 田建平，當代報紙副刊研究〔M〕，保定：河北大學出版社，2006。

103. 邴正，邵漢明主編，東北抗日戰爭研究（第 6 卷）〔M〕，長春：吉林文史出版社，2007。

104. 方孝謙，殖民地臺灣的認同摸索：從善書到小說的敘事分析（1895～1945）〔M〕，臺北：巨流圖書公司，2007。

105. 江正雲，語言、空間與邊緣文學〔M〕，長沙：中南大學出版社，2007。

106. 遼東詩壇研究，典籍文化研究〔M〕，萬卷出版公司，2007。

107. 李秀雲，《大公報》專刊研究〔M〕，北京：新華出版社，2007。

108. 彭放，中國淪陷區文學研究資料總匯〔M〕，哈爾濱：黑龍江人民出版社，2007。

109. 姚福申，管志華，中國報紙副刊學〔M〕，上海：上海人民出版社，2007。

110. 郭鐵椿，關捷，日本殖民統治大連四十年史〔M〕，北京：社會科學文獻出版社，2008。

111. 劉慧娟，東北淪陷時期文學史料〔M〕，長春：吉林人民出版社，2008。

112. 張德良，郭俊勝，王連捷，東北軍十四年抗日戰爭史研究〔M〕，哈爾濱：黑龍江人民出版社，2008。

113. 中國社會科學院近代史研究所編，中華民國史研究三十年（1972～2002）（中卷）〔M〕，北京：社會科學文獻出版社，2008。

114. 江臘生，後現代主義蹤跡與文學本土化研究〔M〕，濟南：齊魯書社，2009。

115. 湯銳，複調時代〔M〕，濟南：明天出版社，2009。

116. 張研，孫燕京，民國史料叢刊（史地地理卷）〔M〕，鄭州：大象出版社，2009。

117. 東北淪陷十四年史總編室，日本殖民地文化研究會編，偽滿洲國的真相：中日學者共同研究〔M〕，北京：社會科學文獻出版社，2010。

118. 胡德坤，熊沛彪，反法西斯戰爭時期的中國與世界研究（第 1 卷）——中國抗日戰爭與日本世界戰略的演變〔M〕，武漢：武漢大學出版社，2010。

119. 劉康主，國家形象與政治傳播（第 1 輯）〔M〕，上海：上海交通大學出版社，2010。

120. 吳之興，鍾靈毓秀徽州區——徽州人物〔M〕，安徽：安徽人民出版社，2010。

121. 蔡聖勤，孤島意識：帝國流散群知識分子的書寫狀況——庫切的創作與

批評思想研究〔M〕，北京：外語教學與研究出版社，2011。

122. 解學詩，滿鐵檔案資料彙編（第 3、11、13 卷）〔M〕，北京：社會科學文獻出版社，2011。

123. 齊福霖，偽滿洲國史話〔M〕，北京：社會科學文獻出版社，2011。

124. 蘇崇民，滿鐵檔案資料彙編（第 1、2 卷）〔M〕，北京：社會科學文獻出版社，2011。

125. 王嘉良，王嘉良學術文集（10）新文學論叢：文學史論〔M〕，上海：上海文藝出版社，2011。

126. 吳秀明，文化轉型與百年文學「中國形象」塑造〔M〕，杭州：浙江工商大學出版社，2011。

127. 中國人民政治協商會議全國委員會文史和學習委員會編，文史資料選輯（合訂本）第 3 卷〔M〕，北京：中國文史出版社，2011。

128. 程維榮，旅大租借地史〔M〕，上海：上海社會科學院，2012。

129. 谷勝軍，森山守次與滿日（日本學第 17 輯）〔M〕，北京：世界知識出版社，2012。

130. 上海圖書館整理，申報叢書（2）（8）〔M〕，上海：上海科學技術文獻出版社，2012。

131. 楊揚，20 世紀中國文學與國民意識〔M〕，上海：上海辭書出版社，2012。

132. 張登義，鹿計本，論美國〔M〕，北京：海洋出版社，2012。

133. 張同樂，郭貴儒，華北抗日戰爭史（第 1 部）從九一八到七七（第 1 卷）：日本侵略華北政策演變〔M〕，石家莊：河北人民出版社，2012。

134. 周佳榮，近代日人在華報業活動〔M〕，長沙：嶽麓書社，2012。

135. 朱誠如，遼寧通史（現代卷）〔M〕，瀋陽：遼寧民族出版社，2012。

136. 高曉燕，東北淪陷時期殖民地形態研究〔M〕，北京：社會科學文獻出版社，2013。

137. 胡適，胡適文選：演講與時論〔M〕，哈爾濱：北方文藝出版社，2013。

138. 黃東，塑造順民：華北日偽的國家認同建構〔M〕，北京：社會科學文獻出版社，2013。

139. 江玉琴，書寫政治：後殖民文學形態概觀〔M〕，南昌：江西人民出版社，2013。

140. 李浩文，民國四大特務秘史〔M〕，北京：九州出版社，2013。

141. 林誌宏，民國乃敵國也：政治文化轉型下的清移民〔M〕，北京：中華書局，2013。

142. 劉海靜，抵抗與批判：薩義德後殖民文化理論研究〔M〕，北京：中央編譯出版社，2013。

143. 王純菲，宋偉，中國現代性：理論視域與文學書寫〔M〕，北京：文化藝術出版社，2013。

144. 王依夏，王紀元文選〔M〕，廣東：世界圖書出版廣東有限公司，2013。

145. 王中忱，林少陽，重審現代主義——東亞視角或漢字圈的提問〔M〕，北京：清華大學出版社，2013。

146. 閻嘉，文學理論讀本〔M〕，南京：南京大學出版社，2013。

147. 張福貴，華夏文化論壇（第 10 輯）〔M〕，長春：吉林文史出版社，2013。

148. 張大明，中國文學通史（第 9 卷）現代文學（下）〔M〕，南京：江蘇文藝出版社，2013。

149. 陳思廣，中國現代長篇小說史話〔M〕，武漢：武漢出版社，2014。

150. 程曼麗，喬雲霞，中國新聞傳媒人物志（第 4 輯）〔M〕，北京：長城出版社，2014。

151. 鄧紹根，馮列山新聞文集〔M〕，北京：世界知識出版社，2014。

152. 黑龍江省地方志編纂委員會編，黑龍江省志簡編〔M〕，北京：方志出版社，2014。

153. 黃雪敏，縹緲的浮生：創造社詩歌新論〔M〕，廣州：暨南大學出版社，2014。

154. 惠春琳，美國公眾輿論對美國東亞政策的影響（1931～1941）〔M〕，北京：世界知識出版社，2014。

155. 蔣蕾，精神抵抗：東北淪陷區報紙文學副刊的政治身份與文化身份——以《大同報》為樣本的歷史考察〔M〕，長春：吉林人民出版社，2014。

156. 荊學民，政治傳播活動論〔M〕，北京：中國社會科學出版社，2014。

157. 黎躍進等，東方現代民族主義文學思潮研究（下卷）〔M〕，北京：崑崙出版社，2014。

158. 毛德富，百年記憶：河南文史資料大系（政治卷）〔M〕，鄭州：中州古籍出版社，2014。

159. 南開大學世界近現代史研究中心編，世界近現代史研究（第 11 輯）〔M〕，北京：社會科學文獻出版社，2014。

160. 孫繼強，侵華戰爭時期的日本報界研究（1931～1945）〔M〕，北京：中央編譯出版社，2014。

161. 孫玉玲，痛史之鑒——孫玉玲文集〔M〕，北京：社會科學文獻出版社，2014。

162. 王新英，宋志強，長春建築尋蹤〔M〕，北京：清華大學出版社，2014。

163. 溫華，外國文學研究話語轉型〔M〕，上海：東方出版中心，2014。

164. 許金生，近代日本在華報刊通信社調查史料集成（1909～1941）〔M〕，

北京：線裝書局，2014。

165. 張天社，中國抗戰紀略〔M〕，西安：西北大學出版社，2014。

166. 趙心愚，余仕麟，文學：從文化啟蒙到思想激蕩〔M〕，成都：四川大學出版社，2014。

167. 中國社會科學院近代史研究所編，中國社會科學院近代史研究所青年學術論壇（2013年卷）〔M〕，北京：社會科學文獻出版社，2014。

168. 朱德發，朱德發文集（7）〔M〕，濟南：山東人民出版社，2014。

169. 郭定平等，東亞政治文化與民主轉型〔M〕，上海：復旦大學出版社，2015。

170. 國洪梅，在艱難中前行的美國外交（1933～1941）〔M〕，哈爾濱：黑龍江人民出版社，2015。

171. 解學詩，關東軍滿鐵與偽滿洲國的建立〔M〕，北京：社會科學文獻出版社，2015。

172. 軍事科學院軍事歷史研究部，中國抗日戰爭史（上卷）〔M〕，北京：解放軍出版社，2015。

173. 李娜，滿鐵對中國東北的文化侵略〔M〕，北京：社會科學文獻出版社，2015。

174. 李文健，記憶與想像：近代媒體的都市敘事〔M〕，天津：南開大學出版社，2015。

175. 李應志，羅鋼，後殖民主義人物與思想〔M〕，北京：北京師範大學出版社，2015。

176. 馬衛平，體育哲學〔M〕，北京：北京體育大學出版社，2015。

177. 王繼先，中國新聞法制通史（第2卷）近代卷〔M〕，南京：南京師範大學出版社，2015。

178. 王韜，西方思潮與中國近代文學〔M〕，上海：復旦大學出版社，2015。

179. 翁軍，馬駿傑，民國時期外國海軍論集〔M〕，濟南：山東畫報出版社，2015。

180. 徐藍，行走在歷史中：徐藍自選集〔M〕，北京：首都師範大學出版社，2015。

181. 楊曉，楊颺，矛與盾──近代日本民族教育之管窺〔M〕，北京：知識產權出版社，2015。

182. 趙玉明，日本侵華廣播史料選編〔M〕，北京：中國廣播影視出版社，2015。

183. 朱自強，朱自強學術文集（4）日本兒童文學論〔M〕，南昌：二十一世紀出版社集團，2015。

184. 北京市臺灣同胞聯誼會，番薯仔兩岸留痕──京華老臺胞口述歷史實錄〔M〕，北京：臺海出版社，2016。

185. 高克，外交家與戰爭：顧維鈞的外交理念及外交技巧〔M〕，上海：上海人民出版社，2016。

186. 李海英，金在湧，記憶與再現〔M〕，上海：上海交通大學出版社，2016。

187. 李相如，體育社會學簡明教程〔M〕，北京：北京體育大學出版社，2016。

188. 李元授，白丁，口才訓練〔M〕，武漢：華中科技大學出版社，2016。

189. 林永亮，東亞主權觀念：生成方式與秩序意涵〔M〕，北京：社會科學文獻出版社，2016。

190. 魯威人，體育文化學〔M〕，北京：清華大學出版社，2016。

191. 束亞弟，張敏，公共關係學〔M〕，北京：機械工業出版社，2016。

192. 吳洪成，中國近代教育思潮新論〔M〕，北京：知識產權出版社，2016。

193. 張仲實，張仲實文集第 2 卷（下）時政評論〔M〕，北京：中央編譯出版社，2016。

194. 朱成山，日本侵華史研究（2016‧第 3 卷）〔M〕，南京：南京出版社，2016。

195. 陳雪，自由的行者——胡適〔M〕，北京：中華工商聯合出版社，2017。

196. 大久保明男等，偽滿洲國日本作家作品集〔M〕，哈爾濱：北方文藝出版社，2017。

197. 谷鵬等，媒介生態與奧運報導〔M〕，蘇州：蘇州大學出版社，2017。

198. 金長善，偽滿洲國時期朝鮮人文學與中國人文學比較研究〔M〕，哈爾濱：北方文藝出版社，2017。

199. 劉曉麗，葉祝弟，創傷：東亞殖民主義與文學〔M〕，上海：上海三聯書店，2017。

200. 山丁，牛耕耘編，山丁作品集〔M〕，哈爾濱：北方文藝出版社，2017。

201. 張泉，殖民拓疆與文學離散——「滿洲國」「滿系」作家、文學的跨域流動〔M〕，哈爾濱：北方文藝出版社，2017。

202. 朱元寶，大連中華青年會足球隊//大連近代史研究（第 14 卷）〔M〕，瀋陽：遼寧人民出版社，2017。

203. 陳秀武，近代中國東北與日本研究〔M〕，北京：社會科學文獻出版社，2018。

中文譯著

1. （日）東亞同文會編，對華回憶錄〔M〕，北京：商務印書館，1959。

2. （美）包華德，中華民國史資料叢稿譯稿——民國名人傳記辭典（第三分冊）〔M〕，沈自敏譯，北京：中華書局，1979。

3. （美）羅森邦，政治文化〔M〕，陳鴻瑜譯，臺灣：桂冠圖書股份有限公

司，1983。

4. （日）山田敬三，呂元明，中日戰爭與文學：中日現代文學的比較研究〔M〕，長春：東北師範大學出版社，1992。

5. （俄）謝·卡拉—穆爾札，論意識操縱〔M〕，徐昌翰等譯，北京：社會科學文獻出版社，2004。

6. （美）班尼特（Bennett W， Lance）新聞：政治的幻象〔M〕，北京：當代中國出版社，2005。

7. （美）魯思·本尼迪克特，菊與刀〔M〕，南星越譯，海口：南海出版公司，2007。

8. （日）小林愛雄，中國印象記〔M〕，李煒譯，|（日）夏目漱石，滿韓漫遊王成譯〔M〕，北京：中華書局，2007。

9. （英）杜格爾德·克里斯蒂，奉天三十年（1883～1913）：杜格爾德·克里斯蒂的經歷與回憶〔M〕，張士尊，信丹娜譯，武漢：湖北人民出版社，2007。

10. （美）艾爾·巴比，社會研究方法〔M〕，邱澤奇譯，北京：華夏出版社，2008。

11. （德）沃爾夫岡·伊瑟爾，怎樣做理論〔M〕，南京：南京大學出版社，2008。

12. （加）威爾·金里卡，當代政治哲學〔M〕，劉莘譯，上海：譯文出版社，2011。

13. （美）邁克爾·布林特，政治文化的譜系〔M〕，北京：社會科學文獻出版社，2013。

14. （英）大衛·羅，體育、文化與媒介：不羈的三位一體〔M〕，呂鵬譯，北京：清華大學出版社，2013。

15. （法）雅克·朗西埃，文學的政治〔M〕，張新木譯，南京：南京大學出版社，2014。

16. （美）葛浩文，葛浩文文集：論中國文學〔M〕，閆怡恂譯，北京：現代出版社，2014。

17. （日）北岡伸一，日本政治史：外交與權力〔M〕，王保田，權曉菁，梁作麗，李健雄譯，南京：南京大學出版社，2014。

18. （法）雅克·朗西埃，詞語的肉身：書寫的政治〔M〕，朱康，朱羽，黃銳傑譯，西安：西北大學出版社，2015。

19. （美）小埃·聖胡安（E, San Juan, Jr），超越後殖民理論〔M〕，孫亮，洪燕妮譯，北京：中國人民大學出版社，2015。

20. （日）川島真，劉傑，對立與共存的歷史認識：日中關係 150 年〔M〕，韋平和，徐麗媛等譯，北京：社會科學文獻出版社，2015。

21. （日）前阪俊之，太平洋戰爭與日本新聞〔M〕，晏英譯，北京：新星出版社，2015。

22. （日）緒方貞子，滿洲事變：政策的形成過程〔M〕，李佩譯，北京：社會科學文獻出版社，2015。

23. （加）馬歇爾·麥克盧漢，指向未來的麥克盧漢：媒介論集〔M〕，何道寬譯，北京：機械工業出版社，2016。

24. （美）M·萊恩·布魯納，記憶的戰略：國家認同建構中的修辭維度〔M〕，藍胤淇譯，北京：商務印書館，2016。

25. （美）埃姆·格里芬，初識傳播學〔M〕，展江譯，北京：北京聯合出版公司，2016。

26. （美）大貫惠美子，神風特攻隊、櫻花與民族主義：日本歷史上美學的軍國主義化〔M〕，石峰譯，北京：商務印書館，2016。

日文圖書

1. 関東長官官房文書課，関東庁要覧〔M〕，関東長官官房文書課，1925。

2. 朝日新聞社，朝日年鑒（昭和 6 年）〔M〕，日本：朝日新聞社出版，1933。

3. ソ聯研究資料第 5 號 ソ聯に於けろ共產主義宣傳の組織及び方法〔M〕，滿鐵經濟調查會，1934。

4. ソ聯研究資料第 12 號 ソ聯邦内の思想傾向〔M〕，滿鐵經濟調查會，1935。

5. ソ聯研究資料第 13 號 赤軍に對する批評〔M〕，滿鐵經濟調查會，1935。

6. ソ聯研究資料第 25 號 ソ聯運輸·通信統計表〔M〕，滿鐵產業部，1937。

7. 松本於菟男，滿洲國現勢（康德四年版）〔M〕，新京：滿洲弘報協會出版，1937。

8. 堀内寬雄，憲政資料中の戰前期朝鮮·臺灣·中國東北部関係資料//參考書志研究（第 69 號）〔M〕，東京：國立國會図書館出版，2008，10。

論文集

1. （俄）札哈洛娃·加麗娜，日本侵華與蘇中關係（1931 年至 1933 年）抗日戰爭與中國歷史——「九·一八」事變 60 週年國際學術討論會文集〔C〕，〔出版者不祥〕，1991。

2. 馮為群，東北淪陷時期文學國際學術研討會論文集〔C〕，瀋陽：瀋陽出版社 1992。

3. 遼寧省教育史志編纂委員會，遼寧教育史志：中國東北教育史國際學術討論會專輯（總第 9 輯）〔C〕，〔出版者不祥〕，1993。

4. 俞辛焞，「滿洲國問題」與日本的戰時外交//1945～1995 抗日戰爭勝利五十週年紀念集〔C〕，〔出版者不祥〕，1995。

5. 加瀨和俊編，戰間期日本の新聞產業——經營事情と社論を中心に〔C〕，東京：東京大學社會科學研究所，2011。

6. 李相哲，「滿洲事變」和報紙——有關報紙對事變是怎樣報導的//多元共存與邊緣的選擇——延邊大學朝鮮韓國研究論集（第 6 輯）〔C〕，北京：社會科學文獻出版社，2014。

7. 華京碩，康德新聞社と滿州國最後の新聞人に関する研究//日本マス・コミュニケーション學會・2016 年度春季研究發表會〔C〕，2016，6。

學位論文

1. 王屏，近代日本亞細亞主義研究〔D〕，北京：中國社會科學院，2001。

2. 吳曉亮，評日本帝國主義操縱下的偽滿洲國「外交」〔D〕，長春：東北師範大學，2002。

3. 孫曉晨，新時期報紙副刊的發展及其功能的拓展〔D〕，南寧：廣西大學，2003。

4. 史洪川，報紙專刊研究〔D〕，鄭州：鄭州大學，2003。

5. 曹懷明，大眾媒體與文學傳播——20 世紀 90 年代以來中國文學的傳播學闡釋〔D〕，濟南：山東師範大學，2004。

6. 陳敘，20 世紀 90 年代中國報紙副刊發展研究〔D〕，成都：四川大學，2004。

7. 李詮林，臺灣現代文學史稿（1923～1949）〔D〕，福州：福建師範大學，2005。

8. 劉曉麗，1939～1945 年東北地區文學期刊研究〔D〕，上海：華東師範大學，2005。

9. 徐希軍，理想主義：胡適國際政治思想研究〔D〕，上海：華中師範大學，2006。

10. 楊效宏，媒介話語，現代傳播中的個體呈現〔D〕，成都：四川大學，2006。

11. 王勁松，殖民異化與文學演進——侵華時期滿洲中日女作家比較研究〔D〕，成都：四川大學，2007。

12. 楊愛芹，《益世報》副刊與中國現代文學〔D〕，濟南：山東師範大學，2007。

13. 張素春，《京報副刊》研究〔D〕，北京：中國傳媒大學，2007。

14. 蔣蕾，精神抵抗：東北淪陷區報紙文學副刊的政治身份與文化身份——以《大同報》為樣本的歷史考察〔D〕，長春：吉林大學，2008。

15. 朱敏，游離於政治之外的「明珠」副刊——世界日報「明珠」副刊辦刊特色研究〔D〕，蘭州：蘭州大學，2008。

16. 劉景瑜，日本海軍與政局變動（1922～1936）〔D〕，長春：東北師範大學，2009。

17. 張黎敏，《時事新報·學燈》：文化傳播與文學生長〔D〕，上海：華東師範大學，2009。

18. 杜竹敏，《民國日報》文藝副刊研究（1916～1924）〔D〕，上海：復旦大學，2010。

19. 段永富，美國對偽滿洲國政策研究（1931～1941）〔D〕，長春：吉林大學，2010。

20. 崔海波，「九·一八」事變期間日本、中國與國聯的交涉〔D〕，長春：吉林大學，2011。

21. 賈豔玲，從《大同報》輿論引導看東北淪陷初期日本的文化侵略〔D〕，長春：東北師範大學，2011。

22. 李文健，記憶與想像：近代媒體的都市敘事──以民國天津「四大報紙」副刊為中心（1928～1937）〔D〕，天津：南開大學，2012。

23. 安平，近代日本報界的政治動員（1868～1945）〔D〕，長春：東北師範大學，2013。

24. 曹厚文，大連足球文化理論與實證研究〔D〕，大連：大連理工大學，2013。

25. 高雲球，1932～1945：東北淪陷區翻譯文學研究──以《盛京時報》、《大同報》文學副刊為中心〔D〕，北京：中國社會科學院，2013。

26. 周玉佼，大連中華青年會研究（1920～1934）〔D〕，鄭州：河南師範大學，2013。

27. 谷勝軍，《滿洲日日新聞》研究〔D〕，長春：東北師範大學，2014。

28. 劉峰，蘇聯對偽滿洲國政策研究〔D〕，呼和浩特：內蒙古師範大學，2014。

29. 倪維維，《大公報》兒童副刊研究（1927～1931）〔D〕，合肥：安徽大學，2014。

30. 李延坤，「關東州」時期中日差別教育研究〔D〕，長春：吉林大學，2016。

31. 劉少博，20 年代《滿洲報》言論傾向及性質考察〔D〕，北京：北京外國語大學，2016。

32. 趙寰宇，《滿洲報》小說研究〔D〕，長春：吉林大學，2016。

33. 陳實，偽滿洲國童話研究〔D〕，上海：華東師範大學，2017。

34. 谷詩雨，日本朝野的「滿洲國」承認問題研究〔D〕，瀋陽：遼寧大學，2017。

35. 梁德學，《泰東日報》中國報人研究（1908～1945）〔D〕，長春：吉林大學，2017。

36. 楊悅，偽滿時期《盛京時報》「主辦事業」研究（1931～1944）〔D〕，長春：吉林大學，2018。

期刊文獻

1. 戇公，痛斥滿洲報並告東北人士〔J〕，東方公論，1929。

2. 許興凱，日本在東三省之文化侵略〔J〕，教育雜誌，1930（7）。

3. 杜白雨，滿洲文學與作家〔J〕，文學人，1940（2）。

4. 趙新言，論偽滿的所謂文學（上）〔J〕，東北，1941 第三卷（5）。

5. 古丁，滿洲文學通信〔J〕，華北作家月報，1943（7）。

6. 大內隆雄，滿洲文學的近況（特別寄稿）〔J〕，中國文學（北京），1944（6）。

7. 吳謂，所謂偽滿作家〔J〕，東北文學，1946 第一卷（2）。

8. 鳴田進，虹に向つて走り續けた人西片朝三〔J〕，弘報とちぉ，1980，5。

9. 王秋螢，從《飄零》到《文選》——東北日偽統治時期文藝社團的發展〔J〕，新文學史料，1985（4）。

10. 胡毓源，二十世紀三十年代國際關係中的經濟戰〔J〕，上海師範大學學報，1986（4）。

11. 王國義，一九三一年前瀋陽主要報刊簡述〔J〕，東北地方史研究，1989（1）。

12. 朱久寶，大連近代體育的發展與奠基人傅立魚〔J〕，體育文化導刊，1991（6）。

13. 俞辛焞，偽滿的殖民體制與日本外務省〔J〕，首都師範大學學報（社會科學版），1995（4）。

14. 敬玉堂，王京生，30 年代的遠東國際關係與中國抗日戰爭〔J〕，山東社會科學，1995（6）。

15. 郭洪茂，日本收買中東鐵路淺析〔J〕，社會科學戰線，1997（2）。

16. 鹿錫俊，1932 年中國對蘇復交的決策過程〔J〕，近代史研究，2001（1）。

17. 陳仁霞，海耶與「德滿協定」〔J〕，民國檔案，2001（3）。

18. 何蘭，德國不承認偽滿洲國政策的形成原因〔J〕，世界歷史，2002（2）。

19. 臧運祜，20 世紀 30 年代前半期日本的華南政策〔J〕，近代史研究，2003（3）。

20. 操慧，從媒介文化的角度解析晚報文化的涵義〔J〕，社會科學研究，2003（6）。

21. 戚其章，日本大亞細亞主義探析——兼與盛邦和先生商榷〔J〕，歷史研究，2004（3）。

22. 胡文龍，報紙副刊與專刊的區分〔J〕，新聞與寫作，2005（2）。

23. 盧燕，報紙副刊：新聞的另一種延伸〔J〕，現代傳播，2005（2）。

24. 劉曉麗，被遮蔽的文學圖景——對 1932～1945 年東北地區作家群落的一種考察〔J〕，上海師範大學學報（哲學社會科學版），2005（2）。

25. 王向遠，從「合邦」、「一體」到「大亞細亞主義」——近代日本侵華理論的一種形態〔J〕，華僑大學學報（哲學社會科學版），2005（2）。

26. 劉穎，「二戰」時期日本媒體法西斯初探〔J〕，青年記者，2006（2）。

27. 李文，戰爭、女性與日本軍國主義——評胡澎博士的《戰時體制下的日本婦女團體（1931～1945）》〔J〕，婦女研究論叢，2006（2）。

28. 李曉紅，臺灣《聯合報》副刊的文學傳承與角色變遷〔J〕，廈門大學學報（哲學社會科學版），2006（3）。

29. 王鶴，副刊對城市的多重閱讀〔J〕，新聞界，2007（3）。

30. 陳娜，報紙副刊功能的嬗變〔J〕，青年記者，2007，6。

31. 馬娟娟，魯利，經濟大危機對三十年代國際關係的影響〔J〕，時代經貿，2008，3。

32. 海偉池，副刊功能嬗變對文學傳播的影響〔J〕，新聞愛好者，2008，4。

33. 蔣蕾，「滿映」作家群落考〔J〕，社會科學戰線，2008（5）。

34. 蔣蕾，一個筆名，一段歷史——關於滿映作家李民筆名的研究〔J〕，電影文學，2008（5）。

35. 荊蕙蘭，曲曉範，傅立魚與近代民主思想在大連的傳播〔J〕，歷史教學問題，2008（6）。

36. 郭武群，民國報紙文藝副刊的消閒性〔J〕，天津大學學報（社會科學版），2008，7。

37. 王曉露，二戰時期日本政府對輿論的調控〔J〕，軍事記者，2008（10）。

38. 謝慶立，中國早期副刊編輯思想的發展〔J〕，青年記者，2008（15）。

39. 田建平，李瑛，論中國近代以來報紙副刊的文化傳播〔J〕，河北大學學報（哲學社會科學版），2009（4）。

40. 蔣蕾，「滿映」作家王則與三份雜誌〔J〕，電影文學，2009，5。

41. 蔣蕾，被遺忘的抵抗文學副刊《大同俱樂部》〔J〕，華夏文化論壇，2009，11。

42. 卞策，東北淪陷時期報紙文藝副刊研究綜述〔J〕，黑龍江教育學院學報，2009，12。

43. 蔣蕾，東北淪陷區中文報紙：文化身份與政治身份的分裂——對偽滿《大同報》副刊叛離現象的考察〔J〕，社會科學戰線，2010（1）。

44. 肖小明，關於報紙文藝副刊消閒性的思考〔J〕，青年記者，2010，3。

45. 王淑潔，「副刊不副」與「副刊要副」——淺談報紙副刊新聞性的特點〔J〕，新聞愛好者，2010，4。

46. 鍾放，關於「滿洲國」外交承認的幾個理論問題〔J〕，外國問題研究，2010（4）。

47. 辛巍，試述偽滿洲國與南京偽國民政府的「外交」醜劇〔J〕，邊疆經濟與文化，2010（7）。

48. 潘向黎，副刊作品新聞性和文學性的關係芻議〔J〕，新聞記者，2011，3。

49. 張蓓，民國時期兒童副刊透視出的教育精神〔J〕，編輯學刊，2011，3。

50. 程銘，試析二戰時期日本的地緣政治學研究〔J〕，學術交流，2012（6）。

51. 劉杉，崔銀河，從日偽《滿洲報》探究民生報發展之道〔J〕，中國報業，2012，10。

52. 張馳，論報紙副刊對中國近現代社會文化的影響力〔J〕，現代傳播，2012（12）。

53. 李亞婷，日本帝國主義對偽滿外交的操縱和控制〔J〕，溥儀研究，2013（2）。

54. 葉立群，東北淪陷區的文學創作媒介與文學社團考〔J〕，遼東學院學報（社會科學版），2013，2。

55. 湯林嶧，論《大公報·文學副刊》的文學翻譯研究〔J〕，湖南社會科學，2013，5。

56. 胡瓊華，創作歌者與編輯舞者——論沈從文《大公報·文藝副刊》的編輯思想〔J〕，編輯之友，2013（6）。

57. 王文鋒，偽滿洲國對外關係研究〔J〕，日本侵華史研究，2014，1。

58. 王秀豔，《盛京時報》「神皋雜俎」副刊十年與穆儒丐小說創作——1918～1927 年《盛京時報》的文藝傳播〔J〕，文藝評論，2014，1。

59. 楊宗鳴，試析日本大亞細亞主義與九一八事變的關係〔J〕，蘭臺世界，2014，2。

60. 劉洋，尚俠，關於偽滿洲國文學研究的幾個問題〔J〕，社會科學戰線，2014（7）。

61. 約翰·貝爾，麥克·克羅寧，運動與後殖民主義：何時？是何？及如何？〔J〕，李睿譯，體育與科學，2014，9。

62. 孫繼強，「二戰」時期日本政治傳播網絡的構建〔J〕，青年記者，2014，10。

63. 單援朝，大內隆雄的「滿洲文學」實踐——以大連時代的活動為中心〔J〕，外國問題研究，2015（1）。

64. 劉曉麗，反殖文學·抗日文學·解殖文學——以偽滿洲國文壇為例〔J〕，現代中國文化與文學，2015（2）。

65. 孫繼強，戰時日本報界視野下的女性動員〔J〕，閱江學刊，2015（3）。

66. 白長青，抗日戰爭時期的「東北作家群」〔J〕，遼寧大學學報（哲學社會科學版），2015（5）。

67. 吳璘，「東北女作家中的拓荒者」：白朗在偽滿洲國——以《大同報》《國際協報》的文藝副刊為中心〔J〕，現代中文學刊，2015（6）。

68. 張璐純，淺析中國報紙副刊功能的歷史演變〔J〕，新聞研究導刊，2015，7。

69. 劉曉麗，東亞殖民主義與文學——以偽滿洲國文壇為中心的考察〔J〕，學術月刊，2015，10。

70. 齊輝，抗戰前日本在華新聞輿論勢力的擴張與建構——以「滿鐵」在華新聞活動為中心的解讀〔J〕，現代傳播，2015（11）。

71. 蔣蕾，楊悅，以法律之名製造的「新聞藩籬」——對偽滿新聞統制的歷史考察〔J〕，社會科學戰線，2016（6）。

72. 趙寰宇，林海燕，論李遜梅在《滿洲報》上的社會言情小說〔J〕，中國現代文學研究叢刊，2016（8）。

73. 趙寰宇，林海燕，《滿洲報》的文藝專刊及通俗小說研究〔J〕，文藝爭鳴，2016。

74. 栄元，植民地日本語新聞の事業活動——大連・満洲日日新聞社による「在満児童母國見學団」をめぐって—〔J〕，総研大文化科學研究，2016（12）。

75. 虞文俊，日本在旅大租借地未完成的新聞立法——《關東州及南滿洲鐵道附屬地出版物令》之解析〔J〕，新聞界，2016（13）。

76. 湯擁華，作為方法的殖民性——殖民地文學研究的一種理論路徑〔J〕，探索與爭鳴，2017，1。

77. 龔建偉，波蘭對偽滿洲國外交政策〔J〕，理論觀察，2017（3）。

78. 梁德學，近代日本人在華中文報紙的殖民話語與「他者」敘事——以《盛京時報》《泰東日報》的偽滿洲國「建國」報導為例〔J〕，新聞大學，2017（3）。

79. 李根，文化帝國主義理論的現代體育運動傳播與全球化探析〔J〕，體育學刊，2017，3。

80. 蔣蕾，荊宏，抵抗文學作家「非典型」經歷的典型意義——以李正中文學生涯為個案〔J〕，瀋陽師範大學學報（社會科學版），2017（5）。

81. 劉曉麗，東亞殖民主義理論及其細節〔J〕，瀋陽師範大學學報，2018（2）。

附　錄

一、《內外論潮》國際事件報導目錄

序號	刊發日期	文章標題
1		關於遠東聯盟之建設
2		英國宗主權之威脅
3		蘇聯外交上的成功——與中歐及近東各國已定妥不侵略協定
4		國聯之矛盾決議
5	1933 年 7 月	美俄復交之分析
6	（共 10 篇）	美國政治前途
7		世界經濟會議
8		經濟會議與美國
9		再論經會與法國之立場
10		獨裁德意志之形相
11		世界經濟會議閉會以後
12		歐洲最近之大勢
13		李頓報告書中所謂滿洲自治案的檢討
14		歐美帝國主義者侵略亞洲由來
15	1933 年 8 月	英俄國際關係論
16	（共 12 篇）	四國協定之效果
17		動亂波中之中國與日本
18		歐洲政局上一幕興味劇——德奧兩國間包藏之危機
19		獨裁道上之美國政治

20		美蘇復交之時機
21		美對經會之態度
22		日本與美國——節錄松岡洋右演說
23	1933 年 9 月（共 15 篇）	經濟會議失敗原因
24		再論德奧關係
25		頭腦參謀本部第五回太平洋會議已在加拿大開幕 討論國際經濟統治及調節
26		德奧演變之預測
27		德國現狀拾零
28		中美簽訂密約說與中國航空計劃將設橫斷南太平洋航空路 對日影響殊匪淺鮮
29		法蘇聯歡與歐洲現勢
30		中歐政局一大癥結「丹其希」問題觀 德波兩國長年爭執此次忽傳圓滿解決
31		美國經濟復興計劃之實行
32		最近蘇聯與歐美
33		蘇俄之食料問題
34		紅軍勢力彌漫全閩威脅福州海港 日英美三國因有利害關係將取共同動作以應付赤禍
35		列強對滿外交最近的趨勢
36		奧國政局的教訓
37		德國憲法之考察
38	1933 年 10 月（共 13 篇）	近代歐美之道德教育概論大致頗與王道相應
39		南海極樂處今已變地獄 革命混亂中古巴之全島 美國武力干涉態度殊堪注目
40		美國統制經濟的難關
41		希特勒執政後的德國政局
42		美國的經濟復興運動
43		德國廢帝威廉稱讚脫退國聯
44		灰色之歐局
45		倫敦會議之經過
46		以匈牙利為中心的中歐政局之暗潮
47		國聯與中國技術合作內容

48		蘇聯的憲法聯合會議與民族會議為全俄黨政最高機關
49		一個批評李頓爵士致函倫敦泰晤士報
50		革命後之德國外交政策動向
51		不安之歐洲政局德國所投之一石
52		美國承認蘇聯問題之研究
53		美俄復交與中國
54		美俄關係急轉羅斯福加里寧往返致電俄派李維諾夫赴美談判
55		日本與澳洲
56		將來國際間之大勢
57		美俄商務關係
58		土耳其共和十週年紀念
59		希特拉與卓別林
60		土耳其之新婦女俄軍事部長崇拜之言辭
61		土耳其紀念凱馬爾頌辭
62		羅斯福之革命
63		中美俄三國擴張軍備與日本之國防
64		主張以憲兵維持長江流域秩序，英人突然重視對華政策
65	1933 年 11 月	歐洲如有大戰渠發大部必屬空戰英工黨領袖論戰恐怖
66	（共 28 篇）	美俄外交之檢討
67		蘇聯革命紀念
68		李維諾夫渡美法報之評論
69		德國舉行總投票
70		對美國農潮之剖解
71		德總選時希特拉最後競選之演詞
72		改進奧國醫學教育之意見
73		美承認蘇聯問題
74		法空長論下屆空戰
75		孟塞爾宣布英造艦計劃
76		法與國際之現勢，彭克爾等各要人之言論
77		墨索里尼論國聯為荒謬之組織警告歐洲必須政治團結
78		蘇俄外交之轉變
79		李維諾夫身世
80		美俄復交與共禍

81		蘇維埃聯邦共和國之現狀
82		福建獨立與日本之關係反蔣運動擴大與全華動亂
83		法西斯蒂底國際的動向
84		法國左派外交政策赫里歐所論
85	1933 年 12 月	看希忒拉如何向德國民講演
86	（共 10 篇）	德國退出國聯及軍縮會議之理由
87		德退國聯及其影響
88		日本志在以美國所施之於南北美者施之於遠東
89		國社黨的國家觀念
90		新興土耳其經濟建設過程
91	1934 年 1 月	世界經濟恐慌與國際貿易政策
92	（共 3 篇）	斯丹林政策之勝利
93		美國承認蘇聯後——各地報紙之輿論

二、政治副刊時評文章目錄

《內外論潮》時評目錄

序號	標題	序號	標題	序號	標題
			1933 年（共 137 篇）		
1	馬亦欲辦慈善耶	26	築路剿匪之計策	51	親民之官實非易
2	沈氏與叛艦之真像	27	新事解決有待	52	河決待賑甚急
3	官民挽留沈鴻烈	28	無職而蓄兵	53	馮氏態度稍變
4	苗族亦起暴動	29	五省合力剿赤訊	54	饑民甚可畏
5	早婚之害	30	肉票	55	盜墓者妄費心思
6	劉氏匪區善策後	31	免賦	56	人定勝天
7	水旱不均	32	剿匪將士同耐勞	57	亦可稱三頭政治
8	果欲改良農業耶	33	孫殿英移墾壯語	58	變相之蛇蝎何多
9	果欲改良農業耶	34	新省之物產觀	59	擒斬朱毛之代價
10	膠東之今昔觀	35	川局之近訊	60	建築輪船碼頭訊
11	旱象立見	36	教員須任稱職者	61	吳子玉竟被監視
12	久旱逢甘霖	37	馮玉祥赴魯談話	62	縣長得人
13	沈司令已辭職	38	湖南築路消息	63	相形之下而見絀
14	縣區之自治如是	39	馮至濟南至盛況	64	朱氏請查救國捐
15	治河須法尤須人	40	假公私戰又將起	65	民黨有分裂勢
16	統一軍權訊	41	實行封鎖匪區	66	大法小廉
17	川事漸有頭緒	42	以兵剿匪	67	裁兵須有安置
18	借水行舟之馮玉祥	43	河防	68	軍隊剿匪限制法
19	祛匪	44	僥倖成功者諦聽	69	對錢女士投海觀
20	三叛艦賤賣急售	45	胡漢民不肯出山	70	縣立黨部之內容
21	武人慣說體面話	46	瑞雪	71	裁兵亦須公平
22	煙濰路之劫車案	47	羅文乾赴新任務	72	放下屠刀即成佛
23	二劉各有悔過機	48	馮孫並遊泰山	73	文武偏重之結果
24	馮氏強制徵兵	49	地利不如金錢勢	74	方振武竟不振
25	新省改組訊	50	伶界慘劇第二次	75	共和之真諦乃爾

76	陝省旱災之慘狀	97	贛川鄂匪患狀況	118	各方屬望之胡漢民
77	保護陵寢	98	人民咸欲適樂土	119	福建獨立感言
78	華北之危機時伏	99	剿匪之把握何在	120	獨立者太無心肝
79	見利忘害	100	裁兵心亦須公	121	前途茫茫之中國
80	機會難得而易失	101	贛廳長關心民瘼	122	主席對閩之希望
81	方振武前倨後恭	102	革命竟如斯乎	123	李濟深欲圖報復
82	軍情須防洩漏	103	時局之混沌乃爾	124	勿因閩事生枝節
83	以廟產辦善事	104	金樹仁自投法網	125	李氏調停閩事訊
84	以廟產辦善事	105	川省剿匪之情形	126	嗚呼民意何在
85	魯韓黜華崇儉	106	國內合一方有望	127	嚴防赤匪之北竄
86	電詢另改省制	107	軍士飽而相安	128	反蔣何急遽乃爾
87	國際之觀察	108	河北各校之陳情	129	慎勿義氣行事
88	孫殿英進退維谷	109	民黨之我觀	130	天人之際不可忽
89	湘省建設之困難	110	魯省興辦倉儲	131	調動軍隊訊
90	胡氏的態度明瞭	111	古物將復回北平	132	妖魔世界
91	叛黨	112	新財長量入為出	133	各作退一步想
92	胡氏對南京的意見	113	川省赤匪之猖獗	134	民國不堪再破壞
93	察新理亂之比較	114	國民黨美中不足	135	看人民的造化吧
94	武備促進文明	115	膠東徵兵或不確	136	國家的比較
95	蔣擬躬親討匪	116	方氏又傳到港	137	有志者事竟成
96	西北之亂堪虞	117	試行徵兵之初步		

1934 年（共 8 篇）

1	開闢滿洲的富源	4	孰是撥亂的偉人	7	禮讓可以化攻擊
2	消弭黃河水災	5	寒氣栗冽	8	官鬍匪名實相符
3	機不可失	6	虎頭蛇尾的閩府		

《政海津梁》時評目錄（1934 年）

序號	標題	序號	標題	序號	標題
1	中外交通比較	29	加盟談何容易	57	真正的親善
2	行旅間困難得很	30	親善可以保境	58	國家與國家的比較
3	事在我者有可憑	31	保富的法兒	59	國家與國家的比較
4	法古就是維新	32	人事變天道反常	60	滿洲的景況甚佳
5	調停了事	33	官歡民哭	61	水火不濟竟相害
6	官法實能止盜	34	民國軍人的末路	62	水火不濟竟相害
7	真心的親善	35	赤匪荼毒婦女	63	防空的意義
8	有治法須有治人	36	考古使地亦不寧	64	民國也差強人意
9	太平天子復出	37	美人眼中之印象	65	民國也差強人意
10	中央政府之與孫	38	中滿的優劣觀	66	赤俄應張聲勢
11	人心感動天心	39	公共的希望心	67	消炎化劫的真諦
12	海關不亞鬼門關	40	為政在人	68	消炎化劫的真諦
13	教廳組織宣講	41	魯省禁煙的消息	69	濫竽充數的官僚
14	親仁善鄰	42	何必效顰赤俄	70	輪船增價的傳說
15	太平也有真偽	43	觀兵就是耀德	71	輪船增價的傳說
16	包辦稅務	44	何必效顰赤俄	72	煙津海盜架人
17	廉恥何在	45	見利而忘害	73	民國未全改良
18	中央與孫殿英	46	新聞的價值	74	民國未全改良
19	蘇聯侵人主權	47	刷新充實教育	75	炸車事禁再發生
20	這又是什麼原故	48	新京的綠葉化	76	中日滿之美感
21	使節有光於國家	49	稅務可包辦嗎？	77	中日滿之美感
22	調停	50	國家優劣的比較	78	天理昭彰
23	剿匪	51	治國的方針當先定	79	何弗以逸代勞
24	擴充空軍的計劃	52	治國的方針當先定	80	勿為影響所蔽
25	移民西北的計劃	53	有治法須有治人	81	寧夏的歷史
26	魯軍有調動訊	54	剿匪的近況	82	寧夏的歷史
27	武夫也要文質彬彬	55	為政實是在人	83	膠東蟲災發現
28	和平親善德政策	56	為政實是在人	84	北滿疫災復現

85	北滿疫災復現	114	嗜好去而手工成	143	身敗名留
86	人心變而天心應	115	嗜好去而手工成	144	理想與事實並重
87	偏災為患	116	中國的商人	145	理想與事實並重
88	官府對於離婚者	117	防患未然	146	好惡由己
89	不看自己看人家	118	蘇聯錯打定盤星	147	財與善之優劣
90	見利忘害	119	滿洲不肯示弱	148	財與善之優劣
91	見利忘害	120	有錢的作用	149	積極與消極主義
92	濱江水又增漲	121	有錢的作用	150	積極與消極主義
93	妖異	122	蘇聯欺人大甚	151	東亞將來的樂觀
94	妖異	123	游民亦變成匪	152	學問
95	野犬之為害	124	命賣的太不值	153	異風
96	奧黨的暴動感想	125	祀孔的盛典	154	忠奸自有分別
97	維也納之暴動	126	祀孔的盛典	155	忠奸自有分別
98	維也納之暴動	127	錢多了反不自由	156	防疫
99	蘇聯得步進步	128	西成之期已到來	157	防疫
100	水旱兩災同現	129	學問與人格	158	信義
101	水旱兩災同現	130	學問與人格	159	信義
102	北滿奇病的由來	131	別離	160	體面
103	濱江之水患宜防	132	善惡	161	體面
104	蘇聯猖獗已甚	133	豁免苛雜	162	明白糊塗
105	蘇聯猖獗已甚	134	豁免苛雜	163	氣數
106	蘇聯行多不義	135	口過	164	法久弊生
107	治水也有標本	136	丁祭之取義	165	法久弊生
108	治水也有標本	137	國之本在家	166	毒物
109	劫車之匪被擊散	138	國之本在家	167	毒物
110	蘇聯何虛驕乃爾	139	誠實與高明	168	聖賢之道有權變
111	段老有總統希望	140	內容與外表	169	聖賢之道有權變
112	段老有總統希望	141	身敗名留	170	思想錯誤（2）
113	說話不給話做主	142	內容與外表	171	好惡

三、《王道週刊》頭條文章統計

　　以 1934 年 4 月 2 日至 1937 年 7 月 31 日的所有《王道週刊》副刊的頭條進行整理。

序號	時間	稿件名稱	作者
1		發刊詞	彭壽
2		論王道	鶴廬居士譯
3		世界名人的王道克己談	彭壽
4		滿洲帝國在國際法上之地位	姚任
5		建國二年來王道政績紀要	彭壽
6		航空與王道	榮源
7		王道人己學引要	克
8		新大陸上於是乎見一善國	壽祥
9		提倡孔教與復興聖廟	安藤基平
10		南洋華僑景慕王道之先聲——一封極有價值的信	記者
11		東西兩大盛事——秩父宮鄭總理與墨索里尼忒弌拉	壽祥
12		鄭總理大臣談超然國際之現在與將來	程克祥
13		王道無遠弗屆——皇仁澤及美洲	壽祥
14	1934 年	鄭總理大臣談王道與體育	壽祥
15		民德基礎——教學雜談主動與被動辨志與遜志	克祥
16		鄭總理大臣談王道教育要旨	王道學會
17		美滿聯歡記鄭總理大臣溫語歡迎	記者
18		評德京新標語	彭壽
19		內藤湖南博士論中國宜保持文化	程克祥
20		王道時代的最新女性	程克祥
21		王道政治下新聞界應有之認識	彭壽
22		王道與社會學及社會問題	彭壽
23		世界尊孔概觀	彭壽
24		確立指導原理與教育（2 期頭條連載）	後藤春吉
25		艦隊飛機訪滿與王道之前途	彭壽
26		時評——明年欲濬萬頃湖	季明
27		最新學說序	程克祥
28		天子巡狩感言	程克祥

29		時評——紳士國的紳士與東洋式的宰相	安東照
30		王道週刊拒毒專號發刊詞	安東照
31		王道週刊義行專號發刊詞	安東照
32		時評——皇帝孔子兩面聖旗	彭壽
33		彭壽先生放送詞：皇王合作與世界和平	彭壽
34		王道週刊褒揚專號發刊詞	安東照
35		惻隱之心的仇敵	程克祥
36		國際和平之同情運動者	彭壽
37	1935 年	王道週刊新年號發刊詞	安東照
38		兒童王道講座：報恩的心	彭壽
39		歡迎南大使詞	安東照
40		錢定鈞先生放送詞：褒揚節孝之意義	錢定鈞
41		時評：零賣所與女招待——再說癮君子們	安東照
42		鐵意	伯扶
43		協和珍聞：朝鮮學者洪承均致鄭總理大臣書	洪承均
44		尊隆王道與切中時要之濱江省公署令各縣長文	無
45		孝子循吏：清故署廣西太平府左州篆李公家傳	程克祥
46		王道政治要義——戰國談	海藏樓
47		時評：大陸科學研究院感言	彭壽
48		時評：北鐵讓渡成立非王道之效乎	不慍齊
49		新國民應識之道德與仁愛	曹奠洪
50	1935 年	道德教育之研究	林鍾祥
51		時評：瓜與國際？	不慍齊
52		論王道當以忠恕為本	趙鶴年
53		時評：將何以繼樹皮草根之後	安東照
54		孟子與王道	穆定安
55		所謂先王之政豈以傷善長惡悖理逆天為寬仁哉	安東照
56		熱河省社會教育指導者講習會講演詞：王道教育之實施	陳曾傑
57		孔子的政治哲學（上下）2 期連載	王爾庸
58		孔子政治學說撮要	趙鶴年
59		熱河省社會教育指導者講習會講詞：王道的意義	王爾庸
60		千古艱難惟一死忠孝節義萃一身	解士競
61		亞洲民族急應團結之理由	鄭廣田

62		天將以夫子為木鐸	徐顯光
63		乾坤為王道之始仁義為王道之終	李英忠
64		裝飾歟？刑具歟？王道婦女的五敵	緣桐
65		王道先鋒隊有了職業以後的青年	壽祥
66		王道講座：青年的社交問題	壽祥
67		王道將盛行歟‧回想軍火國際政治報紙戰爭（3期連載）	蘇
68		德配君父‧尊師重道錄	不慍齊
69		青年王道講座：五倫中之朋友知耶誠耶敬耶	師蘇
70		王道時評：果足為歐洲和平增進力量否英法意巴黎會商	程前
71		歷代王道感應錄	王道學會
72		讀經與王道	彭壽
73		世界王道算盤	待曉居士
74		時評：勝之不武　意大利果足以自豪耶	克祥
75		時評：國際現狀與王道	述先
76		外王問題　平天下先決條件　你有利益世界的職業麼	程前
77		職業與人生　百行業為先萬惡懶為首	程師夷
78		評論：病國殃民為敗事之媒者誰乎	不慍齊
79		正直與真實　王道云云德化云云其皆以此為旨歸矣	不慍齊
80		歐洲最近困難之局勢　空言和約不若實行王道	彭述蘇
81		鄭氏學說之檢討（4期連載）	不慍齊程前
82		王道週刊新午號發刊詞	西片、金念曾
83		真正的人情不必送禮！不在乎送禮！	愛日
84		時評：論多瑙河各國新組織——輔助世界王道的進展！	程前
85		時評：看他能否行王道希臘國王重歸故土	彭授
86		時評：國聯能止戰麼？	程劍鳴
87	1936年	時論：不信王道者鑒諸	待曉居士
88		時論：德國外交政策	程前
89		時論：阿比西尼亞的戰費果如何籌措？	老彭
90		未來大戰與新兵器的威脅如欲救此危機非速行「王道」不可	述蘇譯
91		時論：拿王道來觀察歐洲的矛盾	述蘇
92		時論：征服的謬誤——與鄭氏學說遙相呼應	程前譯

93		時論：請看歐洲的危局王道的時機到了！	待曉居士
94		時論：德法關係與王道	彭受
95		時論：無可奈何的歐洲只有一條王道是她們的出路	程前譯
96		時論：從廢除羅迦諾條約說到王道	待曉居士
97		鄭氏學說又一應聲——一九三六與和平問題	程前譯
98		為王道做獺鸝 環繞第二次大戰？歐洲列強之合縱連橫！	無
99		時論：德國的排斥猶太法	彭水漚譯
100		時論：汎美和平會議之王道觀（2期連載）	述先
101		時論：景氣果真轉機了麼？	無
102		時論：多瑙河安全問題雜霸之術能有濟耶	彭水漚
103		時論：羅馬公約與小協約國	程前
104		時論：英國之新君將邁進於王道之途耶？	程前
105		時論：王道救世要義所提示於意大利者今果何如？	程前譯
106		時論：歐洲的安全	程前
107		時論：法應對德以武力相見嗎	程前
108		時論：暴風雨中的國聯足以推行王道麼？	彭綏譯
109		時論：歐美政治家的經濟弭戰策！	待曉居士
110		時論：國聯為什麼失敗？由於不能深體力行「王道」！	待曉居士
111		時論：法國農業政策的傾向・王道政治的大好借鏡	無
112		鄭太夷先生之抱負 所為有常無間寒暑 見善則喜若決江河	安東照
113		時論：王道之光未照到日內瓦前列強將永遠疏遠國聯	壽
114		捨王道而不由・歐洲之爭霸加緊了直接的戰爭威脅	彭授
115		中國文教與帝位繼承	築紫熊七述
116		理想以外之善行乃有偉大之價值 王道的下層表示	無
117		賢孝節義之根本實踐 安東地方檢察廳長臨席演講	無
118		王道小言——貴婦人與美麗的禽鳥	祥
119		特別治安宣傳王道說	于文英
120		蘋果為媒	陳建藩
121		王道解	張治平
122	1937年	道論（2期頭條連載））	王延新
123		中庸白話講義（5期連載）	袁潔珊
124		王道廣義	鄭孝胥

四、體育副刊競技常識文章目錄

　　關於競技項目的文章多為連載，本表格只呈現連載的第一篇文章概況，主要對文章內容進行簡要呈現。

時間	文章標題
1934 年	最新田徑賽訓練法
	怎樣養成健全的足球隊
	籃球練習法
	短跑的秘訣
	如何方能養成運動家
	跳高和撐杆跳
	網球術要訣
	足球術
	鐵爾頓網球術
	擲鐵餅研究
	滑冰術
1935 年	跳躍之技術的缺點
	乒乓戰術綱要
	練習撐杆跳的心得
	運動學
	足球裁判員之責任與權力
	我做籃球裁判的哲學
	長距離奔跑之理論與實際
	短距離夏季練習法
	網球名論鐵爾頓論握拍法
	網球名論鐵爾頓論球之旋轉
	網球名論潘萊特論高射
	標槍練習法
	網球名論潘來特論雙打
	棒球戰術

	網球名論潘來特攻守戰略
	足球守門員及後衛應有之常識
	籃球訓練法
	網球名論利查智論戰略
	田徑訓練法
	棒球！應當怎樣練習
	健身房及田徑場上之設備報告
	網球名論拉考斯特論反手與撞擊法
	網球名論烏德論發球與接球
	向運動界介紹一個「小足球」
	網球名論柯雪特論球場戰略與角度理論
1935 年	拳球規則
	籃球練習撮要
	符保廬撐杆跳之研究
	適應一九三五一九三六規則之籃球策略
	鐵餅練習法
	跳高練習法
	中距離練習法
1936 年	談越野跑
	足球要訣
	排球初步訓練法
	對付「一個看守一個」防禦法的攻擊戰略
	排球又一訓練法
	足球攻守策略
	競賽運動個別訓練之差異
	擲鐵餅訓練圖解
	籃球裁判法提要
	最新短跑訓練法
	田賽三擲練習法

	中國拳術之概要
	籃球指導及裁判須知
	田賽裁判法
	小足球規則法
	排球裁判與指導須知
	裁判原理
	通背猿拳法
	一九三六～一九三七籃球新規則之中圈跳球陣法
1937年	籃球隊員在比賽中應注意之事項
	齊守愚滑冰講演
	花樣滑冰基本練習
	一九三七年之冰球新規則
	弓箭比賽法
	跳遠練習法
	小型足球規則
	網球新戰術
	籃球隊指導和管理方法
	如何練習千五百公尺
	運動方法介紹
	適於田徑運動之柔軟——體操
	跳高練習法
	投擲運動的人須注意練習法

五、《醫識》副刊頭條文章目錄

注：連載期數也都為當期頭條，因篇幅所限，不再詳細交代連載篇目頭篇後的日期。

時間	文章名稱	作者
1935 年	滿洲之赤痢	村川五郎， 滿鐵衛生課保健防疫主任醫學博士
	滿洲之花柳病（連載 2 期）	大槻滿次郎， 前關東廳大連婦人醫院長、醫學博士
	鴉片之中毒（連載 2 期）	守中清，大連醫院院長 醫學博士
	滿洲兒童之體質（連載 2 期）	稻葉逸好， 滿洲醫科大學教授醫學博士
	滿洲之猩紅熱	豐田太郎， 關東廳大連療病院長醫學博士
	滿洲之小兒病（連載 3 期）	浮田友樹， 大連醫院小兒科醫長醫學博士
	女性衛生須知 （由結婚以及育兒）（連載 8 期）	中島精， 榮養與育兒之會學術部醫學博士
	肺癆常識須知	劉家珍
	保健榮養問題（連載 7 期）	紫藤貞一郎 滿鐵衛生研究所化學科長醫學博士
	由醫識的見地論及保健的住宅問題（連載 9 期）	三蒲運一 滿洲醫科大學教授醫學博士
1936 年	高血壓降低療法	國光
	齒病與消化器病	伶
	孕婦「產前檢查」是應具有的衛生常識	
	細菌成人的公敵應如何殺滅	遠
	破傷風與創傷	動
	麻疹早期診斷與家庭療養	鐵城
	血液組成的原質與功用	

	滿洲之井水（連載 10 期）	兒玉得三， 滿鐵衛生研究所衛生科長醫學博士
	細菌與人類疾病之關係	知非
	痔瘡療養法	華章
	來經時的意識	淑杏
	肺炎的療法	李君
	猩紅熱的預防	
	對小兒下痢症應有知識	國光
	胃加答兒症	大章
	動脈變硬與動脈炎	健生
	關於產婆	淑美
	夏令的衛生	嵩山
	自然節制生育	陳宗舜譯
1936 年	夏令衛生	石
	節制生育	馬士敦
	如何應付「寒症」	舞晨
	夏令避暑須知	呂邱
	夏季的夜裏露天睡眠要注意的幾點	子孝
	肺結核與月經障礙	劉雲清譯
	從腎臟炎說到眼底的變化	仁緒
	可怕的霍亂症	
	聾啞之成因及治療方法	仁緒
	口吃與治療	亦唯
	醫學與國家	定安
	聽覺試驗之重要	顧啟華譯
	便中細菌之重要性	啟華譯
	歷代本草概觀	震
	闌尾炎的症狀與鑒別	伯駿

	就醫者應有的知識	靜齊
	健康教育之重要性	景周
	頭痛論	震
	為什麼種牛痘？	
	健康檢查之益	濟武
	大家必須注意可怕的瘧疾症	
	女人妊娠期中的衛生	
	早期梅毒的治療及其管理	揆
	乳幼兒急性傳染病	
	肋膜炎與肋縫生膿	
1937 年	青菜傳染之寄生蟲	
	麻疹淺說	潤珊
	毛髮病的治療	星
	用藥醫識	
	正天花流行的季節天花和種痘的原理	
	天花和種痘的原理	
	咯血之原因	約翰薩利巴著
	男子不妊症（連載 3 期）	震
	談種痘	禮仁
	性行與遺傳	暗然
	毒菌盛行的季節病從口入	
	小兒結核	其震
	繡球風和腳氣	
	病從口入夏令尤宜特別當心	
	吸鴉片及嗎啡者患慢性中毒	其震
	病源菌	
	麻風病的傳染及其預防的指導	安道里夫路茲著，金大雄譯

六、《星期副刊》傳播現代思想一覽

（以 1927 年至 1930 年該副刊關於現代思想的文章為樣本統計，以關鍵詞羅列呈現）

年份 類別	1927 年	1928 年	1929 年	1930 年
哲學	孔孟老莊學說	顧炎武； 生命之研究； 認識論的派別和演進； 佛教； 天演論； 玄學；	‧佛學、神祀； ‧中庸學說、老子學說、兩漢易經學、楊朱哲學； ‧古希臘思想、噪聲論、靈肉觀、革命理論、思想統一問題；	藝術與哲學； 歐洲倫理學； 論思想統一； 人生意義之宗教解答；
藝術	‧劇院、希臘式舞蹈； ‧英國、美國電影； ‧人體美學、書法；	‧戲劇角色、昆戲、編劇、劇場用具、民眾戲劇、中國劇喬裝之原則； 中國電影； ‧藝術與藝術家、時代下的藝術出路、伶藝的派別； ‧美術、舞史、中國古代音樂藝術；	‧戲劇與社會、道具管理、中國歌劇、舞臺音樂； ‧土耳其電影、電影藝術、影劇觀者的責任、中國電影藝術價值、電影與民族精神； ‧偶像與藝術、藝術民眾化、中國宗教藝術； ‧塑像學、篆刻‧文藝史；	‧梅蘭芳與戲劇、戲劇變遷、戲劇進展中的防禦； ‧藝術宏觀研究、藝術的使命、藝術批評； ‧文化惰性、印象派、書法；
文學	舊體詩的批評 文學批評 禁慾思想與淫書	‧字典革命、文字源流、簡體字； ‧詩與寫實主義、聲韻與詩歌、陸劍南詩評； ‧聊齋考證、兩漢文藝、白樂天之文學概念、文學運動與漢學； ‧哈代、《莫娜娃娜》、華林與英雄主義、托爾斯泰、易卜生《群鬼》；	‧國音字母、語體文； ‧新詩的歷史傾向及現代基礎； ‧《紅樓夢》「腳」的研究； ‧新文學之將來、現代文藝創作的趨勢、文藝理論與創作、自然主義與表現主義； ‧浪漫文學與中國青年、文藝作品的趣味性、有產作家與無產作家；	歌德 翰列 新寫實主義 革命文學 日本的小詩

		·改革文書、抒情文學作品、文學革新、現代長篇小說、戲劇與文學；		
社會	人之壽命 女權主義	·廢娼運動、廢妾、婚姻問題、夫妻間的稱呼、獨身主義、性問題與國家社會； ·大連自殺者眾多、自殺的研究、社交生活中的娛樂遊戲； ·社會輿論觀察、土地制度、人口論、歐洲整頓風化潮；	·家庭制度改革、舊道德與戀愛的衝突、戀愛研究、中國家庭缺陷、改革大家庭 ·中國女子十二種病態、北方社會之研究、 ·中國人的驁遠病、中國人的實用主義； ·各國民族性、反對小組織；	文藝與社會； 改革日曆
教育	小學教育	藝術教育、民眾教育、家庭教育、教師研究和兒童學習的興趣、兒童本位教育之歷史觀	盲啞教育、理動和情感、教育者的樂業觀、識字運動與民族主義、教育藝術化、教育建設問題	性教育
歷史	印刷史	·北京宮殿、硯的考古、婚制、祀孔、碑帖； ·古人類考古、羅馬歷史、希臘文明源流； ·中國歷史學發展史、整理古史的條件；	·中國史學會、整理中國史方法論、中國古代鐵製兵器考； ·埃及金字塔、人類進化史的分期	無
科學	無線電、天文、機械、術數、火車	照相術、建築材料、陰陽曆、蝕印術、宇宙、地震預測、衣服與細菌、無線電、電送攝影、	有聲電影與現代科學、無線電之效用、月球旅行、齊柏林號繞地球飛行、齊柏林發明史	無
法律	法人、關東州法律的適用、人權	犯罪行為研究、禽獸與法律、法學者與法律家、監獄與刑罰、關係委任的規則	中國法律的起源、近世之立法政策、婦女與法律、俄國婚姻法律、道德法	治外法權與領事裁判權的區別
體育	遼東運動會、拳王、象棋	網球遊戲、拳術、游泳運動研究、體育與勞動、世界運動會史		體育與政治相通之意義

醫學	花柳病、產科、性慾、育兒、咳嗽	現代醫藥、推拿、青年衛生、毛髮研究、耳鼻咽喉病、鴉片研究、近視眼、新舊醫藥、中藥	腳氣病、女性是兩性中的憂性、夏季衛生與微生物、赤痢、癢之研究	神經病
經濟	無	經濟學的意義、經濟學的重要性及位置、分工協作、教育經濟、關稅自主	生活經濟	無

七、《曉野》和《北國文藝》中的社團

《曉野》中社團及作者

序號	發刊時間	文章標題	作者	所屬社團
1	1933 年	畸形	文泉	野狗社
2		狂人之愛	夢圓	白光社
3	1934 年	文藝與社會基礎	塞	
4	1933 年	廢箋——過去的一創痕	狂葉	白眼社
5		母親墓前	冰玲	
6		從文學談到批評	輔仁	白雲社
7	1934 年	文藝創作雜話	楊蔭寰	黑光社
8		回聲——讀《評〈文藝創作雜話〉》	楊蔭寰	
9	1933 年	談談批評	波影	落潮社
10		文學與社會	波影	
11		岩頭眺望	波影	
12		曉野之聲	波影	
13		曉鐘	波影譯	
14		魂的徘徊	克曼	
15		夜	瑜伽	
16		最後	克曼	
17	1934 年	再嘯	克曼	
18	1933 年	文學的創作	晴新	綠社
19		創作與人生	CX	
20		藝術與自然	炳黔	
21		怎樣去理解文學作品	解昉	
22	1934 年	沈從文的《一個母親》	蘿蔓	美儂社
23	1933 年	寄秦鏡	石卒	飄零社
24		我云	石卒	
25		語秦鏡	秋螢	
26		一九三三年的關外文壇	秋螢	
27		圉圉情侶	石卒	
28		某走後	秋螢	

29		北國文壇的作品	石竹	
30		我對文藝之取材——寄孟素	石卒	
31		批評	孟素	
32	1934 年	讀《詩的雜感》後	島魂	響濤社
33		評《文藝創作雜話》	陳陣	
34		文藝上集團主義的創作	陳陣	新野社
35		讀者—不可忽略的文壇一部	綠筠	

《北國文藝》中社團及作者

序號	發刊時間	文章標題	作者	所屬社團
1		社會的怪痕——知識階級的兩個惡現象	狂葉	
2		蒲節雜記	狂葉	
3	1933 年	追憶	冰玲	
4		掘開國粹的墳墓	狂葉	白眼社
5		希望的破產	狂葉	
6		鄉居	冰玲	
7		理想——今後底生活	狂葉	
8	1934 年	同運命者	狂葉	
9		走去了的朋友	冰玲	
10		冬夜之月	文文	白光社
11		病	稱丁	
12		嘗試	波影	
13		北國底秋風	波影〔註 1〕	
14	1933 年	夏夜隨筆	波影	
15		同情	波影	落潮社
16		落葉	波影	
17		北國荒秋曲	克曼	
18		歸途上	瑜伽	
19		怨	瑜伽	

〔註 1〕波影本名劉學家，於 1936 年 3 月 21 日逝世，享年 24 歲。

20		曙光	瑜伽	
21	1934 年	狂嘯——獻給××文藝社的詩人	克曼	
22		夜底舞臺	波影	
23		繩和人	碎蝶	飄零社
24		苦訴——一個弱女的呼聲	碎蝶	
25		太平	碎蝶	
26	1933 年	紀念日	碎蝶	
27		築泥城	碎蝶	
28		宣傳者	碎蝶	飄零社
29		二元論	秋螢	
30	1934 年	一封友人的來信	石竹	
31		乞婦與阿環	文泉	野狗社
32	1933 年	劫——阿魁的故事	文泉	
33		犧牲	文泉	
34		飲酒與醉後	文泉	
35	1934 年	女人的悲哀	文泉	
36		追尋	文泉	
37		半年	PK	冰冷社
38	1934 年	足球比賽	PK	
39		丁香	PK	
40	1933 年	凋葉	續五	凋葉社
41		曉光	列巴	非非社
42	1934 年	沒落	列巴	
43		秀芬	揚地	
44		死	列巴	
45		憂鬱的姑娘	健薇	吉一師二人社
46		即事	驤弟	冷霧社
47		秦二媽	李健薇	美儂社
48	1934 年	校役	洗園	曦虹社
49		畫家的煩惱	洗園	
50		濺碎春夢——寄波影曼咸	克曼	響濤社
51		幽情	克曼	

52	1933 年	秋天來了	曦	新潮社
53		新秋雜感	泉明	
54	1934 年	垃圾之愛	陳陣	新野社
55		別後——獻給陳陣君	綠筠	
56		寄小孩子	銀燕	××文藝社

後　記

給近 20 萬字的書稿敲下最後一個句號，讀博四年的時光就此而止。

看著文末一閃一閃的光標，交雜的感情隨著它的節奏，一段段冒出來。

2003 年 9 月在父母陪伴下走進吉大，2010 年在民大讀完碩士，2015 年 9 月，在老公和兒子的陪伴中又回到吉大。

來來回回，青春不在，在流水般的日子裏，記憶的碎片已積攢下許多。

此刻，把雜亂的感情拴在記憶的碎片上，或許還能給枯燥的文字裝飾一點帶著些許溫度的注腳。

（一）

2004 年，第一次見蔣蕾老師。她是我們學生記者團指導老師，給人感覺有些青澀靦腆。十年之後，成為蔣老師的博士生，才發現她是位「女強人」。

抄錄 3000 餘《大同報》副刊版面、深入訪談 30 餘位東北老報人，2.5 萬公里的黃河沿線、西藏和新疆的行走……蔣老師言傳身教，給了我莫大鞭策。

讀博伊始，在長春市，蔣蕾老師帶領大家，一步一步，走過每條留有偽滿遺跡的街道，邊走邊講述那些偽滿建築背後的故事……這樣走近歷史，親身感受，那段東北被殖民的痛楚漸漸真切起來。

「《滿洲報》就在大連創辦，應該實地感受一下」。2017 年 5 月，老師在微信裏跟我們商量去大連參加學術會議，見我未回覆，便發微信囑咐我。

得知我為住宿費用猶豫，蔣老師爽朗地說：「跟我住一起。」

她委屈自己，成全了我讀博期間僅有的一次外出考察。與蔣老師同住一室，第一次見她散開往常紮著的頭髮，長髮及腰……真美。

依靠在蔣老師身邊，心裏總是踏實的。寫文章、做研究，每每迷惑時，老師的點撥總能發人深省。「把《滿洲報》所有副刊都納入研究，這樣才夠分量。」研究之初，老師便囑咐道。

在研究過程中，面對數量巨大的文字內容，幾次想偷工減料，草草了事，正是老師的堅持，才讓我有勇氣認真地寫下去。也正是在她的悉心點撥下，論文每次修改後，都能脫胎換骨，最終成書出版。

蔣蕾老師帶我走進了文學媒介傳播史的研究中。未來，希望在這條路上，不辜負老師的期望。

（二）

個頭一米五的大媽，年輕時騎著一輛二八橫樑自行車，馱著我去上學，無論寒暑。如今，已是花白頭髮的老太太，還在默默替我分擔生活的辛苦。

記得一個大雨天，開車帶兒子去醫院，臨近時卻嚴重堵車。老太太急了，丟下我一個人去停車。她背起發燒的外孫，右手給孩子撐傘，左手兜住孩子的屁股，腰儘量深彎，讓孩子穩穩趴在背上，慢慢走進醫院。

那時，雨正大，雨水淌在擋風玻璃上，成了一層撥散不開的水幕。

大媽守在我身邊，為我操持著家務，老爹一個人留守在 150 公里外的家，從一個被大媽伺候慣的人，變成了自給自足的留守老人。

父母為我遮風擋雨，身邊的老公就是我的一杯白開水。做了三年的同學，結婚近十年，生活中，總是抱怨他沒意思。研究生畢業，我們一起走出民大校園，同學變成老公，他就積極慫恿我回校攻讀博士。

幾年躊躇，一半是心裏著實缺少那份勇氣，一半是機緣未到。等真正讀博時，生活的擔子已經越來越重。兒子剛進幼兒園，老公便決絕地把我送進吉大，讓我和兒子在各自的校園撒歡了四年。

吉大校園廣場，杏花遍開的時候，要麼遠遠地看兒子騎著小車繞著花壇轉圈，要麼被他拉著陪他撿拾粉色花瓣，攢上一把，攥在手裏或揣進小兜……

有時感覺，幸福，就是平淡如水的日子，看著兒子在校園裏奔跑成長，盼著「小豬妹」快快長大，能和哥哥一起玩耍。

坎坎坷坷，一路走來，正是家人的陪伴，讓生活充滿陽光。

（三）

在吉大生活八年有餘，從形隻影單到兒女相伴。校園裏，留下了四年本科最美好的時光，也留下了讀博四年匆匆來去的足跡。

眼下，民大校園小花園裏的紫藤花，該要簌簌下落鋪滿一地了，校園禮堂古樸的飛簷依舊掩映在松柏深處。在校園上課，在國圖自習，三年時光得以在花香書香中自由穿梭。

校園承載了青春，也承載了長久的眷戀。

感謝吉大劉堅教授百忙中指點我的博士論文，嚴俊教授帶著有感染力的笑聲為我解答困惑。感謝我的碩導張志研究員，每每電話求教，郵箱裏總能收到他珍貴的電子書……師恩深重，難以一一記述。

在吉大的日子，還要感謝同窗梁德學、楊悅、王詩戈的一路同行。記得大連星海灣，在蔣老師和你們的陪伴下，第一次海上划船：黃昏、海風，大家沉浸在閒談中，忘了何時何地，彷彿那就是全世界。

感謝吉林師範大學夏維波教授、田靜教授的認可，讓我尋覓到事業歸宿；感謝長春師範大學陳愛梅教授的無私幫助，恩情不忘。感謝花木蘭文化事業有限公司給予出版的機會，深感榮幸。

還有，感謝所有關心和幫助我完成學業的師長、朋友。你們的名字沒有一一寫在這裡，卻已深深記在心裏，感恩有你們的幫助和陪伴。

讀書，當記者編輯，再讀書，在校園與社會間折返，卻依然沒有足夠的閱歷，來深刻審視舊報紙裏的鮮活歷史。

把《滿洲報》副刊從頭翻到尾，彷彿見證了那段屈辱歷史的始終。看到它停刊的那個日期，不禁默然。四年時光，有足夠的力量讓人沉浸在那些文字中不能自拔。

一頁頁回看，有那麼一刻，忘了日夜的辛苦與折磨，想到《滿洲報》浩繁文章裏斑斕的社會景象，眼前的文字卻是如此粗淺、疏漏百出，不禁惶恐。

字字皆心血，辛苦不尋常。畫上句號的同時也意味著新的開始，期望日後有機會把研究深入下去，仔細修訂完善。

陳曦
2020 年 5 月於長春